借来东风放纸鸢

鸢都漫笔

平田乐

韩钟亮 著

上海文化出版社

序

李存葆

日前钟亮君寄来厚厚一沓文稿，是他的散文随笔结集。我先睹为快，获益良多。首先向他表示祝贺，然后不揣浅陋，谈几点读后感想。

我与韩钟亮结识三十余年，算得上知交了。据我所知，他是"文革"前的"老五届"大学生，专业是哲学，但多种因素使他走上了文艺之路。先搞曲艺，继之小说，间或也涉猎影视，且屡有亮眼之作。峻青先生曾赞赏其"多才博艺"（见峻青1996年为韩钟亮小说集《散香》所作的序），我亦有同感；然而最让我佩服的，还是他对文学的那种执着。这部集子里，我看到文怀沙老先生曾戏谑钟亮为"诸城痴绝"，而莫言则称"他是个对文学有些痴迷的人"，他们不约而同都用了一个"痴"字。"痴"，这里无疑是褒义，它表达的是不同流俗，意志卓绝。这使我想起蒲松龄笔下那位粤西名士孙某。异史氏认为，"性痴则志凝，故书痴者文必工，艺痴者技必良"，只有那些"落拓而无成者"，才大言不惭地"皆自谓'不痴者'也"。我认为，韩钟亮具备"志凝"的长处，他对待所挚爱的文学，"咬定青山不放松"，一直坚持了下来。《鸢都漫笔》无疑是他在追逐"阿宝"过程中的又一行印记。

选入《鸢都漫笔》的50篇文章，从内容上大致可分为三个方面。其一，是作者在潍坊市文联工作期间，特别是主编《风筝都》杂志过程中，与臧克家、汪曾祺、屠岸等大师结识交往的回忆实录。正如钟亮自己所说，这是风筝促成的情缘，上苍赐予的福分，我能理解他所谓"三生有幸"的涵义；然而不仅如此。在我看来，这些回忆的片段，虽系"个人角度"，但映示的却是新时期文学事业宏大舞台上的斑斓景象；文章中许多内容甚至具有史料价值，因此是弥足珍贵的。另外，从这些文章可以看出，钟亮在经营《风筝都》的那段时间，的确是含辛茹苦、殚精竭虑，我对此感同身受。那几年我和他联系较多，除了他在文章中提到的"同心笔会"，我还曾以《风筝都》顾问的名义，参加过这份杂志的组稿和评奖活动。峻青先生称钟亮有"红烛"精神，我不仅赞同，而且认为，这也是他痴迷文学的另一种体现。

其二，《逝水流云》一辑的几篇，窃以为是本书分量最重、质量最佳的部分。譬如《"刀床"上的梦》，记述了作者在"社教"中的生死经历，事件独特，人所未闻，其"黑色幽默"的艺术特色，尤其让人感受到心灵上的震撼。《〈百花丛中〉：见证历史的一段相声》，涉及了"文革"中轰动全国的"陶李事件"，作者以"旁证者"的身份，通过自己的亲身经历，控诉了"四人帮"戕害文艺和文艺工作者的罪恶。《人生的"霉点"》，通过作者和他两个同学在"文革"中的不同遭际，揭示了每个人面临厄运时的人生追问。我们固不能"选择"命运，但能够"把握"自己的处世方向。古人所谓的"乐天知命"，于今天的人们似仍有指导意义。然而这一辑中，我最喜欢和看重的还是《潍河渡》和《潍河匪》两篇。这两件作品既是作者刻骨铭心的生活体验，又经过了扣地问天的哲理思考，故称得起一个老作家的扛鼎之作。

其三，《鸢都漫笔》第三、四辑中，有多篇文史随笔，充分显示了作者的史学修养和文学底蕴。其中谈"三国"的几篇，譬如《华佗的悲剧》《割席分坐后的人生》《于禁的故事》，都在《文汇报》"随笔"版发表过，据悉反响不错，曾引起读者和网民的热议。钟亮兄能在如此高的平台上，与全国的"三国"迷们（其中不乏学者专家）展开对话，这种自信的确令人歆羡。我曾听钟亮说过，他退休之后，已将兴趣由小说向"国学"倾斜，为此通过各种渠道，购买了大量的经史方面的书籍。他说向曾国藩学习，基本上是"刚日读经，柔日读史"，因此收获多多；虽然随着年事的渐高，记忆力衰退得厉害，但常读常新，反倒有一种"太阳每天都是新的"感觉，则何乐而不为呢？

最后我要说的是做人与作文的关系这个老生常谈的话题。记得当年韩钟亮的《散香》出版，老作家苗得雨在祝贺词中称赞他："人品老成，毫无当今有些人的浮躁之气"；著名评论家任孚先则说："我们文坛上有一种令人可敬的人。他们从不虚张声势地宣扬自己，也不利用各种媒体'炒'得火爆。而是默默地在文学这块园地里辛勤耕耘，执着于人生与艺术的追求，将丰硕的艺术成果回报给自己的故土和父老乡亲。我以为韩钟亮就是其中的一位。"两位老先生的论语其实也代表了我的意思，故在此引用一下，就不再赘笔。

希望钟亮兄在注意身体保证健康的前提下，继续坚守文艺园地，并不断有新的收获。《语》曰："士不可不弘毅，任重而道远。"《语》又曰："虽小道必有可观。"其与钟亮兄共勉。

是为序。

2017 年 5 月 13 日

（作者为中国作家协会名誉副主席、解放军艺术学院原副院长）

目录

第一辑　纸鸢情缘

龙乡诗魂归去来
—— 怀臧克家先生

今日是克家老的忌辰。在他仙逝十三年后才想到写这篇小文，按说稍嫌不恭，但总有这样那样的理由为我辩解，想来宽厚的他老人家当不会怪罪吧。

其实我也想过，如我这般崇拜他并且忝列其门墙者遍地皆是，克家老脑筋再好怕也记不过来。但转而又想，老人家乡情忒浓，没准儿拿过《诸城名人》《诸城文化志》或《天南地北诸城人》翻翻，说不定会在某一页上发现韩钟亮这名字；如果他拍拍脑门，再在记忆库里搜索一下，那倒真有可能搜出我当年的形象了……

是的，臧老，我是您的小老乡。您的家在诸城市西南角，那儿是恐龙的故乡，现在有中国科学院的"暴龙"展馆；我的家在诸城市东北端，那儿有潍水大战的遗迹"韩信坝"。当然了，我们两家的茅屋相距太远，不可能互见炊烟袅袅；然而这又有什么，如果在晴朗的日子，你家窗南的马耳山神和我家屋后的巴山魈，不是可以彼此"摘帽"致意（乡谚谓，马耳山或巴山顶上出现帽状乌云，则预示大雨将至）吗？

我与您的关系，其实比通常意义的"老乡"更近一层。因为有您的一个亲戚，拉近了我们之间的距离。那是1960年秋，我在诸城二中读初二时，上面突然"下放"来一位"右倾"分子，担任了我们的历史课老师。他就是刘岑。刘老师跟一位姓曲的语文老师同住一间宿舍，而我又经常找曲老师借一些文学书籍，如此一来二去，我们师生三人居然成为"文友"。记得有一回，刘岑老师穷极无聊作几首诗，博得曲老师鼓掌喝彩，而他却摇头一咧说："唉，比我表兄臧克家差远了，他才是真正的大诗人呢！"接下来，我从他嘴里，得到您早年从事革命活动的一些轶事。

他说的那些轶事，有的发生于青岛、武汉，有的则就在二中驻地相州镇一带。相州文脉昌盛，乃王翔千、王统照、王愿坚、王希坚、王意坚（台湾著名作家）的故里，附近又出过崔嵬、陶钝、李仁堂，据说您又曾在此长住，故乡人谑之曰"中国的佛罗伦萨"。但刘岑所述，其故事过于惊险，虽比当下热播的谍战剧还要热闹，却令人怀疑讲述者是否掺了水分。上世纪 80 年代，我曾想找讲述者和当事人进行采访，据此写一部非虚构性的文学作品。但遗憾的是刘岑早已惨死于"文革"，而找您采访又谈何容易。再说您是否同意披露那些秘闻，那些秘闻适不适合公开发表，还真是没有把握，所以此事就只能"耿耿于怀"而长期搁置了。

但我和刘岑的师生关系并没有结束。转过年来我考入诸城一中高中部，而刘岑甄别了"右倾"错误，调进一中担任了校长，我们仍然天天见面，见面时也经常会谈到您。记得有一天，他兴冲冲地对我说："快到文化馆看看吧，那里展览臧克家的一首诗呢！"于是在诸城文化馆那栋靠街的厢房里，我有生第一次见到了您老的墨迹。

那其实并不是您的诗，而是您为诸城县书法展览会的题词。我至今清楚记得，您的毛笔字写在了大约四尺三开的宣纸上，内容是："吾邑书法，历代不乏名家。千里书来，云将展出，意甚欣喜。略成小幅，以列于后。提笔之时，马耳常山，似逞秀目前，乡思油然而生矣。"落款为："一九六二年六月，臧克家于北京。"我把您这题词背得滚瓜烂熟，从而增添了一点向人炫耀的"资本"，以"臧克家老乡"而洋洋得意。

其实您给我们带来的何止桑梓之光，更重要的乃是人生道路上追求理想的那份自信。不瞒您说，我之所以最终选择文学为业，您那只手于冥冥中起了相当大的作用。1964 年，当我准备报考浙江美院的时候，刘岑闻讯大怒，"强逼"我改报中文，且第一志愿就是您的母校山东大学。然而事与愿违，文昌星对我不太看好，虽令我考进了山大，却不是您那个中文系。然而聊可自慰的是，我和您在"老乡"关系之外，又多了一层"校友"关系。

之后是"文革"期间的 1972 年冬季，我为诸城县文化馆写过一个题为《百花丛中》的相声，准备参加全省曲艺调演。县革委宣传部一位姓徐的干部曾与我赴京，找刚刚恢复党籍的陶钝老当面指导。就在芳草地陶老的家里，我听说您的寓所离此不远，似乎就在前面某排平房，真是又惊又喜，遂竭力撺掇老徐顺道拜访。但老徐老成持重，悄声告我："听说臧老正在五七干校，现在找他，不太合适……"如此令我大为怏怏，只能望着铅云下的房屋徒叹奈何！

时间过得真快，转眼到了 1990 年代。我已人到中年，近"知天命"，正在潍坊市文联干一份副主席的差事。您知道，潍市爱诗写诗的甚多，在省级以上刊物发表作品的不下百位，其中还有人获得了国家级大奖（指文化部、中国作协所颁）。彼时潍坊被称作"诗歌大市"，我们深感荣耀，然细究起来，这大概与"臧克家家乡"不无关系的吧？

据我所知，家乡有不少的诗作者向您寄稿求教，您总是不惮烦扰，亲予批复；更有人登门拜访，求您题词，也往往是幸运而归。但这都非我的亲历，故只能徒怀羡慕而已。从 1960 年到 1990 年，三十年间我一直无缘亲睹您的面容，亦不曾有过电话或书信的交往，对您只能"高山仰止，景行行止。虽不能至，然心向往之"。然而恰如茅公所言，"能把希望放在心上的人，总是有福的"。果不其然，这希望在 1991 年 10 月变为现实，我终于成了"有福"之人。

事情要从 1990 年的岁末说起。那时我们文联正筹办一份叫作《风筝都》的文学杂志，旨在培养作者，繁荣文艺。大家酝酿顾问名单，我首先就喊出您的名字。然后有专人与您联系。您不仅欣然同意，并且还挥笔题词，予以鼓励。题词是两句诗："纸鸢乘风一展翅，便引诗情到碧霄。"我知道这是对刘禹锡《秋词》的巧妙借用和改动。其原句为"晴空一鹤排云上，便引诗情到碧霄"。此"一鹤"过于孤清，"士大夫"气十足；而"纸鸢"代指风筝（注：潍坊既称"风筝都"，又称"鸢都"），它意味着

作者与臧克家先生合影

生机盎然的春天。您这么一改，不仅意境非同《秋词》，而且寓意也大有改变。实际上这是要求我们：立足乡土，眼界高阔，乘着改革开放的春风，将潍坊文艺事业"引"向"碧霄"的境界。此谆谆教诲，良苦用心，我们自当铭记且勉力为之！

《风筝都》在1991年4月创刊了。彼时一年一度的"国际风筝会"正在举行，而有您题词的《风筝都》首期，成为"鸢都之春"的亮丽风景。从那时起，您的名字就一直赫然印于每一期杂志的扉页。而每一期杂志印出，都是由我亲自给您寄发，信封上"北京中国作家协会转""臧克家先生收"，那些饱含着感激和仰慕之情的墨字，也都是出自我的笔端。然而您会收到它吗？您能有精力和兴趣阅读它吗？您读后有何指导性意见？……这其实都是些未知数。因为我很清楚，您那里每天每天都会收到如山的信函和报刊，即便您有愚公精神，怕也无力一一过目。既然如此，那我就盘算着，总要找个机会，带上刊物赴京拜访，一来是求赐教诲，二来是实现我亲睹尊容的夙愿。

于是1991年10月中旬，我向时任潍坊市市长的齐乃贵同志（他被我"聘任"为《风筝都》的名誉理事长）请示，能不能以他市长的名义，到北京看看臧老？齐市长一愣："你看就看吧，何必打我旗号？"我只好实话实说："我跟臧老不熟，真怕他以年老体弱为由不肯接见；但倘以'市长特使'的身份上门慰问，他该不至于拒绝吧？"齐市长便笑道："那就随你便吧。"稍顷敛笑又说："从第一届风筝会我们就向臧克家发出请柬，可他一直没来，的确年纪大了也行动不便，我们上门拜访理所应当！"有了市长这话，我心里底气大增。简单准备了一下，10月20日即动身赴京。

从我当年的日记来看，我是从中国作协创联部高伟那里打听到臧老您的电话和住址的。高伟是我们潍坊的"女婿"，有一副热心肠，且跟您的小女儿郑苏伊很熟。10月22日下午，约摸一点多钟，我在沙滩北街二号见到了高伟。然后由他"牵线"，我跟郑苏伊通了电话，表达了拜访臧老您的热切心情。想不到苏伊的答复非常干脆："那您就今天下午来吧！"但她紧接着又提醒我："我父亲年纪大了，上午是从不会客的。中午呢，他还要睡个午觉。只有下午三点以后，才是他精力最好的时候……"

放下电话，我既是兴奋，又很紧张。因为我必须首先返回海军招待所，拿了从潍坊带来的慰问品，尔后才可以赶往苏伊提供的住址，即东城区赵塘子胡同十五号。好在我有特殊的交通工具，即从高密带来的一辆救护车，它在车水马龙的道路上可以发挥抢先优势。但即便如此，我和高密单院长到达臧老您的寓所时，也已经是四点多钟了。

赵塘子胡同，十五号，这是典型的具有老北京风味的四合院。如今我想在脑海里还原小院的景貌，但竟毫无印象，因为在郑苏伊将我们引向甬道时，堂房里传过来的高声大嗓儿就把我给吸引住了。它是地地道道的诸城口音，听起来很"土"，但叫人亲得打一激灵。我以为老家哪位亲戚来了呢，不成想却是您，我们的乡贤臧克家先生，正操着一口纯正的诸城腔，斜坐在沙发上，偏着脸跟一位客人说话呢。看起来您老谈兴正浓，手臂比比画画，音调也有点儿偏高。我踏进门槛的那一刻，您的谈话才戛然而止。然后您转过脸来，款款站起，微笑着，向我迎了几步……

啊，臧老！请允许我说实话：我原曾想过，谒见一位连毛泽东都很尊重的大诗人，被万千膜拜者奉为泰斗的世纪"诗翁"，我将怎样地诚惶诚恐？没准会产生一种捧着香火迈进佛殿的感觉吧？但事实证明，这想法是多么地幼稚和可笑。事实上，从看到您的第一眼，或听您用诸城口音讲话的那一刻，您的形象就从"大师"变成为"大叔"了。以往我从报端得悉，您跟胡同里的邻居处得极好，人们从不把您当不可向迩的名人看待，而视您为和善可亲甚至有点"好玩儿"的臧伯伯、臧爷爷。常言说"耳听为虚，眼见为实"，我这次登门拜访，可真的亲眼见证了您的平易与朴实。

在我的印象里，您身材比刘岑要高，但体形和脸形都有点相似。那清癯而红润的面容，虽不大但炯炯有神的双眸，稀疏然微黑泛亮的发丝，让人不敢相信这是耄耋老人。我记得您坐的是很简易的绒布沙发，与之相配的是一张窄小的普通木质茶几，堂屋（也就是客厅）里几乎没什么与主人身份相称的陈设，甚至还赶

诸城市恐龙涧附近的臧克家故居

不上处级、科级干部的气派。能吸引眼球的，也就是墙壁上悬挂的名人字画，俱是长条装裱，一幅一幅靠得很紧，像是正在进行着的"家庭书展"。还记得，当时坐在您对面沙发上的，是一位学者模样的论年纪比我略大点的先生，您介绍说"他是武汉大学的教授，中国写作协会的副会长，刚才我们俩正研究写作协会的事"。此刻那位教授把手伸了过来，拉着我，一定让我坐他腾出来的沙发。我觉得不妥，与之扯拉谦让。这工夫郑曼老大姐笑盈盈地从东屋走出。我赶紧向前问好。与此同时，陪同我来京的单院长，则赶紧将慰问品摆放到了茶儿前面的屋地上……

接下来发生的事情，让我多少有点尴尬，但回味起来又颇觉有趣：

当我双手呈上那根红木嵌银"百寿杖"时，您神情有点漠然，只用眼角瞟了它一下。而我还在郑重其事地介绍说："红木嵌银乃我们潍坊的传统工艺。过去曾经用这种手工制作的、嵌有一百个寿字的红木手杖，为毛主席祝寿，或者赠送外国贵宾。咱潍坊市的齐市长让我献给您，祝您老人家健康长寿超过百岁！"然而想不到，您仅是略微点点头，对那手杖居然不屑一顾，甚至摇着头说："你拿回去吧，我用不着它，谢谢您市长的好意了！"这令我大惊失色，莫名其妙，不理解善意的祝福何以反让您悻悻不乐？但很快我也就释然了。因为您说过这番"不客气"的话后，腾地从沙发上站起，然后在屋里大踏步地雄赳赳地走了一圈。您一面走，一面还用右手啪啪地拍着腿胯说："你看看，我用得着那拐杖吗？"……惹得郑曼大姐笑了起来。稍顷您也有点自我解嘲地笑了起来。然后我和老单、苏伊，以及武汉大学的那位教授，大家都笑着夸您身体忒棒，腿脚比小青年儿都矫健利索。您那山东人的率真倔犟脾气，在这一刻体现得淋漓尽致。后来从您大儿媳乔植英寄给我的一篇文章（《得地独厚》，《风筝都》1993年第4期）里得知，您对生命的期望值其实超过了一百岁。您曾对朋友说过，一百岁太少，我要再加二十年！您八十五岁寿诞时还曾写过四句"顺口溜"："同志众朋友，鞭我向前走。愿做老黄牛，拉车到尽头。"这正如植英说的：满腔的热情，一片赤子之心，恬淡朴素的生活，积极乐观地对待人生，就是您永葆青春的秘诀。

当然那"百寿杖"您不会退还，自有郑曼大姐代您收起。但说实话，您和郑大姐最感兴趣的礼物，还是那几箱安丘产的黄桃，其实它们也同样包含了"寿"的意义。因时近霜降，市面难见桃子，这几箱黄桃乃新育品种，我好不容易托朋友搞到手的。当我介绍到"那片桃园就在潍河西岸，景芝镇北"时，您接上话说："景芝我很熟悉，当年经常从那里经过。"我则随声附和："可不是吗，记得您还给景芝酒厂写过一首诗。我见到的是您的书法，儿时景芝酒名扬，长辈贪杯我闻香。佳酿声高人已老，沾唇不禁念故乡。后面还有题款，我县与景芝接界，多次经行……"此刻您微微颔首，目射电光，放在茶几上的手抖了几下。显然乡情有如醇酒，您尚未沾唇就有些陶醉了。

接下来郑大姐插话，赞美了桃子几句。之后您问我家是诸城哪里。我回答"相州东面的巴山"时，忽想起一个人，便说："刘岑您还记得吗？"我记得"岑"字我发的是"琛"音（不知为何，我们诸城人都念岑为琛，刘岑自己亦如此）。而当我喊出这名字时，您和郑大姐同时一愣。"谁？刘岑（琛）？他是我表弟呀！你和他……"您惊诧地盯住我，上身下意识地往这边倾了倾。我向您解释说，他是我很亲很亲的老师，我就是从他那里第一次听到您的名字。本来我还想说一点从刘岑那里听来的您的故事，以便借机求证真伪，但看您神情骤然变得肃穆，便晓得"不合时宜"，遂赶紧打住话头。此时屋子里出现了短暂的沉寂，我想您和郑大姐，一定是在缅怀那位惨死于"文革"中的亲戚吧。而这工夫，旁边坐着的那位大学教授，"见缝插针"将嘴巴插过来了……

扯到这里，臧老，我差点忘记了今天要办的"正事"。"正事"有哪些？第一，以我们市长兼《风筝都》名誉理事长的名义，向您这位顾问表示慰问；第二，请您对《风筝都》的编辑工作给与指导；第三，倘您有新作，可否让我带走发表？第四，请您与我拍照留念；当然还有第五，但我不好意思启齿，那就是……就是求赐您的墨宝。现在第一件事已经办完，第二件还没开始。虽然我已将新出的《风筝都》递于您手，并且打开了傻瓜相机，准备拍您个镜头以便下期杂志刊用，但教授先生一插嘴，把我原定的计划一下子给搅乱了。

教授很不好意思地对我说，他刚才向会长汇报工作，臧老意见还没有讲完，是不是……？我自然也晓得事理，遂向他做出个"您请"的手势。但想不到一旦接续上写作协会的话题，您和他竟是没完没了。我如坐针毡，却也只好苦等。郑大姐见状，悄声安慰我说，家里每天都有来访者，今天还是少的呢。扯到稿件的事，大姐说您年纪大了，想写点东西也总力不从心，现有三十多家报刊向您约稿，您都顾不过来。为此她建议我，可联系一下山东大学的乔植英，就是臧乐源教授的夫人，说"那是我们的儿媳，她对我们家的情况很熟悉，可以让她多写一点儿"……话说到这里时，不知谁打亮了电灯。不知不觉竟已是入夜时分了。

电灯的光亮"请走"了那位教授。这时您活动一下腰身，尔后歪着头向我笑问："还有什么事呀？说吧！"（"吧"字您发音为"半"，又是标准的诸城腔儿。）那我还有什么好说的？我知道您已很累，却也不能错过这难得的机会呀！于是拍拍手中的"傻瓜"，问您："您老如不介意的话，可以跟我合个影吗？""好好好，来，拍吧（半）！"您回答得非常爽快。我大受鼓舞，即将"傻瓜"交给老单。之后我站到了您的身后。于是横的一张，竖的一张，为了保险再加一张，"啪啪啪"一连拍了三张。闪光灯好像过意不去了似的，此后就再不肯闪亮了。

我知道应该向您告辞了，但好像事情还没办完……对了，就是老单一直替我拿着的那本册页！那是前一天专门去荣宝斋买的，为的就是请您题字。刚才不好意思让它"亮相"，故用提包藏着，避于老单身后。现在它勇敢地"站"出来了，我却没了底气和勇气。然而经验告诉我："机不可失，时不再来；错失时机，遗恨终生。"于是我大胆地向您提出了"题字"的要求。而您也并没有回绝，或以"太累"为由推辞，而是很高兴很痛快地大声回答："好吧（半），跟我来吧（半）！"随即领我进入了您的书房。

　　我记得书房是在客厅右边的西房。一张写字桌紧靠南窗，不消说那是您工作写作之处。但我并未发现桌上铺毡，亦不见有宣纸，由此暗自庆幸：多亏带来了册页！……这么想的工夫，您已经打开册页，拿起毛笔，然后写下了这么两句："凌霄羽毛原无力，掷地金石自有声。"当时只觉得这是两句极好的诗，或者楹联，却不知出自何处何人；后来请教文友，方知那本就是您老《重与轻》里的诗句。您原诗为："万类人间重与轻，难凭高下作权衡。凌霄羽毛原无力，坠地金石自有声。"诗的意思通俗易懂，但哲理深邃。您以此题辞，无疑是要告诫我们：一定要踏踏实实做人做事，在这个世界上留下自己响亮的声音；切勿学那从禽鸟身上掉下来的其实已经死亡了的羽毛，其纵使"飞"得甚高，终将毁灭于大气层中。说实话臧老，您的这番教诲，使我后半生受益无穷。

　　……

　　现在我打开相册，找出当年与臧老的合影，望着他神采熠熠的眼神，抚摸他容光焕发的脸颊，真的百感交集，感慨万端。他十二年前已经离开北京，魂归故里。其一半骨灰埋在马耳山上，另一半则葬于臧家庄的田野。那里是恐龙之乡，地下到处都是"龙骨"（恐龙化石），过去乡医捡拾入药，可治疑难杂症。臧老在这里安息，真的斯人有福，得其所哉！

凝视"名士"的背影
—— 忆汪曾祺先生

　　近年来《文艺报》所作的《经典作家专刊》，是我最为关注且从中获益匪浅的版面。其中 2013 年第 30 期"汪曾祺篇"，我则尤为珍爱，时时展读。每每就有一张圆圆的脸庞从报纸上慢慢浮出，继之沟壑密布的额头和饱经风霜的发丝渐渐清晰起来，再后来就是长寿眉下的眸子闪着仁者的光，如寒夜里的灯烛，让人心里顿生暖意。

　　记得汪老仙逝后，《文艺报》曾发过一篇悼怀兼评述的文章，题目好像是《中国最后一个"士大夫"走了》，我当时就为之心恸，且下意识地大喊了一声："士大夫！……"觉得这实在是对汪老最准确的称谓。当今中国社会好像不乏这样那样的"大师""大家"，但唯独缺乏"士大夫"或者"名士"，甚至称得起"士人"的亦如凤毛麟角。现在徐文翔先生著文，让我们盯住《名士的背影》，此诚令人惆怅，倍增伤感。难道这背影离我们远去，是标志着地球上又一"稀缺物种"之绝迹吗？……呜呼哀哉！

　　悲恸之余，却又有些庆幸，或者说平添了几分荣光。因为作为曾祺先生的"粉丝"，我不仅两次亲谋了"中国最后一个士大夫"的真容，而且获赠了他亲笔题签的书籍，甚至"轻易"得到了他的价值连城的丹青墨宝。这与《在汪曾祺家抢画》的作者陈建功相比（他与汪老是多年之交，且寓所隔得很近，然而也仅是获得了一幅《升庵桂花图》而已），我可就幸运多了。

　　我与汪老的相识，是在二十六年之前，1991 年深秋季节的一个下午。那时我正以《风筝都》文学杂志主编的身份，通过冯骥才先生的关系到北京组稿。在见过李国文、从维熙、梁晓声、叶楠四位大家，顺利完成了既定任务之后，我胆子越来越大，期望值也不断地加码升高，于是在海军大院的招待所里拨通了汪老家的电话。应该说，他的电话号码并非骥才先生提供，而此前冯先生也并没给汪老打声招呼，那么他对我这个陌生人表示一点警惕，电话上盘问几句总该有的吧？但是没有。不等我说明来意，他就很痛快地告诉了寓所的地址，是蒲黄榆路的9号楼，第12层，1号，然后确定我到达的时间，以便他能提前在电梯口迎接。这大大出乎我的意料，二十六年后回忆至此，我不禁为之感叹：这位心地不设防的"名士"啊，若活到今天，一定是骗子或歹徒侵害的对象呢！

当我走出电梯的时候，果然汪老早在那儿等候。今天我已忘记了他当时的衣着，但记准了他那朴实而宽厚的长者的微笑。还记得进门之后，我赶紧寻找拖鞋（为防"不雅"，之前我特意换了新袜），但为汪老阻止。他那双长寿眉下的眸子似乎在说，"换什么鞋呢，客人是不会将尘土和细菌带到我家来的"。如此我便丢掉了谒见大师的那点儿惶恐，心情和肢体遂也放松下来。在他温暖目光的引导下，走过一段窄而短的廊道，径直进入一间背阴的不超过十平方米的斗室，我知道这便是汪老的书房了。但令人意外的是，室内并没有司空见惯的书架，也没有摆放文玩的博古架，倒是有一卷一卷的宣纸，不太经意地堆放于书桌和坐具上。说实话，如果不是墙壁上还挂了一幅张大千的花卉斗方，我真不敢相信这就是一代名士写字作画之处。

落座后，我赶紧奉上几册《风筝都》杂志，以及一盒红木嵌银筷子（此乃潍坊特色工艺品），然后申明来意，即请汪老为我们的杂志赐稿。如今尚记得，我当时的语言不太流畅，在说明"《风筝都》是省批号，算不上正式刊物，汪老您的大作还可以在正式的大刊上发表"时甚至还有点嗫嚅。但恰恰此时，他老人家温暖的目光从《风筝都》上抬起，移向我的面庞，继之很认真（甚至有点儿吃惊似的）说："怎么是内部刊物？我看比（某些）正式刊物还好！"

"比（某些）正式刊物还好"，这评语有点"谬奖"，但从老人家的眼神中看不出一丝儿虚伪。此刻我油然想起《沙家浜》里的两句台词，叫做"听话听声，锣鼓听音"，据此领会到了老人家的鼓励和期许之意。我连忙对汪老的评语表示感谢。接下来我们"促膝"交谈（不促膝不行，因为空间委实逼仄），当然主要由我介绍《风筝都》的基本情况，以及潍坊一年一度的风筝会，好像还向汪老发出了"来潍坊看风筝"的口头邀请。他笑眯眯地听着，温暖的目光一直不离我的脸面，而旁边的房间里则不时传来小孩子的吵闹声。我觉得对面坐着的，并不是可望而不可即的中国当代文学的"异秉"和"意象现实主义"大师，而是从未谋面却一见如故的朋友，或者失散多年突然邂逅的兄长。说真的，他那温暖的目光让人一下子忘记了拘谨，觉得彼此可以无话不谈似的。于是，在交谈了几句《受戒》《大淖记事》的话题之后，我话锋陡转，突然由文学转向了京剧。我说：我知道您是京剧样板戏《沙家浜》的作者（之一），那么当时跟江青肯定是有所接触的；记得"文化大革命"中，在一份油印传单上看到一篇谈江青对样板戏贡献如何之大的文章，说郭建光原来有句唱词是"芦花放稻谷香绿柳成行"，江青以为芦花开时柳叶已不是绿色，遂改为"芦花放稻谷香岸柳成行"，由"绿"而"岸"，一字之易价值千金，此事究竟如何？今日好歹遇见"真人"，特求您解我多年心中之谜。说过这话，我就紧盯着汪老的双眸。但是他沉吟不答，未置可否，长寿眉耸动了几下，还我一个意味深长的微笑。这微笑堪与蒙娜丽莎的微笑相媲美，几十年来一直藏在我心底，每每想念汪老的时候，它会蓦然闪现于面前。

不知不觉，在汪老家里已坐了将近四十分钟，话题最后又转回到《风筝都》。当他明确答应不日将寄我一篇新作的小说时，我衷心表示感谢并意识到应该告辞了。但我站起身后并没有马上离开，而是将目光投向了桌上的一卷宣纸……说实话我早就注意它们了。从纸面上洇出的墨迹判断，那绝对是汪老新作的书画。要知道，汪老的书画功力十分了得，圈子里鼎鼎有名，据说可以与郭沫若、老舍相提并论，故而好多名流中的仰慕者（如陈建功、张锲）常怀"觊觎"之念。我当然有自知之明，觉得以自己的身份（不过是汪老的一名普通"粉丝"而已）是不可以作此"非分"之想的。所以我想在此声明：我之所以盯住那卷宣纸，仅仅是希望能展开它，零距离接触，细细地欣赏一番罢了！刚刚认识就张口"求赐墨宝"，岂不是太唐突太孟浪太不知好歹了吗？

然而，让我绝对想不到的幸事突然间发生了。只见汪老俯身伸手，顺着我的视线摊开宣纸（我赶紧凑上去，以满足欣赏之欲），然后捉笔濡墨，不假思索，在上面"刷刷"书写起来。写罢，他将宣纸调转头脚，我方才看清了那上面的内容。原来那是四尺三开的条幅，画的是墨色玉簪。其上花开两朵，俱以淡墨勾线，线条流畅不滞，刚柔相济。花瓣有正有反，有窄有阔，互相掩映，妩媚婀娜。其下浓叶数片，有大有小，有新有旧，水墨淋漓，筋脉毕现。此外再无竹石类的点缀，剩下的就是大片的留白了。显然那墨色是早已干透了的，所以汪老可以直接在叶片上题字（此于无意间让人联想到古代名士淑女蕉叶题诗之雅好）。仔细辨认，那题款是两句诗："昨夜群仙真失态，舞酣抛落玉搔头。"然后是："钟亮同志教　汪曾祺　辛未秋。"

说实话我当时真有点发懵。正像通俗歌儿唱的那样，幸福突然间降临，竟让人手足无措，对于超出了期望值的事情，甚至连一句得体的感谢话都说不出口！……我晕晕乎乎地离开了汪宅，离开了曾祺老的"榆树村"，在公交车和地铁里，一直两手保护着那个装有"玉搔头"的大信封，生怕有一些儿闪失，而没来由的泪水就在眼眶里打转儿。

　　关于汪老的书画艺术，《文艺报》"经典作家汪曾祺"版上已有专文论述。文中提到汪氏书法有米（芾）字趣味，加之《圭峰碑》《多宝塔》和《张猛龙》的书法功底，最终形成了具有自家风范的一种行楷字体。至于汪氏的画，那当然是典型的文人画。文章引用汪老自己的说法，其"以意为之"，并以齐白石"太似

汪老赠作者画作《玉簪》

则媚俗，不似则欺世"为圭臬。我读过汪老的《徐文长论书画》，由此知道他对书画之道造诣极深。在《谈题画》中，他引了郑板桥、徐文长的例证，批评"近些年来有不少中青年画家爱在中国画上题字。画面常常是彩墨淋漓，搞得很脏，题字尤其不成样子，不知道为什么，爱在画的顶头上横写，题字的内容很无味……"对此我深有同感，不禁要点赞这和善的老头儿，其实并不是只会说"过年话"的和事佬儿。至于他认为当代"文人画"多有满纸烟云力求怪诞者，若以齐白石之论为衡量标准，那统统都是欺世之作，我觉得那些成名作家现又在卖弄画技的，听到这话应该会脸红的。

大概是 11 月 5 号，我从北京回到潍坊一周之后，收到了汪曾祺先生的邮件，即其《聊斋新义》之《虎二题》。（彼时汪老人在雁荡山，参加一项什么活动，稿件是由他夫人施大姐寄发的。）汪老以往的小说，多写家乡的陈年旧事，但《聊斋新义》有所不同，是拟蒲松龄手法，写古时的传奇轶闻。《虎二题》的第一篇，即《老虎吃错人》。那"位"吃了穷苦老奶奶独生子的老虎，为赎罪愆，竟做了老奶奶的儿子，而且十分孝顺。故事固已离奇好玩，结尾则愈加有趣且发人深思：老奶奶死后，她的虎儿子请银匠做了副银锁，上錾"专吃坏人"四字，然后就做了法律的维护者，使"自己觉得是坏人的人"，从此再不敢胡作非为。《虎二题》之二，写的是《人变老虎》。一位柔弱书生，因其妻子美貌而被恶霸公子杀害。书生之弟决计为兄复仇，却苦于无法，只好变作老虎……后来他恢复人身，讲出了人变老虎的秘密。公子的老太爷将其告到县衙，县官却"觉得过于荒诞，不予受理"。汪老这两篇短小说的确"过于荒诞"，寓言意味也十分明显。据我所知，他是从十年前就开始写《聊斋新义》的，老人家求变求新，却未丢其本色，值得我辈好好学习。

汪曾祺的作品能在《风筝都》上发表，这无疑是我们的殊荣，所有编辑部同仁都感到无上荣光。然而遗憾的是，此后我再也没收到汪老的稿件；而随着时光的推移，有关他的信息也越来越少。

倏忽四年过去。1995 年 10 月中旬，我赴京参加大哥铁英的葬礼，其间蓦地想起汪老：他跟铁英年纪相仿，不知身体如何？……思念之情突然间异常强烈。遂于 12 日下午，急匆匆二访"榆树村"9号。跟四年前一样，当我走出电梯的时候，不需要寻找 1 号门牌，更无需揿响门铃，房主人早已笑盈盈在那里等候了。

记得第一次拜访汪老，他的夫人并未出现，彼时掩着门的卧房里大响着女人和孩子的喧笑；但这回迎候我的却不是汪老，而是一位看上去气质不凡的老夫人。我张口就喊出了"施大姐……"（以往通电话时，汪夫人特别给我解释说，她姓施，"方人也"的施，而不是史湘云的史，故此加强了我的记忆。）她微笑着点点头，那眸子里闪动着与汪老同样的温暖光芒。仍跟上次一样，进门后我没换拖鞋，然而屋子里静悄悄的，缺少了上次的笑闹。

施大姐并没将我让进书房，而是在一间跟书房差不多面积的客厅里请我落座，然后泡茶，并娓言解释说，老汪刚刚睡醒，这就过来……话刚落地，一个熟悉的身影就在身边出现了。我赶紧站起，握手问好。那一刹间发现汪老的气色不是太佳，缺少了一点四年前的奕奕神采。他陪我坐下，而夫人却并未离开。寒暄过后，我以大哥为例，讲了几句"少饮酒、多活动"之类，然后就扯到了《风筝都》。说因"资金自筹、财政上不管"之故，办得不太好，有负汪老期望云云，说得少气无力，我自己都觉得没啥意思。但施大姐却一个劲地说，"办得这就很好、很好"，对我慰励有加。少顷，她跟汪老耳语了几句，然后对我说："请稍等等，他去去就来……"然后汪老慢慢站起，转身，再慢慢踱了出去。

我以为汪老身体不适，须回房休息，故打算告辞。但施大姐却笑盈盈地说："他没事……你再坐坐！"然后她继续陪我说话。大约一刻钟的样子，汪老又踱了回来。这回他手里多了两本书，另有一片宣纸。施大姐说："这都是送给你的。"我不禁一愣，迎上去接过，遂惊喜若狂。原来，那书是汪老的两部作品集，一部是漓江出版社出版、精装的《汪曾祺自选集》，一部是汪曾祺著、李辉主编，由中国华侨出版社推出的"金蔷薇随笔文丛"之《榆树村杂记》。打开来，两书扉页上皆有"钟亮同志惠存 汪曾祺一九九五年十月"硬笔题字。而在那片宣纸斗方上，我看到的则

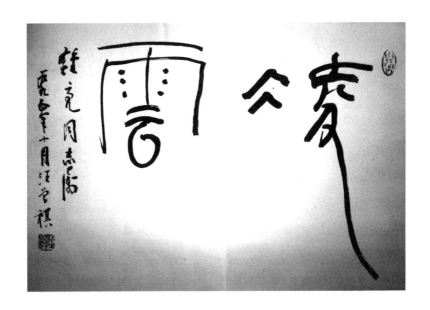

汪曾祺书法《凌云》

是两个大字"凌云"，用的汉隶，落款"钟亮同志属　一九九五年十月"则为行书。

我自然喜出望外，慌忙鞠躬致谢，将汪老的书法和书籍小心翼翼地收进随身携带的挎包，然后向二老告辞。汪老送我到电梯门口。但电梯不知何故，停在某层一动不动。我要求他回屋，而他坚持说再等。烦人地等了半个世纪，电梯好歹来了。不过还好，梯房里只我一人，我便可以按住暂停按钮，以便让他离开之后方才松手。电梯关门的刹那，光线骤然变暗，一束不知是夕阳还是电灯的亮光打在他身上，给他的背影镀了层金色，显出一种奇妙的意想不到的艺术效果。

返回招待所的路上，我的心情非常复杂：既因获得了"名士"的厚赠而大感喜悦，又因打扰了老人的生活而深怀疚愧。这之后，随着时间的流逝，后一种情绪日益加重，竟使我再"不敢"（或者说"羞于"）联系汪老，以致断了音问。但汪老的《玉搔头》一直挂于我的书斋，使我可以随时与汪老会意。每每欣赏那"昨夜群仙真失态，舞酣抛落玉搔头"诗句，便会看到一个熟悉的身影，恰是汪老，持樽啸呼披发婆娑的模样。而汪老的《榆树村杂记》和《汪曾祺自选集》，则是我时常捧读的经典。特别是退居二线之后，因了汪老的"熏陶"之故吧，我竟也染上了些许"仙气"，遂捡起若干年前的老行当（我早年曾拜师学过素描、速写，且在文化单位做过一小段的"美术专业"），在宣纸上恣意地涂抹宣泄。近来重读汪老的《自得其乐》，使我愈加体会到了老人家的可爱，于是干脆将"自得其乐"刻作闲章，尔后作画，似乎格外地妙趣多多了。

不知不觉，汪曾祺先生逝世已二十年。作为一个受过他惠泽的文学工作者，觉得必须写一点悼怀文字，以纾解心中久藏的愧疚。今日再读《文艺报》"经典作家之汪曾祺篇"，觉得《名士的背影》题目似可借用，遂在其前面加上了"凝视"二字。凝视那镀金的光亮的背影，以他为楷模，即便你"文品"提高不大，但"人品"必将大大升华。我坚信这一点，故此情知自己不具汪老之"异秉"，自然做不了他那样的"大名士"，甚至也做不了次一流的"名士"，但争取做个"士人"，锲而不舍，让水滴石穿，这目标庶几能实现的吧？

2017 年初冬于乐天斋

"同心笔会"侧记
—— 兼忆屠岸先生

"纸花如雪满天飞，娇女秋千打四围。五色罗裙风摆动，好将蝴蝶斗春归。"郑板桥这首脍炙人口的《怀潍县》，描写了潍坊大地上风筝漫天飞舞的美景，使潍坊成为名闻遐迩的风筝之都。自1984年以来，每年4月份的"国际风筝会"都是潍坊人的盛大节日，而对我来说，还是一次难得的机遇，可以借机结识那些"被风筝线牵来"的海内外文化名人。1987年的风筝会自然比往年热闹，也更值得我深深怀念。因为在此期间，山东省散文学会和潍坊市文联举办了一次名曰"同心笔会"的散文活动，我作为东道主的代表，虽忙得不可开交，但着实体味了一把"有朋自远方来，不亦乐乎"的滋味。

具体参与筹备这次"同心笔会"的，是《高山下的花环》作者、时任山东省作协副主席兼济南军区创作室主任的李存葆，和山东省散文协会的副主席兼秘书长王光明。他俩3月下旬先来潍坊打前站，我们一起首先确定了笔会的赞助单位，是国家大型企业潍坊柴油机厂（"同心"是该厂的品牌，故以之冠名），然后拉了一个很长的应邀人员名单，将全国最著名的散文家、编辑家，甚至小说家和诗人，几乎都包括在内，大概一百位左右。但真到了风筝会开幕的前夕，有些受邀的名人如贺敬之、王蒙、蓝翎、袁鹰、唐达成等，却因另有要务无法分身，我们也只好接受这种"可以理解的遗憾"。不过，有一位大名人却是"计划之外"而"不请自来"的，这对我来说当然是一种"意外之喜"。他就是人民文学出版社原总编辑、编审，著名诗人和翻译家屠岸先生。

说到这里，我必须对人民文学出版社原编审、《当代》杂志副主编汪兆骞先生道一声谢谢。汪先生是我的老朋友，对我们潍坊的小说作者提携很大，在《当代》编发过陈炳熙的《夜歌》和我的《散香》；他是被正式列入了邀请名单的，但因与贺敬之、王蒙差不多的原因，在业务工作的时间节点上与风筝会和笔会发生冲突，只好灵活掌握，"早来早走"，实际上就空出了一个名额。故此他向我提出，"我们社里的老领导屠岸先生，他很想来潍坊看看风筝会，不知能不能算作笔会的名额？"我闻听无比高兴，也非常激动，即请兆骞先生代为邀请。于是3月31日，屠岸先生风尘仆仆从北京赶到了潍坊，下榻于潍柴宾馆。陪同他的是资深编辑家、《华人世界》（由人民文学出版社主办）主编许显卿先生。

三十年后的今天，我还能清楚地记得，屠岸先生的身躯一如他的名字，的确非常伟岸，让人"须仰视才见"。他穿一件草绿色军用棉大衣，这很出乎我的想象，因为其虽来自燕山脚下，但毕竟不是高适、岑参类的边塞诗人，那白皙的肤色和举手投足间显示的儒雅气度，与这件军用棉大衣所形成的反差是相当大的。

屠公虽系大家，但待人亲和，并无令人不可向迩的架势。刚见面不久，他即拿出山西人民出版社刚出版的《萱荫阁诗抄》和上海译文出版社的莎士比亚《十四行诗集》赠我。两本书扉页上都有屠公隽逸的亲笔题书"钟亮同志教正"，这使我于惊喜之外又深感惶恐，原因无他，无非自知学浅，于格律一窍不通，而且还是英文方面的文盲。但此后几个夜晚，临睡之前，我总要捧起屠公的两本书，贴上鼻头，用力嗅嗅纸页上散发出的淡淡墨香，意在用大师之气熏陶自己。自然有时还会找出梁实秋的莎翁十四行诗译本，与屠公的译文两相对照，感觉各自的译笔之妙。至于屠公在莎翁《十四行诗集》译后记里提的那些学术问题，于我来说太过深奥，简直就是天书了。

按照预先拟定的议程，与会者 4 月 1 日上午作为特邀嘉宾，出席潍坊国际风筝会的开幕式，观赏国内歌星名伶的献艺以及世界各地有代表性的特色风筝表演，当日下午"同心笔会"才算正式开始。说是笔会，但其实只是座谈。座谈会总共举办了两场。因为会务的牵扯，我只旁听了一场。尚记得那场座谈会是由山东散文学会的副会长、山东大学博导、著名明清文学专家马瑞芳女士主持的，我所心仪的大师屠岸、邹荻帆、石英、李存葆等则先后作了精彩发言。会议期间，客人们还曾去渤海滩参与万众风筝放飞活动，在市体育场观赏了盛大的焰火晚会，并参观了潍柴厂区，游览了十笏园、杨家埠、风筝博物馆等著名景点。考虑到潍柴对会议的不菲赞助，主办方自然要表示答谢，于是由我提议，李存葆、王光明等出面，烦请屠公为潍柴撰书了一副楹联，邹公荻帆则作了一首《风筝节的致意》。为了这首"急就章"，邹公特意避开访客，躲进浴间，倚马可待般地这样写道：

我真想放飞一只风筝，在渤海之滨，在美好的时辰。那儿是鸟飞的天空，广阔无垠。那儿是鱼游的大海，浪涛奔腾。

我真想放飞一只风筝，学潍柴人那种精神，那是创新、开放、开拓大竞争，让人们仰望天空，有时代的音响，人同此心！

我真想放飞一只风筝，竞争的时代不容许徘徊停顿。让电子、机械、遥控……新技术新工艺集中于一身，飞得更高更高……学潍柴那种生产马力，由一百万马力到三百万六百万……光照国土，射出国境！

我真想放飞一只风筝，并非单枪匹马，孤军冒进，学潍柴那种横向联系，那是串式风筝，摆开了并肩大生产的阵营，鸿雁结队直撞天门。

也许我不会真的放飞风筝，无论你和我站在哪一岗哨，在这创业的时代，都该有潍柴人那种精神！

待到 4 月 4 号"同心笔会"结束，与会者大都踏上了归途。屠岸却意犹未尽，流连忘返。我遂建议他，到潍坊周边人文遗存比较丰富的市、县转一转。屠公欣然同意。于是我便陪同他和许显卿，驱车到达青州古城。中午由青州市委常委、宣传部刘部长招待了酒饭，午后稍作休憩，即开始游览城郊的云门山。云门山遐迩闻名，不仅风光绝胜，更有大量人文古迹而彰显独特魅力。

"同心笔会"期间屠岸（左五）、邹荻帆（左四）与作者及潍坊柴油机厂领导合影

我自充导游，在那个巨大的"寿"字下面讲述了明衡王府的历史掌故，以及《醒世恒言》之《李道人独步云门》卷中关于"云门"的有趣故事。屠公听得津津有味，且不时地掏出个小本子记些什么。我发现他似乎不太关心身边的优美景致，也不像寻常游客那样热衷于拍照留影。正是"醉翁之意不在景，在乎人文遗存也"！这是我即时的想法，是将欧阳修的名句"变通"用在了屠公身上。我知道，欧阳修当年遭贬，在青州做过知州，这位既爱酒更爱山的"醉翁"，曾作诗曰："偷得青州一梦闲，四时终日面屠颜。须知我是爱山者，无一诗中不说山。"我将此诗诵于屠公，他抚掌称妙，然后又掏出小本子记录了。

　　老实说，能陪伴屠岸先生这样的大师，是上苍赋予我的一份福缘，真堪称三生之幸。虽则游览的过程中他很少讲话，但于行走或驻足之际，其学而不厌的求知精神，却能默默地通过阳光和空气传达至你的心境。譬如，就在云门山上那一大片摩崖石刻的下面，屠公仰着头，停留了很久很久。他看得那么仔细，那么认真，那么"执拗"。当我站得腰酸腿疼，暗自嘀咕"时间有限，我们不可能在这儿待得太久"，他老人家却恨不得变作壁虎，欲爬上悬崖，一行行一字字抚摸一番似的。要知道，屠公的"强项"其实并不是中国古代史，但在我眼里，单就"兴趣"而言，他大概不次于那些考古学家吧？

　　这一夜，我们在青州宾馆住下。5号上午，屠公又游览了范仲淹遗留的"范公井"，参观了青州博物馆所藏的明赵秉忠"状元卷"等珍贵文物。但限于行程的紧张，只好走马观花，浮光掠影。这对屠公来说未免有点儿遗憾，但无可奈何，因为我们必须在中午抵达临朐县城，否则就会影响下午的安排。在离开青州之前，我借用当地文化局的座机（那时候还不时兴手机）跟临朐县宣传部取得了联系，午饭遂有一位姓林的部长出面招待，此外还有县里老作家郝祥榛作陪。饭毕，即匆匆上车，赶往二十公里外的山旺村，参观闻名中外而被称作"稀世珍宝"的古生物化石。那里早先是一家企业，其主营项目，就是将形成于 1800 万年前的中新世时期的生物化石变作化工原料，而人们压根不晓得那是比暴殄天物更为严重的罪愆！现在机器停了，工人散了，厂房被改造成了化石展览馆，其所陈列的鸟类、鱼类化石栩栩如生，着实令人震撼惊叹；但参观者更喜欢的，还是展览馆外那山包似的化石堆，因为在那里你可以很轻易地捡取到嵌有藻蕨、昆虫或者小鱼的化石碎片。当然现在已有专人看守，严禁随便捡取，但其实很多游客（特别是县及以上领导机关的贵宾）经过特许，完全可以将其加工为工艺品，摆放在书案或者博古架上去的。如今三十年过去，我已记不准屠公是否得到过此类礼物了，但可以肯定地说，在此后的日子，我不止一次弄到山旺化石，用以酬谢那些帮助扶持过潍坊文学事业的师长们。

那天天公不太作美，下着小雨。我们恋恋不舍地离开山旺，直扑诸城。途中雨越下越大，能见度也越来越低。在车上我老王卖瓜式地向屠公介绍说，诸城是我的家乡，也是臧克家、王统照、陶钝、崔嵬、王愿坚、李仁堂以及刘墉、康生、江青的家乡，甚至是苏东坡的"宦乡"，李清照的"婆家"。遥想当年苏子瞻在诸城（密州）出猎，"左牵黄，右擎苍"，其雄姿英发不啻于三国时代的周郎……我如此喋喋不休，无非借以排遣屠公旅途中的无聊和疲劳罢了。

今天翻检 1987 年的日记，可知 4 月 6 号上午，我陪屠岸、许显卿先生参观了诸城市博物馆，观赏了"压馆之宝"鹰首提梁壶，和苏轼曾经用过的镌有"半潭秋月"字样的石质砚洗，以及"宰相刘罗锅"留下的几件墨宝。但已记不得参观过程中屠公说过些什么。印象中屠公很少讲话，不太健谈，不像以往我所陪过的一些作家，亢奋起来时滔滔不绝，酒酣耳热间则有点小节不拘；而他总显得那么沉稳持重，温文尔雅，显示出一种大儒的风度。

这风度与其说是修养，倒不如说是"修炼"——大概是几十年的治学、编辑生涯所"炼"成的呢！

当年的日记告诉我，6日下午，我还陪屠岸先生参观了全国外贸战线改革开放的红旗单位，即诸城市外贸集团，然后驱车北返，在安丘宾馆住宿。7日上午，又参观安丘市博物馆。按说该馆的文物并不比青州、诸城丰富，但它有个特点，那就是馆中有"墓"，即汉代石墓，其他地方似不曾见过。该石墓的墓主是东汉孙嵩，仕至豫州刺史，《后汉书·赵岐传》记述此人重节尚义，因搭救赵岐而名扬天下；另外《三国志·邴原传》里亦有关于孙嵩的一些轶事。按照安丘市领导同志的意思，考虑到屠岸先生的年纪，本只安排他看看楼上的展室，而不打算让其屈身弯腰"钻"地穴的，但当我向他透露了有关孙嵩墓的信息之后，老夫子执意要看，而且态度十分坚决，安丘市领导也只好"恭敬不如从命"了。

老实说，我绝未估计到屠公会在汉墓里站了几乎一个上午。因为墓里空空如也，并没什么殉葬品，譬如酒具、漆器、陶俑之类，而只有一些石雕的立柱或者壁画，虽从专业角度来看弥足珍贵，但对行外人来说真也没啥看头儿。然而屠公兴趣盎然，看得津津有味。从那些圆雕、透雕或浮雕的冰冷死寂的石头上，他不仅看出了反映墓主车马出行、拜谒、乐舞百戏、渔猎等生动活泼的生活场景，而且还能描述出涉及雷公、风伯、青龙、白虎等比较抽象的艺术形象。而在我倍感无聊头脑走神的时候，却忽听屠公低声说了一句："啊，你看，这就是'羿射九日'！"我赶紧将目光移向他的手指，但很遗憾，从那片"乱糟糟"的石刻上，压根看不出羿射九日的意思。然而我必须相信屠公的眼力，因为"外行看热闹，内行看门道"，这是颠扑不破的真理。

不知不觉，屠公在潍坊已经待了八天。4月8号九时许，我送他和许先生去郊区的机场，并目送他们的身影消失在安检区。在返回市区的路上，我看见飞机从头顶上呼啸而过，升上云端，那一刻脑海里当即闪现白鹤式的风筝意象。"白鹤"在天空拐了一个U形,然后才飞向北京。我猜想那是它依依不舍,故特意回眸,再看一眼热气蒸腾的潍坊。

"风筝"虽然飞走了,但我知道,那根丝线还在,岁月的风尘吹不断它跟潍坊的联系。果不其然,此后潍坊的一些作家、诗人,与屠公谋过面的,或不曾谋面而心向往之的,纷纷然主动与屠岸联系,且都得到了屠公有益的教诲。1989年春节之前,当我编辑一本《风筝》文艺特刊的时候,又想起屠公,遂写信向他求稿。大概两周之后收到了屠公回信,信中他说:"前年四月在潍坊市有幸认识您,得到您的热情接待,您陪我和许显卿同志访问了许多地方,使我们得益不浅,我至今铭感在心,令人永难忘却……遵嘱寄上拙诗一首。因在病中,又是仓促写成,诗味甚少。请审阅。"此信写于2月16日,查农历应是己巳年的正月十一。是时潍坊的"年味儿"尚未消散,窗外还不时传来寥落的鞭炮声。在这样的情景中捧读一位有恙在身的长者的信件,令人感激之余又深怀了歉疚与不安。

屠公的那首新作,是他亲笔所书。诗题《断线》,立意不凡,与我所见到的许多"风筝诗"相比,真的别出机杼。现在我把它照录于下,以与读者诸公共赏:

一只巨大的蝴蝶

跌在一丛树枝上

经过风吹日晒雨淋

四只翅膀消蚀了

只剩下一个框架

它曾经野心勃勃地

向更高更高的天空飞翔

要把绚烂的翅膀

同璀璨的朝霞斗艳

要在碧蓝的晴空

永远刻下五彩缤纷的映象

它祈求一朵白云摄去

它那万花筒般的图案

把斑斓的形相

带到银河系去展示

然而如今它的躯壳消蚀了

那框架不久也将枯槁

甚至消失在人们的记忆中

可是人们记得

它挣扎着向上飞跃的时候

挣断了那根唯一的线

使它永远脱离了

天真的孩子的手

也永远脱离了

使它变得美丽辉煌的

人间大地

　　屠公是享誉海内外的大诗人，而《断线》非是旧诗，而是他特为我那本名不见经传的"内部刊物"抱病而作，如此真使我受宠若惊，铭感五内。但遗憾的是它来得稍晚了些，而那时我们又受制于排版印刷的有限条件，只好"笨鸟先行"，故此《断线》未能安排头题，无奈我在《编后》中说明："校阅本特刊大样的时候，我们又收到了原人民文学出版社总编辑、著名翻译家、诗人屠岸先生的诗稿。他是在病中写的，这使晚辈的我们很觉不安。谨愿这只《风筝》给老先生送去春的温暖，使他能健康长寿。"是年4月，"又是一年芳草绿"，我把这本风筝节期间出刊的《风筝》寄给屠公，却不曾付出稿酬（我们对所有稿件都不付稿酬）。不久回信来了，信中他不仅不提"稿酬"二字，而且还说："您太客气了，'编后'也太客气了。我那首诗写得不高明，是急就章，诗味很少，能被刊用，已深感荣幸。"然后又提及1987他来潍时受到我的热情接待，"访问青州、临朐、安丘、诸城，增进了知识，开阔了眼界，获益甚丰，至今铭感在心"。我读信后暗想：屠岸是真正的大师，然而待人谦逊，彬彬有礼，与那些睥睨众生的"伪大师"，不是一路人啊！

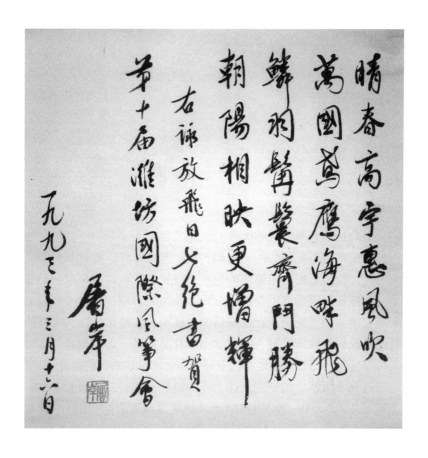

屠岸书法

1993 年，又是春天，风筝都潍坊即将进入"纸花如雪满天飞"的季节。常言说"每逢佳节倍思亲"，如此我便又想起屠公，遂发信再次邀请他来潍。屠公回信谢绝了我的好意，但随信寄来《咏放飞日七绝一首》赠我，并声明"我非书法家，写的毛笔字毫无功力。见笑了"。当然这又是谦逊的话。我知道，他出版《萱荫阁诗抄》的时候曾有些忐忑，认为自己于旧体诗词"功力不够"，"不能登大雅之堂"，然而中国古典文学研究权威陈迩冬先生却大加赏赞，评价不低。那么屠公的书法究竟如何？说实话我是门外汉，欣赏书法难以依据"规矩"，而仅凭个人的"感觉"罢了。屠公的《咏放飞日七绝一首》写的是：

　　晴春高宇惠风吹，

　　万国鸢鹰海畔飞。

　　鳞羽翯鬓齐斗胜，

　　朝阳相映更增辉。

　　后面还有小款："右录放飞日七绝书贺第十届潍坊国际风筝会　屠岸　一九九三年三月十六日。"现将此书法影印于左，以期方家赏评。

2016 年初春于乐天斋

冯骥才先生与《风筝都》

　　我多次说过，我们潍坊市文联的《风筝都》文学杂志，曾经得到过许多文学大家（或谓大师）的支持、扶掖，而此中冯骥才先生尤为突出，竟让我找不出合适的字眼以表达由衷的谢忱。

　　冯先生是我仰慕的大作家，他的几篇小说如《雕花烟斗》《高女人和她的矮丈夫》《炮打双灯》《三寸金莲》《神鞭》等，对我影响很大，甚至让我一度产生了暗自模仿他、追随他，学齐白石崇拜徐渭甘拜"青藤门下"的念头。1987 年，我的一部电影文学剧本被西影厂纳入拍摄计划时，接手它的著名导演张子恩，恰好执导过《神鞭》并获得了巨大成功，他很热情地建议我多跟骥才先生交流、学习。无独有偶，《当代》杂志的副主编汪兆骞先生与我厮熟，说很喜欢我的"三教九流"作品，他也曾在我面前大加赏赞"津门"的"大冯"，且提示我应从冯那里学一些东西。这么说，我是很应该拜冯先生为导师的了。然而鉴于天津潍坊相去遥远，也没什么会面的机缘，况且鄙人于文学创作也谈不上痴迷执着，所以"拜师"也只不过是稍纵即逝的一点瞎想罢了。

　　然而机缘总是在毫无先兆的情况下不期而至。1991 年 10 月 2 日，《大众日报》一位我并不很熟悉的马记者从济南打来电话，说冯骥才在济南举办个人画展，引起极大轰动，省委主要领导出席了开幕式，好多专业画家都表示十分震惊，画展结束后冯先生准备到潍坊的寒亭办点事情，问我届时能否接待。我不假思索，表示欢迎，扣上电话就直奔潍坊市委副书记、代市长齐乃贵的办公室汇报去了。

从我当年的日记来看，骥才先生是 10 月 5 日下午 1 时许，乘坐他自己的座驾从济南赶过来的。那是一辆黑色的奥迪（据说经过了时任天津市委书记的特批，当时一般的厅局级干部未必能坐得上），直接开到了我安排的樱桃园宾馆，我和我们市文联的另一名副主席，以及市委常委兼宣传部长任柏榴，三人早在那儿等候着了。当冯先生推开车门费事巴拉很艰难地"挤"出来时，说实话，我禁不住在心里"喔"了一声。因为他的身躯太过高大，将近两米，使我这不太到一米七的身骨相形见绌，颇类侏儒。而随着他的起身，奥迪车的轱辘则明显弹升了几寸，并如释重负地发出"咝"声……

　　午宴时我才得知，原来冯先生要去的，是寒亭区的压力容器厂，该厂于厂长热心书画，对冯骥才画展有所赞助，冯先生接受了该厂"名誉厂长"的聘任，且准备投桃报李，以亲绘的山水画馈赠。下午在压力容器厂的聘任大会上，我见过那幅画，的确功力非凡，气象宏大。忽想起前不久，在报纸上见过一则报道，说天津天气燠热，文联的干部在未安空调的屋里挥汗如雨，冯骥才主席见状即心有不忍，遂卖掉自己的画作两张，为大家换来了空调数部云云。我啧啧叹羡，暗自估算，他的画每张应该在三万元左右，其"润格"在时下的确是不低的。现在冯先生就在身边，我有了"求证"的机会，便在陪他活动的闲暇时提及此事。冯先生不仅证实了那则报道，而且解释说，他的画每一幅都是艰难的创作，而非轻松模仿别人或复制自己（好多画家其实每天都在复制着自己，故终其一生，虽画作盈室，然不过一幅而已），故此，哪一幅他也不会"跌价"的。

　　事情就这么有趣：我心仪的是一位作家，但见到的却是画家，关于文学的话题全都置诸脑后，感兴趣的竟只有书画二字。在 10 月 7 日齐市长陪饭的时候，我见过冯先生赠他的那本画集，有山水，有人物，有巨制，有小品，从欧洲教堂，到泰山茅屋，题材则各有异趣，画法则中西合璧。我当年曾学过绘画，且差点考进美院，甚至在县级文化馆里还搞过一段专业美术，自以为有半只脚踏入了美术门槛的，但在冯先生这样的"真人"面前，却只能自惭形秽，感叹"小巫见大巫"了。

冯先生告诉我，年轻时他曾是天津市篮球队的一员，亦曾在天津美术学院当过教师（好像与孙其峰先生共事过），"文革"中偷偷临摹的那幅《清明上河图》长卷，后被一位外国使馆的人以若干美金买去，现在想来还真有点舍不得。听他这么一说，我就愈加肃然起敬。说实话，我曾结识过一些既能搞文学又能弄丹青的"双栖"高手，也晓得他们的"文人画"意境高古，堪比"八大"，但窃以为绝非摩诘、板桥之属，其展卷欣赏可以，却不宜陈列于客厅；适合在客厅悬挂的，我看还是如冯先生笔下的雅俗共赏的画作。

我当然很想求得先生一件画作，哪怕只是尺幅小品，但深知那是不切实际的幻想。事实上他从天津到北京，再到济南，巡回办展的过程中还真没画过一张。然而求一幅字又将如何？先生不会拒绝的吧？虽有些忐忑，但借着酒后的胆子，跨跨踌踌地还是吐露了心声。想不到先生并没有回绝，但也没有立即答应。他盯了我好一会儿，才很认真地说："这我得考虑考虑。"然后向我解释："我给人写字，不会随便抄几句唐诗，或名言章句，以应付塞责。要写，也得看看你是怎样一个人，然后有针对性地写点什么……"这使我愈加忐忑，甚至还有点后悔，生怕由此引出始料未及的尴尬。想不到第二天早晨，我赶到宾馆的时候，先生笑吟吟从房间出来，手里拿着一张宣纸，抖开来看，上面竖写着遒劲潇洒的两行大字："小鱼戏水，大鱼沉底。"后面则是题款："韩钟亮先生雅正。辛未秋日津门骥才。"更没有想到，他还招呼我站到身边，我们俩各用一只手扯起条幅，然后让他的夫人拍照，从而"定格"了于我来说具有历史意义的那一刻。

"小鱼戏水，大鱼沉底。"它有怎样的涵义？先生笑而不语，而实际上我也并未启齿请教。我知道这如同佛偈，不能直问，只可参悟。此后我将冯先生的题词悬挂书房，时时对着它冥思遐想。我夫人似乎早有慧根，领会得比我要快。她揶揄我说："你就是小鱼，冯先生才是大鱼！"我则自嘲说："小鱼也有小鱼的快乐。世界上总是小鱼多而大鱼少的吧？"话是这样说，可我心里明白，

冯骥才先生为作者（右）题词"小鱼戏水，大鱼沉底"

人何尝不想将自己养成大鱼，即庄子所谓的鲲，虽长期沉潜不动，寂寞得很，然一旦化之为鹏，则水击三千里，抟扶摇而上者九万里哉？

其实，还有比求字更让人忐忑的，那就是请骥才先生担任《风筝都》双月刊的名誉主编。

1991年4月《风筝都》创刊伊始，我们拟定了一个顾问名单，内中有冰心、臧克家、陶钝、峻青、浩然、李存葆、刘锡诚、张笑天、莫言等名家，其中潍坊老乡居多，此外则是在潍坊战斗或工作过的"准老乡"，如峻青、浩然。冰心先生虽非老乡，但与潍坊文学界早有联系，甚至还为我们文联题写了"风筝都文学院"的牌匾，而《风筝都》的刊名，用的就是冰心老的手迹。如今趁冯先生莅潍的机会，也请他"挂"个顾问头衔，估计问题不大，先生未必拒绝。然而当我就要向他表达这番意思的时候，话到嘴边却突然冒出另外一个念头：顾问已经不少，再增加一位固无不可，但意义不大；那么何妨请他担任主编——当然是"名誉主编"，倒有点创新的意味（这种情况的确并不多见）！然而《风筝都》毕竟是一份地市级杂志，而且是"省批号"的"内刊"，而以冯先生这样的"大牌"，他没准会觉得这是一种不恭的玩笑，或者说讽刺……他会答应吗？倘不答应，又将如何收场？会不会让我们品尝一碗"夹生的米饭"呢？

我这人虽不太怯场，但不善辞令，常为自己的嘴拙和缺乏幽默而苦恼后悔。但事实证明这一次的忐忑是多余的，冯先生不仅痛快接受了名誉主编的头衔，且还深以为荣似的。我知道这是件严肃的事情，遂赶紧向《风筝都》杂志的名誉理事长齐乃贵市长汇报。齐市长一向关心文艺，且喜欢跟文人交游，他认为此事很有意义，即令我立即准备聘书（同时再弄点小工艺品，如嵌银筷子、风筝、布玩具之类），由他亲自向冯先生颁赠。10月7日早晨，齐乃贵在樱桃园宾馆与冯骥才会见，吃饭时两人围绕着文化、文艺以及《风筝都》进行了热烈交谈。但也未举行什么仪式，更没请媒体予以报道，而只是由冯、齐扯着聘书拍了张照片，一件具有历史意义的文事就在轻松的笑声中结束了。

接过聘书之后，冯先生很认真地表示："这头衔虽然是空的，但我还真应该为《风筝都》做点贡献，今后有什么事情你们尽管找我。"而我也实话实说，希望冯老师能利用自己的名望和朋友

冯骥才（左）接受《风筝都》杂志名誉主编聘书

关系，在京、津联系些文学界名人担任刊物顾问，更重要的是为《风筝都》拉来大家们的稿件。冯先生满口应承，笑呵呵地说"这事好办"，然后告辞登车。大约一周之后，我拨通了冯骥才在天津文联的电话，表示近期想去天津看望他和山东籍国画大师孙其峰，并顺道去北京拜访一下李国文、从维熙、汪曾祺等文学泰斗。冯先生是实诚人，很爽快地回答说，"下周三、四我在外地，星期五、六你可来津"；末了还特别叮嘱一句，"别忘了，给我带一幅《天津女教习》木版画啊！"

他说的木版画，指的是潍坊市杨家埠木版年画，它跟天津杨柳青年画、苏州桃花坞年画齐名，号称"中国三大民间年画"之一。冯骥才对民间艺术情有独钟，并且为抢救保护濒危的民族文化遗产而奔走呼号，摇旗呐喊，立下了汗马功劳，这是"连外星人都晓得"的事实。从1991年至今，先生多次来潍调研指导，帮助我们将杨家埠年画列为了国家级非物质文化遗产，且鼎力举荐杨家埠年画老艺人杨洛书，使之获得了联合国教科文组织颁授的"大师"称号。然而今天，我可以搔着白发，很自豪地告诉潍坊文化界的后生辈们：要知道，是我最初将冯骥才先生"领进"了杨家埠的大门，而关于那件《天津女教习》年画，也该是冯先生与潍坊渊源关系的一项见证啊！

还记得，陪同冯骥才参观杨家埠年画研究所时，那琳琅满目的古版年画美不胜收，令我产生视觉疲劳，故只是蜻蜓点水式地一掠而过。但冯先生可是民间艺术的有心人，他倒像采花的蜜蜂，如饥似渴般"叮"（盯）起来就没完没了。突然，他烁烁目光射向一件清末民初的年画，激动地指点着说："你看，她们的脚，三寸金莲！"而那就是《天津女教习》。在那幅画上，一般人注意到的往往是"女教习"荷枪而立的英姿，大概只有《三寸金莲》的作者，对中国妇女裹足史"情有独钟"的冯先生，才会留心她们绣花裤下的尖脚呢。冯先生披览了许多年画，"众里寻他千百度"，在天津一无所获，不想蓦然回首，却发现，那人竟在潍坊市的杨家埠里！为此他非常兴奋，表示欲将此画当作《三寸金莲》再版时的插图。那时年画研究所的季乃仓所长就站在旁边，我们是熟人，遂直截了当向他求取一张《天津女教习》年画。不想季所长却有点为难地回答，此年画所里目前只有一张，冯老师想要，我们过后得找出原版（尚不知能否找到）再印……如此一来，年画的事冯先生就只好委托我来办了。好在季所长没有爽约，数日后还真是翻腾出了《天津女教习》的原版，找老师傅好生印了几张给我。有此年画在身，我如释重负，对即将开启的津、京之旅信心大增。

10月20日，我借用《风筝都》联谊单位高密骨科医院的救护车（用救护车的目的，为的是出行方便，至少可以节省路桥费用），深夜到达天津。翌日上午，按冯先生电话上的指示找到了他的办公室，首先送上《天津女教习》年画，和一方红丝石砚。先生大喜，连称"多谢"。喝水寒暄之间，伴我同行的正骨专家单联明院长，闻听冯先生腰腿不太舒服，他二话不讲，当即挽起袖管进行按摩。约摸半小时之后，冯先生反映"效果不错"，其心情为之大悦，遂略作沉吟，援笔写了"骨气长存"四字相赠，答谢（或者说点赞）那位有点豪侠气质的正骨高手。二十多年后的今天，回味那次天津之行，我不仅要感谢那辆在国道和市区"势不可挡"的救护车，还应该感谢车的主人单连明院长——正是他的正骨妙手，以及善于插科打诨调节气氛的巧嘴，帮我很顺利地达到了此行的目的。可以这样说吧，在接下来的时间里，我们和冯先生简直成了一家人，先生对我真的是有求必应毫不推脱。当我提及此行的"主题"时，他不假思索立即拨通了北京的电话。"啊，王蒙吗？我是冯骥才……对，是'大冯'啊。听着，有件事你必须得办！"他一连拨了七八个电话，跟王蒙、李国文、从维熙、张洁、叶楠等"突突突突"语速极快地扯了一通。讲他最近多了一个"名誉主编"新职务，"现在就是向你要稿，当然是近作，没发表过的，咳，具体事情，就由我们的主编韩钟亮，让他当面找你联系得了！"他显得轻松幽默，而我却没来由地攥紧了拳头，过后发现手心里黏湿湿的。

当日下午，我们的"救护车"驶进北京，住进了公主坟附近的海军招待所。有冯骥才的电话引荐，我很顺利地见到了李国文、

冯骥才给王蒙、李国文、从维熙等打电话为《风筝都》约稿。前为本文作者

从维熙、叶楠等先生，分别送上刚出版的《风筝都》，并从他们那里得到了乐意担任顾问和即刻为杂志写稿的承诺。王蒙、谌容、张洁那里，因为一些如今我已忘却了的缘故，一直未能打通电话，但从当年日记来看，还是通过北京的邮局，给他们寄上了《风筝都》杂志，并附信表达了代冯骥才问好和以冯的名义约稿的意思。与此同时，我又通过中国作协联络部一位朋友，取得了梁晓声、汪曾祺、臧克家的电话号码，然后依次登门拜访，获得了超出预想的丰硕成果。当我带着沉甸甸的成果驶出京城的时候，车窗外的景色不断变换，臧克家、汪曾祺、李国文、从维熙等先生的形象也不断闪现，但冯骥才的面容却"定格"似的与那些图像"叠印"，一直不肯消逝，直到我昏昏沉沉进入了梦乡。

从 1992 年第 1 期开始，"名誉主编冯骥才"这几个字就一直赫然于《风筝都》的扉页，直到若干年后刊物停办为止。今天翻阅《风筝都》合订本，首先看到的是冯骥才与齐市长扯着聘书的合照，而后是梁晓声的《浮城》、李国文的《秋天的感觉》《我心匪石》《我家小院》《说不说在你》、张洁的《耳朵长得太大了》《香港来风》、叶楠的《雪下得好急哟》《黑山口》《骚女人》、从维熙的《美利坚手记》《梦呓》等冯骥才这块"招牌"引来的大家佳作，着实提高了《风筝都》的品位，使之在省内外文坛赢得良好反响。此外 1994 年夏天，冯骥才先生还曾为《风筝都》举办的"人生小品"征文题辞，其以"听命心灵方为文章"勉励那些操弄文墨者，特别是刚刚踏入文学门槛的青年人。1996年春天，我的短篇小说集《散香》即将出版，冯先生闻讯立即题写了书名。要说这份情谊，无疑是由《风筝都》引起的呢。

时光荏苒，白驹过隙。如今我早从文联岗位上退休，过着散淡的生活，而他还活跃于"第一线"，每日以紧张的节奏，弹奏着文学、绘画、民间艺术等多部合鸣的进行曲，扮演着作家、艺术家、社会活动家和文艺界领导者的多重角色。特别是他在保护中华文化遗产方面的不懈努力，令我由衷感佩，竟至产生一种幻觉，觉得他就像追赶太阳的夸父，一直在奋力地奔跑、奔跑……若干年后，他的弃杖当会化为葳蕤的邓林！

2015 年 8 月 7 日，于乐天斋

我与沙翁的"缘分"

　　说来很是惭恧，沙翁虽是名震寰宇的大学者，但孤陋的我对他却了解得很晚很浅。然而说来又很幸运，虽了解得很晚很浅，却能与他在电话里单独交谈，进而有了文字上的交往，甚至还获赠了他老人家的墨宝。这大概就是释家所说的"缘分"吧。

　　文怀沙这名字当然很早（1964年）在大学里就听说过，且也知道他是屈原研究方面的权威，但也仅此而已，因我学的毕竟不是古代文学。对他有了较多了解，是在上世纪90年代初，亦师亦友的峻青先生赠我一本散文集《梅魂》，其中第一篇题目为《沙翁复活记》，我以为这是讲莎士比亚的事情，读后方晓得此沙翁非彼莎翁。我们"国产"的这位沙翁即文怀沙教授，不仅学术上十分了得，人格上更是超凡脱俗，几可与他的研究对象屈子相媲美。既然柳亚子、钱锺书、楼适夷、周谷城等大师级人物对其如此爱重，那如我似的普通文艺工作者莫非不应该顶礼膜拜吗？于是读过《沙翁复活记》后，我即请求峻老，"有便时代向沙翁致意，表达一个后学晚辈对他的崇高敬意"。峻老慨然应允，表示乐意牵线联系，并提出可以请沙翁为我主编的《风筝都》提供稿件……故此我说，这缘分是从峻青那儿开始的。

　　然而说到缘分，还有个人不能不提，那就是中国作家协会的副主席、解放军艺术学院的副院长李存葆将军，他是我的挚友，也算老乡（其老家原属我们诸城，后划归日照），故而我从不称他官衔而是直呼其名的。我记得，1995年4月1日中午，存葆忽从北京打来电话，说他好友范曾的老师，就是大名鼎鼎的文怀沙先生，其夫人原籍是潍坊市下属的昌邑，清明期间她要回昌邑扫墓，令我务必热情接待予以照顾云云。

从我当年的日记来看，1995年4月2日，大约八点多钟，我按照存葆提供的沙翁信息，拨通了北京朝阳区长城饭店东枣营西里2条某楼某门某室的电话。接电话的是一位男性，声音洪亮而温润，有音乐的韵律似的；我以为他是文府亲戚或者仆从之类，想不到竟是沙翁本人。在我自报家门之后，尚未来得及报告昌邑那边的安排计划，沙翁先自高声地连说"多谢多谢"了。此后他提起了峻青和李存葆，说从他们那里了解到我的情况，于是让他久仰云云；对于这次他夫人的昌邑之行，将会给我带来诸多麻烦，他为此深为不安，并再次表示感谢。二十多年后的今天，我难以还原他的用词用语，但能恢复当时的感觉。感觉他根本不是耄耋老者，而是爽朗快乐的年轻人，他话语中间时而冒出的笑声，恰似溪流里迸跳的浪花，给人以美的回味。后来我想，怪不得沙翁能在电台吟诵《诗经》，原来他不唯精于诗词韵律，而且嗓音也具有如此美的"磁性"啊！

两天之后，也就是农历乙亥年清明节前一天的清晨，沙翁亲自打来电话，说他的夫人今日动身，坐某次火车，晚间某时可到潍坊。我说，我已请昌邑的朋友安排了车辆，届时将有人接站，请文老放心。电话中我反复强调今日恰好事情太忙，故不能亲去迎接；这看起来有点失礼，但的确毫无办法，因为《风筝都》必须赶在风筝会前印出，这关键的几天里我真有火烧眉毛之感呢。当沙翁很客气地表示，他很理解，不需有劳大驾之后，挂上电话我就赶到印刷厂去了。翌日清晨天刚放亮，我即驱车前往昌邑，在龙珠大厦会见了文老的夫人，并陪她吃了具有家乡特色的清明节的早餐。

提到沙翁的夫人，那似乎是媒体好事者特别感兴趣的话题。早前我曾听说过文怀沙有两句名诗，曰"平生只有两行泪，半为江山半美人"；亦隐隐听说沙翁倜傥风流，好像前后娶有五位美女。我乙亥年清明节接待的那位徐迎春女士，看上去大约五十多岁，中等偏上的身材和姿容，穿着并不时髦，更谈不上奢华，说话谈吐跟中国人（特别是北方人）没什么两样，真搞不清她何以会有日侨的身份。然我对她并不好奇，对包括沙翁在内的所有人的私生活都不感兴趣，故而饭桌上我们其实谈话不多，涉及的也多半是有关文老的近况。至于她的家乡，似乎在昌邑市北部某村，她一两位亲属其时似乎也在陪饭，但都记不准确了，因为毕竟那是二十几年前的事情了。

但有一点我是记得很清楚的：徐女士给我带来了两件礼物，那是沙翁亲笔书写的墨宝，俱是四尺三开的条幅，一幅的题款写了我的姓名，另一幅则没写受赠者为谁。我情知燕堂（沙翁的斋号）先生的字殊为贵重，也十分难得，但考虑到昌邑乃沙翁的"岳家"，且又是这次文夫人还乡之旅的接待方，所以出于礼道，他的另一件书法我转手就赠给了东道主。但有意思的是，这位受赠的东道主神情漠然，似乎并不特别在意。这也难怪，因为燕堂先生并不是中国书协的领导人。人们只晓得世间有沈鹏、某某某，文怀沙这名字是前一天早上才听说的呢！

但文老赠我的那件墨宝，第二天我小心翼翼地送到了装裱店里。

那是文老髫幼时所写的四句诗："破晓凌风去，鹞儿许共飞，一丝悬碧落，日暮未言归。"诗后有题款："乙亥清明书《童髫启蒙咏纸鸢》以博韩钟亮文友一粲　燕堂翁文怀沙。"文老的古隶书体拙劲高雅，炉火纯青。据说大书法家、原中国书协副主席王学仲教授曾谓："遍观当今书家，余独爱燕叟（即文怀沙）之古朴拙重。"余亦不知当今书家对学仲先生的论见能接受否？

接下来，该说说我与沙翁的"文字缘分"了。

从1995年仲春开始，沙翁多次接到我的电话，也见到了我寄赠的《风筝都》杂志和约稿信件，此间当然还有峻青、存葆两位的介绍，使他觉得我这人还可以交往、信赖。于是酷夏时节，文老寄来了他的第一封邮件。

这是他为四川人民出版社新书《当代纪实名家精品文库》所作的序言。为在我们这儿发表，他特意起了个题目，《不单单要"直面现实"》。其中有一段说："'实事求是'如落到实用主

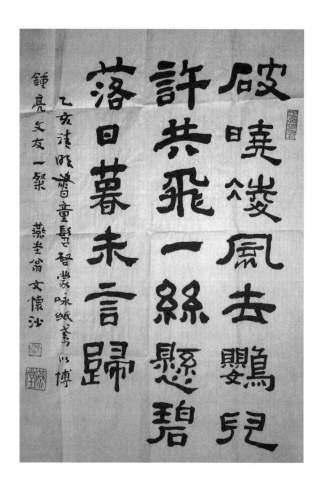

文怀沙书法（2016 年 11 年 25 日于乐天斋）

义的市侩手中，就会被歪曲得不成样子。这四个字也需要从另一侧补充，使之完善。我曾杜撰四字成语曰'虚情索非'。前者为阳，后者为阴；前者在表，后者在里。如能洞察、探究虚情之奥，寻索其'非'之所以然，始可得'实事求是'之精髓所在乎？"我记得当时读罢即拍案惊奇，不由得叹赞沙翁思想触角之大胆犀利！并由此联想到杨献珍，当年阐述毛泽东的"一分为二"时，自己又提出个"合二为一"；沙翁之"虚情索非"，是否能与"实事求是"相互补充呢？不知方家以为何如，我个人倒是赞同和欣赏的。

另外，沙翁在文章中还提到了他与丁玲的一桩轶事。某年湖南欲整修岳阳楼，特请丁玲撰写新《岳阳楼记》，然而丁以难超"先天下之忧"云云那两句警句打算拒绝。沙翁得悉此事，笑谓丁曰："先天下之忧而忧，后天下之乐而乐"没什么了不起。它其实脱胎于诸葛亮"有难则以身先之，有乐则以身后之"；再可推到战国时荀子所说"劳苦之事则争先，饶乐之事则能让"；倘再上溯，则又可追到春秋时老子之"圣人后其身而身先，外其身而身存"……读至此处，你不能不惊叹他老人家的渊博学识，同时羞愧于自己的学浅闻寡！

继《不单单要"直面现实"》之后，我们不久又收到了沙翁的一批诗稿。其时沙翁正忙于"中国诗书画研究院"的建设，经常住在宾馆，故此我记牢了那个尾数是"966"的宾馆电话。从我当年的日记来看，7月11日我通过这个电话与沙翁取得了联系。他说他最近要去东北，回来后将把诗稿理好寄来；电话中他还答应给我的某位朋友写字……照此来说，我跟沙翁已经很熟了，简直是称得上好友了，否则我也不会写信为别人求字。然而为谁求字呢？我日记里没写，脑子也不记得尚有下文。

1995年第6期《风筝都》刊发了沙翁的《文怀沙诗选》。我在"编者按"中说：著名学者、楚辞研究权威文怀沙先生，也是"诗人心目中的诗人"（徐亢语）。他写过不少旧体诗，本人却既不存稿，也从未结集出版。本刊近从先生手中获其旧作数首，并附胡耀邦同志的《致文怀沙先生》和柳亚子的《赠文怀沙》，一并发表，以飨读者。"诗选"有他写于上世纪30年代的《听雨》，40年代的《隔岸》《离绪》，50年代的《无题》（四首）、《读冯君培兄所著〈杜甫传〉感赋一绝，并以之题蒋兆和兄画少陵像》《癸丑腊八日，余览揆之辰，狱中次鲁迅韵》《放风拾得枫叶，喜占一绝》《有司赞余表现良好，左迁粪隶有作》《闻余妇戍陕西长安县，晨兴大雾，拥彗却步口占律句》《供奉李公衔女士命招抚，诗以报之》《那识一首》，以及80年代以来的《为九成宫杯全国书法大赛题句》《悼丁玲》《挽聂绀弩二绝句》《李银桥、韩桂馨夫妇索字，书一绝应之》《自题〈屈骚流韵〉一绝句》。这些诗有的我在峻青先生文章或其他地方见过，估计广大读者亦都熟悉，甚至相与流传，但沙翁《无题》四首后面的"附记"，却是诗人于1995年5月，差不多就是他夫人徐女士回昌邑期间新加的：

　　此乃缘于书写个人家庭变故的诗，而所生发又不必拘囿于个人感情生活。五十年代写这样的诗是很不合时宜的。后来聂绀弩赠我诗有句云："不合时宜一肚皮"，本此。记得当年李释戡大为溢誉，评为"直逼义山"。钱默存不同意李评，嘲我"欲学李义山，所得为韩冬郎"。胡风、冯雪峰、汪静之等人皆程度不同地肯定这四首律句的美学价值，胡、冯又都劝我少作这类近似朦胧的诗。一九五七年春，陈企霞到梅山水库体验生活，来信表达了他的苦闷，我复信安慰他，并附去这四首诗。后来"反右"了，丁玲和陈企霞被打成"丁、陈反党集团"的头子，我寄去的信和诗竟成为反党的证据。艾青曾悄悄告诉我，作协曾找了一些著名诗人、作家开会，研究埋伏在我诗句中的反动涵义……我的这四首诗被封存在公安部的"绝密"材料之中长达三十多年之久。几经周折，三年前那盖上"绝密"印记的打印件终于传到我手。抚今追昔，不免有受宠若惊之感云。

一九九五年五月怀沙附记

此"附记"能首先在我们的《风筝都》发表，实乃刊物之幸，编者之幸。但最使我感到荣幸的，还是能借刊登沙翁诗选的机会，欣赏到了胡耀邦同志的诗作，而且是他的手迹（复印件）。"骚体开新面，久仰先生名。去岁馈珠玉，始悟神交深……"这些诗句大概今天的网民已耳熟能详，但在二十几年前，估计没多少人能如我似的先睹为快。

再后来，也就是1996年的9月，沙翁给我寄来了他的一通书信。信是用钢笔写的，却有毛笔的味道和金石的韵致——

钟亮仁仲：

收到你们越编越好的《风筝都》，扶摇腾飞为颂！

及门晚弟子徐州邵盈午，古典文学功底不恶。他写了一篇赏析文章。志洁行芳的胡耀邦，党中央给他的结论是辉煌的。记得邓小平也参加胡的追悼，那天的景象，至今记忆犹新。胡好学不倦，他赠我的古体诗乃不朽之作，也是他诗作中的拔萃之品。现将邵盈午的文章寄奉，请编辑部诸公审阅。我意虽长达四千多字，并无废话，故以不加芟删为好，不知诸公卓见为何？祝

著安！节日好！

文怀沙 1996

P.S.：中央电视台把我从美国召回，作为嘉宾主持，录制《中国风》22集，每个星期天下午3:58由中央台第二套节目播出，并闻老来尚觍颜抛面，博友侪一笑而已。

此信不知哪天写的。从信封的邮戳看，是公历9月21日，对照农历，则应是八月初九。沙翁祝我们"节日好"，这节日一定是国庆和中秋节。他信中举荐的邵盈午先生，我与之素昧平生，估计就是任职于徐州师范大学古籍研究所，在古诗词等多领域饶

有建树，并以《范曾画传》闻名当世的那位教授。邵教授出于沙门，对导师的情况十分熟悉，这篇赏析胡耀邦同志《致文怀沙先生》的文章也的确写得"不恶"，它至少给我们披露了一些鲜为人知的秘史。譬如，当年毛泽东主席曾在接见沈尹默时，对文怀沙的《屈原离骚今译》十分称赏，认为其比郭沫若的《离骚今译》略胜一筹；无独有偶，若干年后，另一位政治伟人，即胡耀邦同

"沙翁"（文怀沙）手迹

志，则不仅对沙翁的学识更予青睐，甚至在精神气质方面也给与了高度的评价。今天网上有质疑文怀沙人格品质的帖子，诸如其攀附权贵云云，对此笔者不予评论；但笔者也可以问问那些质疑者：倘你们有朝一日也能获国家领袖的青睐，你们难道会嗤之以鼻，甚至叱骂一顿，以显示真"士人"的风骨吗？

下面要说的，是我与沙翁的"书画之缘"。然而提起这个话头，我首先就有点羞愧并自责。

回想二三十年之前，我正迷恋国画。因为早年学习过素描，又临摹过芥子园，故也能弄出些孤芳自赏的东西。也就在那个时期，借助文联以及杂志的平台，居然还结交了如刘大为这样的画界"大腕儿"。而当与文老相识之后，随着联系的增多，情谊的加深，竟渐渐地忘乎所以了。于是1995年夏季的某日，乘一时之酒兴，画出一张以苏轼为人物的国画，晕晕乎乎就寄往沙翁的寓所。

那幅画我画的是苏轼在雩泉赏鱼的情景。雩泉乃密州常山上的一处泉池，当年子瞻知密州，多次在此祭神祈雨，且很灵验，故苏公对其怀有深情，熙宁九年离任时写下了《留别雩泉》等诗。此画甫成刚要题款，忽想起前不久与峻青先生的"合作"（即我画荷花水鸭，峻老补小花并题款），遂急忙收笔。这次不寄上海，而寄北京，此无他，无非想用这种法子讨得沙翁的题字罢了。然而寄走后我又深自懊悔。因为沙翁的名气太大，我听说他的"合作对象"通常是蒋兆和、范曾类的大师；虽则偶尔也为朋友题画，但那也绝不是一般朋友，而必须是称得上至交（如峻青）的。就我而言，不说别的，单就个人书画水平（纯粹自娱型的"业余耍儿"）亦不能作此非分之想。不过事已至此，想把邮件追回也已来不及了。那就只好祷告着邮件在中途丢失，庶几乎可免将来的尴尬，且此类事今后是断不可为了！

然而，大概半月之后北京来了邮件。惴惴地打开来看，正是沙翁退给我的画作。在画面右上方预留的空白处，现在添加了几行他的墨迹——

诸城痴绝韩钟亮强使老夫作妄人题句

雩泉污颜色 东坡醉尉俱避秦 颜应为美字

曾忆苏公过密州有老守时遭罪尉嗔之句

乙亥盛暑燕堂文怀沙题

沙翁题字为行草，果然老辣劲道；其笔画间透出的书卷气氤氲纸上，大大提升了画作的品位。但说实话，在刚刚辨识这几行题字时，我感到颇有赧颜。其原因有二：第一，沙翁"强使"二字批评了我的"强人所难"，这使我深悔自己的孟浪和唐突。第二，沙翁的题字涉及一些生冷典故，加之有的字写法与今人迥异，的确难以辨认，便尤其让我感到了自己的不学无术。当然，后来经过翻书弄典，再请教书界的朋友，总算大体弄懂了题字的意思。现容我释义如下：

沙翁首先说明题字的缘起。他说，是一位叫作韩钟亮的"痴绝"，即超级书画迷，强使我老汉作"妄人"（即无知妄作之人）式的题字。我的题字是："雩泉污颜色，东坡醉尉俱避秦。"呃，"颜"字错了，应改为"美"字。这两句什么意思？无非是：倘雩泉一旦污染，失去其美色，那么不管是（曾经做过太守的）苏东坡，还是（现掌握一定实权）的"醉尉"，他们都将遭受动乱，"避秦"而逃到别处去了。这里沙翁用了两个典故。一个是"醉尉"，指的是飞将军李广罢居蓝田，有一次射猎晚归，遭醉酒的霸陵廷尉呵斥而止；另一个出自陶渊明的《桃花源记》，"先世避秦时乱……"后因以"避秦"作"避乱"的代称。那么，何以题这么两句呢？沙翁自己解释说，我曾记得，当年做过密州太守的苏东坡，后来再经故地时作过一首诗，其中有句为"老守时遭罪尉嗔"，我这"东坡醉尉俱避秦"就是由此化出来的……

说实话，我虽是密州（诸城）人，对苏轼在密州的事迹和作品有所研究，甚且还写过《苏轼在密州》电视剧本，但对"老守时遭罪尉嗔"这句诗居然毫无印象。急忙查了一下，始知其出自苏轼的《过密州次韵赵明叔、乔禹功》。诗的头两句为，"先生依旧广文贫，老守时遭罪尉嗔"。苏诗的"老守"其实非指自己，而是指致仕归家在密州闲居的乔叙（字禹功）先生。沙翁在题字中将东坡与醉尉扯在一起，不知是他记混了呢，抑或老人家有意为之？但不管怎样，沙翁的意思是明白无误的。那就是，当苏东坡在雩泉观鱼的时候，他不是单纯的赏玩、遣兴，而是在思考社会与人类命运的重大问题。其实我创作此画时，想到的本是苏轼的《留别雩泉》，且我在给沙翁寄画时，信中似乎还专此作了说明；然则沙翁题词，何以弃《留别雩泉》之"二年饮泉水，鱼鸟亦相亲"而不用，偏偏要在《过密州次韵赵明叔、乔禹功》上做文章呢？难道那个时候，亦即二十几年之前，我们的沙翁就已经在关注着环境污染的问题了吗？这的确是我百思而不得其解的。但不管如何，老先生作为儒者或者说士人的强烈忧患意识，以及他思考问题的不同流俗和别出机杼，都是值得笔者敬佩和学习的。

时光过得真快，不知不觉沙翁早已过了"期颐"，而我也进了过去常说的"古稀"年龄。因退休之后"淡出"文坛，对许多故人断了联系，故沙翁近年情况一概不知，前不久才听说他又成了媒体的热点。有人问我：文怀沙究竟是不是国学大师？我则反问他：你说呢？然后再回答他：许嘉璐、张贤亮已经说了，他是不是国学大师先别管，总之他是我的老师，他的学问比我强多了！

感受白鹿原
—— 陈忠实先生印象

　　中国的地名大都是因为一个人或一件事的出名而出名的，譬如白鹿原就是。在陈忠实的《白鹿原》出版之前，我从未听说过有这么个地方；即便读过《白鹿原》了，也觉着那是作家的太虚幻境，未必真有，如马尔克斯的马贡多小镇。后来《白鹿原》得奖了，脍炙人口了，我才晓得白鹿原其实就是忠实先生的家乡。生命原来如此神秘而不可理喻：似乎陈忠实本身就是那只白鹿，他降生于世的意义就在于使那片土地显名；现在土地显名了，他也潇洒地升仙去了。我看到那只白鹿口叼雪茄，背驮书卷，沿灞河驰上白鹿原，越跑越快，越升越高，最后消失于云霓仙乐之中。

　　我当然知道陈忠实已经仙逝，也知道西安等多地为他举行了追悼会，更看到大大小小的报纸刊登了怀思的文章。总之用备极哀荣来形容他的归去并不为过。按理说在第一时间我就应当为他写点什么，相信当地的日报、晚报或周报必会刊登。因为在潍坊这么个地级城市，跟忠实先生认识的怕就是鄙人。但我没有，没有心情去写应景的文字。我倒是找出了当年他的信件，他的书法，他与我的合影，以及他为我们一套图书撰写的序言，看一遍，再看一遍，尔后眯上眼睛，默默感受他的气息，感受他祖屋背后白鹿原的印象。后来干脆也学他的样子，"索性关掉屋子里所有的电灯，感受天光和地脉的亲和，偶尔可以看到一缕鬼火飘飘忽忽掠过……"

　　我的思絮遂也飞扬，随柳絮飞到了1991年的古都西安。

　　西安，这是一座对我有着超大吸引力，同时又令我有敬畏感的城市，在中国除了北京，似再无堪媲美者。其不仅因为有秦皇、汉武，兵马俑、华清池和碑林，重要的是还有当代文坛的"三驾马车"，即路遥、贾平凹与陈忠实。是年5月，正是骀荡春风吹柳絮的时节，我带上《风筝都》杂志创刊号，以"约稿"为由头去了西安，拜识了"三驾马车"中的两驾，即路遥和贾平凹。稍感遗憾的是，陈忠实当时并不在市内。陕西省作协办公室的人说，他们的主席图清静，躲回老家写书去了。我晓得此刻打扰人家是很不合适的，只好徒叹奈何，将"补课"的机会留待来日。

春天过去，其实秋天也就不远了。但这已是三年之后的秋天。彼时潍坊与延安结为友好城市，两市文联共同组织了一次"青年歌手大奖赛"，我作为潍坊团队的带队人之一，有幸到延安、黄陵参观访问。访问结束途经西安时，有段时间可以自由活动，我觉得这是天赐良机，遂从入住的八一宾馆打车，直奔陕西省作协大院。这地方我那年来过，曾经在路遥的书房里喝过茶，在凉台上与他合过影，但不曾想不久他即去了医院……今日再踏此地，真是别有一番滋味在心头！但这种莫可名状的凄戚感并没有持续多久，当我拐弯抹角，找到绿荫掩映的那栋平房时，随着一个看上去比路遥略瘦略老但更结实些的身影的出现，我觉得眼前的天地突然间大亮了。"是啊，"我想，"有忠实先生在，'陕军'（陕西文学队伍）仍然是最厉害的！"

在门口迎接我的那个身影，正是如今无人不知无人不晓的《白鹿原》作者。但说实话，陈忠实给我的第一印象并不是作家，甚至连文人"范儿"都瞧不出一点。那白色衬衣和蓝色裤子的款式普普通通，质地看上去也很一般。特别是前额上过早显示的皱纹，像田原上一条一条的犁沟，使他怎么看都是一传统的农民形象。再看办公室的陈设，那简陋的沙发、茶几、办公桌，以及窄窄的木板小床，怎么能跟省作协主席厅级干部的身份相称呢？

我们互相问好，落座，吸烟。我随手把一本随身携带的《风筝都》放到他的书桌上，然后自报家门，表示了对他的仰慕之情。
是不是说过《白鹿原》的话题呢？好像没吧。因我那时还没读它，
虚情假意的吹捧话没啥意思，且很容易说漏了嘴，让你丢丑卖乖。
然而我在介绍《风筝都》的情况时，顺便提到了数日之前，我在
延安期间，认识了曹谷溪、高建群、史小溪等文学同行，我们的
《风筝都》杂志还与《延安文学》建立了对口关系。说到这里时，

陈忠实在他的办公室与作者合影

我记得我很直白地向他表示：其实我们的《风筝都》是不能与《延安文学》相比的。为啥呢？就为我们那儿财政上一分钱都不拨，全靠编辑部自筹，说白了就是向企业拉赞助。你说这不是惨淡经营吗？说也奇怪，我何以要向他吐苦水呢？他并不是山东作协的主席呀！简直莫名其妙！

然而我这番直白的介绍效果极佳，因为它能使陌生的不速之客瞬间变成一见如故的朋友。我发现他听得极其认真，聚精会神，眼睛一直盯着你，而且大口大口地抽着烟。对了，他那天抽的并不是雪茄，而是普通的纸烟。我发现陕西的"三驾马车"都能抽烟，他们仨抽烟的样子我皆有印象：平凹抽烟有点优雅，像下围棋；路遥抽烟有点发狠，像在办案；忠实抽烟则使我联想到老农烧荒的情景。看那烟雾漫过他脸上的"垄沟"，你就知道，他是在为明年的农事早作盘算了。当然这是"闲话"，离那天的正题儿有点偏离。但事实上正题儿也真没啥好说的 —— 不就是照个相留个念吗？那就照吧；不就是给《风筝都》题个词吗？那就题吧。陈忠实是痛快人，说干就干，不跟你虚与委蛇。他把烟头一丢，然后就自己动手，找笔找墨又找纸。此刻我才注意到，在他待客的整个过程中，包括沏茶倒水，收拾杂物，全都是他自己忙活，而没有办公室人员过来服务。倘不是门外有人经过，被他喊过来帮忙按动"傻瓜"机的快门，我这张与他合影的照片有没有还很难说呢。

当宣纸抻平，笔头也蘸饱了墨汁时，他很礼貌地问我：老韩，你看写甚好哩？我回答说：您随便吧，写啥都好。只见他稍作思考，然后臂腕同时用力，写下一行比拳头略大些的行书字："文学依然神圣"；后面是小字落款："为《风筝都》题 九四年十月于西安 陈忠实"。

说实话，在此之前我只晓得贾平凹擅长书法，却不料陈忠实亦精于此道。且看"文学依然神圣"这六个大字，个个结体饱满，笔锋健劲，的确功力不凡。既然如此，我何不得陇望蜀再求一幅？于是当下表达了这一意愿。而忠实亦不端架作态，很爽快地为我再写一张，仍是一行大字："我以我血荐轩辕"；后面的小字落款则是："书鲁迅先生诗句与钟亮友共勉 九四年十月于西安 陈忠实"。

二十二年后的今天，当我调动老年迟钝的思维以再现当年情景时，有一鲜活的镜头突然间"啪"地闪现：只见他抱着膀子，细瞅着那两幅字，欣赏了片刻，然后冲我嘿然一笑说："都说我这字好哩！给你说老韩，西安好多茶馆茶楼，门匾都用平凹和我的字！我的字也值钱哩！"这虽是调侃，虽有老王卖瓜的味道，但拒绝虚荣和充满自信的神态尤令人感动。多少年了，这一镜头仍很清晰。它说不上什么时候"啪"地一下，像老熟人似的突然从身后拍你肩膀，跟你开个久违的玩笑。每每此刻，我就会在心里念叨：忠实先生，你的字和平凹的字都很不错，都有自己的风格，或谓之意趣。窃谓平凹写字，其书案上应燃一炷檀香，泡一瓯老茶，几上再放一架古琴；先生写字，书桌上则可点一只牛烛，烫一壶烈酒，墙上再挂一柄宝剑。我如此对比，先生以为然否？

我感觉"文学依然神圣"和"我以我血荐轩辕"这两句题词，陈忠实写得很熟，估计他是多次练习过的。这与其说是他给别人的题词，倒不如说是给自己书写的座右铭。关于前者，即对文学的态度，忠实在多种场合都表示过："不以文学为神圣而乐在玩中的作家尽可以继续玩下去，还以文学为神圣的作家仍然在探索着艺术的新的途径"；关于后者，即其借用鲁迅先生的名句，证明了一个文学工作者对于事业的执着与坚贞。我觉着这两句题词，是应该刻上他墓碑的。

今天，我在书房里挂上忠实的题词，睹物思人，视线模糊，感觉那"血"字倒真像一颗心脏正怦怦律动。我知道这颗心脏是不会死亡的，它只不过是移植到白鹿的胸腔里罢了。但这白鹿目前又在何方？是在天堂跳舞，还是在原上奔跑？这么一想，竟有点牵肠挂肚。

1994年的秋天，我虽有幸见到了白鹿，但没到过白鹿的家乡，这不能不说是一大缺憾。不过，这也没必要沮丧灰心，因为一切都要随缘，这是我佛说的。你看六年之后，也就是2001年的6月10日，缘分不就到来了吗？

陈忠实书法"我以我血荐轩辕"

这所谓的缘分，就是我们潍坊市十位作家合作的一项文化工程，即为某出版社撰写"中国著名帝王书系"。全书写毕，即将付梓，策划人刘侠将我和我的文友高志辰（书系作者之一，中国作协会员）请至北京，商议请名人写序。此事我本已托付了"乡友"莫言，但会晤刘侠的那一刻，我却蓦地心血来潮，想起了睽违已久的陈忠实先生，于是商议的结果，就变成了一书二序，即请莫言和忠实各写一篇。然而忠实远在西安，如何联系？写信吧，怕时间来不及；打电话吧，彼时手机尚未流行，再说我也搞不清他现在的座机号码。那就啥也别想了，干脆坐火车，直接到西安找他！

我记得，我和高志辰、刘侠6月10日晚间从北京出发，到达西安已是翌日下午三点多钟。下车伊始，我的头就开始发紧、发疼，心里也烦躁不安。这自然是天气隐晦之故吧，但事实上还有另一层原因，即对能否见得上忠实先生心里没底。如此忐忐忑忑地到了陕西省作协。好在弄清楚了忠实刻下正在老家搞创作，他身体没一点问题，我才消除了头疼胸闷的症状。于是赶紧打车，风风火火地直驱忠实先生的老家。

陈忠实的老家在西安东郊的灞桥区毛西乡。灞桥在历史上非常有名，古人送客至此常折柳相赠。如果我没记错的话，我们的车子在很长时间里是沿着灞河行驶的。尚记得一溜河滩高树葱郁，但看不清树种，因为车速太快，况且天色也灰蒙蒙的。大概经过了三座灞河桥（其中的一座据说就与折柳相关），车子驶进一个村庄，司机说这一带他也不熟，应该打听一下，说着随手把车停住。随后我和高志辰下了车，想找个乡人问路。恰好有一老汉手中提一垃圾袋，从大路南面的院门走出，低着头朝我们这边踱了过来。高志辰赶紧抢上前去问道："大爷，这是不是陈忠实的村子？""嗯？……"那老汉抬起头，眼神显出诧异。也就在这一刹，我脑子里电光火石似的一闪，发现这"老汉"似曾相识……对，就是陈忠实先生！

"陈老师！我是山东潍坊的韩钟亮啊！"

"咦？……老韩？！"

这事说来的确有点戏剧性。后来我回味这一细节时，不禁感慨这就叫缘分。要知道，倘我们晚来半步，或未能适时停车，那陈忠实锁上院门就说不准到哪里去了。如此失之交臂之后，我们还能不能与他见得上面，还真是没准的事情。

接下来，我和忠实手牵着手，高志辰与刘侠相跟着，进入了因《白鹿原》而名声大噪的陈氏祖屋。关于这栋祖屋，忠实在《原下的日子》里有过较详细的描述，但我的记忆力衰退得厉害，已忘记它南窗前有无丁香，西围墙根的枣树长有多高，枝头上是不是还有忠实熟悉的斑鸠鸟。只依稀记得他的书房（兼会客室）门口朝北，外墙皮贴了白色的马赛克，小窗外加了几根防盗的铁棱。看得出这是房主在老屋基础上扩建的新屋。其虽说是新，但借用了老屋的一面旧墙，故可谓新旧结合或老幼相扶。为此我和高志辰都高度赞赏陈老师的"创意"。倘无此"创意"，则不可能增加出约十平方米的面积，使他可以靠南墙摆一张写字桌，靠西墙竖两架书柜，此外再增加几把座椅，以便接待如我们似的偶尔出现的访客。

已不记得主客说过哪些寒暄话了，也记不清我们是用茶壶抑或茶杯喝哪种陕西绿茶了，但能记得我给他带来的礼物，是潍坊出土的一种古生物化石，石上有一千八百万年前的小鱼，其骨骼历历可数，形态亦颇可爱。我对他说：它也许不如你们这儿的蓝田玉值钱，但常言说得好，"千里送鹅毛，礼轻情意重"，所以还希望陈老师喜欢。而他则呵呵大笑道，哎呀老韩，你看你也太客气了嘛！……欣赏了一会，然后小心翼翼地把它摆放到书柜里。此刻我端详他的面庞，见额头上的皱纹显然比六年前密了，也深了。又忽然发现，他抽烟的样子特别有趣：那雪茄的烟雾一阵浓一阵淡地漫过额头上的"犁沟"，使你马上就会联想到农民在原坡上烧荒的景象，同时也会想起"离离原上草，一岁一枯荣"那首古诗……并由此意识到，那生命力顽强的原上野草，大概就是陈忠实先生的"生活写照"吧？

忠实先生当然明白，大概没人会白白来送"鹅毛"的，所以主动问我来此何干，眼神里透漏出"只要我能办的绝无问题"之意。然而当我说明来意之后，他的眼神却有点诧异、困惑甚至颇为犹豫了。他问道："我不是写历史小说的，对帝王也没啥研究，为甚找我写呢？"对他的疑问我们是早有准备的，甚至早在火车上就已想好了"应对"之词，于是高志辰抢过话头儿说："陈老师是小说大家，再说西安这地方出了很多帝王，陈老师哪能没研究啊！"我也赶紧向他解释："您不一定当一般性的序言来写，单纯写写对皇帝的看法也行。总之随便写，长短都没关系，千字甚至七八百字都行！"于是忠实先生猛吸一口雪茄，然后重重地点了点头。而我那颗悬着的心也终于回归原处。

事情谈妥之后，忠实先生邀请我们参观他的小院。但也许天色晦暗之故吧，小院的一切全都朦胧，谈不上有啥印象，而我也没感觉忠实所谓"留着许多代人脚印"的这片土地，跟其他土地有何不同之处。不过走进前面一间老屋时，迎面而来的一股淡淡的墨香，却提醒你这不是普通农民居所。果不其然，随后即看到地面上排列着许多宣纸，证明房主原来擅长书法。于是志辰"啊呀"一声说："陈老师写得一手好字！"忠实则笑道："不少搞画廊的来拿我字哩。"此时志辰拿手指戳戳我，然后笑问忠实："多少钱一幅？也给我和韩老师各来一幅吧？"忠实先生先摇摇头，又点点头，说道："好朋友不要钱。我一定写，一定写！"于是我和志辰同时鼓掌，连声称谢。随后大家说笑着，又走回后院去了。

不知不觉天已傍晚。我们趁着光线尚可，赶紧拉忠实先生合影。于是就有了几张以他的书房为背景的照片。此刻半天没说一句话的刘侠提醒我说，是不是该跟陈主席说声再见了？他这实际上也是对主人的提醒呢。于是忠实先生便热情地要为我们安排住宿，并请我们到近处一家饭馆吃羊肉泡馍。然而刘侠谢绝了陈先生的好意，说他一位朋友早已在西安订好了酒店，而在我们照相的那会儿，刘侠预定的出租车已经悄然停在院门口了。此时此刻，我才如梦初醒似的反应过来，想起今天还有个任务没有完成，那就是，尚未到白鹿原上走一走、看一看。

"哎，白鹿原！白鹿原呢？"我记得我梦呓似的叫了一声。

"白鹿原，那不就是白鹿原吗？"我记得这是陈忠实的声音。

咳，白鹿原，这《白鹿原》故事的发生地，陈忠实先生灵魂的依附之所，它其实就在这栋老屋的东面，离此不过一箭之地。然而此前因为讨厌的天气原因吧，我虽已来到了它的跟前，甚至可以说已经如蚂蚁似的爬到它趾甲之上了，却居然没有感觉到它的存在。难道这就叫"大象无形"吗？也许是吧。但不管怎样，经我喊了一声，天空竟突然放晴了，随之白鹿原也揭开它神秘的面纱了。于是顺着陈忠实所指的方向，我看到从地平线上呼地隆起了一道深黛色坡岭，自北向南，逶迤而来，像是神仙在天地之间拉起了一张巨大无朋的帐幔。正在散去的云层反射着夕阳之光，在这"帐幔"上形成了瑰丽诡谲宏大的景象。而所谓的沟壑、树丛、野草、鲜花，乃至牲畜房舍和农人，其实全都是这景象中的元素而已。总之白鹿原让你惊叹，让你陶醉，很可能还会让你痴迷乃至疯狂，然而却又让你莫可名状，甚至怀疑它不定哪一刹又会突然消失得无影无踪。

我觉得理该到白鹿原上走一走，看一看，好歹也拍几张照片存念，然而毕竟有点晚了。事实上做这番打算的那一刹那，它已经在我的视野里消失得无影无踪了。于是我只好接受现实，安慰自己说：下次再来吧，"面包总会有的"；而且我还自我解嘲式地拿古人说事儿：如你想了解寒山寺真容的话，其实无须登山，而只需卧于舟中，听那夜半的钟声就可以了。

就这样，我带着复杂而纠结的心情回到了潍坊，然后就等待陈忠实的消息。大约三周之后，我收到了他从西安寄来的邮件。里面有一封信，一篇序，以及他赠送我和高志辰的书法。

忠实先生在信中说：

钟亮先生您好。短序写成，不足千字，如若比您规定的七八百字多点而不好排版，您可酌情删削。论述皇帝，我有点惶恐。及至写成，仍不放心，念给一位作家朋友，以为不错，可以壮胆给您寄上了。西安酷热，正当一年中最热的时候，我住乡下地下室，真是得洞地之福了……

他信中提到的"地下室"使我颇感意外。不知是在哪个房间的地下，亦不知地下室里能否抽烟，总之这"洞地之福"别人体会不到。但我觉着，这地下室应该引起陈忠实研究专家的注意。

他为我写的那幅书法是四尺整张，书体行草，内容是曹操的《龟虽寿》。还是跟六年前那回的题词一样，表达了与我"共勉"的意思。忠实1942年生人，时年五十九岁，已接近退休年龄。"老骥伏枥，志在千里；烈士暮年，壮心不已"，表达了他想超越自己，攀登《白鹿原》之后另一高峰的志向。记得他在《白鹿原下》这篇散文的末尾曾这样写道："我愈加固执一点，在原下进入创作，便进入我生命运动的最佳气场。"如此我认为，他书写《龟虽寿》时的激情，恰是从其"生命运动的最佳气场"中迸发出来的呢！

他的序称得上一篇精短随笔。题目是《关于皇帝》。他说：

皇帝是什么？就是高居于由人民垒成的金字塔的顶端的那个人。

这个人被神话为上天派往人间来作头儿的，所以称为天子；因为是神的意志的化身，便以人间并不存在化龙作为象征，通常被神化为真龙天子。

这个被称作皇帝的人，绝对主宰着他的足下的所有人的命运；用俗话说，所有的人碗里的食物的稀稠和身上的衣服的厚薄，皆由这个人来决定。

我便突发奇想，如果把从封建帝制的创立者秦始皇到最末一个皇帝溥仪之间的所有皇帝复制出来，排列起来，当是一个颇为壮观的队伍。我们会直观看到，或长或短的王朝无论怎样更迭，皇冠和龙袍的式样如何变化，而皇帝君临一切绝对权力从来没有被质疑过，更没有变化。我们还会发现，在这个长长的皇帝队列中，我们能够认得出来而且能叫出名号的，其实并没有几个；能够被认出被记住的那几个，恰恰是这个队列中处于两个极端的皇帝，最英明的和最混账的那几位；真可谓青史可以使英雄垂名，遗臭同样能够万年。

……

接到序后，我赶紧复印留底，然后将原件寄往北京刘侠的办公室。没想到十天之后，就是 7 月 20 日上午，忠实先生从白鹿原下的祖屋打来了电话，问我《关于皇帝》写得咋样。在我表达了赞赏之意后，他爽朗地笑笑，然后说："给你说老韩，我还真是动了脑子。到（白鹿）原上走了走，往南往北望望，才想到了这么几句。前天来个朋友，给他说了说，他也觉得好，还说要发表哩。你看这样，能不能把那两张纸弄个复印件寄过来，我没留底儿……"

这其实是我最后一次听到他的声音。是年 11 月"中国帝王书系"第一批作品出版，我特别嘱咐刘侠，一定要给忠实先生寄去样书，并代我问好，因为那里边有我写的《永乐皇帝》。这之后我们就再没联系过了。

今天我想以自己的方式纪念陈忠实君，故特意收拾了书房，将他的题词"我以我血荐轩辕"和《龟虽寿》挂于墙壁，在书案上摆放了我和他的合影，然后再翻开拙著《永乐皇帝》的上部，找到他写的《关于皇帝》，高声朗读起来：

"皇帝是什么？……"

朗读声中，仿佛看到陈忠实的身影在白鹿原上徘徊。他说"皇帝是什么"的时候，眼睛随便地往北一瞄，就会看到汉高祖刘邦当年的营垒。当年刘邦从鸿门宴上逃出，"慌不择路翻过骊山涉过灞河，从我的村头某家的猪圈旁爬上（白鹿）原坡直到原顶，才嘘出一口气来。无论这逃跑如何狼狈，并不影响他后来打造汉家天下"——陈忠实如是说。

2016 年 12 月 14 日于乐天斋

田仲济先生的风筝情

　　日前收拾书房，从故纸堆里找出田仲济先生三通书信，又重读一遍。不料读后思绪浮荡，脉搏怦怦，再做什么事都不能安神。忽想起今年是他101诞辰，是很有意义的年头，遂决计写这篇小文，以抒发对他的感激和愧疚之情。

　　说起来，我并非田公同事，也不是严格意义上的弟子，甚至称朋友也只是泛泛而论。仅仅因为我在他的故乡潍坊（亦即"老潍县"）做文联工作，且主编了一份叫作《风筝都》的文学杂志，于是彼此有了文字上的交往。他虽未对我耳提面命，但还是通过书信和稿件，对我施以有益的教诲，这三通手书，便是绝好的证明。

　　兹将田仲济先生的第一通书函照抄于下。

钟亮同志：

　　手示拜悉。《风筝都》办得这样子，的确已经不坏了，定费了不少的力。按情况能维持这样水平已经不坏了。但要是求发展，求能获得读者，求能走上自己生存而不求投入经费或只投入少量经费，则还需要大量的努力。既然名为《风筝都》，那就最好在风筝，在风筝都上做些文章。约作者，最好是文章写得好，简练，漂亮，吸引人读下去，再就是内容求其写风筝，写"都"，即地方风光、历史以至人物。写风筝的文章有一些，例如现代的鲁迅就有，别人也有不少写过。古代诗词写的则更多。《红楼梦》中也曾写放风筝。就风筝说，其历史，其沿革，在"都"中的历史。不要一期就登完，要每期有那么三两篇。若是约外国作者写，那就更好了。日本、美国……能组织一部分作者，每期有一两篇国外的，以至国外华人的。或是约他们参加风筝节的写感受，等等。要是将来的人逐渐联系起来，开始不怕少，只三俩也可，逐年会增多的。另外，是不是可以在明年风筝节出一个专号呢？参加会的每一个国家的代表团都写一至二篇文章，只要关于会，关于风筝的都可以，国内的各省代表团也要照样都写一两篇，写过去参加会的感受，或是这次的感想，以至准备做些什么放飞表演等等。要是风筝节中这专号出来，定会为风筝会增彩。

　　这是我一时的想法，未必全对，做起来自是要费些力的。现在我们国内写散文好的，就我所知，大概就是孙犁了，但听说他习惯是不常外出，经常躺着，写文章不多了。距我们又远。找他写不易。省内专写散文的，没有多少人。陈炳熙有自己的风格，但他写的浙江的郁达夫故居，与风筝都远些。可以试问问他，请他写一篇风筝的考据，或是就个人所见潍坊风筝的历史，以及自己见的今人的放风筝的事情，估计他会写出篇不坏的散文。峻青写散文是漂亮的，但已发的那篇写与风筝无关的事情太多了，显得有些杂，可以请他专写一篇关于风筝的。马瑞芳写散文不错，她喜欢写人物，可以请她写个放风筝的人物，或是制风筝的人物。

　　我不是写文章的人，是教书的，写点东西是业余的，没写好。《风筝都》出版，自然是要尽力支持的，以上的建议也是支持。另外还有王希坚，文章写得也好，也可以找他写。由于视力不好，写得很乱，就此打住吧！

　　顺祝

编安！

田仲济
（1991 年）5 月 26 日

　　田公写这封信时，《风筝都》创刊号刚刚印出。因他是我们的顾问，且这期杂志里有他一篇文章，出于特别的尊重，我在给他邮寄样刊时，还夹带了一封恂恂然求赐指教的信，此即田公所谓的"手示"。要知道，田公不唯是国内著名的教育家和中国现代文学研究领域的执牛耳者，且还是资深报人和编辑大家。1929年他即在青岛创办《野光》和《处女地》，1944年与姚雪垠在重庆合办《微波》时，还曾编辑过郭沫若、臧克家、沙汀、刘白羽等人的著作。请这么一位泰山北斗级的人物担任顾问，在我来说实有点"拉大旗作虎皮"的意思。但他老人家却不以顾问为虚名，而是当成了自己的一份责任。可以想见，当他翻阅《风筝都》时，其心情有如审视刚从产房里抱出来的婴孩，急切地从头到脚看了一遍，然后就以长辈的身份，开始为这婴孩操心，负责任地设计和规划着他的人生了。

他的意见重要的是两点，一是突出地方特色，二是组织名人佳作，总之要拓宽视野，提高品位。这一看就是专家之论，中肯之言。有些具体建议我马上就可照办，比如王希坚、马瑞芳两位先生那里，因都是潍坊籍人，平常就有联系，事实上也已经给他们寄发了刊物和求稿的信件了。但有的意见好是好，我却无力为之，勉为其难，比如跟外国风筝队联系稿件，那是外事部门和市"风筝办"的业务，我们直接去做，不仅大费周章，且不符合当时的外事纪律。虽则如此，但老人家的殷殷之情拳拳之意，我是理该铭记在心的。然而我行事粗疏，礼貌不周，没再给田公写封信，在感谢他指教的同时，也解释一下未能完全落实其指示的原因，后来竟干脆将此事忘得一干二净。如今捧读田公手书，方豁然惊觉，感到这过失是难以弥补的了。

从田公的信上，看得出他对《风筝都》"散文随笔"这个栏目是特别重视的。他建议我们尽量邀请散文高手，围绕着"风筝"和"风筝都"大做文章。大概他也知道此事不易，于是身体力行，亲自上阵。1993年春节期间，老先生给我寄来了他为《风筝都》专写的散文，题目就是《风筝》。与《风筝》同寄的，还有田公一件墨宝，是我央求他写的；此外当然还有一通书信。

韩钟亮主席：

　　来信拜读。

　　说来惭愧，我不会书法，连个方正都做不到。在生活中经年不接触毛笔，所以对写毛笔字从来是敬谢不敏的。然而几年前读了夏衍的文章，我的想法变了。夏公也是不善书的，可当人民日报几个人接编《时代的报告》而改为《报告文学》时请他写杂志的封面，他写了。字自然写得不怎样好，我看了立刻就心中想，为什么不谢辞不写呢？以后看到他在一篇文章中提到这事，说他怎样犯难，抱怨叫他写字，是教他丢丑。我理解了，他若不写是很没有礼貌的，所以明明知道丢丑，但还是写了。我是有鉴于此，所以还是写了，遭罪地写了。加以年已86岁，写字连方正达不到，也自己原谅自己终于寄来了。请谅解，若是不裱不挂，求之不得，请酌。

　　《风筝》一文是很久就想写的，如今写出，但总感不像样子，可能时在《风筝都》补白罢！

　　再谈。

敬礼！

田仲济
（1993年）2月17日

　　读过田公此信，我先是发懵，继而惶恐，没想到自己的造次求字，竟闹得老人家"遭罪"；但倘说"丢丑"，则未免过谦，他的字我看是颇有功力的。其实我追求的不是书法艺术，更与市场价值无涉，而纯粹出于对大师的仰慕，图的是一份念想而已。在此照实披露田公以及夏公关于题字的态度，无非想让世人晓得，什么叫大师风范，什么叫君子之德。那些装腔作势招摇撞骗的"书法大师"，又岂有一丝儿"遭罪"和"丢丑"之感呢？

　　田公这篇《风筝》与鲁迅的《风筝》同题，这自然是有意为之的。它比鲁迅的《风筝》长得多，大约三四千字，分成了上下两大部分，实际上也就是两篇文章。上篇写的是童年的风筝记忆，其中提到了老潍县著名的"唐家风筝"铺，以及他陪同表哥放风筝的一些情景。他表哥患有痨病，试图通过放飞风筝来驱赶病魔延长生命，但最终还是"结核病将他的年轻生命带走了"，而作者以后便再没有快乐地放过风筝。这篇散文的笔法颇具鲁迅先生的意味，而田公崇拜鲁迅，于此可见一斑。但下篇重点写的是1950年代，

田仲济先生手迹

田公参加赴朝慰问团，在朝鲜战场上的一段亲历。那位跳风筝舞的女文工团员，带给了他"很快乐的风筝的印象"，这跟上篇"铅块的心"自是迥然不同了。后来我从一本研究田仲济杂文的书中了解到，田公对"鲁迅风"既有继承，又有发展，窃以为《风筝》就是一例，其虽不是杂文，但田公的文风特点还是能够看得出的。

继《风筝》之后，田公又相继寄来了《扣雅斋的嵌银和铸铜图章》和《负疚》，显然这都是他为《风筝都》"量身定制"的专稿。在《扣雅斋的嵌银和铸铜图章》中，他谈到他的田氏家族，乃潍坊市（老潍县）暮落了的大族。与他父亲同辈的兄弟二人，首先发明了钟鼎体浇铸铜章，后又创造了在硬木上嵌银丝的特色工艺，于是就有了盛极一时的"扣雅斋"字号。我很早就听说过"扣雅斋"的大名，也知悉潍坊的铸铜章和嵌银丝驰名中外，被列入了受国家保护的文化遗产名录，然而从未想到过田公也与它们有着渊源，他的哥哥竟也跟扣雅斋的工艺师学过技艺。这篇散文不仅可供文学爱好者欣赏，我看研究潍坊工艺美术史的人亦应引起注意。

《负疚》是应杂志"人生小品"征文而作，写的则是他对至亲华生及其女友云方（我不知此两位是不是化名）的锥心疚痛。在战火纷飞的年代，恋人天各一方，也许因为田公没有做好"鸿雁"之故，竟使华生、云方未成伉俪。作者觉得这是自己破坏了别人的幸福，因之"内心的痛苦将伴我未完的残生"。此文不长，只有两三千字，但其思想的"载重量"不啻于那些动辄数十万言的长篇文本。世人都说田公擅长杂文，殊不知他写散文的功力也是我辈望尘莫及的呢。

田公第三通手书写于1994年5月25日（但信封的邮戳是5月24日的13时），这应该是他给我的复信。在此之前，我似乎给他寄赠了新出的杂志，并在夹带的信件中向他约稿。他不仅回了信，且还寄来了匆忙命笔刚刚写出的散文《百日祭》。然而在信中，他首先谈的却是与《风筝都》无关的一件事情——

钟亮同志：

　　手示拜悉。关于《百家论杂文》留廿册在潍坊分赠事，多有劳先生。我原想免得往返麻烦，现在看来，这办法也造成许多不便，还是让他们将书全运到济南，由出版社分别寄赠作者，同时汇奉稿酬。只赠书的友好，则等取到书后再分别邮寄。日前有关同志已从出版社取到样书三册，精装，外加包封，彩印；并捎来出版社的话，说目前工人干活不太积极，故何时可以装出，尚难确定。我估计现已在装订，全书数额仅千册，想不致拖得太久，函中所说六月中旬，大概可靠。现在事情最着急的可能是印厂和出版社了，事情拖了一年有余，现在倒感到再迟几个月也没什么了。到时寄赠的书由我校几位同志负责，当注意慎勿漏寄。《百日祭》写得过简单。这文章是青岛安娜女士命笔的，她对内子有感情。在我是感到无从下手。近年来我的小脑萎缩，走路困难，故每次到街上去，都是内子相陪。但只写这一点，不行。就她的为人呢，生活方面能力不高，只有幼儿教育既热爱又有些擅长，故选了这一点，也是无办法的办法。而这一点我是外行的，无法写得深入，也无法写得细一点。我之所以常寄奉拙文备补白，也是为了使乡长们借以了解我的情况，例如刘锡诚乡长，就常读了拙文后不惜在信中指教。

　　再谈，敬颂
文安！

田仲济上

（1994 年）5 月 25 日

　　田公信上所说的"赠书"事，其"书"者，指的是 1994 年春节前夕山东教育出版社新出的《百家论杂文》，由宋遂良、王万森所编，乃 1993 年 4 月"田仲济杂文研讨会"的论文结集。书中有罗竹风、钱理群、刘锡诚、任孚先、马瑞芳、朱德发、袁忠岳、孔范今等大家评论田公杂文建树的文章。依稀记得，大概

1994年5月上旬，我在济南南郊宾馆出席山东省作协代表大会，有同在会上的某先生（似乎是王万森），让我就便带回一捆《百家论杂文》，并按照一个名单，分赠潍坊的陈炳熙、刘献彪等诸位。看来田公对此事十分关心，故于信中嘱我"多劳"；然而信中又说书尚未印出，出厂时间尚难确定云云，如此让我"带书""赠书"之事就尚未发生。这是二十多年前的事，如今我记忆力很差，弄不清究竟如何了。

田公在信的下半部分讲了他写《百日祭》的缘由。说实话，我对田公一向关心不够，从不打听他的家庭生活，不读《百日祭》，还真不知道他的夫人刚刚逝世。这篇悼文说的差不多都是他夫人病重住院弥留之际的情景，其出自胸臆不加任何修饰的语言，特别能触动人们心灵的"痛点"，直令人唏嘘不已。我觉得它几可与苏轼的"十年生死两茫茫"相媲美。可以设想，与他相濡以沫了六十多年的"内子"走后，这位小脑萎缩眼睛又很不好的老者孑然孤单，生活将是怎样地困难和凄凉？而我是不是又写信安慰过他呢？如今也记不得了。如果连安慰也没做，那这冷漠简直是不可饶恕的！

以上田公的三通手书，虽是他信笔写来甚至不遑思忖的文字，可也都耐人寻味，至少可以于中看出他为人为文的某个侧面。而关于其人品和文品，早有诸多专家（包括他的学生）全面论述过，我这里仅是以个人和《风筝都》的角度说说罢了。说起来我仅是田公的一位小老乡，应该算不上知交，但他却能向我敞开心扉，倾吐肺腑，通篇书信字字真诚，绝无虚与委蛇之言，此怎不令人铭感五内，抚膺长叹！

想想当今社会，电脑和手机盛行，人们已懒得写信，甚至连节日的祝福词亦都是网络提供的套话，如此则田公那些字迹漫漶不清（想是眼睛不好或泪水和汗水所致）的书信就愈显珍贵。所以我准备将它们收藏好，以便传留后世。

2017 年 3 月 4 日于乐天斋

西京拜访平凹先生

又到了乱花渐欲迷人眼的暮春，我想起了八年之前，也是这个季节，我第一次拜访贾平凹先生的情景。

那时候《风筝都》刚刚创刊，为了增大杂志的社会影响，我决定亲赴西安，向贾平凹和路遥约稿。1991年5月12日上午，由西安电影制片厂文学部主任、著名作家王吉呈陪同，我们先叩响了平凹先生的大门。

平凹（王吉呈总是称他"平娃"）当时住在西安市委宿舍院，一栋红砖旧楼里，记得是东单元4楼东门，门上贴有年画门神。吉呈仗着与平凹是老朋友，又大着几岁，于是大声吆喝着"平娃、平娃"，同时擂鼓似的敲门。开门的是贾平凹先生的夫人韩俊芳，果然如好多文章里所说，模样儿相当漂亮。她一面让座，沏茶，一面告诉我们，平凹的肝病又犯了，眼下正在西安市的传染病院治疗。

我浏览着贾先生的书房兼客室。记得东西两面都是书架，书架有限的空档上摆放些小的奇石，其中一块有贾先生自题的"泰山石敢当"字迹，据说那是从泰山上捡回来的。我特别注意到，在靠南窗的那张极普通的旧写字桌上，用红木镇纸压着厚厚的一沓稿纸。猜想那极可能是贾先生的手稿，心便勃然兴奋起来。随即忘却了"礼貌"，径自奔过去拿去镇纸翻看起来。我发现，那是一部中篇小说的手稿，题目为《废都》（注：此《废都》非彼《废都》，它后来易名为《遗石》），估计有三四万字。从文后落款来看，稿成才刚刚三天。啊，真可说是墨迹未干！于是我暗自庆幸："来得早不如来得巧！"看来我是《废都》的第一个读者，没准儿还是第一位编辑呢！

我还注意到，那份手稿他是用钢笔写在了稿纸的反面，而且并不像我们似的，一字一格，规规矩矩，而是绵绵延延，洋洋洒洒，简直就是一幅幅的硬笔书法。

第二天我到西安南郊，在传染病医院拜见了贾平凹先生。我

1991春，作者在西安传染病院某医务人员的宿舍拜访贾平凹先生

打量着心仪已久的文学大师，见他中等偏下的个头，貌相虽谈不上英俊漂亮，但也绝不是他自谦的丑陋不堪。不过，眼下倒的确有点孱弱，看上去萎靡不振；偏巧那几日又上火，牙疼得厉害，嘴角也起了疮，不太敢说话，而且笑的时候都要下意识地捂住腮帮。

那天我们交谈了一个多小时。考虑到平凹先生的健康状况，不便长时间打扰，我便点明了代表《风筝都》杂志向他约稿的意

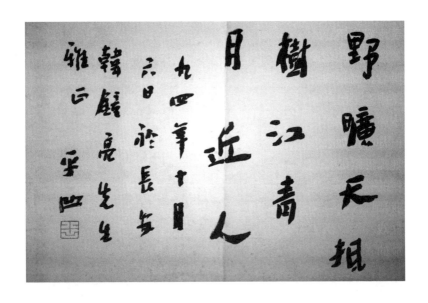

贾平凹先生书法

思。我说，我已经见到了您在书案上放着的《废都》手稿，真是喜不自禁，恨不得就装进了兜里……此时平凹先生捂着腮帮笑了笑，沉吟着说道："我这可是为《人民文学》写的呢。"我急忙解释说："《风筝都》是非公开发行的'省刊号'，因此这并不影响《废都》在其他大刊上发表。我们仅仅是早发、试发，您说是吧？"平凹又笑了笑，遂点头同意。

平凹先生果然遵守承诺，他是在收到了《风筝都》的样刊之后，才将《废都》（《遗石》）的手稿交给《人民文学》的。据悉它发在了《人民文学》1992 年的第 2 期，是头题，并且以后还获得了《人民文学》的"优秀小说奖"。

1994 年国庆节期间，我参加了由延安、潍坊两地市文联共同组织的"延安—潍坊青年歌手大奖赛"活动。要去延安，必须经过西安，于是借着在西安转车、逗留的机会，我又想起了贾平凹先生，很想再一次见见他，然而要想找到他的确不容易。那时候，因为刚刚出版的长篇小说《废都》在全国闹得沸沸扬扬，使贾平凹处境尴尬，心情不爽，偏偏这时候他与韩俊芳的夫妻关系又出现了严重危机（听说他已经被韩"赶"出了那栋红砖楼房，离开了他的书房和女儿），很少有人知道他躲到哪里去了。我好不容易打听到了他西北大学新居的电话号码（是座机，而非手机 —— 好像那时他还没有手机），可是多次拨打，却一直没有应答。10月 5 日，也就是我们离开西安的前夕，仍然打不通平凹先生的电话。此刻我几乎彻底失望了。然而，恰在我暗自决定"这是最后一次拨打！"的那一刹，想不到那边居然有了回音！接着，在电话的那一头，平凹先生用他典型的陕南口音，实实在在地给我解释说："老韩，其实我就在这屋里。我只是不接电话 —— 谁的电话都不接。可这一回，不知怎么就接了……"

第二天，十点来钟，我约上潍坊日报社的资深记者高传安（他是我们访问延安的"随团记者"），如约到达西北大学，然后按照平凹先生电话上讲的路线，寻觅到了他的新居。这是一栋新建楼房，但贾先生所住的面积，倒要比在西安市委的旧居更小些，我记得进门就是所谓的客厅，但在摆放了一张大沙发和茶几之后，竟再无"回旋"之余地了。

主客寒暄之间，一位极年轻的比韩俊芳还要漂亮的女士自内室闪出，忙着给我们冲茶倒水，很快又开门走了出去。我猜想这就是平凹新交的女友，在此照顾他的起居，大概就是他后来的夫人，那位"集妖媚、健美于一身"的"美人胚子"郭梅女士。

我浏览这新房，见门上没贴旧居的"门神"，但门内却多了一尊佛像，像前香烟缭绕；而在佛像旁边，还挂了贾平凹自书的条幅："佛知我心。"再看沙发的上方，悬挂着四尺宣的横幅水墨，仍是贾先生的手笔。画上似乎是一位古装的侠客，又像是握卷的文士，他身后有一头尾随着的野猪（也或者是豢养的家猪）。我知道平凹多才多艺，书画俱精，也晓得他画风怪异，大雅不群，有着很浓厚的"文人画"韵味，眼前的这幅就颇耐琢磨。

在这幅国画的下面，我与平凹拍了几张照片，然后就邀请他给《风筝都》搞的一项征文活动题字。他左顾右盼，寻找宣纸，然而极是不巧，身边竟无一片纸头。急得我四处寻觅，好歹在饭柜的上头，发现了半张落满灰尘的宣纸。然后平凹先生取过宣纸，一分为二，先为《风筝都》题了词，尚余另外的一半，约有尺许，我拿这半张纸向他求字，于是为我写下了"佛知我心"。在往回走的路上，我又想起了平凹所供奉的佛像，并由此联想到三年前在其旧居看到的门神，两相对比，颇可玩味：三年前他身患肝病，贴一张门神似乎是为了辟邪，保佑身体健康，三年后他的精神状态不佳，心灵上受到戕害，非常痛苦，也就需要菩萨的抚慰呢。

（原载《潍坊日报》1999 年 5 月 4 日《社会周刊》）

永远的遗憾

—— 悼路遥

　　在《西京拜访平凹先生》那篇小文中我说过，1991年初夏，我曾去西安市拜访著名作家贾平凹，为我们潍坊文联的《风筝都》文学杂志约稿。其实我想拜访的不仅贾先生一位，还有路遥和陈忠实，这三人号称陕西文学界的"三驾马车"，我对他们心仪已久，却都未曾谋面。这次来西安，头一个想见的就是路遥。

　　我是5月7日住进西安电影制片厂招待所的。之所以住西影，是因为我1986年曾在这里改过剧本，这次又有点业务事情要跟西影一起处理。住进西影后，马上就认识了文学部主任、著名作家王吉呈先生。他跟路遥他们都是极要好的朋友，但一开始我并没有想到请他牵线引路，觉得"鼻子底下是大路"，凭自己的智商满可以找上门去的。于是9日晚饭之后，我乘出租车来到陕西省作家协会大院，打听着找到了路遥居住的那栋宿舍楼。"笃笃笃！"我敲响了他的房门……

　　然而，很遗憾，路遥并没在家。敞开来的约三十公分的门缝露出来的是一张女士的脸，约三十来岁，是路遥夫人。她其实就在西影文学部工作，但我们互不认识。我问她路遥一会儿是否能回来，她说她不知道。又问她明天路遥有没空儿，或许明天我可以再来，她说这你得跟他联系。这时候我看了看手中的礼物，即两只盒装的风筝，又说，那我把这两只风筝——我们潍坊的特色工艺品，送给路遥，明天再来找他吧，然而她坚决拒收。她说她从不给他代收东西，让我还是自己交给他吧！说完，门也就关闭了。

　　这令我怏怏不乐，自尊心有点受损，觉得路遥夫人待客的态度稍嫌生冷。直到晚些时候了解到她和路遥的关系出了问题，闹到要离婚的地步，我才释然，但心里凄凄地反而更不舒服了。

第二天早饭后，我跟吉呈先生谈及昨晚访客不遇的经过，他瞪起眼说："咳，你咋不让我陪你去呢？"我说我怎么好意思。他又一瞪眼，"咳，你这人！我马上给你联系。"说着就要拨路遥家的电话。但是转念一想，"不行，这家伙现在正在睡觉——我知道他的习惯。我们还是十点以后去吧。"于是乎，大概十点一刻的时候，我在吉呈陪同下，再次来到了陕西省作协大院，找到路遥先生的宿舍。

那是一栋灰扑扑的旧楼，楼道里光线极是幽暗。王吉呈凭着与路遥很莫逆的关系，一向随随便便，所以敲门的声音就极响，咚咚咚，几乎可以说是砸门了。然而，久久地屋里竟没人回应。

我有点失望了，说，看来是不在家。

王却坚决地说，不，他一定在家。

于是就再敲。咚咚咚！咚咚咚！……足足地持续了约十分钟。在我更加失望地认为，如此徒劳的砸门无疑是在嘲讽自己的时候，门却突然无声地开了。一个胖大汉子睡眼惺忪头发凌乱地扶门而立，刚刚醒过来的那张脸，朝着王吉呈投过来调皮的一笑。王即用陕西话骂了一句什么。接着，路遥忙跟我笑呵呵地打招呼，很礼貌地把我们让进了他的书房。

我注意到，这书房里迎门而立的是一排书架，基本上占满了整整一面墙壁。靠南窗有张很大的写字台，台面上收拾得倒很干净，不见稿纸，或者文房四宝之类。四面的墙壁也很干净，没有字画，更没有我在贾平凹书房里见过的古董玩器，只有房主自己的一幅约五十厘米见方的黑白照片，在北面粉墙上显得十分醒目。这一点很出人意料。但没有凡俗的装饰，没有附庸的风雅，这恰是房主的特点。

不过，有一点我搞不清楚：他为什么只挂自己的照片？难道这意味着这儿是只属于他自己的一方天地吗？若挂人物肖像照片暗示着崇拜偶像之意，那么路遥的"偶像"难道就是他自己吗？

在书房里，我向路遥赠送了两只潍坊的风筝（我记得一只老鹰，一只凤凰），和一本由我主编的《风筝都》文学杂志。然后我敬重地向他约稿，并真诚地邀请他来潍坊游玩。然而路遥很认真地说，他最近一直没写什么东西，而且马上就要回延安深入生活，但他也答应我，等他从延安回来，有了新作，一定会寄给《风

在路遥家的阳台上（1991）

筝都》的。至于什么时候能到潍坊玩玩，路遥没有回答。他抱着膀子歪着头，憨憨地微笑着，不知在想些什么。我觉着他的样子十分可爱，于是按下了傻瓜照相机的快门。

然后我想跟路遥合影，于是把相机交给了吉呈。吉呈说，屋里光线不行，到凉台上吧，随之我和路遥走向阳台。但这阳台很小，而且放置了杂物，我和他只好靠得很紧很紧。即便如此，好像也不容易构图，故此吉呈先生的杰作只能说差强人意。但想不

这是作者在路遥家里抓拍的镜头，然而不久就传来了路遥病逝的噩耗

到这张照片竟成了我难得的宝贵纪念。

那时候我端详着路遥的面容，觉得他很健康，比瘦巴巴的王吉呈要壮实许多，与当时正在医院里治肝病的贾平凹相比则更值得骄傲。可谁又能料到，他其实已经患病，而且还病得不轻！

从西安回来之后，我就眼巴巴企盼着路遥先生的稿件。可是一等不来，二等不来，直等到1992年底，当我怀疑这陕北汉子言而无信的时候，忽从报端传来了路遥辞世的噩耗。我这才明白，路遥留给我的，只能是永远的遗憾了。

在1993年第一期《风筝都》上，我特意转载了某刊的一篇《路遥最后的岁月》以示纪念。在这篇文章里，作者透露："据说有几位风水先生说，陕西作协这座楼方位不妥，坏了这院里的风水。贾平凹有次也对人说，作协盖的招待所不对，坏了作协风水。这些也许都是无稽之谈，但作协近年来气象确实有些衰败，好几个作家有病，几个作家早逝。"而且，我从这篇文章里得知：路遥说陕北姑娘待人真好，她要是爱上你，即使后来有情人未成眷属，她也一辈子忘不了你。路遥后来感慨地说，那是真爱，不是为你什么才爱的。后来说到了他的妻子。他的妻子叫林达，是插队陕北的北京知青，出身书香门第。路遥说，那时候的他，却一心一意想找个北京知青。

此后在《风筝都》的第二期，我又转载了某刊的《来辉武与路遥》，借此告诉读者更多关于陕西人民怀念路遥的信息。文章后面附加了我撰的编者按，按中简约回忆了我拜访路遥的情景，并表达了对他的沉痛哀思。

如今面对我与路遥的合影，心情莫可名状，想来思去只可用"遗憾"来表达，或者再加个定语，就是"永远的遗憾"。

知道这遗憾是我的，是你的，是他的，是大家的，是千千万万人的。

（原载《潍坊晚报》1994年6月20日副刊）

峻青：心系昌潍故土的风筝

一

每逢佳节倍思亲。春节前夕，我给远在上海的峻青先生寄了一点潍坊特产：青萝卜、黍米面红枣年糕、杠子头火烧之类。这些东西不值钱，可峻青爱吃，尤其杠子头火烧。他说，我喜欢的就是故乡的味道！

其实峻青的故乡并不是潍坊，而是胶东的海阳。不过按照峻青自己的说法，"海阳是生我的故乡，昌潍（即潍坊）是我成长的故乡"。而在笔者看来，潍坊人对峻青的热爱并不亚于海阳人，而峻青对潍坊的感情亦不亚于海阳。

我这样说是有根据的。因为我跟峻老有着三十五年的交往，别的不说，仅收藏的他的信函就有四十几封。由我亲闻亲睹的许多感人事例，见证了峻青与昌潍人民可歌可泣的血肉深情，也见证了峻青确是"人生底色是红色"（注：上海市作协纪念峻青文学创作七十周年时，《文学报》第一版整版刊登峻青照片，并配题《他的人生底色是红色》）的德艺双馨的伟大作家。

这篇拙文我想以个人角度，谈谈我所了解的"昌潍大地之子峻青"。

二

早在上世纪 60 年代之初，上中学的时候，因读过《黎明的河边》《老水牛爷爷》和《党员登记表》等小说，峻青成为我的崇拜对象。高考那一年，在《人民日报》上又读到了他的散文《秋色赋》，则更让我钦佩得五体投地。我把它抄在了笔记本上，把里面优美的句子背得滚瓜烂熟。事实上《秋色赋》就是我作文的范文了。

但我认识峻青，却是在十几年之后的 1982 年，彼时我已是昌潍地区（注：潍坊市前身）艺术馆的一名干部。是年 2 月，因一件作品在《故事会》获奖，我在上海文艺出版社领奖期间，打听到峻青就住在乌鲁木齐北路的一栋二层小楼，距我们所住的招待所并不远，于是不经引荐，一个人在夜色中冒冒失失地找到了他的楼下。我记得，我一面晃荡着矮小的街门，一面朝阳台上大喊："嗨！我是山东昌潍来的！我要见峻青老师！"

后来他的夫人于康大姐笑着对我说："你也不先打个招呼！若不是昌潍口音，说不定我还不开门呢！"

峻青也笑着说："昌潍人我了解，做事又直又实。一听你是昌潍来的，我心里呼就热了。"

就是那一晚，我们谈了昌潍这几年的变化，也谈了解放前他在昌邑干革命的一些经历。我从而了解到，1946 年峻青曾在昌南县（即今昌邑市）担任战地记者和敌后武工队的小队长。是年 8 月，在他采访当地民兵英雄李成万并召集群众开会时，突遭敌人袭击，李成万壮烈牺牲，而他被一名叫李元兴的村民藏在了麦草垛里。敌人对李元兴等村民严刑拷打，追查峻青下落，但始终无人开口。后来敌人又到李成万家搜查，人未搜到，却搜去了峻青此前创作的一部十万多字的小说初稿。"于是敌人借这事大作文章，国民党反动派的报纸吹牛说这是打击'共匪'的重大胜利，缴获了'共匪'重要手稿一部！……"峻青越说越激动，灯光下的眸子泪光闪烁。

当谈论到峻青代表作《黎明的河边》时，他告诉我，这部作品是他 1953 年来昌邑采访，住在潍河边上写成的。这篇小说源于他的一段亲身经历：当年他和五六个同志一起，夜间通过敌占区，我军某部派一通讯员护送。不料拂晓时与敌军遭遇，通讯员为掩护他们安全转移，自己献出了年轻的生命。过后人们发现，那位烈士俯卧在芳草萋萋的沟沿上，他紧握着枪杆，双目圆睁，怒视前方，而双手仍然紧紧地握着枪杆……峻青后来站到这位无名烈士墓前，深深鞠躬，默默流泪。当天夜里他就在潍河岸边广刘村小果园里，在看园屋的油灯之下，一面抹泪一面写作，在天亮时分终于写出了《黎明的河边》，从而也使那位无名小战士化身"小陈"，登上了中国革命战争文学的辉煌画廊。

那天晚上峻青非常激动，而我也深受感动。使我感动的不仅是那段峥嵘岁月里的壮美诗篇，还有老战士在和平年代仍然燃烧着的革命精神。说实话，我也不曾料到峻老待人那么实在，那么热诚，对我这个素昧平生的不速客，就凭一声"我是昌潍人"，他立马就会像见到亲人似的紧握你的双手。这就是峻青，乡情浓浓的峻老。三十多年前在那栋小楼上的情景，将永留我的脑际，即便变为化石也不会消失！

三

我第二次见到峻青，已是 1986 年的春天。

第三届潍坊国际风筝会前夕，潍坊市委要求文联提报应邀参加风筝会的文艺界嘉宾名单。彼时我在文联主持工作，首先想到的就是峻青。峻青收到由潍坊市委、市政府发出的请柬非常激动。后来他在散文《故乡风筝情》中这样描述自己的心情：

啊，一颗远方游子眷恋故乡的心，又情不自禁地激动起来了。

还是在烽火遍地的战争年代，我离别了昌潍大地，随军南下，屈指算来将近四十个春秋了。这当中，虽然也曾在回胶东时路过昌潍，但却未能逗留。潍坊是风筝的故乡，潍坊国际风筝会已开过两次了，每一次都来信来电邀我参加，每一次都激起我心里的巨大波浪。我是多么想回到阔别已久的昌潍大地，问候我那睽违已久的父老乡亲们啊！可是每一次都因临时有事或身体不好而未能成行，这一次说什么也不能再错过机会了。尽管这几天我的身体不适，但还是毅然地踏上了北去列车，让那辚辚的车声，温馨的春风，伴随着怀乡的思绪，开始了昌潍大地之行……

峻青与潍坊一中"春寒"文学社的初中学生在一起

那年的风筝会，按照潍坊市政府"风筝办"统一安排，文艺界的来宾统一于青州宾馆住宿，故此峻青于 3 月 29 日径在青州下车而未至潍坊。当日中午我驱车由潍坊赴青州接站，迎接峻老下榻。记得那天有微雨，气压很低，这对患有心脏病的人来说真不是好天气；但峻老看上去红光满面，情绪高涨，与四年前相比一点都不显老。而峻青后来回忆说："潍坊市文联副主席、作家韩钟亮同志，特地从潍坊赶到青州来迎接我。这种浓厚的乡亲之情，使我分外感动。"（峻青《风筝故乡情》）

　　接下来，正像他在散文里写的那样："刚住下，潍坊市委副书记齐乃贵和市人大副主任刘华民、市政府副市长宋希焕等市里的领导同志就来了。像吹来了一股温暖的风，他们是那么热情、亲切。他们告诉我，因为青州是一座历史名城，文物古迹多，所以把参加风筝会的文化名流安排在此住宿，以便大家参观游览，感受齐鲁古老文化的气氛。"看来峻老是很"赞赏主人的这一精心安排"的。但面前的这些官员都已不是过去的熟人，全都换成了年轻干部，好在他们和老朋友一样，"同样是那么热情亲切"，使他"感到像回到了自己家里一样"。

　　然而第二天却发生了一点意外：峻老在游览云门山的时候突然发病……

　　关于这次发病的原因及救治过程，峻老在另一篇散文即《云门山遇险》中曾有详尽的描述。他说，他由昌潍师专副校长许临星（系峻青老战友许剑波之子）和青州市文化馆业务干部李凤琪（著名曲艺作家，军队离休干部）陪同登云门山游玩，不料"天有不测风云，人有旦夕祸福"，在欣赏桃花时猛然间左后背一阵剧烈的刺痛，接着全身瘫软，呼吸困难，胸部像压上了千斤重石。他知道是心脏病猝发，遂赶紧含下硝酸甘油，但居然没能缓解。在他半昏半醒的状态中，李凤琪飞身下山喊医生，而许临星则在旁守护，后又与淄博来的四个青年学生一起，把他抬下山去……

其实峻老发病之时，我也在青州。那日早晨我陪同峻老一起吃饭，饭间只见他精神矍铄，压根想不到他连日来过于兴奋，本不健康的心脏已处于超负荷状态。饭后我想返回潍坊忙活风筝会门票的事情，不成想尚未离开宾馆，从山上传来了峻老发病的消息。于是，正如峻老在散文中说的："韩钟亮本来要回潍坊，闻讯后也立刻打电话找医生，组织抢救，并也急如星火地赶到了山上。"但等我赶到山上时，淄博的四个学生已经将峻老抬到山下的救护车上。我随大伙一起来到益都中心医院，向一位姓陈的主任医师和姓董的护士长做了交代之后，又打电话叫来我们文联的干部李万信，让他在病房里陪床照顾。草草吃过午饭，我即与许临星返回了潍坊。

3月30日当晚，我向齐乃贵副书记汇报了峻青发病之事。齐书记既重视又着急，吩咐我准备点慰问品，明天和他再去青州看望峻青。翌日上午我们赶到青州时，峻老已出院回到宾馆。他对于齐乃贵的到来深感不安，动情地说："风筝会这么忙，你看我又给添麻烦了！"齐乃贵则说："孙老不必客气。你是不是在《黎明的河边》开头就写武工队从永安出发？我就是永安村的人啊！""什么？你是永安人？！……"峻老颇感意外，紧抓着齐乃贵的手，激动得热泪盈眶。

在以后的日子里，峻老每次给我写信和打电话，总要让我代向齐乃贵问好，而齐书记也时不时地提醒我："别忘了峻青，那不仅是大作家，也是个大好人！"

四

风筝是春天的象征，而风筝会则是潍坊人的盛大节日。在这个节日里，峻青不仅感受到了"蓝天下鹰扬鹏博龙飞凤舞的壮观景象"（峻青语），同时还会见了四十多年前与他生死与共的几位老战友。其中有战争年代担任过昌南县委书记的魏惜珍、孙一民，当年的武工队长、号称"潍城外围十八只虎"之"头虎"的丁子仁。

峻青在《风筝故乡情》中，回忆魏惜珍"以将近古稀的高龄，风尘仆仆地陪我一起去安丘县参观访问"。其实那日的安丘之行我也是陪伴者，我和峻老、魏老就在同一辆车上。我亲眼看见两位革命老人一路畅谈叙旧，激情迸发；而当忆及牺牲的战友，则涕泗交流，说不出话来。

但遗憾的是，那日我没陪峻青参加晚宴，故无法见证他与孙一民、丁子仁等的聚会。据说那晚他们几个老战友一直聊到深夜。孙一民一见面就跟他调侃说："你的电视连续剧《海啸》我看了。味道倒是有味道，可哪里有个桃花岛？你真是个'诌官儿'！"然后告别时，孙一民塞给他印有风筝图案的半条香烟，笑嘻嘻地说："我要给你'放毒'了。不过，我知道你不抽烟。可这是咱家乡的产物，你就拿着做个纪念吧！"我记得峻老跟我提及过这半条香烟，而且他还由此联想到战争年代，生活困苦，孙一民曾经送给他一串油条。"那一串金黄色冒着热气的油条，至今还清晰地留在我记忆之中的油条"，峻青说。

峻青在潍期间，到宾馆看望他的，还有一位论情谊不逊于战友的老朋友，他叫李守正。峻青以前跟我说过：1953年夏天，他从上海回到昌潍，补充长篇小说的材料，住在昌邑县的光刘村。某日下河游泳，不慎被卷入漩涡，眼看就要有灭顶之灾。多亏李守正闻讯赶到，劈波斩浪游到他面前，把他从死神那里夺了回来。关于"李守正潍河救峻青"的故事，在昌潍地区早就脍炙人口；然而人们并不知道，此后"文革"中峻青被打成"反革命"，在秦城蹲监牢那时期，李守正还关心着他的安全，三番五次到上海、北京打听他的下落。这次李守正来访，给他带来了两包小米，这使峻青又"闻"到了当年在老房东家里喝小米粥的滋味。正像他在散文里写的：“昌潍大地上生长出来的小米，熬出粥来黏乎乎的，上面浮着一层米油，喷香扑鼻，吃起来比什么都可口……"

我能理会峻青所谓的“可口”是何滋味，那种滋味莫可名状，只能说它是“家乡的滋味”。据我所知，李守正（其实不仅李守正，还有昌潍的其他乡亲）之后经常给峻青邮寄小米。那都是老乡们所说的“春谷”，因为生长期长，熬出粥来“家乡的滋味”更浓。

五

峻青再一次踏上潍坊的土地，是在 1993 年的 6 月，距离上次“回乡”参加风筝会，又有七个年头了。其实每年的风筝会潍坊市政府或文联都会向他发出邀请，但他确实太忙，总婉言谢拒。

但这七年期间，我与峻老一直保持着比较紧密的联系。我知道七年来峻老出版了不少著作，譬如他寄赠我的《梅魂》《三峡赋》和《屐痕集》等散文集，内中收录了他出访苏联，以及到全国各地参观考察所收获的大量美文。这期间上海、山东等地的现代文学研究单位和专家，还曾倡议发起为峻青举办一次大型学术研讨会，旨在总结和弘扬他在“革命战争文学”方面的成就，我与许临星曾参与策划，并已取得了潍坊市委以及潍坊学院有关领导人的支持，但后因峻青本人行事低调等原因而中途作罢。

我记得，峻青是 6 月 9 日从莱西过来的。与上次不同，这次同来的还有他的夫人于康。他们行李不多，却有一大包沉甸甸的药物和一只氧气袋。乍一见面，我即发现峻老走路已不似七年前那么矫健，说话亦不如过去那么洪亮；屈指一算，他已七十多岁，何况心脏一直不是太好，有点龙钟之态是很自然的。为照顾老人的身体健康，我根据市委齐乃贵书记的意见，把峻老夫妇安排到相对僻静些的东郊宾馆，让他们单独住进了一座别墅式的小楼。当日下午，我请来潍坊人民医院一位心脑血管内科专家（他同时也是一位小说作家），为峻老诊视，提出了一些疗养方面的建议。

　　这次峻青来潍，既没有风筝会式的社会活动，也没有研讨会之类的文事安排。他的"任务"就是休憩，游玩。故此齐乃贵书记在为峻老夫妇洗尘的宴会上，要求我们暂时为峻老保密，以免慕名者纷至沓来，使他不得安静。然而也仅仅是安静了三两日，之后他老人家就在宾馆里忙活起来了。忙什么呢？这还要从我们

在潍坊东郊宾馆，作者与夫人、小女拜会峻青夫妇

文联的《风筝都》杂志说起。

《风筝都》创刊伊始峻青就是我们的顾问。他不但本人为这份杂志赐稿（如《风筝故乡情》），而且还牵线搭桥，帮我们联系文怀沙等文化名人。但这还是次要的，说起来最主要的支持，竟然是为《风筝都》奉献了他本人的许多书画。在此我想透露一点秘密：在我苦心孤诣经营刊物的日子里，峻老始终默默地注视着我，与我一起洒播着汗水，享受着顺利时的喜悦，也品尝着挫折时的苦涩。而当我因了办刊经费的困难向他倾诉衷肠时，他老人家会在电话的那头轻声絮叨："看我能不能帮你一下？能有什么办法呢？"想来想去，我们不约而同想到了他的画笔。于是，可亲可爱的峻老便不顾年迈体弱，坚持为我们执笔作画。然后我依照"秀才送礼一张纸"的"古训"，用他的字画答谢那些赞助过刊物的各界朋友。

峻青书画造诣颇深。他的画趣味高雅，题材广泛，但最为人称道者，乃是牡丹和梅。据说在泰国办画展时，当地华人争相求购，无论梅花、牡丹皆价格不菲。然而对于故友乡亲，他是从不提"润笔"二字的。这次峻老从莱西过来，行囊里带了毛笔和印章，由此判断他已做好了写字画画的准备。当然我也知道，峻老古道热肠，重情尚义，只要身体来得及，他是决不会让朋友失望的。所以刚刚休息了几天，他就在宾馆里铺毡展纸，然后开始写字作画了。

大约一周之后，峻青提出，他想去寿光北部即《海啸》的故事发生地看看。于是6月18日上午，我陪他抵达寿光。寿光市委书记、副书记等官员在宾馆迎接，并设盛宴款待。翌日早饭后，我们驱车前往羊口。

羊口，也叫羊角沟，在寿光市的最北端。那儿有广袤的盐碱滩，无边无际的芦苇荡，还有由济南通向渤海的小清河的码头。羊口周围及向西向北的大片区域，上世纪40年代曾燃烧过战争的烽火。峻青当年曾随军来此驻扎，做战地采访。

峻老对我说，在"文化大革命"以前，他就开始创作一部长篇小说《海啸》。其内容是反映抗日战争最困难的1942年，我昌潍根据地遭到了一场特大的天灾及海啸的侵袭。根据地军民为战胜这一灾害进行了一场英勇卓绝的斗争，也演绎出许多可歌可泣的动人故事。但可惜的是，他呕心沥血写出的十几万字初稿，竟在"文革"中被抄家时丢失。"文革"结束后，他又焕发激情从头重写，一年后脱稿付梓。而后《海啸》又拍成电视连续剧，在中央电视台和几个地方台热播。然而历史如烟，物是人非。当年荒凉的滩涂现在矗起了鳞次栉比的楼房，港湾里大马力的渔船则替代了昔日摇橹的舢板。峻老感慨万端，但并不失望。他说，当年革命战士的奋斗，其实就是为了今天的幸福生活。

峻老那天还悄悄告诉我："当年不仅我来过这里，连于康也来过……"原来，四十五年前，峻青的部队在此驻扎时，他和时任军医的于康刚刚结婚，这里的芦苇、窝棚，见证了他们的"蜜月"生活。之后他曾写过一首七律《送于康赴淮海前线》："中原十月露为霜，征人一夜尽换装。淮海鼙鼓擂声急，禹州羽檄飞驰忙。新婚那堪伤离别，战地犹待救死伤。四野荒鸡啼晓月，长亭折柳欲断肠。"这首诗峻老后来抄录赠我，他在诗后跋曰："一九四八年春，余与新婚妻子于康奉命随军南下，一路涉海滩，登太行，渡黄河，入中原，十月到达禹县。淮海大战开始，时为军医之于康，奉调急赴前线。此诗即于县郊送别之时所作。今以此拙诗书奉钟亮乡弟双政。"诗中所说的海滩，应该包括寿光北部。

那日峻青夫妇参观了羊口码头和镇上一家仿古铜工艺厂。工艺厂赠送峻老两件仿古铜镜，他觉得过意不去，即索笔墨作书画回赠。第二天，我和寿光市委一位副书记陪峻老来到寿光南郊某农工商总公司（其实就是村庄）。该公司举行隆重仪式，聘任峻青为名誉总经理。在仪式上，峻青发表了简短然而热情洋溢的讲话，并当场献出一幅由他亲笔绘制的八尺巨幅国画。画面上百花盛开，春意盎然，表达了他对公司事业的祝福。其间他还接受了山东电视台以及当地媒体的采访，接见了一批又一批慕名拜访的文学爱好者。

也许过于激动之故吧，20日午后峻老心区又感不适，遂在寿光宾馆杜门谢客。我和于康大姐商量：从有利于老人将息方面

峻青先生画作《墨梅》

考虑,寿光宾馆实非久住之地。于是21日上午,峻老又回到潍坊,重新住进了他熟悉的那栋小楼。三天之后,又干脆住进了宾馆西邻的潍坊医学院附属医院。鉴于峻青是著名的大作家,且又是"潍坊市委市府的客人",故医院上上下下皆很重视,科室的医生护士对他关怀备至,他们很快与峻老成为朋友。峻老出院那天,彼此倒有些恋恋不舍似的。

这次峻青来潍坊,在东郊宾馆"悄悄"住了半个来月。本打算身体复原后再到昌邑走走,会会当年老乡亲的,但此时招远市委的书记来电,强烈要求他前去做客。于是7月4日,我和潍医附属医院的一位医生,陪同峻老夫妇前往招远。

我至今清楚记得,上车之后峻青一直眯目养神,很少说话。车过昌邑潍河大桥的那一刻,他却突然睁大眼睛,将脸贴上车窗向外张望,同时喃喃地说:"啊,这是昌邑?……昌邑,我就在这里住过的呀!"

司机懂得这位老人的心情,立刻将车速减慢了。

六

2005年4月,八十三岁的峻青再一次踏上了潍坊这块热土。

他这次来潍,受到的是潍坊学院和昌邑市政府的双重邀请:潍坊学院"潍坊名人馆"开馆,特请峻青出席仪式并剪彩;昌邑则拟召开专门会议,授予峻青"昌邑市荣誉市民"称号。

此番峻青的返乡之行,主办方很注意保密,如我之类已赋闲的文化干部被封锁了消息。不过4月28日下午三时左右,峻老直接给我打电话了,说他与康昨日下午已乘机飞抵潍坊,现住某宾馆。峻老还说:"他们不让我声张。可我既然来了,不让钟亮知道是不行的。"我放下电话,赶紧去超市买了水果,然后兴冲冲赶往宾馆。那时峻老刚由潍坊学院的人陪同去了博物馆,房间里只有于康大姐。我见她戴了一副墨镜，瞧人时不太对劲儿，一问，原来她糖尿病严重，以致双目失明了。于康凄然一笑说："老孙现在是我的'拐棍儿'。他怕把我一个人扔在上海不行，所以我也来了。"我则宽慰她："好啊，过去你陪他，现在他陪你，你俩互相陪吧！"

坐定之后，于大姐说："潍坊学院的大夫护士都很好，可我觉着还是跟你更实在些。你给我弄个什么东西吧，我洗浴时扶着它安全些。"听了这话，我心里呼地一阵发热发酸，几乎掉下泪来，随即到附近一家商店买了个塑料凳。经她一试，不高不矮正好合适。

刚说一会儿话，峻青就回来了。然后我们就去餐厅吃饭。我记得那天是由潍坊学院做东，作陪者不仅有我，还有原山东省检察长李惠民（曾任昌潍地委副书记）及其夫人。惠民同志老家昌邑，他也是峻青的老战友。如今峻老在潍坊的战友多已不在，惠民怕就是"硕果仅存"者了，故此两人会面时把臂嘘唏，旁坐的我们不禁为之动容。

峻青在潍坊大概住了三天。潍坊学院"名人馆"活动结束后，昌邑市委来车，把峻青夫妇接去，使老人家终于完成了回乡探亲的夙愿。我虽未陪同峻老活动，但 5 月 10 日上午到昌邑宾馆看望过他，从而了解到：老人家一踏上故土，便被浓浓的乡情所包围。他不管走到哪里，当地的老百姓都是敲锣打鼓，扭秧歌放鞭炮，以隆重的礼节来欢迎这位人民的作家。于是峻青激情难抑，老泪纵横。一连数日，他走访了当年战斗和工作过的地方，拜会了曾经共事相处过的老朋友。当他走向潍河，面对滔滔流水时，刹那间《黎明的河边》《老水牛爷爷》等作品里的情景又在眼前浮现……这条河使峻青感到骄傲，而他的心灵亦受到了河水的洗礼。事实上昌邑市人民在提到潍河时，总要把它和一部书一个人联系在一起，那就是《黎明的河边》和它的作者峻青。如今在昌邑市区潍河湿地公园，建有以峻青名字命名的广场，广场的主体石雕，则是翻开来的那本《黎明的河边》。前不久我路过昌邑，曾经在"峻青广场"驻足，凝望着那本石雕的大书，缅怀如小陈、老水牛爷爷那样的英魂。我想人活一世，倘能像峻青一样，为人民贡献一部大书，其实也就不枉此生了！

我还从当地媒体获悉：5月11日那天，昌邑市召开大会，"在热烈的掌声中峻青接过大红的昌邑市荣誉市民证书和精致的荣誉牌，这位老人的眼睛湿润了"。另外，"为了让更多的人了解峻青当年来昌邑创作的情景，昌邑市把峻青住过的现为卜庄镇广刘村村中他经常散步的大道，重新修整后命名为'峻青大道'。还把峻青当年在广刘村果园创作的小屋加以修缮，保留下来，并向游人开放观瞻，让昌邑人民铭记峻青对昌邑的情怀和他所留下的精神财富，激励和鞭策一代又一代的昌邑人奋发有为"。

七

时光过得太快，转瞬又是十年。这十年里，包括我在内的潍坊人，仍时时惦念着我们的"游子"峻青先生。

我与峻老结识较早，受惠亦多，故常常挂记他和于康的健康，忍不住就会通过电话或其他方式问讯一下，其间还曾到上海天钥桥路他的新家和华东医院高干病房看望过几次。他和老伴于康，一年之中大约一半的时间是在医院里住的。老两口同住一间病房，彼此互相照应，孩子和护工服侍起来也比较方便。我头一回到病房看他时，他的精神看上去还不错，还能读读报纸写写字，言谈思维也比较流畅。其实他的心脏里装着三个支架和一个起搏器，以维持正常跳动，并防止随时可能发生的意外。第二次看他时，他鼻子上多了一根吸氧管，思维反应也比较迟钝了。

从他的女儿孙丹薇那儿得知：峻青的生命力意志力是极其顽

强的，尽管他年迈体衰，却"总也搁不下那支笔"；他对人民怀有一种感恩之情，真想把未完成的长篇小说《决战》赶快写出，以奉献山东（包括昌潍）的家乡父老。然而自然规律是无情的，他自己也知道，"那部书怕是永远也写不出来了"。

孙丹薇说，峻青对儿女是慈爱的好父亲，对妻子又是体贴入微的好丈夫。"现在他已经成了母亲的保健员、卫生员、炊事员……我们戏称他'八大员'。"对此我深有感触，且油然而生敬意。因为我知道，他与康不仅是战友，亦是同乡，甚至还有青梅竹马的关系。他们风风雨雨一路走来，彼此相濡以沫，忠贞无二，演绎了执子之手与子偕老的传统美德。我觉得当今世界，特别是在我所熟悉的文化圈中，像峻青这样人品高尚而清纯的，似乎是凤毛麟角。

从1982年到如今，三十年来，我与峻老感情甚笃，除了写信和打电话，还有别一种方式，那就是书画。前面我已说过，在某年的春节，他曾书一扇面，抄录《送于康赴淮海前线》赠我。另一年的除夕，峻老则画一幅《红烛图》，上有几行题款，在夸我做文化工作具有"红烛精神"的同时，还勉励我要像红烛那样照亮自己的人生。

此外峻老还多次应我之请，为潍坊市有关单位和社会各界的朋友作画题词，而从不计较费用。他的画作题材多样，但以牡丹和梅花最为人称道。步入老年后视力受限，我劝他停止牡丹，多画墨梅。我请他画的墨梅，大都配有当年他赠送丁玲的那四句诗："铮铮铁骨绝俗尘，劲枝总先天下春。不慕铅华重本色，每因风雨更精神。"我觉着这梅这诗，其实就是峻青先生的人生写照。

眼看春节就要到了，春节过后，很快就是峻老九十一岁寿诞，在此我想以"昌潍乡亲"的名义，祝峻青和于康大姐健康长寿，像梅花那样绽放永远的春色！

（原载《潍坊晚报》2011年12月25日《人文潍坊》版）

旧梦依稀忆莫言
—— 在莫言文学馆里

一张旧照令我心潮汹涌

2012 年 12 月 28 日上午，潍坊市作家协会在莫言文学馆举行"潍坊作家读莫言"主题活动启动仪式。我以作协顾问身份得以参与，来到高密一中。

莫言文学馆就建在一中校内。

走进莫言文学馆，初始的感觉，是进入了一座宏阔辉煌的神圣殿堂。穹窿下那颗熠熠闪光的巨星，就是刚刚摘取了文学诺奖桂冠，填补了百年中国空白的莫言先生。这巨星的光芒未免太强，热度未免太高了，它让人不敢睁眼，不可向迩，你情不自禁地要屏住呼吸后退半步。然而，随着脚步的移动，一幅幅生活化的图片联翩而至，展室的亮度逐渐减弱下来，人的呼吸也逐渐回归正常了。这时候，在一个很显眼的位置，一张很大很大的照片里边，我居然发现了自己的形象。那是一张三四十人的合影，第一排正中紧靠莫言坐着的，可不就是当年的我吗？

记起来了，这张照片拍摄于二十六年前，准确地说，是 1986 年 9 月 26 日。当年的日记提醒我，那年秋天，刚刚以《透明的红萝卜》《红高粱》等小说轰动文坛的莫言回高密老家探亲，县文化局、文展馆的领导闻讯召开文学创作会，并请莫言给业余作者们讲课辅导。那时我在潍坊市文联主持工作，同时主管文学，得此消息无比兴奋，遂急赴高密，在县文展馆认识了穿一袭军装风华正茂的这位文坛新星。

与莫言初晤的细节已无从追忆，唯记得9月25日下午，我和莫言同被高密县委宣传部宴请之后，晚上住进了县饮食服务公司的一家旅社。那是一室两床的房间，不带卫生间，设备相当简陋。虽说躺下之后对脸儿聊天非常方便，但因为茶喝多了，时不时地要走出房间到廊道的公厕里小解，这自然就麻烦得很，也常使我们的热烈畅谈暂时中断。我记得那夜我们不只谈文学谈小说，

1986年在高密文学座谈会上作者（前排左三）与莫言（左四）相识

也谈诸城（我的家乡）和高密两地的风土人情，奇人异事。谈着谈着不觉东方之既白，莫言倒是打起鼾来，可我却一直无法入睡，因为窗外大道上时而驶来的拖拉机，其声惊天动地，像从你的头颅上碾过去似的。不过说良心话，在高密旅馆的这一夜，确是美好的一夜，幸运的一夜。在这个难忘的秋夜里，我和莫言一见如故，很是投缘儿。也许莫言的写作风格正对我的路数，他作品中那些诡谲神奇的故事颇合我口味之故吧，总之我那一夜异常兴奋，曾滔滔不绝天花乱坠，向他讲述了发生在潍河中段我家乡的逸闻趣事。若干年后，即2011年的8月7日，我参加潍坊市文联、作协举办的"莫言文学报告会"，当莫言以其惯有的幽默当众调侃我说"我某部作品中使用了老韩提供的素材，因此该请老韩吃饭"的时候，我真是无比感动，像喝了陈年老酒似的醺醺欲醉。

据我当年的日记：9月27日，我从高密返回潍坊。28日，借车再去高密接莫言来潍。当日下午，召集潍坊市直几位重点作者与莫言会面。莫言传递了全国文坛的信息，并介绍了他近期小说创作方面的一些情况。当日莫言在潍坊住下，不消说我们又是一番热谈。翌日，我陪莫言游览了十笏园，参观了工艺美术研究所，下午即派车送他回高密去了。

二十六年之后，我在莫言文学馆重睹这张照片，不免暗暗得意，悄跟自己调侃了一句：知道俚语"沾光"啥意思吗？说的就是这呀！

《白棉花》与《风筝都》创刊号

在莫言文学馆，随人流往前走，另一张照片上出现了莫言的旧居，以及他的几件旧物，这又使我再次心潮涌动。

这里的"旧居"，不是高密东北乡（大栏乡）他的祖屋，而是上世纪80年代末期他在高密城内买下的二手房，实际上是应该叫"新居"的。我之所以对它熟悉，感到亲切，是因为1989年末我在高密扶贫时，我们那个村子离莫言的新居不远，骑自行车一刻钟即可到达，故此只要打听得莫言在家，我即跑他那里聊天儿。记得头一次踏入这新居时，因见其刚装修完，家具尚不完备，我即自告奋勇，带莫言到诸城家具厂，找我的熟人买了一张"华宇"牌席梦思床垫。大约半月之后，我第二次上门，发现莫言和夫人正苦着脸相对而坐，我以为席梦思床垫出了问题呢，原来却是墙上的三合板护裙这儿那儿地鼓胀出来。探问之下，方知是墙皮未干紧赶工程之故。记得当时我即窃笑：莫言呀，别看你写小说是好手，可过日子，本事还差远呢！

这里的"旧物"，指的是莫言用过的写字桌。那桌面上浸浸了莫言的汗水，还有他烟灰灼出的几个小洞。别看其木料一般，款式普通，然而承载过的一沓沓稿纸，可都是具有收藏价值的宝物啊。我熟悉它，是因为那几年我正主编《风筝都》文学杂志，曾不止一次找莫言约稿，我俩的交谈往往就是在书桌旁边展开的。

记得1991年3月14日，我和编辑李万信来到这栋房子，聘请莫言为《风筝都》顾问，并请他为创刊号写稿。刚刚坐定，我即发现写字桌上有一沓稿纸，那正是中篇小说《白棉花》的初稿。我不由大喜，猜测这可能是《红高粱》的姊妹篇，面世后一定会影响巨大，于是仗着"朋友加老乡"的关系，当场就要拿它到街上去复印。为人厚道重情尚义的莫言，对顾问一事满口应承，甚且还说了一番鼓励与指导的话；但谈到稿子，鉴于《白棉花》刚刚草就，尚需修改，他建议我最好先用另外的一篇——自然也是他比较满意的新作。但我执意就用《白棉花》，对另一篇稿子则不理不睬。弄得莫言没法，只好答应。于是当晚我和李万信在高密外贸宾馆住下，让莫言开夜车改了个通宵，17日上午终于拿到了新鲜出炉、热得烫手的《白棉花》。

如今我的书架上摆着《白棉花》的两种版本。一种是上海文艺出版社"诺贝尔文学奖获得者莫言作品系列"之一《怀抱鲜花的女人》，里面收录了《白棉花》；另一种是我们《风筝都》1991年4月的创刊号。两种版本有着较大的差异，但比较而言，我更喜欢《风筝都》版本，因为它是"我们的白棉花"！我觉着不管莫言的研究者们重视与否，它至少是值得版本收藏家们青睐的。

1991初春，作者拜访莫言，是时莫言正在创作《白棉花》

狗吠已是远去的涛声

当我眼光热切地凝视莫言那张旧书桌时，耳畔隐隐传来了狗吠。我知道，那是莫言的狗，准确地说，是他夫人老杜豢养的农家那种土狗，即普通的看家狗，而不是今天被称作宠物狗的吧儿或德国牧羊犬藏獒之类。

我记得，1993年2月莫言在《风筝都》上发表的随笔《狗的悼文》，曾详细介绍了此狗的来历，以及它在铁链下挣扎、狂躁、凶狠的样子。不幸的是，"只因它的一时冲动"，竟咬伤了它的主人，害得莫言不得不去防疫站连打了五针狂犬疫苗。"于是它的末日就来临了"——莫言说。当杀狗的人登门要把它带走的时候，那狗朝莫言的妻子"双膝跪着，回头望她，那眼神非常可怜"。它不久就"变成了肥田的东西"。

说实话，读过此文，我真的感到了心灵的巨大震撼，竟弄不清，这到底是狗的罪孽抑或人间的悲剧？由此想到，莫言后来创作《生死疲劳》，这条狗没准儿就是"狗小四"的模特儿之一。我一向认为莫言擅长写狗，早期在《红高粱家族》的《狗道》里已经显示了这方面的才华，但那时还没有这条狗的故事，因此我认为，《生死疲劳》第四部，从某种意义上说也就是这条狗的挽歌和悼文。

莫言在写罢《狗的悼文》之后意犹未尽，紧接着又写了《狗的冤枉》，同《狗的悼文》一起发在了《风筝都》上。《狗的冤枉》仍然是拿那条狗说事。实际上从那时起他就潜入了狗的内心，以狗的眼光观察世界，体验狗的命运和复杂的"狗际关系"。于是他发现"狗竟然会有那般深邃的思想"，它们甚至能"保持着哲学的沉默"，即便那汪汪汪的叫声也"包含着太多的矛盾，并不是简单的气流震荡"。如果说一条狗的生命能换来莫言这么大的"哲理收获"，那它也真的是死得其所了！

说起来，我对那只狗是印象蛮深的。每次敲莫言家的大门，那狗便在院子里狂吠，让人心惊肉跳，不过这倒也起到了门铃的作用。通常都是莫言的夫人老杜出来吆狗，给我开门。我亲眼看见那条狗纵跳挣扎，弄得铁链子咣啷啷作响，那一刻像是铁窗里的囚徒在发泄愤怒。因了骇怕和担心，我确曾给莫言提出过忠告，建议他送走这条凶狗，然后换条吧儿。但是后来真的失去了它，再访莫言听不到它的叫声时，我又颇觉愧悔，觉得自己做了杀狗的帮凶似的。

而现在，书桌依旧，狗吠已是远去的涛声了。我之所以重提狗的故事，无非借此感叹莫言真乃伟大奇才。世界上有那么多的狗，我们司空见惯无所用心，只有莫言能从狗身上挖掘出那么深邃的哲理。为此我建议有关学者，在研究《生死疲劳》时，也不妨捎带着读一读《狗的悼文》和《狗的冤枉》。

"诺贝尔奖"大师对家乡文学事业的关爱

当讲解员介绍莫言对家乡的贡献时，我眼前的画面是高密市一年一度的"红高粱节"，脑海里浮现的却是莫言扶掖家乡文学事业的片段。那些片段是我亲历亲见，若干年过去仍那么鲜活生动。

上世纪90年代以来，我们潍坊文联以及潍坊市其他文化单位，不知多少次邀请他参加文学活动，比如文学讲座、作品讨论会、文学发奖式等等。别的不说，单说我主持的《风筝都》杂志，至少有两次征文颁奖，都是瞅准他春节期间回家孝亲的机会，把他拉到会上担任嘉宾的。他在会上或饭桌上的讲话妙趣横生，睿智幽默，给人留下深刻印象。那些抓拍的记录他形象的镜头如今尚未完全褪色，它们被保存在我的相册里，让我不定时地拿出来瞧瞧、摸摸，发一点"青山依旧在，几度夕阳红"的感慨。

当然最多的活动还是"莫言文学讲座"。在这些或大或小的讲座上，他的开场白中总会引用家乡一句老俗语，就是"骗子最怕见乡亲"。他说：我小时候做过哪些坏事，譬如偷过谁谁家的瓜果梨桃，说起来四邻八舍都知道，所以在你们面前莫言不敢说谎，他必须夹紧尾巴。话刚落地便会引起哄堂大笑。此外还有一句他常说的，"我莫言就是农民"。这句话涵义丰富而深刻。莫言私下里曾对我讲过，"我跟那些写农民的知青是不一样的"。这句话的涵义也不简单。我明显感觉到，当莫言提到"农民"这字眼时，他眼里流露出的有悲悯有同情，有嘲笑有谴责，但更多的还是欣赏和歌颂。总之他讲到"我莫言就是农民"时，眼神里就是"自信"！

除了讲座之类的集体活动，还有些是个人之间"一对一"式的交流、辅导。譬如给某个业余作家看看作品，题写书名或写写序言，诸如此类，他基本上是有求必应。当然这要占用他不少时间，甚至扰乱了自己的创作计划。他本欲"敬谢不敏"，然而碍着"乡亲"面子只好接受。譬如有一回，一位远道而来的家乡作者将两袋大米扛上他的寓所，然后掏出厚厚的一沓稿件请他写序。时值夏季，大米生虫了，然而文稿尚未看完。后来他把序言的题目定为《大米与小说》，其幽默的笔调让我们一班文友读后忍俊不禁，从而也体谅到了莫言的苦衷。

说到他对我的帮助，那真是一言难尽。令我铭感五内的一次，应是1996年我的短篇小说集《散香》出版之后，他给我写的那两页评论性的文字。他这样写道：

与韩钟亮相识，是在1986年的夏天。十年的时间里，交往很多。他是个对文学有些痴迷的人，于繁忙的事务性工作之余，一直笔耕不辍，精神可嘉。

他送我的这本集子，主要收集了他十年前的作品，用今天的眼光看，其中的一些篇什，的确留下了那时代的痕迹，但就像不能抹杀刘心武《班主任》、卢新华《伤痕》在新时期文学中的地位一样，也不能苛求老韩的这些作品。路总是一步步走过来的，文学也是一步步走向文学。但即便如此，老韩的早期作品里，也还是透露出了他的对人民的感情，和他的对时代潮流的敏感。当然也透露出了他的扎实的文学功底和他编构故事的才华。

这集中的一些作品，如《板桥居士》等，未发表前我即读过。当时即感到老韩在进入九十年代后，依然沿袭着他的写实的风格。他有些过分地追求语言的朴实直白和故事的戏剧性效果，我想这大概与他深受民间曲艺形式的影响有关。这种写法虽然有些不合潮流，但也很难说没有价值。其实小说的最朴素的本意就是写故事给人看。他的小说好读，有趣，包含了一种中小城市"官场"的幽默，甚至讲出来也很生动的。

但集子中的《散香》分明是个"异端"。这篇的语言是有鲜明特色的。句子简练而短促，节奏感强，富有弹性和张力。人物的内心活动大幅度地跳跃，拓展的生活面很宽，因之小说的内涵也就较之其他篇什要丰富得多。我不清楚老韩为什么没有沿着《散香》的路子往前走，那是完全有可能开拓出一片天地、发展成一种风格的。我看小说，首先看语言，体会有无语感。《散香》是这本集子中语感最强烈的作品，它是新鲜的，是一个进入别样天地的洞口。《散香》证明了老韩用另一种声音歌唱的潜力，但他只唱了一声便戛然而止，为此我感到一丝遗憾。但也仅是个人的遗憾，因为对老韩的作品的评价并不能以我的评价为准。

以上评论中肯而准确，如庖丁解牛般深入腠理，指出了我小说创作的特点和缺憾。从这番评论可以看出，莫言对我的为人为文是相当熟悉的。他抱着关爱老朋友的态度，好就说好，不足就说不足，绝不浮泛地说些好话甚至热捧一气。若干年后重读他的评论，我对自己未能"开拓出一片天地、发展成一种风格"，不唯感到遗憾，甚且惭愧之至。事实上《散香》出版之后，我基本上"丢掉"了短篇小说的创作，又何谈沿《散香》的路子走下去，"进入别样天地的洞口"呢？真是辜负了好友的一片热心肠啊！

今夜星光灿烂

当展览进入"莫言获得诺贝尔文学奖"环节时，整个文学馆展厅顿时沸腾了。我耳边又是锣鼓齐鸣，眼前又是礼花绽放，两个月前的情景又在脑海里重现了。

说来真怪，当 2012 年诺贝尔文学奖揭晓进入倒计时时，与它毫不相干的我，心绪竟莫名其妙地不太安静了。

那时候听到个小道消息，说莫言进入了候选名单，而且大有希望；但同时也有媒体报道，称莫言本人极力否认 —— 他甚至都没兴趣再谈诺奖的事情，于是乎闹得我心里七上八下。而就在 10 月 10 日那天下午，离诺奖揭晓没几个小时了，我突然感到心烦意乱，与 1964 年高考发榜前夕的情况相仿。于是乎干脆拉着夫人，躲开尘嚣，到远离市区的河滩寻清静去罢！然而刚在石头上坐定，衣袋里手机响了，打电话的是《潍坊晚报》记者。他开门见山就说："一旦莫言获奖，您是不是从老朋友、老乡亲的角度谈谈感想？"我觉得这记者有点滑稽，就说："这事明天再谈好不好？"然而记者苦笑道，"我们马上就要弄好版面，明早必须见报，否则就来不及了。"我很体谅记者这一行当的难处，同时也乐意为自己和莫言"赌一把"，于是对着手机大声说道：

"我认为，今年的诺奖，非莫言莫属！"

四小时之后我的"预言"得到了证实。然后据我所知，高密乃至诸城的那帮文学青年，开始自发地串联，带着鞭炮和酒，准备到莫言在高密市区的寓所祝贺（彼时莫言住在高密）。我虽喜泪盈盈心潮汹涌，但自感"廉颇老矣"，没有参加他们的行列。稍顷，待心情平静了一些，我摸起电话跟大女婿朱强取得了联系。

朱强在《南方周末》任副主编，似乎还负责文化版面，故此我建议他们迅即来人，在诺奖颁后的第一时间采访莫言本人。而朱强说，事实上他们的领导也早有这方面的考虑呢。于是第二天傍晚，朱强乘飞机抵达潍坊机场，尔后由我向导，驱车前往高密；与此同时，《南方周末》正在山东活动的记者，也开始向高密进发。

今夜星光灿烂。

汽车在高速路上飞驰，微微的颠簸令人有婆娑醉舞之感。在车上我跟莫言的大哥管谟贤通了电话，打听此刻莫言的情况。谟贤说："莫言被市委的人接走了，现在何处我也搞不清楚。我这里现在也一屋的记者呢！你跟我兄弟媳妇联系吧！"我随即按照管谟贤提供的号码，打通了莫言寓所的座机，接电话的是莫言夫人老杜。我问："我和《南方周末》的记者想见见莫言，你跟他说一下，看明天上午行不行？"那边老杜回答："我正搂着小孩睡觉，没法找他。咳，这事我说了算 —— 明天早上你来吧。不过得八点以前，八点四十五分以后还有法国记者等着呢……"

第二天八点，我和朱强如约来到莫言的住处。那是一栋很新的多层居民楼，莫言住在顶层，这样可以多出一层阁楼，充作他的书房和仓库。我们进入单元门的时候，那儿已经聚了许多敬业的外国记者，他们胸前挂着相机，手里拿了汉堡，一面狼吞虎咽，一面静悄悄地沿着楼梯排队。我从他们身边一蹭蹭地登上去的时候，这些外国佬一个个颇有礼貌地向我"哈啰"致意，使我深深感受到了一个中国人的自豪和优越。

此时莫言已在阁楼上等候。让我意外的是，他脸上并没有洋溢着应有的幸福和骄傲，眸子竟平静得一如深潭之水，找不到一点"大福大贵"降临时激起的涟漪。如此一来我也就省去了俗套的贺词，只不过紧紧地握了握他的手，再与他并肩照了张相以作"历史的见证"，然后就把时间交给《南方周末》了。

啊，对了，在从他的阁楼上退出之前，还有一件事本想跟他说说的，然而不知何故见面后竟忘得一干二净。那是我这次带来的一件礼物，一把宜兴紫砂壶，壶身上镌刻着"上品无香 莫言题"字样。原来一年之前，我突然心血来潮，决计要做一把"莫言壶"，于是打电话向莫言求字。不久他托人带来了亲笔题书的"上品无香"，我即通过朋友联系到范大生的后人，定做了一款"玉笠"式的紫砂壶。壶做好了，原本想通过邮局向莫言寄发，却又担心

作者在莫言的高密新居，祝贺他获得诺奖

安全问题，遂决定有机会时当面奉送。此壶先前已连同茶叶交付于他的夫人，然而遗憾的是，匆遽间并未向老杜或莫言交代此壶之意义所在。现在既已离开高密，那么所有想说的话，也只能留待日后另找机会了。

于是在这里，权借潍坊文联出书的机会，我想抄录此前我在某刊上发过的几句话，表达一个老朋友的心声——

敬爱的莫言，当你荣获诺奖的时候，我给你送去的不是酒瓶，而是茶壶。何也？因为酒能使人狂热，而茶能使人冷静。

人说作家是孤独的，其实不然，因为他有茶壶相伴。

就让这把"莫言壶"陪伴着您，使您文思泉涌，永不竭涸，并让它见证您一个又一个的辉煌吧！

2013 年 2 月 20 日，于乐天斋

我们的老乡莫言

一

　　昨天跟我们的老乡莫言通电话，他说他目前正在"触电"，弄一部二十集的电视剧。问他详情，他淡淡地说，到时候就知道了。我也就会心地一笑。

　　大家都知道，我们的老乡莫言是因为《红高粱》出名的。《红高粱》在 1986 年的《人民文学》发表后，轰动了整个中国文坛，甚至有人把这一年称为"莫言年"。以后，《红高粱》拍成电影，并且从西柏林电影节捧回了"金熊奖"，莫言的名气就更大了。

　　然而没人知道，鄙人我可是《红高粱》这部电影最早的观众之一。那年"西影"正在潍坊拍摄我写的《龙的年》（后改名《神凤威龙》），而那时《红高粱》刚刚杀青，《龙的年》剧组的灯光、化妆、道具等大批职员，基本都是从张艺谋那儿撤下来的。故此有关《红高粱》的信息，我们这儿极早就能得到。譬如说，《妹妹你大胆地往前走》这歌，《红高粱》电影还是"毛片"的时候，我们这儿好多人都会唱了。那阵子《龙的年》剧组许多人，经常穿着日本军服在潍坊招摇过市，大家都扯起嗓子高唱《妹妹你大胆地往前走》，弄得路人纷纷侧目，大骂这些家伙是神经病——这情景我至今历历在目。后来，在西影厂内部审看《红高粱》，《龙的年》的导演张子恩拉我参加，张艺谋就在身边。故此我敢说，我是电影《红高粱》最早的观众之一。

　　好了，别扯远了，还是扯莫言吧。我们都知道，《透明的红萝卜》是莫言的发轫之作，而《红高粱》则是他的成名作，故此大家都誉其为"怪才""鬼才"；不仅如此，连莫言的家乡高密也大大提高了知名度。莫言笔下的高密东北乡，向人们展现了一个雄奇神秘的世界。其实呢，那儿并不像小说里写的那么有意思。这纯粹是作家营造的一片艺术世界，像福克纳创造了密西西比州的约克纳帕塔法县一样。

其实 1987 年张艺谋到高密为《红高粱》选外景时，到那儿一看很失望，因为当地并没有红高粱的海洋，甚至小片的清高粱地也很少见。无可奈何，电影厂赶紧跟老百姓签合同种高粱。其实大部分红高粱的镜头是在宁夏拍的。

《红高粱》大大提高了高密的知名度，我们的老乡莫言也成了世界名人，现在台湾和香港地区以及日本、法国、美国和意大利都有他的小说译本。可是在他的家乡，在高密或范围更大一点的潍坊市，人们对这位天才作家却所知甚少。我一些社会各界的朋友似乎对他并不"感冒"，他们对《红高粱》里"我爷爷"往酒里撒尿的情节一直耿耿于怀，甚至臭骂莫言这家伙败坏了家乡的声誉，是我们这方土地上的不肖子孙！

然而骂归骂，大家伙这骂里也掺杂了一种爱，一种自豪，总之是一种特殊的感情。莫言自己当然也知道。

二

莫言本名管谟业，1955 年 2 月 17 日（农历正月二十五日）出生于高密县大栏乡平安庄一户中农家庭。祖父管嵩峰并不像《红高粱》里"我爷爷"那样有着传奇的土匪经历，他其实是一个忠厚善良的木匠。奶奶虽不及巩俐扮演的"我奶奶"那么泼辣风流，然而也算得上能干的女人，其勤俭持家，精打细算，属于管氏家庭中的"总管"。父亲管贻范，因为上过几年私塾，而在村里担任了大半辈子的会计。母亲高氏，是一个裹着小脚而没有文化的典型的农村妇女。

　　莫言这一辈兄妹四人，在家族中属"谟"字辈，谟业是最小的一个。大哥叫管谟贤，其实天分并不比谟业低，他是上世纪60年代华东师大中文系的高才生，现任高密一中的副校长。就是他，扶植莫言走上了文学道路，堪称莫言的"第二启蒙老师"

莫言的母亲和女儿笑笑（1991年，原版为本书作者收藏）

（"第一启蒙老师"应是莫言的爷爷）。我跟谟贤先生接触过几次，发现他的确谈吐不凡，属于腹有诗书气自华的那类人，然而又承继了农民的朴厚。他的成就虽不如谟业那么亮眼，但却是很值得尊重的。

如今莫言的父亲、母亲还都健在，仍然住在高密东北乡的祖屋。而莫言则在五年之前，把他的"小家"（包括他的夫人老杜，

莫言与夫人、女儿（1993 年，本书作者摄）

以及一个模样酷肖莫言的女儿）搬到高密城来了。他的新居我曾多次拜访，故此他的夫人老杜对我已很熟悉，当然也很热情；但他那条狗却老是充满敌意，冲我狂吠乱咬。不过不久前这条狗已被牵走并消灭了。

狗被牵走之后，我曾到莫言在高密的这栋新居取过稿件，就是《狗的悼文》和《狗的冤枉》；还曾在他的书房兼会客室，用我的"傻瓜"机拍了几张他和他女儿笑笑、夫人杜琴兰的照片。

虽则有了"小家"，但莫言每年总要回老家探望他的父母，以尽人子之道。有时他也带回些记者、学者和外宾，他们就在大炕上喝茶，拉呱儿，拉高密东北乡，当然也要拉到莫言。说真的，老人家无论如何也想不到小儿子会有啥出息，能成啥气候。他们总也搞不清楚："谟"字一拆改成"莫言"，他怎么就出名了呢？

其实，莫言自己也搞不清楚。

莫言更不会想到，他老家的那栋祖屋，若干年后会成为一处著名旅游景点。莫言的二哥、二嫂后来成了"莫言故居"的义务导游。有些游客（特别是考生的家长）常从这栋老屋的墙上抠一抔土，带回去供拜着，据说能使自己的孩子"沾"上些莫言的天才。于是纷纷效仿，竟使老屋不堪其虐，故此莫言的哥嫂在导游的同时，还必须阻止那些不文明行为。

三

莫言曾说过："我就是个农民……"

这话的意思我能领会。我知道他的两腿是深深插在了黄土地里，他的血管里流淌的是农民的血液；唯其如此，他笔下的农民与"知青作家"的农民不一路、各一味儿。区别在哪儿？怕也说不清楚。

莫言的确是个农民，至少曾经是个农民。据我所知，从十二岁起，也就是"文革"当中小学毕业之后，他就开始摸起镰锄，当起地地道道的"小社员"了。有一年秋天，他在地里干活儿，又累又渴又饿，忍不住到生产队的萝卜地里拔了一个胡萝卜，不料被革命干部看见，遂罚他在"宝像"（毛主席像）前请罪……那段经历和感受，后来渗透在其名篇《透明的红萝卜》里。了解到这段轶事，我们可以品尝到"红萝卜"的原汁原味。

他在生产队里干了几年，不知不觉渐渐长大，终于可以跟成年人一样，光着膀子披一块"披布"挣到整劳力的工分了，这时候突然来了点小运气，让他到供销社的棉油厂里干临时工，一天能挣到一元多钱。此后莫言在白棉花的海洋里沉浮挣扎，同时也看到了人世间一幕幕的悲喜剧。他的这段生活体验在经过二十年的沉淀之后，终于写成了中篇小说《白棉花》。我是这部小说最早的读者，是我把它发在了潍坊市文联的《风筝都》杂志上。

莫言做梦都想改变自己的命运。为此他从十八岁开始，年年报名当兵，可每次都是因"中农子弟"而被"贫下中农子弟"挤出圈来。直到1976年，他们全家上阵，好歹才算打通了各种关节，使他如愿以偿。当莫言穿上绿军装钻出高粱地的时候，他在心里这样念叨：再见吧故乡！再见吧野菜和地瓜干！我这一去，不混出个人样儿来，就不回来了！

参军入伍，这的确是他人生旅途的重大转折，可也很难保证他不会再回到高密东北乡做农民。莫言很清楚他应当怎么干。于是积极争取上进，不到一年就当了副班长。国家恢复高考制度之后的1978年，他抓住上级给予的机遇，准备报考郑州大学无线电专业，为此他昼夜苦读，攻下了初中到高中的全部课程。然而很遗憾，因为年龄超了一岁，报考的资格后来又被取消。这是上帝跟他开的一个小小的玩笑，可这小小的玩笑令他万念俱灰。恰是在这走投无路之际，莫言才决定搞一搞文学，对自己的前途投石问路……

四

　　据我所知，莫言在参军之前就做过"作家梦"，这多半是受了大哥的影响，他大哥管谟贤实际上就是他走上文学道路的"导师"。

　　且不说管谟贤当年的作文经常被他翻读，这无疑是他早期的"辅导材料"；就说他第一篇习作，即反映"大跃进"动乱生活的短篇小说吧，也是根据大哥提供的素材炮制出来的。该小说自然相当幼稚，投寄报刊未能发表。不久，他又写了六场话剧《离婚》，寄往《解放军文艺》，结果也是泥牛入海。一次次的退稿，使他精神受到沉重打击，才二十来岁的人，头发就大把大把地脱落，但他仍不停止与命运的抗争，终于在 1981 年 5 月，他的《春夜雨霏霏》在保定《莲池》上发表了，这是他的第一片绿叶！继之 1983 年 9 月，《莲池》又发表了他的《民间音乐》，此作还以其独特的风格得到了大作家孙犁的嘉许。假如说此时的莫言是"小荷才露尖尖角"的话，那么嗣后在解放军艺术学院学习的几年，他终于成长为驰骋于文学大地上的骏马。他的中短篇小说《白狗秋千架》《枯河》《秋水》《三匹马》《老枪》《金发婴儿》《球状闪电》《石磨》……一发而不可收。

　　关于莫言早期创作情况及其成名的经历，我曾在我所主持的创作会上亲耳听他讲述。记忆最深的是，上世纪 80 年代，当王蒙等中国的顶尖作家们拿苏联卫国战争文学做类比，正慨叹中国的抗战题材文学如何找到一条新路，攀上一座新峰，拿出一部新的力作的时候，他的《红高粱》发表了。于是文学界上层人士纷纷庆祝，而踏入文坛不久的莫言，却对此颇感迷惑，不可思议。我记得在潍坊文联的创作会上，莫言曾这样表达过他当时的心声：

　　"嘿！原来这就是好小说呀？……那你们看着吧，我好小说有得是、多得很呢！"

莫言终于成名了！他成为中国文坛上横空出世杀出的一匹"黑马"。

我记得在 1987 年秋季，高粱红了的时候，在高密县召开了一个全国性的莫言作品研讨会。来自中国社科院、新华社、《人民日报》《光明日报》《文学评论》以及著名高等院校的学者、专家、记者、名流，济济一堂，为高密增添了光彩。我也曾到会向莫言祝贺，从而分享到一份桑梓之光。从此之后，那些对莫言感兴趣的学者及记者，也包括外国人，就纷纷找到高密，探寻那片"出英雄又出土匪"的神秘土地来了。

我就曾接待过一位意大利女士，名叫拉兰，是北京某高校的研究生，其研究方向就是莫言。

说起我接待拉兰的情境很是有趣。那是 1992 年 7 月中旬，我去高密公干，在县文化馆里碰巧见到了莫言，以及他从北京带来的拉兰小姐。中午我们一起吃饭的时候，莫言对我说："我马上就得回京，拉兰就交给你啦！"我听了先是一愣，后来才明白，他是要我"顺便"陪陪拉兰，在潍坊待两天，然后再"转交"山东大学的贺立华教授（贺是莫言研究专家，"莫言研讨会"就是由他策划并主持的）。于是当日下午，我带拉兰先去诸城，在忙我事情的同时就顺便儿带她参观了博物馆，尔后取道景芝返回潍坊。一路上边走边聊，向她介绍了我对莫言的认识，以及生养莫言的这片"人文土壤"。开始的情况还算顺利（譬如说拉兰的汉语会话相当流利，在交流沟通方面并不存在障碍），却不成想，在安排她住宿时竟遇到了极大麻烦。原来，彼时按外事政策规定，不许个人接待外宾；而凡外国人住宿，须有政府公安和外事部门批准方可；而且，允许外国人住宿的地方，在潍坊只有渤海宾馆和鸢飞酒店两处。然而已近黄昏，机关部门皆已下班；再说当时我也不可能向有关部门打个报告，经过层层领导签字批准……然而这"麻烦"我也只能藏在心里,而不能也不愿向拉兰表露。结果是动了很大脑筋,跑了许多地方(包括渤海宾馆和潍坊医学院的外籍教师公寓),最终冒着犯错误的风险,让拉兰住进了一家由我老同学负责的国有企业招待所里。

当我在这家招待所接受拉兰采访,大讲特讲"莫言与家乡"这一话题时,派出所的民警就在楼外,但很快就被所长"支走"了,

作者向意大利学者拉兰女士讲述"莫言的故事"

故此拉兰丝毫也没有觉出什么。她好像对潍坊的一切都还满意。

五

根据我对莫言的了解，他是中国当代为数不多的"真作家"之一。

莫言的真，首先是他具备了作家难得的真诚。他一旦铺开稿纸，就要让笔尖直指心灵，决不会曲笔逢迎世俗或某种势力。这方面的例子很多。譬如，《蛙》的主人公姑姑就是莫言的姑姑，而莫言的姑姑对《蛙》中的姑姑并不满意，但莫言不管，他该怎么写就怎么写。我还听说有好多人（包括他单位上的领导）对《丰乳肥臀》不太满意，以"政治原则"强逼他改换书名，他也不管，坚持以原书名出版。他就是有一种如夏明翰似的为了"真"而奋不顾身的劲头儿。

莫言的真，还在于他做人的态度。据我所知，当年在他担任副连职教员时，部队首长曾有意提拔他当科长，可莫言说："当科长你提谁都可以，我个人的看法是，培养个科长容易，培养个作家不易。对我来说更适合当作家。"人各有志，他真的是不想去当官。后来成了作家，他也不想去当作家中的官。他认为作家就是作家，扎扎实实写作便是。他不媚上，不媚俗，对社交也不感兴趣。我们了解了他的气质、性格之后，才能想得通，为什么他文学上取得了如此辉煌的成就，而军衔才仅仅是个上尉，妻子至今仍是农民。

我说莫言是"真作家"，还包含了他对生活的态度。"生活是创作的源泉"永远是对的。我承认莫言是天才，但更承认莫言是我们这块"红高粱地"里的天才。事实上，尽管莫言的写作题材广泛，但数量最多、最有代表性的还是发生在农村的故事。他的童年少年和青年的亲身经历，以及祖辈父辈的故事和人物，不少已进入了他的小说。现在每年一度或两年一度的探亲假，就是他"充电"的难得机会。那些发生在四邻八舍的家长里短，对一个"真作家"来说都是弥足珍贵的创作材料。

在我与莫言的接触中，几乎每次他都要谈到高密农村刚刚发生的一些事情。他对农村和农民的了解，我自愧弗如。应当指出的是，尽管他的小说的某些描写（譬如向酒里撒尿），似乎伤了我们乡亲的自尊心，但他对高密老乡们的深情却是令人感动的。他曾对我说过："我只要一回到高密，在火车站听到拉胡琴唱茂腔（卖唱）的声音，我就会立刻想到……"我说："我知道你想到了什么，我给你说吧。你想到了高密人在受苦、在奋争！"

我知道他是非常关心民瘼的。譬如有一回，我陪省作协主席冯德英去高密，当时的县委书记把回大栏乡探亲的莫言接到县城，我们一起吃饭的时候，莫言忽然在"县太爷"面前为大栏乡的农民"喊冤叫屈"起来。他说，有一个农妇（似乎是）因为旱情严重，种不上麦，竟然不堪其苦而服毒自杀。于是语惊四座，面面相觑。县委书记借着上卫生间的机会，打电话令人调查此事。调查的结果是"以讹传讹"。虽然事情并不像莫言说的那么严重，但底层农民的窘困状态也由此引起了领导层的重视。

说到这里，我想起莫言在他的《蛙》中有穷孩子吃煤块的细节描写，许多人认为这是恶意编造。我一位文友就曾当着我的面，跳着脚大骂莫言"胡说八道"。然而这也太冤枉我们的老乡了，事实上那是莫言的亲历。1961年大饥馑的春天，饿急了的一年级小学生管谟业，的确是吃过煤块的呢！

莫言在多种场合提到他对家乡的感情。他说："尽管我骂这个地方，恨这个地方，但我还是爱这个地方。我没有办法割断与这个地方的联系。因为我生在这里，长在这里，我的根在这里……我一直淹没在这种生活里……"

在这里我想补充一点。进入新世纪以来，我们很高兴地看到，莫言提到家乡时口气变了，变得大夸特夸，赞不绝口，直言现在的高密乃至潍坊发生了翻天覆地的变化。近几年莫言有两次应邀来潍坊，参加市委宣传部和文联组织的文学活动，我也曾陪过他，并亲耳聆听到他对家乡繁荣发展的褒奖。我认为，他对家乡骂也罢，夸也罢，其感情都是真的——因为他的爱是真的。

（1993 年 2 月 14 日初稿，曾在湖南《湘声报》发表；2017 年 3 月增添部分文字）

第二辑　逝水流云

潍河渡

我家乡有条河，叫潍河。潍河的潍字源于《尚书》中的《禹贡》篇："海岱惟青州，嵎夷既略，潍淄其道。"大意是说，渤海和泰山之间是青州，嵎夷之地既已治理，潍水和淄水恢复原道，不会再涨溢泛滥。这是记载大禹治水的功劳。我没读过《禹贡》，不晓得大禹是否在我们那小村（如果那时此地已有村墟的话）住过，但晓得虞舜曾在潍河之滨做过陶器，"渔雷泽，陶河滨"的"河滨"，指的就是离我们家不远的那片沙滩。谓予不信，可以到中国历史博物馆去看，那件薄如纸、明如镜的蛋壳陶杯，就出自我家北面十几华里的景芝镇。事实上这一带的黑陶传统工艺，早就被列入国家级文化遗产名录了。

但我今天却没兴趣炫耀这条河的远古文明，只想讲讲渡河的故事。当我背着书包，随同父亲，穿过晨霭缭绕的柳树林，来到河边，我想赶紧赶到河对面的初级中学去上课，父亲则想赶紧到集市上买回锄头。然而渡口却只有一条船，而且很小，只能乘十来个人；倘如再有几筐果菜，或者增加三五头猪仔，那就对不起，两三位爷们儿或娘们儿只好退回去再等下一回了。

于是有人心急等不得了，也有人不想拿船费了，那就干脆涉水渡河吧。可涉水就要脱掉衣裤，露出光光的屁股，这多少有点不雅，然而对农人来说很无所谓，甚至娘们儿爬到爷们儿脊背上，跟猪八戒背媳妇似的一起过河，大家也不过嘴上开开荤说几句玩笑话罢了。事实上我还真没听说过跟歌儿里唱的那样，妹妹我涉过你的河，或者哥哥我让你亲个够那样的风流韵事。

我倒是体验过被人背河的滋味。被人背河，作为男子汉，多少有点儿难为情，可谁叫我发育晚，身量还没骒马高呢？背我过河的是我同学，叫于敬德，长得比我高大。他把单裤一脱，裤腿和裤腰拿鞋带一扎，再呼呼地往里吹气，使之变成丫字型的浮具。然后我爬上他的脊背，一只手搂住他腰，一只手高举着我俩的书包，借助于浮具我们其实也能过河，只不过衣服给弄湿了，弄得大半天身上很不舒服。说实话，那时候我很羡慕那条小船，和撑船的那位中年艄公。小船的船帮上刻有两行字，"潮平两岸阔，风正一帆悬"，但并不见有啥船帆。艄公头戴苇笠，身披蓑衣，口叼烟袋，手把竹篙，我父亲认为他或许是隐士。我父亲经常哼几句唱词，"老艄公（渔翁），一条竿，靠河崖，傍水湾……"他说那是郑板桥写的"道情"，唱的就是潍河上的撑船人。

　　说到这儿，故事来了。是关于一条船的故事。据说，河对岸相州镇，有一户地主，未知其土地多少，只知家有粮囤数个，囤大无比。囤顶不遮草苫，任由日晒雨淋。于是有榆钱（即榆树种子）落下，生根发芽，天长日久，粮囤里竟长成一株水缸般粗的参天大树。后来伐树解板，做成整条舟船，就在这潍河里游弋……这故事使我震撼，却又心生疑惑。经考诸耆老，还真有其事。耆老还补充说：榆树死了，地主也完了。出殡的那日天不作美，偏下大雨，因道路泥泞，而一时又找不到干土垫路，当家的孝子干脆下令，打开粮囤，用谷米撒了足足五里的路程！你说这事儿骇人听闻吧？

　　这又扯远了。还是讲过河吧。这故事的主人公叫"秃尾巴老李"，他的家就在潍河沿岸。老李降生时屁股上长有尾巴，他爹认为不祥，摸起菜刀咔嚓砍去，老李一声惨叫，顺着潍河血糊淋漓地蹿到关东，成为了黑龙江的江神。后来江上每有风浪，樯倾楫摧，不消说，那定是老李在发怒。此刻你只须喊一声"我是山东人"，老李保证让你安全渡河。当然这只是传说，它不过是山东人闯关东的神话版罢了。不过我们潍河沿岸，倒是有雷雹天向院子里扔菜刀的风俗。耆老说，那是给老李来个警告，让他别忘了尾巴是怎地秃的。果不其然，菜刀一扔，雷雹即止。其实不扔菜刀雷雹也未必一直下个不停，但耆老总有他的道理，只不过尚未从生物学和物理学上找到答案。

"秃尾巴老李"的故事早已脍炙人口，且山东其他河流亦有类似的传说。既不新鲜，那就换一个吧。这故事的讲述人是我父亲，然而我可以继承他的版权。说的是我们邻村王家巴山，有个十来岁的孩子，每天早晨都要渡过潍河，到对岸某私塾里读子曰诗云。而每当来到渡口，总会看见一白胡子老汉，赤着脚，站在结了薄冰的河水里。老汉说，来吧青年人，我背你过河。青年说，谢谢老丈，你是长者，我该背你。可老汉又说，年轻人骨头嫩，怕凉水"炸"，我人老骨头硬，不怕"炸"，还是我背你吧。于是青年人爬上老汉脊背，他们一起渡过了潍河。第二天清晨，王家巴山那青年人又来到河边，又看见白胡子老汉站在冰水里等候，接下来又是老者将他背过了潍河。然后第三天、第四天……整整一个冬季，青年学子一直以老者作舟，战胜了冰冷的河流。天长日久，习以为常，学子已不觉得老者提供他的脊背是一种恩赐。以至春闱前夕，当老者姗姗来迟时，学子竟有些愠怒，在脊背上发牢骚说，咳，如此重要的时刻，你偏偏耽误了我的时间！老者宽厚地笑笑，又提醒他说，年轻人，你参加考试，是不是忘带什么东西了？学子检查了一下行囊，说，我没忘带呀？你看文房四宝，衣帽盘缠，不都在身边吗？老者又宽厚地笑笑说，那你闭上眼，咱这就上路啦。老者喊一声"起——"青年人就觉着"嗖"地飞上了天空。然后呼呼呼大风扑面而来，咔咔咔雷电擂击脑门，呲呲呲烈火炙烧全身。青年人疼痛难忍，要死要活，下意识地用牙齿咬紧了老者的衣领。一会儿工夫，风停了，雷住了，火也不烧了，身上也不疼了。老者说睁开眼吧。青年人把眼一睁，咦？

这是哪儿？仔细看，这不考场到了吗？考试还没开始，他来得还算早的呢。再回头一看，咦！白胡子老汉不见了……

　　故事讲到这儿，我父亲总要点上烟，猛吸几口，然后吭吭吭咳嗽半天。我晓得这不是卖关子，而是启发我的想象力，让他儿子把后面的故事续上。但我想象力不强，再说也没那耐性；父亲只好叹口气，把燃透了的烟灰磕掉，然后说：后来春闱发榜了，

潍河老渡口，今已无处寻

王家巴山那青年人倒没名落孙山，可名次也不靠前，差不多最后一名吧。他看榜回来的路上，遇到一个相面的。相面的打眼一瞭：哎呀！兄弟你大富大贵……然而仔细一看，又摇摇头：刚才我话没说完——兄弟你大富大贵是不可能的！那么他究竟命运如何呢？我父亲说，他后来放官，做了广西某县的教谕。晚上做梦，梦见白胡子老汉说，幸亏你在我脊背上咬紧了牙关，才落得一口好牙。还行，端个铁饭碗，吃一辈子好饭没问题的。

然而我在相州上学的那几年，从未遇见过义务背河的白胡子老汉。一到冬天，我必须自己踩破冰碴过河。开始自然极冷，那从河水里窜升的冷气，顺着血管，沿着骨骼，循着经络，穿过你五脏六腑，最后直抵牙关，嘚嘚嘚乱响，想咬都咬不住。真不知王家巴山那学子有多大的毅力！然而一旦上岸，寒冷瞬即消失，但腿脚也变成了假肢，戳在地上竟有木质的感觉。故此从潍河到学校，那段路程我一直踩着高跷。到了学校，赶上上作文课，老师出的题目是《我的理想》。我打的腹稿是："当个大官，在潍河上建座桥梁"；但下笔时，却谦虚地改为："当个教师（其时尚不知'教谕'者何物），让桃李遍及天下"。

说到桥梁，故事又来了。其实每年隆冬，春节之前天寒地冻的日子，于敬德那个村（叫寨里，紧傍潍河）的农人，便会由村委出面号召，各户凑些木棒、秫秸，尔后七手八脚，白尽义务，搭一座临时性免费小桥，以方便村民。此诚谓善举，义比雷锋。彼时我校虽已放假，但还要跟大人们赶相州集，置办年货，故此那座踏上去一摇三晃的小桥，印象极为深刻。

然而，当时光荏苒到商品经济时期，问题来了。据说于敬德那村的人们开始议论了：何以建桥只有寨里人出物出力？王家巴山、乔家巴山、双塘村的人的就只管享福儿？天底下哪有这般章程！此论一出，村委的喇叭喊破嗓门，亦无一人出头露面。眼看年关临近，急于赶集上店或买或卖的老少爷们，蚁聚于潍河东岸，望水兴叹了半天无济于事，都准备脱去裤袜破冰涉水。此时却听有人大喊一声"跟我来"！只见人堆里挤出个中年汉子，穿一身塑胶的连腰带脚裤（泥塘里采莲藕用的那种），咔哧咔哧走到河里，随后就叫大家排队挨号。原来，这是个"背河的"，他要用自己的脊背普渡众生。而当大伙抱着怀疑却感激的心态排好了队，准备依序过河的时候，汉子却把手一伸："两元一位，小孩半价。"众人这才明白，从此而后，潍河一带再不会有免费的午餐了。

于是"背河"成为一种挣钱的手段，甚至新兴为一种行业。常言说"靠山吃山，靠水吃水"，过河交钱亦无可非议。事实上"背河"这活儿并不轻松，收几个小钱儿也发不了大财，发了大财那也是劳动所得，且是正当劳动（不骗不抢不赌不黄）所得，光明正大不是？但据说村委干部却有意见了，镇上工商和税务部门也有意见了，甚至村里老少爷们儿大家都有意见了。于是"背河"群体感受到了无形的压力，此压力足以压折他们的背脊。不久他们惊讶地发现，在他们背河挣钱之处，已经有新桥搭起来了。

是的，在古老的潍河渡口，矗立起一座新桥。木棒搭架，秫秸铺沙，十分简陋，但万分管用。

1981年腊八那天，我从相州下车，默念着"腊八腊八冻掉下巴"的古谚，步行至潍河渡口。正是枯水季节，河床已变得很窄，在脏兮兮纱幔似的雾霭下面，结冰的河水形成不规则的图形，如醉汉的呕吐物，一滩连一滩摆在那里。而玩具似的蜈蚣形小桥，其一支支腿脚，恰是站立于呕吐物上的。

事实上也的确有个醉汉，或者说疑似醉汉的中年人，歪坐于桥头塑料棚内。面前是取暖的火盆，和东倒西歪的一堆酒瓶。我觉得这人颇不容易，理当向他表示一下，感谢他使我免受冰水"炸"骨之苦。于是乎，我弯下腰，往酒瓶旁放了一瓶"景阳春"；见他不睬，又扔下一盒"泰山"。而当我真诚地劝他"少喝点（酒）"的时候，却不料，他把"景阳春"和"泰山"退还给我，然后伸出了五个手指，在我面前蒲扇似的晃了几晃。

我没被他晃晕，也知道他并未喝醉。虽然心里嘟哝着"人心不古、江河日下"，但还是老老实实交给他五元钱。不过说实话，在那一刻我倒觉得自己喝醉了，且矮化了，缩小了，变成蜈蚣脊背上的小蚂蚁了。

后来我把这段经历连同感喟改造为小说，题目《怪人桥》，发表在《海鸥》1982年的1月号上。作品中个人出资建桥的"怪人"有点像唐吉诃德，也有点像我父亲故事里的"白胡子老汉"。但在今天，三十几年之后，我对自己当初的认知竟有点怀疑了。如今潍河上已有钢筋水泥大桥，汽车都可驶过，又何况行人。再说气候恶化，连年干旱，潍河儿可见底，把不准哪天即成为枯河；现在再辩论过河该不该收费，那就真如哲人所说，"人们一思考，上帝就发笑"了。

（原载《南方周末》2017年6月1日文化版）

潍河匪

上

潍河流域从王统照老家相州向北，经潍水大战的遗迹韩信坝，再到一年四季飘荡着酒香的景芝镇，这二十几里的区间不唯水产丰富，与此关联的特色工艺亦十分兴旺。

譬如，相州对岸沙滩上遍植的柳子（丛生的柳树），去皮后形成坚韧结实的白条儿，有如潍县名吃"和乐"，以此编织出的笊篱、簸箕、笸斗之类，美观而耐用，那真叫一个绝。而景芝镇东，潍河拐弯处那一大片水域泽沼，则又盛产红高粱和芦蒲，于是得其地利，催生出以红高粱为主要原料的景芝酒，和苇笠、芦席、蒲扇、蒲团之类。所有这一切，都是我这"潍河人"津津乐道的家珍吧。

可还有一样物产，也算特产吧，我却羞于启齿。它就是土匪。潍河这一段的土匪，多于过河之鲤。我祖父在的时候，村里流传两句谚语："双塘一个连，赶不上寨里一个团"。是说双塘村土匪太少，不过百把人，比寨里村的千把人，那叫小巫见大巫。可双塘、寨里都是些"游兵散勇"，且多半是编筐织席者业余作案，比起双庙村张步云的专业化土匪武装，则不可同日而语了。张司令是军和纵队编制，连张宗昌、韩复榘、沈鸿烈都必须青眼相看。这可不是笔者信口雌黄，是有地方史志为依据的。

这一带处于诸城、安丘、高密三县的交界处，俗称为"三不管"，自古就是政府治安的薄弱环节。比方说，诸城的捕快巡夜，发现路有死尸，只消将其挪动三步五步，案发地点便挪到了安丘地界，他们即可拍拍手扬长而去。而安丘县捕快遇到同样情况，自然亦可如法炮制。更有甚者，如景芝酒镇的中央大街，常有拉酒的驼队骡车过往，一旦发生车祸，酒液极可能漫流三县，三县的衙役皆可插手赔偿事宜，而若案情过于复杂，却又都变成了缩头乌龟。土匪自然也瞅准了内中的门道儿，故每次打家劫舍，只要呼啸一声，窜入河滩芦蒲丛中，尽可喝酒快活去了。

我们家至少三代人，都和土匪有些缘分儿。

我祖父应该算是农人，但年少时在诸城某茶庄做过学徒。茶艺方面难说优秀，却练出了两样本事：一是勤快，能走路，从诸城到我村乔家巴山，至少五十华里，他每天上下班都是徒步，两头不见太阳；二是算盘打得好，口算也不赖，茶庄该他管的账目从没错过。就冲这两样，王家巴山北久敬堂把他叫了去，当了账房先生的第二助手。

北久敬堂姓王，家大业大，富甲一方。听说乾隆年间，家族中出了个小寡妇，获得了御赐的圣旨，打算在相州街上建造贞节牌坊。可相州人有意刁难她，地价出得奇高，银钱根本就无法计数，后来干脆垛在地上拿尺子量。根据牌坊的占地面积，量了整整三尺高的银钱。当然这是民间传说，未必可信，但牌坊的确是真的，我在相州上学时，常从它下面经过。坊上的人物雕刻精美，栩栩如生，然而奇怪的是都未开光，一律闭着眼睛。问问老人，这还有个小故事，原来石匠跟小寡妇私通，来不及开光就双双私奔了。如这故事是真的，那牌坊就是对圣旨的绝妙讽刺了。

到了民国时代，北久敬堂已相当败落。我祖父进堂门不久，账房先生即携巨款辞职，掌柜的居然不管不问，倒热衷于鼓捣照相机，和关在屋里看电影（他家有自备的放映机）。但正像《红楼梦》里说的，"百足之虫，死而不僵"，那时候王家在上海、天津和青岛，都还有好大一部分产业。我祖父在账房干了几年，收获颇丰，家里增添了几间房屋，坡里也扩充了几亩土地，另外箱柜里还多了几轴字画，结果因为"露富"，被土匪给盯上了。

民国二十一年，一个风高月黑的秋夜，土匪砸破了我家的院门，将枪管和火把伸进正房窗棂，高喊着我祖父的名字："韩世昌，你要钱要命，快选一样！"危难之时，我父亲从车棚里出来了，他丢掉自卫的砍刀，对土匪说："放过我爷吧，我跟您走！"土匪们愣了一下，然后夸赞说，"倒是孝顺儿子"，就将我父亲绑走了。

我父亲被蒙了眼，堵了嘴，随土匪磕磕绊绊、拖拖拉拉，小跑了大半个夜晚，少说也得五六十里的路程，最后被押进一间不知啥样的房里。听土匪们的谈话，好像已到了胶州地界；再从蛐蛐的叫声和羊粪味判断，这应该是废弃的羊圈。后来的事实证明，此地其实离我家并不远，就在巴山的东麓，土匪是故意跟他绕圈子。父亲回忆说，他听到了火镰擦击火石的声音，继之闻到了蜡烛的气味儿，接着有一只手扯起了他的右耳。他本能地挣扎了一下，以为这只耳朵将要被割掉。土匪却笑了："你怕啥呀！只是跟你开个玩笑。"然后觉得耳窝里一阵烫疼，猜测那是蜡油滴到了皮肤上。我父亲不知道"玩笑"是啥意思，他琢磨的功夫，耳朵上又是一阵烫疼，显然又滴了一滴蜡油。这时候土匪开始问话了："你爷把银票藏到哪儿了？"我父亲说："哪有银票？就是有，他也不会告诉我啊。"当然这样的回答只会招来土匪的拳头。可我父亲别无他法，事实上他也真不清楚我祖父有无银票。然而，当土匪问到第五个问题，或者换句话说第五滴蜡油落下来的工夫，父亲终于茅塞顿开，明白了，土匪这是用蜡油堵塞他的耳孔，让他逐渐失去听力。能听清，就再灌，听不见，就住手。于是他开始装聋，一个劲叫唤"我听不清呀"，"再大点声呀"，骗得土匪麻痹大意，停止了滴蜡。

接下来，我父亲凭着他极其敏锐的听觉，隐约听清了土匪的一些谈话内容。譬如说，他这张"肉票"的价格，大体相抵于四亩薄地、两头牛、五头肥猪、十棵楸树的总和，外加五十块现大洋。当然了，考虑到老韩家一向门风忠厚，且我父亲甘当"肉票"的孝心叫人佩服，故亦可视情况降低价码，少要一点，但不能低于一百块大洋的底价。如三天之内见不到银票，那我父亲的尸体，将会在韩信坝东头的石坑里见到。但也许不是一具完尸，没准儿会缺两只耳朵，或断一条腿……后来多数土匪散去，只留两人看押。我父亲陡然来了胆气，便趁土匪睡熟，悄悄逃了出来。

父亲回忆说，他先用山石磨断了身上的麻绳，再撕掉了蒙眼的黑布；然而忘记了双耳灌有蜡烛，所以感觉是在无声世界里飞翔，真是奇怪，像在梦里一样，三飞两飞就飞到了我姥娘的西注沟村。该村筑有一丈五高的围墙，其时门尚未开，我父亲"噌噌"两步，直接就上了墙头……后来他把这番经历讲给我祖父。我祖父再讲给北久敬堂的掌柜。王掌柜一听，大惊大诧，遂把我父亲召至手下，让他做了一名"护院"。然而试用了几天，发现我父亲言过其实，不仅不会飞檐走壁，且胆量也不行，晚上随他走路，每有风吹草动就吓得一惊一乍，倒是要主子保护仆人，那怎能行？就有了辞退他的念头儿。但鉴于我父亲已成为土匪报复的对象，再不敢返回乔家巴山，就打发他去了青岛，到冀鲁针织厂做工了。

我家第二次遭匪，是在民国二十五年。被绑的"肉票"是我小叔，是年刚刚两岁。

祖父生有三个儿子。我伯父十六岁结婚，十八岁去世，大哥钟秀（后改名铁英）是他的遗腹子。据说伯父的病因，是在巴山东岭锄地时突遭暴雨，云层中的龙状闪电吓出他一身冷汗，尔后一直发烧，无可救药。但我伯母另有说法，说伯父本已治愈，但那天祖父从外边回来，伯父到门外迎接，结果又遭邪风，于是旧病复发，一命呜呼。后来我大哥参加革命，原因之一，就是痛恨祖父的封建礼教。但这事我并未听大哥说过。

还是说叔父吧。因祖父老来得子，叔父就成了"蝈蝈腔上的一根毛"，真是捧在手里怕碎了，含在嘴里怕化了。对于土匪开出的"肉票"价格——比我父亲那回约涨三成，他痛彻心肺，却不敢拒绝。于是老韩家多年的心血付诸东流，其野心勃勃的兴家立业计划亦被匪手捏得粉碎。不过也好，老韩家土改时没划成富农，这也算土匪的一份"功劳"吧。可我祖父恨透了土匪。他痛定思痛，觉得砸锅卖铁也得提高自卫能力。遂从北久敬堂弄来一支半新的"折断腰"，整天插在腰里，须臾不敢离身。然而颇具讽刺意味的是，这支每次只能击发一颗子弹的家伙，从没见过什么土匪，更别说伤及其皮毛，而偏巧一枪就击中了它的主人。

那是麦收时节。常言说三秋不如一麦忙，我祖父便向北久敬堂请假，回家打场，晒麦子拉碌碡。他拉了一会儿碌碡，想喘口气歇歇，可解腰带时不小心，"折断腰"掉落到地上，只听"啪"的一声，子弹神出鬼没，击中了他的腋窝。我祖父大叫一声，一头栽倒，鲜血立即染红了麦秸。家里人赶紧请医救治。治疗了好长时间，祖父的枪伤好歹痊愈。但不幸后来复发，一天到晚流一种奶似的汁液，请来的医生都束手无策。我祖父知道他的大限就要到了。

祖父学过一种"六爻卦"，好像也叫"文王功课"，即用三枚铜钱占卜休咎。我父亲被"绑票"时，祖父曾算过一卦，占得平安无事；叔父作了"肉票"，又算一卦，占得破财免灾。在此弥留之际，祖父犹犹豫豫地盯向窗台上的铜钱。我父亲流着泪说："爷呀，你六爻卦向来灵验，这回给自己占一卦吧，看咱该到哪里请好大夫呢？"祖父经不住撺掇，终于下定决心，给自己算上一卦！于是颤颤巍巍，抓起了三枚"乾隆通宝"，认真地两手捂紧，摇了半响，再往炕席上一丢。只见制钱滴溜溜或快或慢地转着，转着，然后相继倒下。祖父再拿了纸，以毛笔做了记录。

如是者三。然后他屏住气息，紧张地在纸上写写画画。大约一顿饭的工夫，祖父突然恐怖地狞笑起来。"哈哈哈……"笑过之后，再抓起那儿枚制钱，猛地扔向炕下的屋地。只听当嘟嘟几响，墙旮旯里闪了一道贼光，随后便是黑暗。

这是我祖父的最后一卦。他是被土匪害死的。

我家第三次遭匪，是民国三十四年（1945）的秋季。

不过，这次来的土匪，不是打家劫舍的小股蟊贼，而是伪山东第一集团军司令张步云的部下。土匪要的也不是几亩地几头牛，而是我大哥他们的人头。

就从我大哥身上说起吧。民国二十八年（1939），大哥韩钟秀在王家巴山小学读书，其间加入了共产党的地下组织。他从一个叫王从的地主小姐（解放后任青岛市妇联主任）那儿搞到一把手枪，之后经常夜不归宿，拿它干一些我们可以想象出的事情。然而有天早晨，我大哥出门溜达，一个打杂的老头挑水进来，见枕头下黑黝黝不知何物，便好奇地探手去摸，结果让枪管砸了脚趾。我大哥随后就失踪了。不久便有传言，说韩钟秀当了土匪，在张步云那儿做事；但也有人说，他当的不是土匪，是"共匪"，把不准跟景芝镇前屯李振（解放后曾任山东省人大常委会主任）是一伙儿。我祖父大为惊诧。他无法理解，一向以"忠厚传家远，诗书继世长"（这是我家恒久不变的春联）为圭臬的老韩家，何以跟"匪"字扯在了一起呢？

那时候日寇的铁蹄已踏进诸城，烽火开始在潍河流域燃烧，抗日和降日的武装则应运而生。用文学的语言来说，其如雨后春笋，亦似雨后的毒蘑。当刘涌的山东抗日游击队二支队在海滨泊里成立时，张步云这土匪头子则鸟枪换炮，成为伪山东国民自卫军的副总司令，使胡传魁之流无法望其项背。于是潍河两岸，特别从相州到景芝那片物产饶丰的区域，便上演了一幕幕壮怀激烈斑斓多彩的战争活剧。且看景芝酒镇之东，当年韩信大败龙且的古战场，苍茫水乡泽国，但具有英雄气质的红高粱，却挣扎着挺直了身躯，在水面上形成动人心魄的红色汪洋。而当你变作水鸟，站在高粱穗上赏景，却不定哪霎会从蒲苇下响起枪声。而后你会看到，一只只柳条编织的小船，实际上是罗面粉的笸箩，上面坐着人，架着枪，鱼鹰似的游来游去，寻找着袭击的目标……这其实就是《红高粱》的"潍河版"，一个具有象征意味的镜头，它以诗人的笔触，描绘了我家乡的那段抗战岁月。

当然了，战争不光是诗人的歌吟，也是恶魔的诅咒。恶魔之一，便是土匪头子张步云。太平洋战争爆发后，日军败局既定，巴山顶已曙光初现，但土匪困兽犹斗，且愈加穷凶极恶。1945 年 8 月 15 日，日本天皇宣布投降，鬼子放下了武器，我家乡巴山四周成为了共产党的天下。据《诸城市志》（1992 版）和高密市党史委有关资料，8 月 16 日，即日本投降的翌日，中共潍东县委、县政府宣告成立，县委书记江涛，县长张秀潜，县委委员兼宣传部长是李振。当时县政府设在沟里路（今属胶州），县委驻地却在乔家巴山。但令人唏嘘的是，半个月后的 9 月 4 日，张步云残余王金铭部突袭我村，在我家和另一户人家发生激烈战斗，致江涛等三位同志牺牲。

1945 年 9 月 4 日，当黎明前的第一声枪响刺破夜幕，我母亲以超强的机敏反应，呼地从炕上坐起，喊了声"土匪"！一把抓住睡在旁边的我四哥，再叫了声我三哥的乳名，然后夺门而出，迅速逃到牛棚去了。

再一个反应快的是我大哥。大哥长期做地下工作，是滨北军分区敌工科的副科长。他的"办公室"就设在我们家。听到枪响大哥并不惊慌，一面判断着枪响的方向，一面翻身而起，蹿出去躲到了院门内影壁墙的后面。之后大概一两分钟的工夫，街上枪声大作，有如炒豆。与此同时，一颗手榴弹从院外扔了进来，在水磨边滴溜溜打转，却并没响。大哥知道，那是张步云兵工厂的自造货，质量不行。可当他暗自庆幸的工夫，又一颗手榴弹扔进来了。这次是日本的"小甜瓜"，只听轰的一声，水缸和咸菜瓮碎了。一块极小的弹片神奇地穿过窗棂，在蚊帐上留了个洞，成为我家永久的纪念。

据我三哥韩钟政回忆，那天来的土匪是王金铭的铁杆儿弟兄。其中一个外号"小道士"的，功夫十分了得。据说跟一帮土匪比轻功，连排十几面煎饼鏊子，柴火烧得通红，小道士蜻蜓点水般走过，脚底板竟无一丝儿伤痕。这天早上，小道士头一个在我家屋脊上出现。但他尚未看清院内虚实，就有一梭子弹打来，似乎擦着面皮飞过，知道不可大意，便缩回头消失了。

土匪大概早听说过，我大哥打枪从来不须瞄准，因为枪上压根没有准星（有是有，不过为了拔枪方便，已被他磨掉）。况且他玩枪玩得太熟，熟得出神入化。譬如说，当他拆卸下手枪机件，放在羊肚子手巾上准备擦拭，而这工夫敌人追来，他即顺手抓起手巾，一面跑，一面安装机件，然后装上子弹，反手叩响扳机……完全凭着"感觉"，就能将敌人撂倒在地。我想这不会是对大哥的虚夸。实际上真正的战斗力，并不是什么"轻功""硬功"，这一点土匪自己也很明白。

这样坚持了几分钟，北屋后墙那儿传来轰隆隆的撞击声。墙是土坯垒的，经不住撞，土匪很快就会通过墙洞攻进来。这可如何是好？我大哥想了想，决定由他掩护，其他人快速撤到南面邻居的菜园。于是老老少少顺着猪圈，爬过南墙，通过菜园，又钻进一片长满了刺槐野艾的坟地。喘息之际，漫漫雾气中出现了几条黑影，肯定是土匪包抄过来了。我大哥心里一沉。但也就在这危急关头，村子西头传来了军号声和密集的枪声。大哥知道，这是县大队的人马已开始集合，估计他们马上就会赶来救援的。再看那几条匪影，已经幽灵似的消失，他这才轻轻地嘘了口气。

这一次真是万幸，我们家竟无一人伤亡，财物也损失不大。

但是夜幕退去，硝烟散尽，离我家不远的大街上却发现一具尸体，那是郑殿中。郑殿中外号"郑老壮"，人长得高大，也很有胆气。据我三哥说，一个月前滨海部队和鲁中部队发起"讨张（步云）战役"，大哥带着郑老壮搞侦察，配合主力部队打埠头。埠头围子墙很厚，一般的炸药包不管用，顶多炸个窟窿。郑老壮本来是旁观者，可一看上去的几个战士都没成功，他恼了，说"我上去试试"！然后炸药包增加了两倍重量，结果把围子墙给炸开了。过后首长奖他一支很好的盒子枪。这样连同大哥给的那支，郑老壮身上就一边一支佩了双枪，简直威风得不得了。可是现在，咳，他尸体上啥都没有，都叫王金铭拿走了。

其实牺牲的不只郑殿中，还有县委书记江涛，和邮局的金志刚同志。

江涛的住处在我家南面，大概两百米远的乔成宗家。乔成宗是1939年我大哥发展的地下党员，他有个弟弟，叫乔成绪，两个妹妹，叫乔仁、乔义，都是共产党员。如今乔仁、乔义在外地革命，家中成宗、成绪皆已结婚成家，分居东西两院。成宗的西院较大，房间也较多，前面那排仓库、门洞及耳房，就成了江涛等办公和住宿的场所。江涛是广东东莞人，时年25岁，曾任八路军一一五师六八六团某营教导员，1942年转入地方工作。昨夜天气奇热，他带着一身臭汗从外面回来，却懒得洗澡，也不想再钻那间耳房，便索性将枕头带到门洞，然后摘下大门当作了床板。这样躺在上面，可以让凉风徐徐从肚皮上拂过。

但其实那夜没什么凉风可言。在我四哥韩钟明的印象里，那夜很有"秋老虎"的味道，既热又闷，好像半夜时分还悄悄下起了大雾。这样的夜晚，一般人家都会开门通窗，甚至如江涛那样，干脆摘下门板作床。但老韩家却绝对不可。因我家遭受过两次匪祸，损失惨重，教训尤深，故此提防土匪的那根弦，多年来一直绷得很紧。而按潍河两岸风俗，睡觉的土炕和做饭的锅灶是相通

的，如此一来，关门闭窗在火炕上睡觉，那简直就是一种虐待！我至今对祖父留下的这一"传统"耿耿于怀。然而用哲学的两分法来看，这"传统"也的确有很大的好处，譬如1945年的"九四"事件，就证明了关门睡觉是符合真理的。我们家顶住了土匪的侵袭，这"传统"起码有一半的功劳。

在这里我不想责备一位烈士。事实上江涛同志入乡随俗，已适应了山东人的生活习惯，跟潍河流域的老百姓完全打成了一片。他摘下门板做睡床，这纯粹就是贫下中农的"来派"，因之有情可原。然而从一个战士，一个党的领导干部的角度来要求，防匪的意识应不低于我祖父吧？可头脑里的那根弦，却为何如此之松懈呢！

我至今也没弄明白：在从日军宣布投降，到潍东县委县政府成立这段时间，江涛同志是否过于兴奋，产生了一种"马放南山，刀枪入库"的思想？但我知道，我大哥韩铁英那些日子可是多少有点儿"显摆"。譬如说，打埠头胜利之后，他弄回来一台留声机，便连续几个晚上在场院里放唱片，《钓金龟》《打龙袍》之类，使没见过世面的乡亲惊得目瞪口呆，他眉眼里掩饰不住胜利者的喜悦，却不曾想想，那人堆里叫好喝彩者，有没有暗藏的土匪线人呢？

可我知道——当然是若干年后听说：1945年9月4日，黑夜与白昼交替的时刻，气温终于降下来了，人也睡得死沉死沉了，而土匪也在大雾和夜色掩护之下摸进村来了。他们轻车熟路地窜进乔家大门过道，朝着地上的门板喤喤喤就是一梭子弹，江涛当场牺牲。然后枪口朝向闻声赶来的金志刚，喤喤喤又是连发。老金当时没死，但伤情甚重，处于昏迷状态（后死在担架上）。还有个担任警戒的青年战士，姓林，王家巴山人，此前被枪打中了腿和肩膀。而这一切，只有十几或二十几秒的时间。据我三哥说，我大哥寄予希望的所谓县大队，其实只有二三十人，且多是新兵，就驻在村西头伪军留下的炮楼里，他们根本没啥战斗力，而只知道乱打枪，结果王金铭的土匪早跟"草船借箭"似的，趁着大雾撤走了。

以上血案经过，只有作为房东的乔成宗和乔成绪能知道一些，但他们也说不清楚。因为，据乔成宗说，他睡的是后面堂屋的西间房。鉴于天气太热，身上基本没盖东西，只用一条披布（注：

1941年韩铁英（后排左二）在滨北军分区，左一为《佩剑将军》主人公原型杨思德

用家织白布，裁下尺宽的一条，干活时披在肩膀上，避免扁担或车袢磨伤皮肤，休息时则可用以擦汗，自然还可当作包袱，临时盛放瓜果梨桃之类）遮盖了下体。结果敌人悄悄摸进房来，先一把拿去了他枕头下面的短枪，接着反拧住他的胳膊，并用披布捆绑住，顺便还朝屁股上踹了一脚。这一切做得干净利索，确实是老手儿。等他完全醒过神儿来，敌人已经不见了。

而乔成绪则说，那天他起得倒是挺早，是到后街上那口甜水井挑水的。这是我们村唯一的甜水井，人多时须挨号，且水也发浑。乔成绪从来都是天亮前人少的时候挑水。他挑着一担水，顺着山洪冲刷自然形成的街道，经过瘤子（阚金中乳名）家门口时，突然响起了枪声。他吓得把水桶墩到了地上。此时瘤子的娘在门旁出现了。她拽了他一把，小声说："你家进土匪了！"他一听，哧溜就蹿进了瘤子家里，连水桶都忘在了大街上。所以说，西院成宗那里发生的事情，他是一概不清楚的。

当然以上说法都不是"官方"的说法。事实究竟如何？我想新县委书记上任，是必定要作调查的。据《诸城市志》（1993 版）记载，继任书记是孙朴风（即王从同志的爱人，建国后曾任曲阜师范大学党委书记）。其调查的结果笔者不得而知。迄今为止，笔者只知道潍东县委只存在了一个多月，10 月份即被撤销。然而，一个县委的突然消失毕竟不是小事，它难道不会有丰富的故事吗？

下

1945 年的"九四"事件，对许多人来说可能一如消散了的云烟，一切皆已失去意义；但对我来说则不然。我觉着当年的那场大雾是一场典型的雾霾，它释放出的毒气若干年后还在伤害着人们的身心。尽管彼时我只是躁动于母腹中的胎儿，但肯定也间接地受到了伤害，所以我有理由仇恨土匪，也有权利和责任拨开迷雾探究真相。

其实，最渴望找出谜底的，并不是我，而是乔成宗，即江涛书记的那位房东。道理很简单：江涛就死在你的家里，而你没死，这难道没嫌疑吗？……我当然不曾参与"九四"事件的调查，但敢断定，当年党组织一定会怀疑，张步云、王金铭是否在我们内部安插了内奸，这场血案是否有内外勾结的原因？倘真有内奸，那他是谁？以我的智商，首先就会将怀疑的目光落到乔成宗身上。

是的，乔成宗很值得怀疑。别的不说，单是匪徒收缴你的武器，而并未结果你的性命，这一点就殊为可疑。"你必须将这事儿给组织上讲讲清楚！"可乔成宗说，"这事儿我真讲不清楚，我也不知道他们为啥没要我的性命。""那你认识缴你枪的人吗？""不认识。再说黑咕隆咚，也看不清楚。""你说的可是真话？""我对组织从来都是忠诚的！"……

组织上当然不能仅靠口供，还要审查他的阶级基础，社会关系，政治表现，有无叛变动机，等等。经审查，乔成宗三代赤贫，忠厚本分，亲属中多名共产党员，而无一人干过"伪事"。啊，对了，乔成宗本人倒是做过国民党八区区长乔寿山的跟班，但这是我党组织上的安排，李振是他单线联系的领导人，可以为他作证。他打入匪穴后，也的确立下了不少功劳。前不久，他刚刚亮明了共产党的身份，并"拐"走了乔家的厨娘，乔寿山现在恨不得剥他的皮，抽他的筋。何况从战局来看，共产党势如破竹，节节胜利，而国民党与张步云匪部则连秋后的蚂蚱都不如，若说此时乔成宗叛变投敌，连傻瓜也不会相信。

乔成宗于是被排除了"内奸"嫌疑，继续做党的工作。解放后他担任我们村党支部书记，职务自然不高，与"南下干部"不能相提并论，但因为党龄跟县委书记都不相上下，故各级领导都高看一眼。而他在村民中间的威信也不低，几十年来我还真没听说他有啥负面议论。总之，乔成宗就是我们村的"绝对权威"，说一不二，拿村人的话说就是："在庄东头跺跺脚，庄西头都会晃荡"。

然而1966年"文革"开始，他被打成了"走资派"，就再也没啥权威了。记得那年我从山东大学回家，正碰上村里开批斗会，见乔成宗低头弯腰，蔫蔫地站在人堆里，脸上不见了早先的那种傲气和杀气，当时我心里还油然地生出了几分恻隐。不料此时，忽有人领头喊口号，喊的是："打倒乔成宗俺二爷爷！"这让我大为惊愕，且忍俊不禁。可笑"俺二爷爷"这不该有的后缀儿，它涵义极其丰富，说明农村的族户宗亲关系是何其复杂，也证明乔成宗此人余威尚在，没被彻底打倒。

可1968年春节我再回村，却发现形势变化很大。父亲告诉我一个惊人的消息："你五叔出事儿了！被公安局逮进去了！""五叔"即乔成宗，他和我父亲是拜把子兄弟，成宗排五，"五叔"就这么来的。全村人都知晓韩、乔两家关系密切，除了这层原因，还有我大哥是成宗的入党介绍人，他俩一起共患难过。我一向认为我们两家唇齿相依，故此"五叔出事儿"不啻晴天霹雳。我赶紧打听原委，方知1945年江涛被害的案子又给翻腾出来了。

其实，翻腾此案的并不是造反派，而是乔成宗。成宗若干年来一直背着无形的黑锅，他做梦都想把那个内奸揪出来碎尸万段。前不久，"文革"进入了"揭（阶级斗争）盖子"阶段，他被允许参加党的会议，可以在会上发表个人意见了，于是勃然兴奋起来，举手说道："我坚决拥护党的号召！我看乔家巴山的盖子早就该揭开了！"他认为那年王金铭进村偷袭，一定有内奸配合，而内奸很可能就是本村的乔智仁（化名）。乔智仁乃土匪乔存孝（化名，已被八路军枪毙）的本家，在村里开一只杂货铺，零售些烟酒糖茶之类。有一次，韩钟秀从外地偷偷回家，派人到乔智仁的小店买两包香烟，乔智仁便怀疑"庄户人都抽旱烟，抽香烟的定有来头儿"，遂关上店门，尾随跟踪。眼看铁英的身份就要暴露，幸好乔成宗从乔寿山处回来，在路上与乔智仁相遇，乔智仁把乔成宗当成"自己人"，就向他报告"韩钟秀回来"的消息。乔成宗暗吃一惊，为掩护同志，便斥责乔智仁说，"你真胡闹！是我派人买烟，咋成韩钟秀了？"从这件事上分析，乔智仁的杂货铺把不准就是敌人的联络点，如此江涛之死，乔智仁很值得怀疑！……

　　乔成宗的揭发，犹如引爆了深埋土层的一颗炸弹。驻村公社干部大为震惊，赶紧让人将乔智仁叫到大队部，然后村革委会成员和全体党员围成一圈儿，令乔智仁站在中间，"老实回答乔成宗的问题"。不料乔智仁十分恼火，说这是污蔑，陷害！其言语不逊，态度不好。党员们便被激怒了，而揭发会也一下子升温变成批斗会了。接下来，他们施展农村惯用的"串核桃"方式，将乔智仁你推给我，我推给你，来来回回不断地折腾。这种折腾既非文斗，亦难说武斗，是介乎两者之间，对身体健康的人似乎并无大碍，但始料未及的是，乔智仁患有重度高血压，而乡下人对此病症偏相当陌生，结果"串"来"串"去，他突然耷拉了脑袋，然后就再没醒转过来。

　　"革命不是请客吃饭，不是绘画绣花"，故参加"揭盖子会"的并没感觉到多大压力。不仅如此，甚至死者家属也缺乏维权常识，悻悻然只准备自认倒霉算了。然而村里总有"明白人"，悄悄地上报了法治部门。随即上面开来了警车，将革委会主任、乔成宗、与会的一名积极分子，拿小绳儿一拴，投进了公安局的囚室。据说乔成宗相当不服，跳着脚质问："我并没动手，只是揭发问题，凭啥绑我？"法治部门则回答说："别看你没动手，可是此案的主犯，首先就得逮你！"乔成宗一听更不服了："我不过是普通党员群众，在党的会议上按党的要求发表意见揭发问题，犯的是什么法？"法治部门见他实在嚣张，便勃然大怒，斥道："你（们）搞武斗致死人命，比土匪还土匪，还有脸讲什么法！"

然后囚室大门隆隆关闭，黑暗瞬间将乔成宗吞没了。

乔成宗被捕后，村里的"政治格局"立即发生剧变。虽则"地富反坏"们尚未"变天"，仍处于社会的底层，但在"人民"这个群体里，人们之间的关系却跟以前大不一样了。庄户人喜欢用香臭与否形容一个人的地位，那么乔智仁之死，则使一些人捡了香饽饽，另一些人则像吃了臭狗屎——我只能用这种模糊的语言来形容村里的变化。因为这事儿叫人谈虎色变，说清楚了容易沾惹是非。

我记得，当年三哥给我介绍村里的情况时，脸上现出从未有过的恐怖之色。我父亲则赶紧关了大门，再将耳朵贴到后窗上，听听街上有无路人经过……"天呀！这难道是土匪又回来了吗？"但我这句调侃儿的话却并未令人发哂。父亲板着脸说："别管土匪来没来，以后说话，都得小声点儿！"

接下来到了年除夕。按潍河流域的传统，除了贴对联，还要在门口和窗户外面铺一层芝麻秸。人踩在芝麻秸上，发出窸窸窣窣之声，此谓之"踩岁（碎）"。却还有另一说法，是防备潜入人家做坏事的"避墙鬼"。然而过去几年，因大队不种芝麻，各户又不得自种，此风俗遂也作罢，我父亲也没说过什么；可这一天，他却突然提出了芝麻秸的问题，且大声吆喝着："有避墙鬼……"而一旦晓得了芝麻秸无处可寻，老人家则又显得十分地难过。那一刻，我突然醍醐灌顶，找到了民俗"踩岁"之源，其实是在"土匪"那里的啊！

是不是"避墙鬼"作祟我说不清楚，但那年我们家的确相当不顺。举例说吧，我大学毕业前夕，学校到我村搞我的外调，写材料盖章的人胡说八道，把我家的历史写得一塌糊涂，使我参军进总后勤部的希望化为泡影。我父亲当然为他的儿子感到委屈，但必须接受现实，甚至低三下四地置办酒席，准备请请那几个村上的掌权者。但这酒席没有办成，因为要请这些人的户委实太多，村民需耐心地排队挨号。尽管我父亲也有挨上号的可能，但为了做人的尊严，他取消了请客的承诺。而那时候，我大哥正在"支左"，作为海军部的代表，出任北京宣武区革委会的负责人，他也许有胆量面对面地顶撞"四人帮"的大爪牙，但对乔家巴山以及我家的情况却无能为力。

那是一段令我诅咒的灰色岁月。每次回乡探亲，总感到阴风嗖嗖，匪影幢幢。我忧心的是，尽管我的户口不在村里，我几个哥哥的户口也不在村里，但我们的根还在乔家巴山，我们后代的根也离不开乔家巴山。你一生中不定碰上点什么事，不定哪霎你还要看那几个掌权者的脸色。他们讲政策讲法治还好，但倘使跟你来"庄户耍儿"，来土匪那一套，你真的要"吃不了兜着走"！基于这样的思虑，我对乔成宗案件就特别关心，虽则爱莫能助。

从侧面了解到，乔成宗被判了五年，已去潍北监狱服刑。据说在看守所时，他心理几近崩溃。想不通一个革命者，准备好了坐敌人的监狱却没坐成，不成想倒坐了共产党自己的牢房！于是钻牛角尖，身体每况愈下。多亏他的家人，特别是"大乔、小乔"两个妹妹，危难时刻给了他巨大的鼓励和支持。而当他获悉"有人盼你身体搞垮"的时候，他才恍然大悟。认识到，一旦自己"监毙"，那么当年的江涛之死，更成了无头案件。他将背着黑锅进入棺材，而真正的叛徒内奸，杀人凶手，则会暗中偷笑，放心大胆地骑在人的头上作威作福。于是开窍了，想通了，对付敌人的办法也随之有了。从此开始，在条件允许的情况下猛吃猛喝，且以华子良同志为榜样，有意识地加强了体育锻炼。结果不但未添新病，连多年的支气管炎也好了许多。

一个人的命运不会是孤立的，其必与国家的命运联系在一起。这是我在课堂上学到的知识，想不到在乔成宗和自己身上得到了印证。要知道，"文革"结束之后，我档案里那份盖着村革委印章的材料就失去作用了，长期笼罩于心头的雾霾也终于散去了。

而乔成宗也因其老上级李振（时任山东省委书记）的关注，问题得以平反，不仅恢复党籍，且还获得了每月29元的生活补助——不是村里负责，而是诸城县民政局发放。钱虽不多，但那是三十年前，也基本上够他消费，何况他也不指望这点钱养老。我听说后为之欣慰，却也有点儿困惑：他当支部书记多年，在村里一直是拿工分补贴的，是不是世道变了，工分没了，党和政府拿人民币当"工分"发给他的呢？不过这问题很无所谓。哪怕一分钱不发，相信他也会很高兴。

乔成宗去世二十多年了吧？说真的，若不是想起我家遭土匪的那些故事，还真是忘记了有这么个"历史人物"的真实存在。我企图用文字复活他，但未必能真正走进他的心灵。我觉着，他虽得到了平反，但或许仍存遗憾。因为1945年9月4日的血案，至今仍是未解之谜。这一点我同他一样。我曾寄希望于海峡两岸关系解冻之后，那些从大陆逃台的老兵回乡探亲，或许能有我村或其他村的"土匪"揭示谜底，但可惜没有——没有人问，也没有人回答；大家都不关心这件事情，仿佛当年的血案不曾发生似的。

章诒和说，"往事并不如烟"，而我要说，"尘埃似已落定"。不管怎么说，在我心头的"匪影"毕竟消失了，我们家不必再为找不到芝麻秸而失魂落魄了。

（本文上部原载《南方周末》2017年6月29日文化版，发表时有所删节）

远山的呼唤

去年冬季的一天，我大女儿从上海打来电话，说她无意中从网上读到一篇文章，作者臧鸣亚，是重庆川剧院离休的老干部；文章内容是寻找当年指引他走上革命道路的八路军武工队长，名叫韩铁英。"好像就是我的大爷！"我女儿说，"六十多年了，臧鸣亚一直没有韩铁英的下落。所以，他在文章最后非常动情地呼喊着，'老韩，你在哪里啊？！'"

女儿的声音还在电话那头响着，可我的心已经激跳起来，而手也有些抖了。放下电话，我赶紧请人帮忙上网。于是，就读到了如下的一篇文字——

他，撒播火种的人

他叫韩铁英，是活跃在山东抗日根据地滨北地区（今诸城、日照、五莲一带）的一名让敌人闻风丧胆，被百姓视为亲人，文武双全的八路军武工队"领头"队员。

在抗日战争极其严酷的 1942 年，母亲带着我和兄弟，去到父亲教书的东宋家庄子。这一带是边沿区，四里八乡碉堡林立，战壕纵横，日本鬼子和汉奸队封锁得十分严密。除了每年有规律的春秋两季"大扫荡"，他们还随时窜出据点，烧杀抢掠，无恶不作。老百姓生活在水深火热中，盼望光明，盼望解放。

就在这种情况下，韩铁英和他的战友，冒着生命危险潜入村中，开展了抗日救国的宣传教育工作。八路军就像寒夜里的一盏明灯，给人们带来了希望，照亮了前程。每当村头巷尾出现了"打倒小日本""消灭汉奸走狗""实行减租减息"等标语时，常常是老乡们一碰面，就会面带微笑，缩拳腰间，伸出拇指食指比一个八字，神秘地低声说："这个来了！"……

我第一次见到韩铁英，是在1942年冬天一个晚上。他和他的战友一进门，我就猜出是武工队员来了，因为两人的衣着打扮和传说中的一模一样：头戴毡帽，身穿粗布棉袍，腰上扎一根粗布带，棉袍下摆搂起卡在布带上。上炕盘腿坐下后，从胸前掏出驳壳枪和手榴弹，分别压在膝下。在我的眼里，他身材颀长，五官端正，彬彬有礼，和蔼可亲，甚至有些"斯文"，叫人难以把他跟神出鬼没威风凛凛的武工队员联系起来。

自那以后韩铁英就常来我家（后来才知道，我父亲当时已是以小学教员身份掩护的地下党员），他一来，我母亲就在外边烧茶放哨，我就待在炕头，静听他和我父亲交谈。谈话的范围很广，主要是时局和战况。韩铁英谈到国民党蒋介石如何消极抗日，积极反共；谈到共产党八路军领导的解放区人民翻身得解放，充分享受到民主和自由；也谈到了八路军辉煌的战绩。记得他还拿出一张世界地图，着重讲述第二次世界大战中苏德战场上的形势变化。

苏联红军大举反攻，德国法西斯节节败退等等，听来真令人欢欣鼓舞。当他得知我喜欢唱歌时，就教我唱了一首《苏联红军大反攻》。以后还教过几首抗日歌曲。"当八路，扛大枪，生活艰苦精神爽……"至今还记得它的曲调。就这样，不知不觉韩铁英已在我心里播下了革命的火种，我的心早已飞向"公路南"（当时解放区的代称）去了……

解放后，我一直都在打听韩铁英的下落，可始终没有结果。老韩，你在哪里啊？！……

没错！上文提到的那位"文武双全的八路军武工队'领头'队员"，就是我的大哥。

大哥本名韩钟秀，是我早亡的伯父唯一的孩子。抗日战争爆发后，他在王家巴山高级小学读书，其间接受了马列主义，于

1939年5月加入了共产党。同年，中共巴山支部建立，韩钟秀担任组织委员，开始在本村秘密发展党员，组织地下武装。

据老人们回忆，1941年春节刚过，我大哥突然间"失踪"了。大约半年之后，家里人才从地下党的联络员那里获悉，韩钟秀已易名为韩铁英，在莒县一带参加了"八路"。从此他的情况隐隐约约，家里人反不如组织上清楚。前几年，诸城市出版党史资料，我由此得知：1941年之初，他已是"滨海五地委"联合工作团的成员；而同年10月到翌年1月，又担任滨海"各救会"的队长……上面臧老文章所描述的有关韩铁英"撒播火种"的情节，应该是这之后发生的事情。

正像臧鸣亚老人所回忆的那样，我大哥韩铁英（钟秀）的确"文武双全"，"让敌人闻风丧胆"；但是，由于工作性质决定，并且因了其做事低调（对人简直守口如瓶）的性格，若干年来，大哥在革命战争年代的经历及事迹，我们兄弟几个的了解，甚至连只鳞片爪都够不上！好在上世纪80年代中期，诸城市委收集党史资料，特意邀请一部分在外工作的老同志返乡聚会，我大哥为此从北京赶来，也总算是打开了一点话匣子。尔后，根据人们星星点点的记忆，我总算在脑海中连缀成了关于他的一段段弥足珍贵的史料。于是，我依稀"看"到了如下的几个"镜头"：

1943年3月，那正是抗战最艰难的阶段，韩铁英时任莒南县筵宾区"青救会"主任，有一次，当他到刘家庄单独执行任务时不意被汉奸发现。敌人早就晓得他是非同寻常的人物，随即纠集了两个连的兵力，将村子团团包围，然后"篦头发"式地挨家挨户搜查。然而我大哥从容镇定，踩着磨盘，捅开屋笆，从屋洞里钻出身子，然后从汉奸的眼皮底下乘夜色大摇大摆地混了出去……

刘家庄脱险之后，韩铁英调任诸城县大队九中队指导员，不久又改任滨北军分区诸城县武工队的副队长。从那时起，他经常带领战士打汉奸、摸炮楼、除恶霸，有时也只身一人，深入敌营搜集情报。又有一回，上级获悉汉奸一个团的兵力进驻了诸城与安丘县搭界的李家庄，遂指示韩铁英尽快弄清敌方的兵力部署。然而敌人层层岗哨，盘查甚严。铁英便化装成敌军官，骑上德国造的自行车，大天白日居然混进了村子。可当他勘察了敌军布防情况，刚刚离开李家庄三四里地，冷不防迎面来了个汉奸的军需官。狭路相逢，那人发现了他的破绽，慌忙就要掏枪。多亏铁英手疾眼快，抢先出手，不但得以脱险，还缴获了敌军官的武器。

1943年冬季的一天，韩铁英只身化装赴叩各庄侦察时，因坏人告密，不幸被汉奸张步云的部下抓捕。敌人将他秘密关押，严刑拷打，而他坚贞不屈，显示了崇高气节。在被关押的三天里，他一面用绝食表示抗议，一面对看守的汉奸兵进行思想教育。终于，有一名汉奸兵被感化而决定"反水"，暗地向我军报告了铁英被捕的消息。我军立即将叩各庄包围，迫使敌人将铁英送出寨墙，翌日又乖乖地归还了他的匣枪。

1945年，那个风雷激荡的8月，我尚在母腹中躁动，铁英大哥则由诸城县敌工部调任滨北军分区敌工科，开始在诸（城）高（密）两县边界处活动。也就在这月，诸城北乡的巴山、埠头一带已经解放，成立了潍东县委，而县委驻地就在我们乔家巴山。那时候，汉奸势力还很猖獗，但大哥的"八路"身份已经公开，我们家也成了县委书记江涛等军政人员办公的场所之一。不料9月4日，汉奸王金铭残部于拂晓时分突然偷袭我村，包围了我家。那一刻，枪弹在屋脊上呼啸，手雷在院子里炸响。我母亲、我伯母拽着我两位哥哥，急忙躲进牲口棚里，紧张得心都跳到了嗓子眼儿。他们亲眼看见，我铁英大哥躲到影壁墙后，不慌不忙，手脚矫捷，一面用匣枪与敌周旋，同时还能捡起地上的手雷，再朝墙外投掷出去。后来，当恼羞成怒的顽匪推倒院墙，眼看就要冲进来的那一刻，我们县大队的号声响了，敌人只好仓皇逃遁。

也就在这个秋季，我大哥在家乡一带日日夜夜忙着劝降残匪，收缴枪弹。李家庄的牛树臻和王家巴山的邱运昌等，就是通过他的工作，改邪归正，参加了八路军。孙家巴山的宋文斌，原在汉奸队任中队长，经过我大哥的教育，不仅带领部下缴械投降，甚至还献出自家养的一群羊，向我八路军"老六团"表示慰问。"老六团"从巴山开拔之后，盘踞在注沟的汉奸孙世卿，和困守埠头

韩铁英与夫人刘育才（1950 年代）

的吕少仙匪部，经常向巴山等解放了的村庄进行骚扰。有天晚上，孙家巴山一村民找到我大哥报告："吕团来了二三十号人，正在俺村抢粮食。韩团长（这是老百姓对铁英的习惯称呼），你快去救救俺吧！"其时，铁英身边只有两名同志，显然敌众我寡，但他想到"老百姓的要求便是命令"，决不能拒绝，于是急中生计，与报信人"如此这般"地耳语几句。不一会，当敌人驱车吆喝走到村南时，突然锣声大作。埋伏于小树林里的韩铁英他们，立刻打响了长枪短炮，同时大喊"缴枪不杀"！敌人如惊弓之鸟，慌忙丢弃车辆，狼狈逃窜……

光阴荏苒，转眼到了1946年岁末。随着全国政治军事形势的巨变，铁英的工作也发生了重大变化。他离开地方，被派往华东十三纵队，在政治部民运部和敌工部工作。此后，他参加了解放昌潍、兖州、济南、上海以及淮海战役、渡江战役，并随同部队在隆隆的炮声中挺进福建，横扫漳厦。新中国建立后，铁英进入首都，住进海军总部大院，在由梁思成设计的著名的"黄楼"上办公。直到"文化大革命"开始，他才走出"黄楼"，受海军总部党委的委派，以"军代表"身份先后担任宣武、崇文区委常委、区革委副主任和副区长。1980年12月，改任崇文区政协党组书记、常务副主席。

自上世纪60年代开始，因我时常与大哥联系，差不多每年都去北京小住，故对他的情况比较熟悉。我亲眼目睹铁英大哥一天一天逐渐由军人转变为地方干部的过程，也注意到他在摘掉军章、脱掉军服时那种莫可名状的委屈与痛楚。聊可自慰的是，尽管他早已离开军队，却始终没离开军营，直到去世（甚至去世之后，直到现在），他的家（准确点讲，就是宿舍）一直安在海军大院。在那座同样是由梁思成设计的、虽已显破旧却永不得拆除的"古迹"小楼上，一位离休的"老八路"，每天每天，朝朝暮暮，半个多世纪里总能听得到嘹亮的军号，总能看得见飘扬的军旗。现在，这栋房子仍未改变主人，而由我的大嫂——韩铁英的爱人和战友——厮守着，维护着，因而这里时时刻刻似乎都能感觉到我大哥的呼吸，房间里每件家具似乎都能映照出我大哥的身影。

我大哥真不愧是纯粹的共产党人，终其一生，他几乎没有什么个人财产，更不消说什么属于自己的房产！在我印象之中，他家里寥寥的几件家具，譬如木床和桌椅之类，好多印着"海办具##号"字样；它们虽然简陋，却也结实，如主人一样，朴素而不奢华，低调而不张扬。可以假设，一旦国家有事，需要这些"老八路"重新披挂，奔赴疆场，那么，我大哥绝对会心无牵挂地从这里冲出去的！

1995 年 10 月 8 日，韩铁英走完了他的 74 岁人生旅程。老战友杨斯德（电影《佩剑将军》原型）亲自将他的骨灰送上了八宝山。党组织回顾其一生，最主要的评价是："在革命岁月里不怕白色恐怖，不怕流血牺牲，对敌斗争机智而勇敢；在社会主义建设时期，清正廉洁，克己奉公，甘当人民公仆"。这评价当然中肯、允当，事实上再多再美的词句，恐怕也无法完全而逼真地来描绘我大哥的真容！只有我们这些亲属，才能关注韩铁英人生的诸多细枝末节。譬如说，他虽已离开敌工岗位多年，但却一直生活得非常仔细，即便离休之后，他的眼镜、钢笔、手表、手帕等屑小物什，总放得井井有条，地上哪怕有指头大的纸条，他也会投过去警惕的目光。又譬如，按照他的级别，上下班应有专车接送，而他却执拗地坚持骑自行车，而不怕栉风沐雨每天驰驱几十里路程。直到有一天，他因车祸撞断了两根肋骨，方才摇头叹息怨自己"无能"，从此只好安心"享受"其该有的待遇。再譬如，尽管他对党内的歪风邪气痛心疾首，但却容不得别人在他面前公开嘲骂，谁嘲骂他就朝谁拍桌子瞪眼，仿佛那人是在侮辱他的母亲，而他必须挺身而出，义无反顾地维护母亲的声誉。

……

现在是 2011 年 6 月，中国共产党九十华诞之前夕。这样一个令人心潮澎湃的时刻，我再次捧读臧鸣亚老人的网文，于是又听到了穿透历史烽烟的那声呼唤："老韩，你在哪里啊？！……"这呼唤震荡天宇，激起千山万壑的回声。我相信，他在八宝山上的英灵一定能听得到的！他之不曾回答，仅仅是因为其为人低调、不事张扬的个性使然罢了。

　　"老韩，你在哪里啊？！"

　　呼唤仍在继续，而我已潸然泪下。我知道，他呼唤的不是某一个人，而是一个伟大的群体，或一段激情燃烧的岁月；更准确地讲，这是在呼唤信仰，呼唤理想，呼唤情操，呼唤忠诚……我们每个活着的人，尤其共产党员，真应该扪心自问"你应该怎样活着"了！

　　　　　（原载《潍坊晚报》2011 年 7 月 31 日 "人文潍坊"）

附：《远山的呼唤》的回应

——《潍坊晚报》《人文潍坊》周刊的一篇文章牵起红色寻友之旅

老作曲家臧鸣亚专程从重庆回来与韩铁英堂弟见面

重庆川剧院的离休老干部臧鸣亚曾经和夫人、国家一级编剧王燮合作，撰文对当年引导自己踏上革命道路的八路军武工队队长韩铁英发出呼唤："老韩你在哪里？"潍坊市作家、原文联副主席韩钟亮看到后，发现臧鸣亚寻找的这位老韩正是自己的堂哥韩铁英，于是他写了一篇回应文章刊登在 7 月 31 日潍坊晚报《人文潍坊》周刊上。文章刊出后，又被远在重庆的臧老通过网络看到，他赶紧抓起电话让家人和朋友看这篇文章，并四处打听韩钟亮的联络方式。就这样，对韩铁英的两篇回忆文章牵起了臧鸣亚老人的寻友之旅。中秋期间，阔别家乡多年的臧老，携夫人和女儿、侄女从重庆回潍坊探亲，并专程来看望韩铁英的堂弟韩钟亮。

"当时我看到这张照片就要掉眼泪了。照片上其中一个人是韩铁英的交通员，后来牺牲了。"翻开潍坊晚报《人文潍坊》周刊，指着这张老照片，臧老眼中闪烁着泪光。"韩铁英我一眼就认出来了。他皮肤有点黑，身材高大，斯斯文文的。"臧老说，他看到这篇文章后，三次因为哽咽中断，很长时间强撑着才将剩下的勉强读完。

非亲非故，臧老为什么这么怀念韩铁英？臧老激动地对记者说："这是一种深厚的革命感情。当时在日本铁蹄侵略下，人民看不到一丝希望，而韩铁英和他领导的八路军武工队，像是寒夜里的一盏明灯，给我指出了正确的道路。"

回忆起那段历史，臧老滔滔不绝。他说，他的父亲其实参加了地下党的工作，但小小年纪的他并不知情。"那时候韩铁英一来，我母亲就在外面烧茶放哨，我就蹲在炕头，静听他和我父亲交谈。"也正是因为韩铁英的影响，臧鸣亚十五岁那年，父亲托人把他送到了解放区。"当时跟着军邮的邮递员走的，穿过敌人的层层封锁线，从老家诸城到莒南，竟走了一个多月。"臧老谈到这儿，显得非常自豪……

臧鸣亚夫妇来潍与作者会见

巴山吟

　　我家乡有座山，叫巴山。此巴山非彼巴山，它海拔才一百来米，从山脚走上山顶，用老乡的话说也就"一袋烟的工夫儿"，与绵延川陕鄂有着神农架的大巴山相比，它渺小而猥琐，真不足挂齿了。

　　但这渺小的巴山，却总令我梦牵神绕。从我的户口迁出算起，不知不觉已近半个世纪。多少年来，一想起巴山，我就会在心底低声吟咏"君问归期未有期，巴山夜雨涨秋池"，这大概就是文人常说的乡愁了。

　　我当然还会记起一个诱人的传说，说巴山乃一座金山，每到深夜，寂寂人定之后，便会有一神人，驱使金牛，在用石碾轰隆轰隆地碾金豆子。如你从枕上支起耳朵，而偏巧又是顺风，兴许真能听到金豆子在石碾下愉快地歌唱呢。

　　是谁讲给我这故事的，如今已记不准确。它究竟是不是另外一座山的故事的翻版，这问题并不重要，重要的是它走进了我儿时的梦，让我倾听着金豆子的歌唱，在枕上留下一滴滴的涎水。

　　然而事实证明，巴山是一座穷山。地表上面，不仅没有奇花异卉、名贵树种，甚至普通果木和药草也少得可怜。至于地表下面，咳，除了石头还是石头。况且这些石头既不能炼金，又不能炼银，甚至都不能像人家的山石那样，雕刻狮虎，制成盆景，或者用机器切割、打磨，用以装饰豪宅、别墅和星级宾馆。

　　是的，巴山石实在太低贱了，即便它们中的佼佼者，也没谁见过大世面。它们并不奢望如田黄石那样的金贵，如大理石那样的典雅，太湖石那样的富有诗意；甚至都不敢攀比大泽山的花岗岩，能进入城市，躺在恒温的楼道里体味现代化的滋味。它们只能变磨盘变碾盘，一年到头碾磨着高粱、玉米或者谷糠（而不是传说中的金豆子），要不就是垒砌房屋和猪圈，遭受炊烟与猪粪的熏陶。

从我记事起，巴山上就有人采石了，就有石匠在打制石磨石碾。我上山割牛草的时候，常看到一鹤发童颜的石匠，光着脊梁，背一生猪皮的工具箱，一面走一面唱，其唱腔似乎是诸城大鼓，唱词呢翻来覆去只有两句："唱了一回，又一回，石匠背着个錾磨的锤……"还用嘴巴咚隆咚隆打着鼓点，然后走向潍河，消失在神秘的暮霭里。那时只觉得这石匠古怪好笑，今天倒怀疑这兴许是位异人，唱词则好像是佛家偈语，在向人们暗示着什么，但愚钝如我者，却弄不清佛祖拈花和迦叶微笑的涵义。

于是一根根撬石的铁钎折断了，一把把錾磨的铁錾磨秃了，一茬茬弄石人腰弯了，背驼了，身体瘫痪了，眼窝里嵌上了血淋淋的石渣。但是炮声和锤錾声一直在响，山洞的数量在悄悄增加，体积在悄悄增大。但从表面看，似乎没什么改变，只是山坡上的坟头又多了几座，如删节号似的延续下去……

有一回，我与几个小伙伴将草筐放在废弃的石洞旁边，然后进洞喝水。水很清，深不见底，使人怀疑这洞已接近了巴山的心脏。想到一锤一錾地打下去，也许就能看到金牛和碾金豆子的石碾了，那是何等的兴奋！可石匠们为何停工了呢？真是不可思议！带着莫名的惆怅走出石洞，我突然想搞个恶作剧。遂招呼小伙伴，合力将一扇破损的磨盘在石渣堆上立起，然后往山下推去。只见石磨慢慢启动，愈转愈快，在灿烂的阳光里变作火球，每遇阻挡便兴奋地弹向空中，随之狠狠砸向地面。如此有节奏地弹跳着，雷电似的蹿进了潍河里。刹那间我被自己的杰作惊呆了，真担心山下劳作的人或牲畜会眨眼间化作肉醢！若干年后，这审跳燃烧的石磨突然在我脑海里浮现，那强烈的视觉冲击力遂令我激动不已，以致产生了某种灵感，就像莫言梦中看到了透明的红萝卜。

石磨转动着，改变了它的轨迹；而一旦改变了轨迹，那也许就是另一番境界了。终于有一天，当我在外游学闯荡了半个世纪，操着未改的乡音再次登上巴山之巅的时候，突然发现，母亲山其实并不低贱，甚至非常高贵，实际上它是很应该自豪的。不信你看，脚下的巴山村，明清两代就曾孕育过几位进士、翰林。毫无疑问，他们门前的旗杆，都是竖立在巴山石所做的底座里。再后来，村里还出息了电影艺术家崔嵬，我敢说崔嵬一定也如我一样，吃过用巴山石磨磨出来的五谷。再看山之东北，约十华里处的逄戈庄，就有清大学士刘统勋、刘墉家的古冢。我相信，古冢们深入土壤里的根基，必定是用巴山石垒砌成的。再向南看，苍茫柳林的后面，正是已故中国文联副主席陶钝的河岔村；河岔又南，不远处的陆家道口，则是与李大钊一起慷慨就义的国民党中执委路友于的老家。而巴山之西，潍河彼岸的相州、兴合和城阳村，又曾经走出了大作家王统照、王愿坚、王希坚，和一代影星李仁堂，以及被蒋介石视为心膂的黄埔一期将领王叔铭……总而言之，他们家的院子里都该有巴山石磨，其房屋也该用巴山石砌为基础。一旦看到和想到了这些，有谁还敢小觑我们的巴山呢？

说实话，在以往相当长的年岁里，只要一提起巴山，我总有一种自卑感在心头压着。但是1993年之秋，当我登上了黄帝陵，发现我们祖先的安栖地远不如想象中的巍峨，且陵园周围也没什么胜景和宝藏时，那一刻，我莫名其妙地联想到了巴山，于是对母亲山的认识突然间升华，自卑感随即被骄傲所取代了。我想，巴山和黄陵的品质应该是一致的：它们貌不惊人，朴素得很，平常得很；它们的伟大和富有，你用肉眼是绝对看不见的。如今我立于巴山之巅，望潍河两岸绿畴腾浪，云蒸霞蔚，的确是大气象。便不由地赞叹：真好风水！……

听乡亲们说，巴山现在已严禁采石，因为上面早有了建设风景区的规划。又听说，家家户户被时代淘汰了的石磨，早被有识之士收购，堆放于河畔的板栗园里，竟成为文化品位极高极浓的假山。我想，这"磨盘山"就是极好的乡土教材，是一部缩写了的史书。每当深夜，寂寂人定之后，这里当会有隆隆的磨响，间或杂以我们先人的咳嗽；而那时候，巴山的神人和金牛，也该开始碾金豆子了吧？

（原载《山东文学》2008 年第 2 期）

卢山咏

　　我家乡诸城东南有座山，叫卢山，名字跟江西的庐山极容易混淆，故此一些老乡常把它错写为庐山。不过"卢""庐"两山说来还真有相似之处，譬如都有个仙人洞。庐山的仙人洞我无缘亲睹，卢山的仙人洞我可是探寻过的，它在半山腰上，日常云雾缭绕，洞口或显或隐，颇显出几分神秘。洞的一侧有棵古树，土名叫"燕子"，有一搂多粗，未知年龄几何。站在树下，臆想暮色苍茫之时，它的确显不出庐山松乱云飞渡中的从容，但可以想见，一旦春风频吹，它那一串串黄绿色的花絮，定会如一群群归巢的燕子，在洞口盘旋着，呢喃着，似与仙人嬉闹，倒也别有一番韵致。故此我固执地认为，卢山的仙人洞啊，它比庐山的仙人洞并不输诗意，应该说二者各有千秋。

　　既然叫仙人洞，就该有仙人住过。那卢山的仙人是谁呢？为此我翻阅了嘉靖版的《诸城县志》，见其"侨寓"篇有载："卢敖，燕人，秦始皇时为博士，避难隐此山，卢山所由得名也"。之后读齐鲁书社的《苏轼在密州》，又了解到，大文豪苏轼在诸城做官时，曾登临卢山，且作诗五首，曰《卢山五咏》，其第一"咏"的题目便是《卢敖洞》。苏轼于题下自注："《图经》云：敖，秦博士，避难此山，遂得道。"诗中嗟叹"上界足官府，飞升亦何益"，这是告诫卢敖，既然你避难来到此地，那就不必"飞升"，因为"上界"一如人间，"官府"同样是不会给你自由的；然而苏公同时又坚信，卢敖其实并没有升天，他"还在此山中"，但可惜"相逢不相识"，彼此无缘而失之交臂罢了。

说来很是愧恧，我是地道的诸城人，但浮生七十余载，只是日前才算是爬了回卢山，见识了应该称之为古邑胜迹的仙人洞。其实没爬过卢山的诸城人多了去了，又何只我一个呢？我的一些老乡，宁肯千里迢迢，到庐山去旅游，大扔其钞票，也不肯分文不花，瞧瞧身边的卢山。何也？是卢山的风光不如庐山秀美雄奇吗？也许是吧。但若钩沉文史，则卢山亦非等闲之辈。就说这位卢敖卢博士吧，据《史记》所载，秦始皇三十二年，他从海上"寻仙"归来，向始皇讲说遇到鬼神之事，并献上录自仙人的谶纬图书。始皇一看，书上有"亡秦者胡也"字样，即派将军蒙恬北击胡人，掠取了黄河之南好大一块地盘。之后，卢敖鼓动秦始皇入海访仙，求所谓不死之药，始皇遂下旨在东海之滨建筑了琅玡台，然后亲率群臣，浩浩荡荡，不远千里赴琅玡来了。

琅玡台，在卢山东方，直线距离不过二十几公里。据说倘天气晴朗，站在卢山峰巅，能看到琅玡台上秦始皇的雕像。以我的观察，这当属夸张之语，不过倘真能看到飘渺云海之间有人影幢幢的话，那也许就是虚幻的蜃景，亦即乡人所谓的"山市"了。

提到"山市"，记得《聊斋志异》里曾有记述，蒲松龄觉得非常神异，其实不过是一种自然现象罢了。不知卢山是否出现过"山市"，在卢山，乡人说那倒是屡见不鲜的景象。譬如乡贤李澄中，曾于康熙九年庚戌暮春，与士人数辈会于卢山，在"饮酒台"附近流连，忽于恍惚中见有山村、竹树、篱落，隐隐浮现，"又一饮酒台东西相对，不知其孰真假也"（《艮斋笔记》）。此之后，同治甲子（1864）春，四川丹陵彭仲尹攀登卢山，写下一篇《游东武（诸城）卢山记》，其中提到："巳刻，登山。山极峭，屡几损。至巅，忽见东南有青黑气屏挡如障。俄，五嶂连为浮屠，有僧来往。又顷刻，杰阁摩天，飞檐厂楔，气象直欲吞日，紧与浮屠对。其下，沃野中开，阡陌横衺，垂柳夹道，茅屋土垣，隐露人家半面。……未几景物消散，目前唯烟雾掠耳。仆夫为余言，

'此山市也。本地官民数年不见，公似有缘焉。'"。以上李、彭所记，当是卢山"山市"的有力见证。

李澄中游览的"饮酒台"乃卢山一景，人道是卢敖当年饮酒之所在。苏轼《卢山五咏》之二，咏的就是此台。"博士雅好饮，空山谁与娱"，当是诗人站在饮酒台上所发的感叹。丁酉年秋末某日，我登上饮酒台，环视脚下苍苍茫茫，起起伏伏，确能感觉

卢山风景区（2017 年摄）

到人之伟大；但想到峰巅风大，人难站立，倘有不慎，酒杯很容易被风神夺走，抛入万丈深谷。故此我认为，卢敖来此饮酒，未必真饮，而是欲与上天交谈，从而获取一些人世的密码。当然了，如果他真想"飞升"，羽化成仙，那此处倒也是绝佳的码头。

然而天气干燥之故，那日卢山上并不见浓湿的云雾，也未出现李澄中、彭仲尹所描述的"山市"。陪同我游山的杨宗亮君便有些许遗憾，好像他应为此担负责任似的，据我所知，他也从未见过什么"山市"。杨是诸城旅游局的领导干部，对卢山以及相邻的竹山、幛日山一带倒也熟悉，但考虑到山陡路险，总为我的安全而提心吊胆，而我也不想给他增添麻烦，故此忍痛割爱，舍弃了著名景点圣灯岩，和苏轼所谓"无人还自洁""清光同一月"的三泉，干脆寻觅捷径，径奔卢敖洞去了。

卢敖洞，自然是整个景区的重点，我对它的期望值颇高；出乎意料的是，当你披荆斩棘气喘吁吁，到达了洞口，却惊异地发现，这儿其实没什么能称得上古迹的东西——譬如秦汉时代的缶啦、爵啦之类，或者后代文人骚客遗留下来的碑碣。据杨君说，洞里早先倒是有苏东坡题书的"卢敖洞"三字，和后人塑造的卢敖像，以及文人墨客的摩崖石刻，但不知何时都消失得无影无踪了，现在能看到的，唯有黑黝黝光溜溜的石壁而已。

山洞朝向正南，进深约五米，宽可四米，有一人多高。地面上大致能放得下一床芦席，估计卢敖躺下来，完全可以舒展开腿脚；如果他乐意的话，甚至还能在枕头旁边再放一盏灯烛和几册经卷，但必须小心，防止打翻灯烛招致火灾。当然了，他还可以把灯烛和经卷放得更高些，因为北面的洞壁凹陷了进去，形成枣核形石龛，大概能有四立方米的容积。此外那些粮啦果啦野菜啦草药啦，也可以塞在龛里，以备不时之需。值得注意的是，无论洞里洞外，每一角落，完全是自然形态，而不曾有哪怕一凿一鏊人工修整的痕迹。而一旦想到这里，你就不由不感激那慈悲的山神，为我们的卢博士着想，提供了这么称心如意的庇护之所。

走出山洞时，天色已晚，四周突然间暗了下来。几只野鸡嘎嘎叫着，从我们头顶飞掠过去，然后便是无边的岑寂。穿过那片柞树林的时候，我看到满地的落叶上，这儿那儿，一堆一簇，到处是成熟了的圆圆的橡子果。橡子果剥皮之后可以食用，灾荒年间山民就是靠它活过来的。由此我想，当年卢博士倚着柞树坐在地上，摸一块石头敲打橡子，其形象肯定比猿猴还要可爱。猿猴的头脑非常简单，砸橡子就是砸橡子，顶多拿眼睛斜盯着树洞，看那爬进爬出的柞蚕幼虫。而卢博士呢，砸橡子与其说是谋生的一种手段，毋宁说是修行悟道的一种方式。

关于卢敖人生的后半段，以及其结局，太史公只告诉我们：侯生、卢生相与谋曰，"始皇为人，天性刚愎自用……未可为求仙药，于是乃亡去"云云，此后再无下文。而从苏轼《卢山五咏》及其注引的《图经》来看，卢敖是在卢山上"得道"，然后"飞升"了的。这个"飞升"，其实是死亡的另一说法。死亡是毫无异议的，因为这是所有人殊途而同归的事情，我所关心的不是卢敖有未"飞升"，而是他如何"得道"，得的是哪门子的"道"。但恰恰这一点，包括《诸城县志》编纂者在内的文史家们都不甚了了。好像只有苏子瞻，在他《卢山五咏》的《圣灯岩》里说过："石室有金丹，山神不知秘。何必露光芒，夜半惊童稚。"琢磨苏公的意思，大抵卢敖每天所要做的，无非是躲在石室里炼丹。而炼丹在当时应属最高端的科技，犹如二十世纪中国人的"两弹一星"，故此必须严格保密，连为他提供了住处（山洞）和研究场所（石室）的山神都不能知道。但是炼丹成功的那一刻终于到来了，就像我们的原子弹爆炸一样，它的光芒照亮宇宙，震惊世界，更不消说近在咫尺陪伴他的"童稚"了。

圣灯岩又名蜡烛台，俗称拴马橛子。据杨宗亮说，它不过是卢山西南峰上几块拔地而起的巨石，而周围并无苏轼所谓的炼丹石室。既如此，那也就失去了游览的兴趣；何况夜幕眼看降临，陡峭的崖坡又增添了几分危险。于是赶紧寻路下山。在三龙潭的中龙潭那儿稍作小憩，掬泉水洗了把脸。泉水的旁边盛开着野菊，野菊丛中又夹杂着一种俗称"小孩儿拳头"（学名火棘）的野果。野果已然熟透，一簇簇红得可爱。但这野果有个特点，它即便变黑了，死去了，却并不腐朽，仍旧结实地挂在枝上，成为新生果

卢山上的卢敖洞（2017 年摄）

实的陪衬。

　　应该说，这是一条菊溪，而菊花在古典文学中既是清高雅洁的象征，又是养生长寿的比喻。这条小溪里现在漂着几瓣菊花，菊花的旁边有个朦胧的人影，我想那就是卢敖。当年卢博士也会如我这样地掬水盥洗吧？但不一样的是，他不光洗手，也洗头脑，往往从潺潺溪流中发现一些奇妙诡谲的浪花。是的，他是一位"方伎"，"方伎"这名儿听起来显然比"经师"猥琐，且他所擅长的谶纬之学，常被贴上迷信的标签，而为唯物主义学者所不齿。他致力于不死之药的追求，为此不惧惊涛骇浪到大海去寻找仙人，则更被人们嘲笑为疯子的狂妄。然而别忘了，谶纬，在当时可是关乎国家政治乃至人类存亡的大学问，而作为七十名博士之一的卢敖，未必是浪得虚名，其才智必出类拔萃，否则也不会让伟大的秦皇嬴政言听计从。至于不死之药，这其实是古往今来许多"博士"选择的课题，遗憾的是迄今为止还无人破译万寿的密码。而说到卢敖的海上访仙，那又有什么荒唐，君不见二十一世纪的人们，在地球上活腻了之后，不是也想冲出宇宙，到外星人的家园去做客吗？故此我说，卢敖是一个伟大的幻想家（当然也是伟大的实践家），而幻想是人类前进的翅翼，倘没有了幻想，那这个世界真的没希望了。

　　卢山的这条溪谷看似不长，但十分难走，当然这也许是光线太暗之故吧。好不容易出得谷口，回望黛青色的山岭，发现它像一条卧龙，蜿蜿蜒蜒地伸向东海。我不知道当年卢敖为什么选择这里安家，却知道他的行为不是消极的为个人安危的"避秦"逃亡，而是积极地为国家社稷子孙万代着想的阵地转移。这位智商超凡的预言家，他有可能利用其博士的特殊权利，从皇宫的图籍库里预先带出一批儒家经典（当然还有某些他做谶纬或养生学问所能用得着的资料），从而使它们躲过了焚书坑儒之灾。顺着这思路往下想，那么秦之后两汉时期，在诸城乃至琅玡，出现了诸如贡禹、梁丘贺、伏胜、伏理、伏湛、伏无忌等那么多的儒学大师，我想这未尝没有卢生的一点点余泽吧。

回到宾馆，在整理身上衣物的时候，我意外地发现，汗水溻湿的毛背心和裤腿上，这儿那儿，粘了许多山茅、苍耳或棘针之类的种子。它们很顽固地附着在衣服上，要想完全清除几乎是不可能的。也许过不了多久，这些种子就要在另一块土地上发芽生根，开花结果了。

卢山，或者说卢敖，其实就是这样的一粒种子吧 —— 我想。

2017 年夏于沪上

栗园寻梦

那一夜，我梦见自己坐在树林里。细细河沙，绿荫匝地，间有鸟鸣随着清风自面上拂过，也真教人惬意！……这是在哪儿呢？

寻常的梦，醒来便会忘记，但不久前，当我返回老家，在诸城市昌城镇的万亩板栗园参观时，上面的梦境突然显现，并让我找到了注脚。哦，原来我又回到了少年时代。

我老家那个乔家巴山村，是在昌城镇的最北端，村前一道潍河汉子，趟过河汉往南走，不几里便进入了板栗林。哦，这是很老很老的一片板栗林，据说树龄大点的都有两三百岁了，还是宰相刘罗锅他爹刘统勋那时栽下的呢。它们棵棵都比水缸粗，茂密的枝叶低俯下来，轻吻着地面的细沙，孩伢们可以爬上去玩耍，躺在树杈上困觉，或者"过家家"，过有巢氏那样的生活，现在想起来真蛮有意思的。

这片板栗林，其实是潍河东畔的沙滩，它溯着河流由北向南蜿蜒伸展。由我们村或者刘罗锅的逢戈庄南去诸城，可以在板栗树下的细沙路上走十好几里。那么毫无疑问，当年刘墉家的人进城办事，或者诸城县官员给刘墉的亲属请安，这片板栗林就是必经之地。于是不知哪年哪月开始，这片逶迤绵延十几华里的板栗林，乡人便称之为"刘墉板栗林"了。

我对"刘墉板栗林"怀有感情，是缘于我的祖父。民国年代，他在诸城某茶庄学徒，每天都要沿这条路徒步往返，现在想想真不可思议。后来我的叔父在昌城供销社上班，我和我的两个哥哥在诸城上学，都必须穿行于浓密的栗林，重复着前人的足印。那年头的人节约，故此一旦进入板栗林，倘不是天气特别寒冷，我一般都会脱下鞋子，光着脚丫行走。尤其夏季，浓密的栗树枝叶遮挡了太阳，脚下的细沙凉森森的，给人好舒服好享受的感觉，而且赤脚踏沙据说还可以防治脚气，何乐而不为呢？

当想到"舒服"和"享受"这俩词的时候，脚步自然而然就慢了下来。于是被青酽酽的栗树所诱惑，就会走过去，挨着树干，

刘埔板栗园一角

索性躺到沙地上小憩片刻。那时候小鸟就在头顶上跳跃啁啾，让你想起"公冶长听鸟语"的故事；没准儿还会有栗蓬炸开，突然有新栗掉落下来，恰好就砸在你的额头上 —— 当然那是在深秋时节了。

要知道，栗子可不似梨、桃，不熟是不能吃的。栗的果实严严地包在硬壳里，壳上又长满了硬刺，使人联想到可爱的小刺猬，而令馋嘴的孩伢望而生畏。于是我就盼望深秋。深秋时节，坡里场里都拾掇完了，庄户人也有精力办喜事了。村里不管谁家娶媳妇，那总是孩伢们的节日。涌进新房，掀天揭地地一闹，炕席上便会有栗子、花生任吃任拿。这是潍河沿岸的风俗。花生是男孩女孩"花搭着生"，栗子则是谐"立子"之音，希望新娘能早生贵子呢。

栗子大都是水煮或者干炒，也有掺了糖炒的，却极少，因为糖是稀罕物，庄户人不太舍得。我记得，有一道风味独特的名菜，叫"栗子鸡"，或许就是昌城人发明的。栗子当然也可以作饭充饥，据说慈禧太后的御膳中就有栗面窝头。这种窝头的颜色不太好看，味道却美，也极富营养，实际上该叫它点心了。现在诸城一带的宴会上经常会见到栗面窝头和栗子鸡。倘追根溯源，主人一定会说，这就是我们清朝那位老乡，即宰相刘墉，是他从朝廷御膳房引进家乡来的呢。

不过，留在我记忆中最美最美的，倒不是板栗的果，而是它的花。估计没人会注意板栗花的，因为它的确太平常了，连梨花、杏花甚至槐花都不如，当然不值得诗人们一睨。板栗花细细的，黄绿色，我不知道它是不是可供蜜蜂采蜜，但懂得它晒干后可以拧成"花绳"，点燃后一片异香，既可驱赶蚊蝇，又可用于吸烟。我们那里盛产黄烟，故此乡民们大都是"烟民"。烟民们常备有木制的砖头大小的烟匣，烟匣旁边一般又有栗花的花绳相伴。抽烟的时候，花绳就是火媒，不抽烟的时候，就把它随便放在一边。

花绳看起来是熄灭了，睡着了，但你想再用它的时候，只消拿嘴轻轻一吹，它就又苏醒过来，给你火和香味儿。现在想来，这种栗花的花绳，和潍河边的蒲扇、芦席、蓑衣一样，其实都是高雅的艺术品。须知我们诸城县昌城镇的乡亲，虽则脚上有黄泥，手上长老茧，但都是高雅的艺术家呀！

我小时候的冬闲时节，老人们常聚在一起点燃花绳抽烟拉呱。拉来拉去，话题没来由地会拉到刘罗锅的身上。刘墉的故事可太多了，十天半月也拉不完。当然大都是赞扬的，说他是大清官，人也绝顶聪明，跟和珅斗智总是胜者；然而也有说他坏的，贬他的，譬如《核桃宴》和《三升官》就是。说的是一位新上任的诸城知县，姓牛，刚正不阿，得罪了吏部天官刘墉。刘墉就用带壳的核桃（而不是栗子）设宴，让牛知县几乎硌掉了牙齿。之后刘墉又将牛某升官远徙，先是广西，不久再迁云南，最后让他颠沛流离死在了通往陕西的官道上。你瞧他多阴毒啊！我一位老乡李思洲，上世纪八十年代曾将此改编为茂腔戏，在全省戏剧汇演中获了奖，为诸城争得了荣誉。然而戏剧毕竟不如电视剧《宰相刘罗锅》火爆，故此今天的小青年儿，估计很少有人晓得的了。

多少年了，我总盼望能有一天，吃罢栗子鸡之后，再躺到栗树下的沙窝里，点燃一根栗花火绳，于香烟缭绕中听长者们拉呱刘罗锅的故事。其实这种幸福感并不难寻找，因为昌城镇党委书记告诉我，镇里和市里已经做出规划，马上就要进行"万亩板栗园"的开发，那儿不久就要变成集经济果木和旅游景观于一体的"绿色长廊"。故此我有机会，等板栗丰收的季节，再回家乡，在万亩板栗园里重温童年的梦境……

（原载《潍坊日报》1997 年 9 月 12 日周末版）

"刀床"上的梦
——一次文人小聚时的畅谈笔录

　　各位都是作家，都常把"体验生活"挂在嘴上。在这里我可以大言不惭地说，我有过一次濒死的体验，各位绝对没经历过。试问谁曾睡过"刀床"，在"刀床"上与死神共舞，体验那种温柔而恐怖的滋味儿？

　　这说的是1964年初冬，我作为山东大学文科的学生，按高教部文件要求，参加了省委驻曲阜县的"四清"工作团。我住的那个村庄叫高楼。工作队长姓孔，来自沂蒙山区，是享受副县待遇的公社书记。他人长得精瘦，戴一副白框眼镜（他是青光眼，并不近视），乍看跟我似的像知识分子，殊不知却是打过鬼子的老革命。他在汽灯底下给村民做报告的时候，经常会冒出这么一句：我们那雯搞革命，脑袋瓜是砂锅挂在牛角上 —— 不知道哪天碎哪天打！说这话时还会下意识似的按按腰部。我知道他有支手枪（自然也有"持枪证"）。享受这种待遇的干部着实不多，至少我没见过。故此夜间"访贫问苦""扎根串连"之前，他喊一声"韩，跟我走"的工夫，我就有一种莫名的激动，说不准那是神圣抑或骄傲。

　　跟老孔走在漆黑的村路上，听狗子在身旁凶叫，寒风在耳边邪吹，我头皮便一炸一炸。遂想起刚刚看过的《夺印》和《艳阳天》，于是恍惚看到树影或篱笆后面，闪动着"陈瘸子"或"马小辫"式的贼眼……我就特别留意老孔的腰胯，并猜想，他枪膛里是否压上了子弹？

　　工作队的队部原本是该村民兵连的连部。运动开始后，民兵组织解散了，枪支弹药全送至公社武装部统一保管。根据王光美提供的"桃园经验"，我们像白区的地下党那样开展工作。每逢开会学习，老孔必安排专人于房前屋后"闲溜达"；一位费县妇联的女同志，则必坐于门侧树下编织毛衣，其神情有如为飞虎队望风的芳林嫂。而随着运动的深入，斗争形势似愈严峻。为防止"地富反坏"和"四不清"干部狗急跳墙，我们又开始收集各家各户"有可能变为杀人凶器的铁家伙"（孔队长语），如匕首、刺刀，或宰牛刀、砍柴刀、斧头之类，一律上交队部。本来铁锨、锄头也该上交的，但后经研究，农业生产确实需要，须臾离它不得，遂也作罢。

所有的"凶器"汇集队部之后，就有了我所谓的"刀床"。

那时我经常帮工作队的秘书打打帮手，搞文字材料，故暂时搬出"根子"之家，住在了队部。与我同住的还有山大同学老尚，和微山县一位姓张的青年干部。屋里安了一大一小两张床，小张用小床，我和老尚合用大床。只说"凶器"缴齐的那夜，望着灯影下幽幽闪光的"刀山"，我先有一种莫名的兴奋，但不知怎么，突然想起了"八月十五杀鞑子"的传说，遂冷不丁打个寒颤，赶紧与尚、张二位商量刀具的安全保管。先打算将之堆于墙角，但那太占地方，影响队员开会；之后想塞进床底，但床底下已有了我们的行李箱，以及生炉火用的柴禾；最后还是我想出个绝妙的点子：将之层层叠叠铺于床板，再覆以铺草，压上报纸和被褥床单。这办法安全而又整洁，老尚和小张皆没意见。但实践之后方才晓得，睡"刀床"的滋味真不好受：刀具硌人不说，你还不能在床上任性地翻腾。稍有不慎，刀刃"脱颖"而出，没准儿会刺伤被褥和皮肉！

然而"刀床"也有它独具的好处，那就是，能使人惕励警觉，如卧薪尝胆的勾践那样，明白身处的环境是多么险恶。故搬来队部之后，我夜里尿频，常常失眠，总担心门闩关得不紧，而不得不起身再检查一遍……

　　这是打通了的三间北屋，大而沉的两扇木门，门两边各有糊纸的格子窗户。听见门窗缝里钻进来的风声，以及猫头鹰没来由的苦笑，你很容易便会想起《聊斋》，或者《夺印》。故每次夜间小解，我必从枕下抽出一把精选的钢刀，壮了胆，轻轻拨开门闩，先小心翼翼地向门外观察一番，才敢走向槐树底下的茅厕。要知道，这座小院除了工作队所住的三间正房，尚有两间西厢，那是村里的卫生室。卫生员（也叫赤脚医生）是本村一位中年农民，面貌和善，瞧人时总是一副讨好的微笑。此人是富农子弟，政治上信不过，须提高警惕以防不测。

　　进入冬季，天气变冷，上级发给我们一批大同无烟煤块用以取暖。就有一位手巧的同志自告奋勇，用泥巴掺了头发，在队部中央垒起一座煤炉。此后的日子里，我们经常围着煤炉开会，还用炉火烧水，点烟，或烘烤鞋袜。那蹿得老高老高的蓝色火苗，看上去多么温柔可爱，让人想入非非，被勾引进童话似的世界。殊不知它却是阴险狡猾的杀手，比运动中的阶级敌人可怕多了。我19岁的生命差点就毁在了它的手里！

　　我记得，那是"交九"之后，天气奇冷，屋檐下排着尺把长的冰凌。工作队员都下坡搞水利去了，只留我一人在队部里抄抄写写兼守电话。白天在屋里憋了一天，晚上继续整理材料，弄得头昏脑胀，却不知那是煤气作祟致大脑缺氧之故。干到11点多钟，老尚和小张相继"串连"回来了，我们便熄了炉火，上了"刀床"。熄灯之前，我记得老尚似乎还说了一句："屋里有点呛人，可别煤气中毒啊！"说罢他还钻出被窝，拿火钩在窗户纸上捅了几个窟窿。随后我便打着呵欠渐渐进入了梦乡。

　　我的一生中，那可是最漫长最曲折的一个梦啊！梦的开头当然是美丽的。我觉着我似乎在谈恋爱。有一位漂亮女孩正脉脉含情走来，传递了缱绻之意。却不料风云突变，我忽然成为了中共

的地下党员。我好像是奉命打入敌人内部，却不幸被叛徒出卖，而出卖我的偏巧就是那位漂亮女孩。这之后我东奔西跑，特务们就在后面追赶。我跑啊跑，却总也跑不快。我掏出手枪射击，弹无虚发。奇怪的是特务们总能死而复生，继续追捕。无奈我扔掉手枪，与敌肉搏，但被扑上来的另一个特务扼住了喉咙。我走进了渣滓洞式的牢房，开始领受老虎凳、辣椒水、皮鞭抽、竹签刺等一系列的折磨。这当儿又看到了熊熊的炉火，和一把烧得通红通红的铁铲。当特务甲想用铁铲烙我胸膛时，特务乙却说"让我来吧"，然后他抓住我的头发，将我的脑袋按进尿桶，让腥臊的尿液咕咚咕咚顺着气管灌进心肺……说实话我实在坚持不住了。我觉得我的神经不可能承受再大的折磨。它告诉我，你的生命已经接近于零点。在这样的节点上，我不得不开始考虑：要不要变节招供，将老孔出卖，供出他身上那支手枪？总之当务之急，必须让我的脑袋先从尿桶里抬起，然后深深地吸一口氧气！……

我终于大叫一声，从噩梦中醒来了。醒来后的第一个意念便是：不好，我煤气中毒了！第二个意念则是：我必须冲出房间，立即呼吸新鲜的空气！……然而真是奇怪，我的手和脚居然一动都动不了，全身已经瘫痪了似的。好在挣扎了一会之后，冥冥中似乎有人提醒我：你的身体不能动，可是嘴巴呢，快喊哪！于是大喊："老尚！老尚！我中毒了，快救我！……"

老尚和我是"通腿儿"睡的，为着互相取暖，我们的被窝紧紧相捱，但不知是我喊声太小呢，还是他睡得太沉，总之他毫无反应，继续酣然大睡。没有办法，在垂死的那一刻，我只能不停地呼唤、呼唤，而且为着节省体力，只能以最简洁的语词刺激老尚的中枢神经。我反复喊的是："煤气！中毒！救人！快！……"

真是命不该绝！老尚最终还是被我唤醒了。当他扑向我的那一刻，我的意识却突然消失。在经过了一段记忆的空白之后，我发现自己躺在院子里那棵大槐树下面，头上满天星斗，身下是冰凉的雪地。然后又是一段失忆。醒来再看，旁边站着俩人，一个是老尚，另一个却不是小张，而是那位出身富农，脸上永挂着讨好神情的赤脚医生。后来我才晓得，小张是到北街一户"根子"家喊我们专配的队医去了。然而一等也不来，二等也不来。直等到天蒙蒙亮，小张才被一位拾粪的老乡背了回来。原来他也是煤气中毒，刚才瘫倒在街上，差点被拾粪人当成了"路倒"（死尸）。

经过一番治疗，清晨我基本上恢复了健康。躺在村卫生室的床上，接受富农子弟输液（不是打点滴，而是直接用针管推射葡萄糖盐水）的时候，我瞧清了他那皱裂的手掌和黑黑的指甲缝。同时还隐隐听见孔队长在和什么人通电话。过一会，老孔走过来，悄悄对我说："小韩，你煤气中毒的情况咱汇报上去，工作团周兴团长（时任山东省委书记处书记）相当关心，说要来慰问你。你看，还……有必要吗？"我听了非常激动，也非常惭愧，甚至还有点儿难堪，当然是坚决谢绝了领导的好意。此后我用被子蒙住头脸，在心里狠狠地审判自己。要知道，在被煤气闹得神智错乱的那段时间，也就是遭受刑罚折磨的那个梦里，我差点变节投降，变成人人唾骂的无耻叛徒了啊！

很快到了春暖花开的季节，"四清"运动的路线政策出现了重大转折，根据最新中央文件精神，我们开始纠正"桃园经验"的左倾错误，"刀床"自然不复存在。之后若干年里，我身下多次换床，每次换床都让我想起那场噩梦，同时庆幸自己福大命大。

米兰·昆德拉说，死亡意味着失去记忆。我记忆中的这段往事，看起来真像一幕滑稽剧。作为剧中主角，我难道不像昆德拉那样，在"含着泪水苦笑"吗？

但愿刀床上的梦境，再不会重现。

（原载《潍坊日报》2000 年 9 月 12 日"社会周刊"）

《百花丛中》：见证历史的一段相声

　　1979 年国庆前夕，山东人民出版社出版了一本由山东省曲艺家协会编辑的《山东三十年曲艺选》，在精选的 46 件各类曲艺作品中，有我 1973 年创作的相声《百花丛中》。今日重翻旧作，真是感慨万千，不胜嘘唏。虽然无情岁月已使这朵多情的小花凋萎，可它毕竟是我的心香一瓣，值得个人收藏留念。更重要的是，《百花丛中》曾经参加过"文革"中在北京举行的全国曲艺汇演，并直接见证了由江青亲手炮制的轰动全国的"陶钝事件"。因而这朵昨日之花，也许还有一点点史料价值，而我的那段个人经历，从某种意义上说，或许也是一个国家的"历史记忆"。

　　我是 1972 年初冬开始构思那段相声的。其时我已从诸城调至潍坊，在昌潍地革委文教处所属的创作组里从事戏剧和曲艺创作。为迎接将于年底举行的全区文艺汇演和计划中的全省曲艺、歌舞调演，诸城县文化馆请我给他们创作一段对口相声。本着主题先行原则，我迅即确定了"广阔天地大有作为"这一主题，然后考虑题材，搭建相声的"梁架"。本打算写下乡知青跟老农学习养猪，可思来想去感觉太俗，意境也不太美，后来灵光一现就想到了养蜂。然而我对养蜂生活十分陌生，只好三番五次地前往山东省牧业学校（设在潍坊），向全国蜂学界的权威王治节先生讨教，不仅学到了必要的相关知识，也采集了养蜂人许多有趣的生活素材。不久，相声初稿写出，诸城县宣传文化部门的领导阅后相当满意。为使精益求精，不仅能在地区拿奖，甚且能在省级舞台上产生影响，县里遂派宣传部徐凌杰同志，与我一同前往北京，向诸城老乡、全国曲艺界泰斗陶钝先生请教。

陶钝先生姓徐，名宝梯，字步云，老家在潍河东畔的徐家河岔村，与我的老家乔家巴山村同属昌城镇，相去不过五六里地。他参加革命很早，1931 年即已是共产党员。抗日军兴，曾在诸城组织过游击队。解放后调山东文联，是山东省首任曲协主席。1958 年调入北京，担任中国曲协的常务副主席，配合赵树理工作，对新中国曲艺事业做出了巨大贡献，"文革"中却被"打倒在地"，遭受摧残迫害。我们到北京找他的时候，他刚由华国锋同志干预，恢复了党组织生活（我记得这是陶老亲口对我们讲的），但尚未安排具体工作。

陶老的寓所在芳草地，是一栋极其简陋的平房。那该是入冬以来的第一个冷天，突袭的寒流让人猝不及防。上午十点钟左右，我们寻到他家门时，老远看见两位年老夫妇，正弯腰屈腿，很费劲地在地上摆弄着煤炉用的铁皮烟囱。不用问，老翁就是陶老了。他给我的第一印象，并不是魁梧的身材和谦和的双眼，倒是那满头满脸的灰尘和蛛网。那一刻，主客都免去了俗套的寒暄，甚至连手都没握一下，我和老徐就赶紧挽起袖子，下手帮陶老干活。我们先将烟囱一节节地接好，再抬进屋子，经过几番调整试验，最终牢固地安装到了生铁炉上。然后就是生火，加炭，燎水，看着老翁老媪互相掸去了衣服上的尘灰，我和老徐也找水洗白了各自的脏手……如此这般，在大约半个钟点里，大家基本都没说话，而只有铁器的碰撞声和人的咳嗽声。如此访客情景，是我不曾料到也从未经历过的。

我之所以不嫌琐屑地写下如上文字，并非没话找话，糊弄稿费；事实上，那次与陶老会见的每个细节每句谈话都非常重要，因为这都牵扯到"陶钝事件"，而被纳入案卷之中！

会见约摸进行了两个小时。必须承认，我们并没像俗话说的"老乡见老乡，两眼泪汪汪"，但毕竟要扯到家乡的话题。陶老是乡情极重的人，此前他回过诸城，在村边潍河滩上流连忘返。然于赏景之余，也发现了一个致命隐患。他直言："沿河各村为了经济利益，现在都争着在河滩上压条子植树。可一旦上游发大水，河道必然堵塞，灾害恐不可估计！这事我对诸城县委的领导说过，你们也再向他们反映反映……"今言犹在耳，令人嘘唏。果然不幸被他言中：不想一年半后，诸城发生特大水灾，河道泛滥，"冲走大家畜 1316 头，猪 1 万 3 千头，粮食 1000 万公斤，树木 550 万株……上级派飞机投放食品、救生圈，武汉、天津运来橡皮船 40 只抢险救灾"（见 1992 版《诸城市志·大事记》）。水灾之后，我们创作组还曾受命前往诸城灾区和执行救灾任务的济空某部采访，编写了一台文艺节目。当然那都是后话了。

我们拉了一些家乡闲话，然后涉及正题。因为此前我已将《百花丛中》的油印稿寄来，陶老早已看过，故不必现翻，他马上就能从立意、构思等方面谈出肯定和鼓励的意见。陶老特别指出，这件作品题材很新，写法很新，意境也很美。譬如作品的开头，也就是行话所谓"垫话儿"的部分："祖国大地，鲜花盛开。你看吧，从海南岛满树火红的木棉花，到天山山麓冰雪线上的雪莲花；从长江两岸金灿灿的油菜花，到陕北高原红艳艳的山丹丹花；从澜沧江畔的山茶花，到胶东半岛的苹果花……这无数的鲜花，使我们的祖国香飘四季，春色满园！"陶老认为，这一段就很富有诗意。他说，作品中富有诗意的描写不少，类似的诗意描写如果在其他的相声里出现，可能会显得做作，但是放在"养蜂"这一题材里就非常自然。所以说这个相声的写法很新，洋溢着一股生机勃勃的青春气息，而作品所蕴含的主题（即像工蜂那样，以苦为乐，辛勤工作，为社会贡献甘甜）也是很有意义的。

然而陶老也指出了这件作品的不足。他认为，或许因为"生活面偏窄"的问题，而使"包袱儿"的设计上受到了局限。最后陶老说："别看我在曲艺界工作多年，但对相声并不太懂。这样，我给你们介绍个人，就是马季，他是相声行家，你们找他去吧。我已经把这稿子转给他了。"说罢，又告诉了我们与马季联系的方法。

马季先生早已名震曲坛，由他"创立"的"歌颂型"相声（如《女队长》），使相声这门以讽刺见长的曲艺形式，在题材领域上得到了极大的开拓。那阵子他与唐杰忠合说的《友谊颂》，更是风靡海内外，成为曲坛上唯一的一道亮丽风景。事实上我写《百花丛中》，也正是效仿《友谊颂》，沿着马季先生"歌颂型"道路走过来的。那几天马先生很忙，正带着他新创作的相声段子随广播说唱团下基层演出，行踪不定，联系起来非常困难；好在有陶老的安排，我们还是在北京西郊某厂礼堂的后台，会见了我所心仪的相声大师。

那一晚，马季趁着演出间隙，简明扼要地谈了他对《百花丛中》的看法。他的意见跟陶老基本一致，而态度也如陶老那样谦逊坦诚，让人一见如故。我说我虽然喜欢相声，但从没写过，更没有演过，拿这样的作品让您看，真不怕您见笑！然而马季却鼓励我说："你别看是新人，但路子对，没有老框框，新人的作品就特别有新意。你写的知识青年学养蜂的曲折经历，譬如用香皂洗脸挨了蜜蜂蜇啦，还有夜间为蜜蜂站岗啦，等等，这都很有意思。我看行，只要再加强一下包袱儿，一定是个好东西！"但是，当我向他请教该如何加强包袱儿的时候，他却长久沉默，向我摇头苦笑。后来我才意识到，"文革"时期禁忌太多，大家心头也过于压抑，根本没办法抖出响亮包袱儿。总之那是不适合喜剧类作品生长的年代。

转眼到了1973年3月，昌潍地区文艺会演如期举行。从济南赶来观摩指导的山东省文化厅、省艺术馆和山东人民出版社的专家，对《百花丛中》给予高度评价。会演刚结束，我的这件处女作就发表在了正准备复刊的《山东文艺》（即《山东文学》）

报纸型的试刊号上。是年六月，山东省举办"新创作音乐、舞蹈、曲艺汇演"，代表昌潍地区参赛的相声《百花丛中》尽管演员水平十分业余，显得"笑果"一般，但其文本还是以题材之新立意之美，得到了评论组一致好评。不久我即赶往济南，参加省文化厅组织的曲艺创作"学习班"（即改稿会）。一个月后，省汇演办公室将包括《百花丛中》在内的十三个曲艺节目编成集子，书名《铁人赞》，交由山东人民出版社出版。

其实"学习班"的目的，不单是为了出一本书，主要还是应付全国的曲艺调演。彼时调演具体时间尚未确定，但文化部已发预备通知，各省市也都着手准备。鉴于这是"文化大革命"以来第一次全国性的文艺调演，有检阅"文革"成果的意义，不消说意义重大，从上到下都高度重视，不敢懈怠。山东省委第一书记白如冰亲自过问，宣传部长则"靠上把关"，而从省文联（暨曲协）、省文化厅（暨艺术馆）抽调的专业干部，如李寿山、张军、李自爱等驰名全国的曲艺专家，则带领我们十几位来自有关地市和大企业的作者（包括山东快书泰斗高元钧的高足高景佐、孙镇业等），入住济南珍珠泉宾馆，开始了整整一个暑期的"热烈战斗"。

说到珍珠泉宾馆，当时可是山东省数一数二的高档会所，其所接待的一般是高级别会议；我们这样一个"下里巴人"似的曲艺活动能在此举办，真也算是史无前例，此足见山东省委对这项政治任务的重视程度。后来得知，负责我们会务的那位颇有气质的祖敏老师，原来是白如冰同志的夫人，这里许多事情（例如住宿问题）她是可以直接向第一书记汇报的。尽管祖老师极少参与作品讨论，但都说她功不可没。

尽管宾馆环境优雅，食宿极佳，但我仍感到很苦很苦。这苦处，即压力太大，无计可施。总找不到提高作品质量的突破口，具体说就是"甩"不出更多更响的"包袱儿"；而这其实正是陶钝、马季所指出的症结所在。此刻我才意识到：与周围的曲艺专家相比，我的长处，是具有较高文化（据说，如我这样有名牌大学本科学历的，当时全国曲艺界不过三五人），文学修养较高，短处则是没经过曲艺的专门训练，对相声这门"笑的艺术"的规律性把握不住。事实上，像老舍那样的文学大师，其写出来的相声（如《报菜单》）虽格调高雅，但论"笑果"亦不能与侯宝林同日而语。尤其在那样一个特殊的年代，几乎所有人都在迷茫，都在犯

1974 年，本文作者的《百花丛中》刚刚发表

愁，连我身边的专家老师也没什么"灵丹妙药"。

1975 年春夏之交，筹备了很久的全国曲艺调演在北京拉开帷幕。因代表名额有限，作者如非演员，则将无缘此会。《百花丛中》的演员，逗哏是青岛曲艺团的团长耿殿生，捧哏是山东省艺术馆的薛斌。耿、薛二位曾带着这段相声多次到部队、厂矿试演，并在试演过程中不断对文本进行修改，故此他俩对这件作品贡献不小，享受进京参演的光荣亦理所当然。我当然懂得这番道理，却也难免有丝缕的遗憾和失落感；然而不久，这种遗憾和失落感便被震惊与庆幸所替代了。

众所周知，就在这次曲艺调演期间，发生了震惊中外的"陶钝事件"。

"陶钝事件"，最早叫"陶李事件"，乃"文革史"上"四人帮"及其爪牙制造的一起著名冤案。此中的"陶"，就是陶钝；"李"，指的是山东省曲艺家协会主持工作的常务副主席李寿山同志。该事件的缘起，是李寿山作为山东代表团的团长，在带领大家入住京西宾馆之后，不顾旅途劳顿，急忙安排演员排练，并邀请已经恢复了党员生活的山东老乡陶钝先生莅临指导。这无非为了临阵磨枪，提高一下节目质量而已。不料消息传到"四人帮"那里，江青竟勃然大怒，大骂山东代表团"不拜马克思，先拜老头子"，骂陶钝"抢在中央首长前面看节目，是想篡夺文艺界的领导权"，"是旧文艺黑线的回潮"！……随之一场以陶钝为靶子的"文艺战线肃清反革命流毒"的政治运动铺天盖地席卷全国。当时底下群众窃窃私议，觉得江青的指责小题大做，过于上纲上线。而幼稚如我者，乍听到消息时竟悄悄叹息李寿山考虑欠周，忘记了不仅陶钝是山东老乡，其实文化部长于会咏，甚至江青，都是山东人；倘连江青、于会咏一起请去宾馆看看节目（请不请在你，去不去在他），岂不啥事没有了吗？……殊不知"四人帮"此举是借题发挥，项庄舞剑，无非为"反击邓小平的'右'倾翻案风", 拿陶钝"开刀祭旗"罢了。

于是陶钝又被隔离审查, 再次遭受摧残迫害。而这一事件另外的关键人物李寿山, 则和郭文秋(系济南曲艺团团长、山东省曲艺家协会主席、著名河南坠子表演艺术家)一起, 被扣留北京, 勒令检查反省, 检举揭发陶钝的"罪行"。之后, 山东省委接到"中央文革"指令, 一定要查清山东有哪些人与陶钝有过来往, 彻底清除陶钝在山东散布的一切"流毒"。省文联、文化厅的有关人员, 以及赴京参加全国曲艺调演的代表团所有成员, 连同济南、青岛等地与陶钝比较熟悉、在曲艺圈内较有影响的人物, 随即集中到一起办学习班, 要求迅即与"反动路线"划清界限。

我虽然不是山东曲艺代表团的成员, 与陶钝先生也谈不上多熟, 然而, 毕竟我的作品与他"有染", 更何况我还曾登门向他请教过, 自然难脱干系。于是忐忑不安了一些日子, 终于等来了从省里来的专案组。可是说来也怪, 专案组来潍坊调查的居然只有一人, 而且偏巧此人竟是我山东大学同届不同系的校友徐圣贤。虽是校友, 但公事公办, 态度严肃, 见面不谈别的, 只要求我写一材料, 讲清楚与陶钝有哪些联系, 重点是1972年冬与陶钝的那次会见, 对方究竟放了些什么毒……

那天夜里, 我拿着笔, 在灯下坐了许久许久。脑海里又浮现出陶老的形象: 那慈祥和善的眼睛, 擦拭烟囱的手, 以及肩头和脸上的灰垢……进而想到, 陶老1931年冒着"白色恐怖"的危险毅然加入共产党, 在济南差点被反动当局杀掉脑袋, 事实证明他有一副铮铮铁骨; 同时他又是从北京大学走出来的革命知识分子, 受到李大钊和乡友路有于(即与李大钊一同走向绞刑架的那位国民党"左派"代表, 其家与陶老同镇)的影响, 秉承了"铁肩担道义"的精神; 虽一生坎坷多舛, 但正直豁达, 始终保持着与老百姓的紧密联系; 而他对山东乃至中国曲艺的贡献, 更是有口皆碑, 值得后来者仰重。我当然也知道, 陶老对我们这些年轻人非常关爱，怀着很高的期望，而如果按照江青的逻辑上纲上线，那肯定就是"与无产阶级争夺接班人"了。诚如此，江青才会对陶钝与山东曲艺界的联系那么敏感、反感，以至发出"不拜马克思，先拜老头子"的叫骂。我很清楚，江青及其爪牙希望我的笔下写些什么，但是人的良心却不允许我胡说八道……

于是我老实交待：我与陶钝从未有过书信往来，迄今就只见过一面。在那次会见中，陶钝通过恢复了党的组织生活一事，向我透露了他对毛主席和党中央的无限感激和无限深情。他一再嘱咐我，一定要认真学习毛主席《在延安文艺座谈会上的讲话》，深入到工农兵中去，用作品反映他们火热的斗争生活。至于具体到《百花丛中》这件作品，他说他对相声并不太懂，只是总体上觉得作品的题材（即知识青年遵照毛主席的教导，上山下乡，接受贫下中农的再教育）很新很好，内容也很不错……等等。最后，我还特地申明："虽然陶钝心里想的什么我不清楚，但他对我讲的实实在在就只有这些。"

放下笔，我如释重负。然而材料交上去之后，我又有些忐忑。因为徐圣贤说过，他还要找诸城的人再了解些情况。他还要了解谁？是徐凌杰吗？老徐会说些什么呢？倘若老徐说的与我说的有些出入，那又如何是好？……我想赶紧与老徐沟通一下，可急切间怎么也找不到他。想来想去，想到老徐是老党员老干部，政治上成熟，人品也很好，绝对不会胡说八道，也就放下心来。

徐圣贤拿到我写的材料，马上就走了。过后我才晓得，他并没有见到徐凌杰，好像也没去过诸城。我慢慢回味，恍有所悟：从徐圣贤的眼神上看，他似乎对我写的材料相当满意。于是猜想，省委专案组对于中央"文革"的指令，或许表面上是积极严肃地执行照办，实际上却是敷衍了事罢了。

以上就是《百花丛中》所牵涉的一段旧案。每忆及此事，总于感慨之余，联想到米兰·昆德拉的《笑忘录》。于是就有了如是的体会："有时候我们想笑，却笑不出；有些事我们想忘，却总历历在目。"当年我在作品中大写特写鲜花盛开的春景，但其时文坛还是万木凋零的严冬天气，"百花盛开"纯是一种假象。想想江青大抓文艺，亲自过问全国的曲艺调演，难道不是武则天敕令"百花连夜发"式的表演吗？事实上，只有十一届三中全会之后，我们国家走上改革开放的道路，祖国大地才真正有了春天的气息。而我写下这篇文字的时候，周围确是春风骀荡鲜花遍地，蜜蜂们也开始忙活着采花酿蜜了。

（原载《潍坊晚报》2009 年 9 月 20 日副刊"史海钩沉"版）

人生的"霉点"

那年书画大师费新我先生来潍，赠我一件墨宝，题的是"乐天知命"。我深爱之，心有所动，遂取"乐天"做了书斋的名号。

我当然知道，"乐天知命"，出自《易·系辞上》，后面还有"故不忧"三字。按《辞海》的解释，这话的意思是，人应当乐从天道的安排，知守性命之分限，如此方能不忧。而我个人理解则是：认清自我，服从命运，碰到蹇剥不必悲观，遭受劫灾莫要灰心。总之，要以豁达乐观的态度对待人生，拥抱世界。说白了，就是凡事想开点，莫钻牛角尖。不是有句歌词"阳光总在风雨后"吗？就是要你在风雨摧击的时候坚决挺住，坚信云开雾散阳光普照的那一刻必会到来。

我这番理解，是从自己的人生经历中提炼出来的。

遥想 1968 年底，我们山东大学一批"延期毕业生"来到渤海滩，进入解放军炮兵某师农场接受"再教育"，这期间发生了几件悲剧性的事情，对我的心灵造成了很深很深的伤痕。其中的一件，是我们农二连一排的魏某某，因为其父亲历史上有"叛变投敌"嫌疑，运动中被解除了公社书记的职务，他精神上受到沉重打击，患上了重度忧郁症，居然跑到潍坊火车站卧轨，结束了自己年轻的生命。我们为他整理遗物时，发现了一封遗书，和一套崭新的红塑料封面的《毛主席语录》。遗书是写给他弟弟的，大意为：亲爱的弟弟，和叛徒父亲划清界限吧！这本我珍爱的《毛主席语录》就留给你了。你一定要好好读毛主席的书，听毛主席的话，做毛主席的好战士！……

读了遗书，大家唏嘘不已。我在心里暗暗地责备他：老同学呀老同学，你父亲的问题是他的事情，你何必背上沉重的十字架？毛主席不是说过"风物长宜放眼量"吗，你寻此短见，不正是违背了领袖的谆谆教导吗？

当然，看别人容易，看自己可就难了。一旦自己遇上挫折，或者说最倒霉的"霉点"，能不能想得开，挺下去，那还真是一场严峻的考验呢。

我这里说的"倒霉"，跟"倒楣"同一个意思。一个意思，却两种写法，这就是汉字的艺术。我之所以选用"倒霉"，是觉着它比"倒楣"的后果严重。因为"霉"字意味着"霉点"，"霉点"则意味着病灶，病灶一旦发展为"霉变"，那可不是"倒楣"的门楣出点问题所能比拟的了。

其实，类似魏某某那样的"霉点"，我也有过。我二舅父原本是老实农民，但在阶级斗争激烈复杂的1946年，却被怀疑为"伪军"，惨遭杀害。

然而并没完事儿。事实上它要影响后来人的命运。譬如我，受害人的外甥，竟然要为这个冤案"买单"，甚至"买"了大半生的"单"！

1968年夏天，我即将大学毕业。系里管政工的老师整理毕业生档案，发现我表册上"亲属有无需要说明的问题"一栏，有"舅父解放前被我军错杀"几个字。他们觉得有必要将这问题弄清，于是到我的老家"外调"。其时偏巧村里正搞"文革"，老书记已被打倒，现掌权的头头对我家怀有成见，于是出具了一份胡说八道内容极坏的证明。结果我的祖父、父亲、哥哥，一夜之间都发现了问题。就是说，在我的政治肌体上，早先的一个"霉点"突然扩散成四个。这对于一个即将步入社会的青年人意味着什么，我想是不言自喻的吧。

是年隆冬，按照中央精神，我们那批大学生算是毕业了，但须分配到部队农场劳动锻炼。在这里锻炼了 15 个月，待到 1970 年春节前夕，又将面临第二次分配。此时命运之神跟我来了一次黑色幽默。那天指导员（一位正营职解放军干部）把我叫到连部，压低了嗓音，很激动地说："韩钟亮，告诉你个大喜事，但你一定要保密！"原来，这几天总后勤部来了人，挑选德才俱备的大学生入伍，三四百人当中仅选中两个，其中就有我。"咱们朱政

1969 年作者（二排右一）在渤海滩军垦农场

委（炮兵某团政委）极力推荐你！你也确实很优秀！"指导员说到这里，意味深长地幽默了一下，"你呀，现在仅差两面红旗，不几天连红旗也就有了！哈哈！"

指导员所说的红旗，系指军装领子上那两小块红色的绒布。彼时学生兵也穿军装，但都是服役战士换下的旧货，有的还打了补丁，但我们不嫌，甚至以此为荣。当然与真正的解放军相比，未免有点自惭形秽，这不仅因了服装之旧，关键是军服上缺少红星和红旗之饰。然而我的情况有点特殊。因我是宣传队的队长，几乎每天都要在田间或宿舍演出节目，故经团政委口头特批，可以在军帽上佩戴红星。也别说，头上有了红星，人立马就神气了许多。虽则尚缺两面红旗，但也算差强人意了。

"一颗红星"和"两面红旗"，那是我梦寐之求，却自忖"霉点"多多，其于我无异乎镜中之花、水中之月；更不敢奢望能到总后那么高级的部队机关工作。因此我猜想那是指导员开的玩笑；然而指导员向来不开玩笑，谅他也不敢开这样的玩笑……于是那些日子，我几乎每日每时每刻，脑袋里都有"真的""假的"两种声音在辩论着。那已是鸡年隆冬，气温已降至零下十几度，但我觉着寒风和大雪都充满了诗意，春神似乎提前降临到了白茫茫的海滩。我记得那天凌晨，我悄悄地起了床，摸起铁锹就到操场上打扫积雪。也不知哪来的一股神力，感觉平常沉甸甸的铁锹，今天就跟饭勺似的轻巧。当大伙赶到时，我已清扫出了足有半个篮球场的面积，打眼一看，呵！居然很像中国地图。然而收工后，排长突然朝我一声惊叫："啊呀！你耳朵怎么啦？"是呀，我耳朵怎么啦？……虽不觉着疼痛，但已膨胀成了两只硕大的"冰糕"，使我在镜子里的形象非常滑稽。不消说，这是长时间的寒冷所致。接着排长找来了军医。军医告诫我：不得用火烤，也不得拿热水烫，须让它慢慢地融化……

当我的耳伤基本治愈，指导员又找来了。我以为他要表扬我在除雪时的"一不怕苦、二不怕死",或者通知我哪天可以到总后勤部报到;但瞅瞅眼神不对,似乎很遗憾很犯愁的样子。我心里便"卜"地一跳,一股不祥的凉气从胸腔直冲脑门。果不其然,指导员长叹一声说:"咳!韩钟亮啊韩钟亮,想不到你社会关系这么复杂呀!"然后告诉我:"我不骗你。起初总后是选中了你,依据的是你在这里的'临时档案'。昨天你的'大档案'从山大调来了,一看,唉,社会关系太复杂了!最后又把你拿下来了。"结果是:我们大学生连只选中了一个,叫王某某,山大中文系63级的高材生,一个月前刚刚入党,昨天跟总后的同志一起坐火车走了。

我脑子里一片空白,就如眼前白茫茫的海滩。

我能想象出王同学军服上增加了红星、红旗之后的英俊形象,也能猜测到会有哪些漂亮女同学给他写求爱信。当他志得意满登上开往北京的火车时,会不会想起不久前的那场惨案?就是在这里,在潍坊火车站,山大的另一位同学跳到了钢轨之上。幸运的王同学和不幸的魏同学,应该是那个时代人生坐标之"两极"。那么我呢?韩钟亮的生活坐标又在哪里呢?

好在我并没有失去理智。我很清楚,自己虽无王同学那样的福气,但也不能如魏同学那样自坠地狱。我相信经过潍坊的列车,不会只有通向北京的那一列,等等看吧,也许开往济南的那一列即将进站。事实也的确如此。在接下来的一个周里,我们"学生兵"全部进入了政治鉴定和工作分配阶段。也别说,还真有两位比较优秀的同学,被选拔到省直单位,另有两位则穿上军装,被济南军区要去,他们都高高兴兴地从潍坊站出发到济南报到去了。然而"倒霉"的我呢,却像推倒了多米诺骨牌一样,总后不够格影响到济军不够格,济军不够格又影响到炮兵某师不够格,进而省直单位这家那家统统都不够格。最终我跟绝大多数同学一样,按山东省革委的某个文件,"必须到县以下中学任教"。

军队办事历来干脆利索。分配方案一经公布，马上就走。容不得提意见，也不可能闹情绪。事实上快刀斩乱麻的效果比剪不断理还乱要好，因为它不可能造成魏同学那样的恶性事件。拿我来说，海滩上最后一顿早餐尚未消化，离别的泪水尚未擦干，我和我那个密封的档案袋，已经到达了昌潍专署大学生分配办公室。然后我又到了诸城，在县革委组织处只待了约一刻钟，就拿到了去诸城二中报到的派遣信。二中是我的母校，这儿离我老家只隔着一条潍河，当我提着行囊走向校门时，脑际突然闪现出当年上学路上的一些景象。令人嗟叹的是，当年的小树苗已长成参天大树，但一排排校舍仍是旧貌，木窗的油漆仍是天蓝色。再往前走，戏剧性的一幕出现了：迎过来握手的三位校领导，居然都是我当年的老师，其中一位还是我的班主任。

幸亏环境是熟悉的，同事也大都是熟面孔，故此我的心灵一如前不久冻坏的耳朵，在慢慢地化冻、复苏。然后我开始"求索"，想找出"倒霉"的缘由。找来找去，找到了症结所在，是我入团填表时说了实话。说实话是美德，是做人底线；但说实话意味着"倒霉"，意味着人生挫折。在说实话之前你必须考虑后果，准备为厄运买单。

人必须接受现实，正视适者生存的法则。懂得了这一点，你就必须付出比别人多的劳动，获得比别人突出的业绩，如此方能抵消那些"霉点"给你带来的"负数"。然而后来我才晓得，其实二中的教职工，大多数都有这样那样或大或小、或少或多、或新或旧的"霉点"。这些"霉点"，有的纯是内因造成的，有的纯是外因造成的，有的则是内因外因共同造成的，绝对没有"霉点"的恰如凤毛麟角，我们通常视其为"天之骄子"，但"天之骄子"中的多数又往往在才能上表现平庸，反而不如那些虽有"霉点"但才能突出者亟为社会所需，社会其实就是如此有趣。

我在二中待了不到半年，就被借调到县革委宣传处帮忙。宣传任务很重，项目也多，可我样样都能拿得起，干得好。我可以在大街上画巨幅油画《毛主席去安源》，也可以在万人大会上指挥众声齐唱《大海航行靠舵手》，当然创作包括表演唱、对口词、相声、小品、小话剧在内的整台节目更不在话下。这期间还曾给县委书记当过三天的"临时秘书"，可我故意保持距离，生怕人拿我当党员对待，更怕人问我"你入党了没"。每到那尴尬时刻，我只好以"不够条件"搪塞，而内心深处，则是不愿暴露档案上的"霉点"。

一年之后，我正式调入县文化馆。从此彻底放弃了哲学专业，开始了文化（文艺）之旅。大概过了半年，又被昌潍专区文教处借调，从事戏剧、曲艺创作。很快地区艺术馆创建，我成了年轻的建馆"元老"。说话间"文革"结束，"四人帮"倒台，邓小平南巡那年我终于成为了中国共产党的一员。只不知当年我村革委会出具的那件故意戕害人的"证明信"撤销也未？这事儿我没问，也不需或不屑再问。再过几年，当我被潍坊市委提拔，组建市文联并主持工作的时候，我想我二舅给我带来的"霉点"也该抹掉了吧？

1994年春风骀荡之季，山东省文联、作协"两代会"在济南召开，我是潍坊代表团带队人之一。那日在南郊宾馆听省委书记讲话，各团排队入席之前，我突然发现烟台队伍里有一熟悉身影，不禁莫名其妙地打个冷战。"啊？那不是王某某吧？"我失声叫道。那人猛地回身，也是一脸惊讶："呀！韩钟亮？"然后我们四只手紧握一起，用力晃着。我见他身着西装，而非军服，遂疑惑而问："你不是在总后吗？怎么……""咳！一言难尽！"王同学苦涩一笑，大摇其头。

会后他找到我，讲述了这些年的经历。原来，当年王同学来到总后，在办公室先干一般文秘，不久脱颖而出，成为某位部长的随身秘书。其时恰逢林彪事发，"黄吴叶李邱"被打倒，他被抽调到邱会作专案组工作。那个阶段，谁都说他前途无量，他自己也踌躇满志，却不料风云突变，新部长转瞬之间也出了事倒了台，他则受到牵连，退除了军籍，脱去了军装，好歹留只饭碗，返回老家黄县，到文化馆做了一名普通业务干部。可以想象，当时的情况很像飞机在天空爆炸，那巨大的人生落差足可让人粉身碎骨。然而一种神奇的力量突然出现了，使他在降落深潭的一刹那抓住了残缺的飞机座椅。所幸他没有摔死，也没有沉沦。在挺过了涅槃阶段之后，开始发挥自己文才好的优势，写出了几部不错的戏剧，算是在当地文坛站稳了脚跟，而且还拿到了一张参加省级文代会的入场券。

我听得目瞪口呆。心想他的遭遇简直就是一部极好的小说素材。而当我鼓励他"在文化馆继续好好干"的时候，却又听他悄悄说道："省吕剧院郎咸芬院长已经看上我了。这次趁参加省文代会的机会，我再去见见她。很可能不久我就要来'省吕'搞专业编剧了。"这便更令我吃惊，以至连祝贺之辞都忘记说了。

以后我再没见过王某某，也不曾打听他的消息，估计还在"省吕"，不过也该退休了；然而像我们这类文人，退休和不退休都无所谓，关键是怎样个活法儿。由此又想到魏某某，辞世也有三十一年了吧？当时他为何要选择到火车轨道上自杀？难道想让灵魂飞奔得更快些，以便尽早进入天堂？真是不可思议。

以上这篇文字，我讲了三个人（包括鄙人）的真实故事，亦可看作我个人对"乐天知命"之释义。人生道理很多，阐释这些道理的书籍汗牛充栋，读者乐意，可从别处找到。就此打住吧。

2000 年春初稿，2017 年春修改

母校杂忆

2011 年 7 月，接到母校诸城二中一封华笺，说 10 月份就是二中的五秩大庆，希望我能写点回忆录式的东西。此后我一连数日心潮起伏，思绪在时间隧道里来回游走。打开电脑，在键盘上敲了没多少字，眼眶竟有点湿润了……

坩埚与铁锤：钢铁是这样炼成的

我是 1958 年秋考入诸城二中的。开学不久，对新的环境尚未熟悉，甚至一个班的同学还认不全呢，轰轰烈烈的"大炼钢铁"运动就开始了。我们赶紧将课桌摞起，腾出教室的前部，连同讲台，就做了制作坩埚的场地。

我们都很兴奋，整天黑着手，如小孩过家家似的泥塑了好多状若炮弹的坩埚，让它们一排排站着阴干了，然后开始往大炼钢铁的工地上运送。

工地在校北一个叫作莲池的地方，约十里路。我们没什么车辆，似乎也没有担筐，干脆就用肩膀一趟趟地扛吧。这活儿对身高体壮的大同学也许没有什么，但我人小（还不到 13 岁），个头也矮，力气不足，扛起来实在吃力。一路上要歇好多次，压得肩膀都红肿了。好不容易到达目的地，却往往又发现坩埚不知何时出现了裂纹儿。瞧着辛苦劳动的成果变为废品，真是千般遗憾万般委屈，哭也不是笑也不是。

接下来的活儿倒挺有意思：我们人手一锤，围坐在土高炉的前面，开始不厌其烦地将一个个铁锅或烙煎饼的鏊子（都是从附近村庄的社员家里收上来的）敲破，再碎成桃核大的铁片儿。那丁丁当当的声音清脆悦耳，很像好多乐器在演奏。然后这些小铁片儿装进土高炉，下面再用柴禾烧火。所谓的柴禾，其实都是从坟里扒出的棺材板。我见过公社社员扒坟，那比砸锅砸鏊子还好玩儿，因为坟里经常扒出些金银宝贝；还有好多的绸缎袍服，像

1959 年，作者（右一）在诸城二中（初级中学）读书

戏台上大官儿穿的一样，既鲜艳又漂亮，然而太阳一晒风一吹，转眼就变成了碎片儿，真是太可惜了！

我不知道那时候扒坟破坏了多少文物，却知道扒出的棺材板派上了巨大用场：选取材质优良者运到城里，盖了能盛两千人的大礼堂；剩下的木料用以炼铁炼钢，又点燃了千百个大小土炉。看着那些铁鏊子铁锅又重回熔炉，炼成了一个个铁疙瘩，感觉挺好玩儿；然而到了深夜仍不许睡觉，那滋味儿可就很难熬了。为了对付困乏，一位同学曾教我折一段草棒，撑起自己的眼皮儿，说如此可以避免瞌睡，但事实证明这是瞎胡闹，该困还是困，甚至困得更厉害了。

某一夜，领我们干活儿的历史林老师，见我们太困，心疼得不行，就抱来了几捆草苫子，将我们"苫"在了里面。然后我们背靠背地打盹儿，他自己则站在苫子外面站岗放哨。不久，公社干部巡察来了，林老师赶紧吹口哨，将我们喊醒，大家赶紧慌慌地摸起锤子，于是叮叮当当的声音再次响了起来。但不幸的是，公社干部最终还是发现了我们在偷奸耍滑。于是这位教历史的老师，便以"对抗运动"被"拔白旗"，挨了批斗。他此后就在我们的视野里消失了。

磨道与谜语：岁月的迹印不可思议

1986年10月1日，我曾回母校诸城二中，庆贺她的30周年华诞。那日上午，在参观校庆展览时，无意中发现展室的砖地上有两个凹着的圆形，直径约二米左右，不像是刀斧凿就，显然是磨损痕迹。它们是做什么用的呢？我很有些纳闷。

此时，引导我们参观的一位老教师（他当年曾教过我们）说："这是磨道。咳，就是你们当年推磨留下来的呢！"我恍然大悟，记忆的闸门随之开启。不错，二十八年前，这里的确安有两盘石磨的。如今石磨没了，但我们的脚印还在！这简直不可思议！

圆形的磨道具有极强的视觉冲击力，它像两个火圈，在我的脑里燃烧、闪光，久久不息，以致我忽视了整个展室的文字与图片，而让意识停留在了磨道上。

循着磨道的圆形轨迹，我想起了上世纪60年代初期，这栋平房应该是教研室的，但不知怎么忽然变作了磨房，安上了两盘石磨（那时二中还没通电，因而不能用机磨），此后学生们便在劳动课或课余时间抱起磨棍，在这里轰轰隆隆地为我们的食堂加工起粮食来。

说实话，虽然我是乡村孩子，不太犯愁干活儿，但对推磨却是十分地打怵——且不说这活儿极容易头晕，即便不晕，它也乏味得要命。不是有个谜语"日行千里不出门"吗？其谜底就是推磨。我觉着这谜语十分文雅，富有诗意，简直不像是"泥腿子"创作的，但在这极美的诗句里，却包藏着最简单最笨重最无聊最无奈的劳动。不信请试试看：你一圈一圈地转啊转，脚下是无穷尽的路，这时你一定会无比羡慕磨房外的小鸟呀鸡鸭或者狗的，觉得它们比人活得都有滋味儿。所以，我宁肯做其他活计，譬如割牛草挑水浇菜什么的，也不愿轰轰隆隆地去推什么石磨。

然而在学校里推磨，那可就是另外一回事了。在这里，我们每个班级以小组为单位，五人或者六人，抱起两根磨棍，推着磨盘疾走。不是有两盘磨吗？那就分作两拨，进行推磨比赛吧！看谁磨得快，磨得粮食多，谁就是胜者，谁无疑会在班会上得到老师的表扬。于是大家都不甘示弱，都飞跑起来。跑着跑着，干脆甩掉鞋子，男的女的都光着了脚板。此时在旁边歇着等待换班儿的同学，便会鼓掌呐喊，为同伴助威。推磨的人受到鼓舞，就来了"疯劲儿"嫌磨棍碍事，干脆弃而不用，直接用手抓着"磨拐"（木制，约三十公分长）跑得更快了。此时又不知谁亮起嗓门唱了一声，随之大家都合入了这韵律，"磨房"里便会飞出我们舒

畅快乐的歌声。

天长日久，我们这拨农村学生的脚印便形成了光滑溜溜的圆形磨道。它像一座躺着的碑碣，记录了我们当年的生活。

大约十年之后，我从山东大学毕业，又在渤海滩农场锻炼了一年，然后二次分配，来到二中任教。想不到在外面转了一圈，又转回到母校怀抱，真是百感交集，说不出是何滋味。当然现在角色变换了，我不再是学生，而是老师了。然而"文革"尚未结束，老师不知咋教，学生亦不知学啥。回想我第一次站到讲台，见下面的座位空了大半，不禁大诧。询问班长，方知今天是相州集，同学们纷纷替家长赶集卖菜买肉去了。我只好苦笑一下，然后在黑板上写下一行粉笔字："无产阶级专政条件下继续革命的理论"。字写得很有力度，但心里却有点发虚。因为我很清楚，学生们对"继续革命"的兴趣，远逊于农历逢二排七的相州大集。于是蓦然想起，十年前我坐在这教室里上历史课，教历史的林老师曾在讲台上提问："同学们，你们说，'二七'是什么日子呀？"结果多数回答"二七"是相州大集，只有少数回答是郑州铁路大罢工。这件往事令我啼笑皆非。

又是若干年过去，当我再站到这磨道上时，心潮澎湃着，耳边又响起了石磨的隆隆声。随之又想起老人们常讲的那句谜语，"日行千里不出门"。忽然发现，这谜语不仅有诗意，而且像一句佛偈，内涵着某种人生哲理。我咀嚼着，若有所悟，但可惜并未参透。

菜团与盐粒：令人怀念的饥饿滋味

1960年冬季，共和国正处于经济上最困难的时期。在我的印象里，那个冬天特别冷，二中学生宿舍周围是一片冰雪世界。当时公社正在贯彻上级"保人保畜"的指示，而我们这些中学生则受到格外关照，有段时间干脆就在宿舍里围着被子"自习"，以期最大限度地节省体内的热能。到了夜间，同学们则自愿搭伙"通腿儿"睡觉，彼此用体肤取得温暖。

当然，与寒冷相较，饥饿才是最难熬的。那时候我的营养情况应该说还不错，还能从家里带好多的干粮，或者凭粮票从学生食堂买到麦面馒头；但班上大多数同学都很困难，他们每周从家里带回来的只有一点点干粮，而主要是靠菜团子充饥。有的同学甚至连菜团子都不能足量，而不得不经常回家，用泥罐一次次盛来菜粥或小豆腐，另外再带一包炒盐粒作为咸菜，好歹填饱其辘辘饥肠。

说到"炒盐粒"，那可真是极端贫困的中国农民在膳食方面的一大发明。通过这品"咸菜"，也充分显示了我们中国人求生存的聪明才智啊！

须知，那时油脂奇缺，有肉的炒菜简直是天方夜谭似的奢想，即便漂着几个油花儿的菜汤也不太容易吃到。尤令人难以置信的是，许多人家穷得连佐餐的咸菜（腌辣疙瘩、胡萝卜之类）都已吃光了。万般无奈之下，不知是谁茅塞顿开，竟别出心裁将食盐一粒一粒裹了面糊，放锅里烙成黄焦焦颜色，香喷喷的倒也十分吊人胃口。但吃到肚里，它却是咸得要命，你必须不停地喝水。

好在春天终于来了。当田野呈现新绿，班主任老师开始组织我们，课余时间到学校四周拔野菜。野菜投入学生食堂，大家则可以有幸吃到掺了玉米面的窝头。因而这是很实惠也很有趣的集体活动，它甚至比早先的推磨或者制作坩埚更容易调动积极性，故而大家都很踊跃。然而，野菜再多毕竟有限，各班都拔，当然附近村庄的社员们也都在拔，它势必越来越少。没办法，我们只好往远处找，有的小组竟然跑到离学校七八里的营马岭，才好歹拔满了篮子。

那时的田野没有污染，而野生的纯天然菜类则更具有保健作用——这当然是今天的常识了。但在"天灾人祸"疯狂肆虐的1961年，我们却丝毫感受不到野菜的好处，而宁愿在睡梦里享受令今天的人们所谈虎色变的肥肉。那时我最真切的体会是：野菜极容易消化，极容易使肚皮凹瘪下去，因而也就迫使我们时常遭受饥饿那小虫子的噬咬。

至今我也不会忘记：当上午上到第四节课的时候，我的肚皮几乎就要贴着脊梁了。而这节课偏偏又是体育课，偏偏需要你跑跑跳跳，甚是消耗人体热能；但你也只好咬牙坚持，随着体育老师的哨令而一圈圈机械地跑跳。每跑到某一点上时，我就会闻到从食堂飘来的蒸菜窝头的香味儿。这种香味儿简直具有无法抗拒的诱惑力，它能使你的腿股在瞬间里瘫软下去。所以，说实话我对体育课怀有莫可名状的愤懑，我真不明白教务处的老师为何会将体育放到这一节。

但那时的饥饿并没有使我们趴下，也并没有使我们辍学。尽管肚子里"吱吱吱"地唱着小曲儿，但仍然"啦啦啦"地齐声唱歌。歌声响遍四野，连小鸟都感到奇怪：这些挖野菜的学生，何以如此快乐，如此充满了激情呢？

现在想来，这其实是诸城人的一种传统。要说诸城这地方，打老辈儿就有吃野菜的习惯；不但老百姓吃，当官儿的也吃。大宋熙宁年间，苏轼在诸城（密州）做太守，时逢青黄不接的苦春，他隔三差五就约上通判刘廷式，到城郊荒地里寻觅"杞菊"，尔后还写就一篇《后杞菊赋》。苏太守于赋中自述，他"斋厨索然，不堪其忧"，无奈何"求杞菊食之"，然后"扪腹而笑"。我想他这种清明做官、乐观处世的态度，肯定会对诸城人产生良性影响。故而千年之后，在20世纪60年代的灾荒年头，无论官员、百姓，大家都一起忍受饥饿，又同时在艰难中寻找着乐趣。据我所知，那年头饿死的人不少，但得抑郁症"愁"死的，还真没听说过。

如今的人们是很难再体味饥饿滋味了。所以，有时我真想时光倒流，再回到过去，大家一起吃着菜团子和炒盐粒，或者挎着筐子满坡寻觅野菜……那的确是值得怀念的峥嵘岁月啊！

　　　　　　　　　　　　　　　2012 年冬于乐天斋

《神凤威龙》拍摄拾零

　　题记：1987年秋，由我主笔的电影剧本《神凤威龙》(原名《龙的年》)，经西安电影制片厂呈报文化部批准，决定投入拍摄。岁末，剧组进驻潍坊拍摄外景，并在138师招待所搭建了临时摄影棚。之后我经常参与剧组工作，帮助解决一些诸如道具、场地、群众演员等方面的问题。在半年多"触电"过程中，有许多有趣的经历值得回味，此即所谓"花絮"，现撷拾数支奉献读者。

一夜之间潍城"被鬼子占领"

　　我一老友陈正宽，寓居白浪河畔，某日突然打电话过来说："钟亮，不得了啦，我们这一带昨天被鬼子占领啦。现在通济桥头到处都是穿黄皮的日本人！……"

　　我晓得陈君这是戏谑。鉴于当今中国国力强大，小日本纵有亡我之狼心，也不可能像五十年前那样占土攻城。事实上这是西安电影制片厂正在拍摄电影。电影的名字《神凤威龙》，讲的是1940年（农历龙年）老潍县民间艺人与侵华日军英勇抗争的故事。我是电影剧本的作者，陈君的戏谑实有祝贺之意。

　　我记得，《神凤威龙》导演张子恩前不久来潍坊，我陪他选取外景，通济门一眼便被相中。然后美术师燕平孝领着一帮木工瓦匠，开始在城区白浪河沿岸忙活。北下河街一段突然间出现了古色古香的店铺，"朝天锅"和"鸡鸭和乐"的水蒸气也在九曲巷附近飘散开来，然后老城墙通济桥门洞上又矗起了一座具有沧桑感的旧城楼。陈君的寓所离通济门甚近，那天他出门赶集，刚敞大门就吓了一跳："这是咋回事儿？这么多日本人从哪里冒出来的？！"陈君以为看花了眼，或者是恍惚梦境。他今年五十多岁，日本鬼儿进潍城的那年他也能有点印象了，所以他有资格在电话上跟我调侃儿。

今日拍的是第一个镜头。灰蒙蒙的烟雾中显出通济门的轮廓。

作者（左六）与《神凤威龙》演员孙松（左七）、高宝宝（左八）等合影

日军小队长佐佐木三郎骑高头大马，领一队日本兵踏上通济桥。这时有一绰号"北海夜叉"的道士矗立于门洞。他长发披肩，穿八卦衣，持七星剑，口中念念有词。日本兵见状疑有埋伏，急忙散开卧倒。"北海夜叉"遂哈哈大笑："无生老母显灵了！"然而日军军曹大胆地冲过去，挥刀劈下……稍顷，一颗带血的头颅悬挂在了通济桥头的立柱上。

那天我其实就在拍摄现场。我亲眼看见张导在和演员说戏。扮演道士的演员名叫陈新，今年68岁，是文艺界的"老延安"，曾经与柯仲平等老前辈"一口锅里摸勺子"，可以说是西影乃至整个文艺界的元老了。然而据陈新自己说，这也很可能是他最后一次上银幕了。

那天寒风凛冽，到处可见残雪冰凌。陈老在这样的天气里迎风而立，两手高擎宝剑，而脑袋还须狠命地往下压低——因为他的脖颈上还有一颗与真头酷肖的"模型头"（这一点你不得不服美工师的本事）。这是特技。镜头从后背拍过去，只见刀过"头"落，如血的红水瞬间溅满了陈老和他旁边站着的张导的全身。然后陈老直挺挺地慢慢地倒了下去，在冰凉的地面上一动不动……我想这滋味儿一定很不舒服的。

拍摄过后，"鬼子"们所有的枪支全部收集起来，有专门人员负责，统一拉到潍坊市公安局某仓库保管。要知道，这可都是具有杀伤力的真枪啊！可不能出一点点差错。相对来说那些鬼子兵的"黄皮"即呢料的军大衣就无所谓了。演员以及剧务们每天都穿着它，有时跑外景地，有时搬搬运运干杂活儿。我觉着这太浪费，对导演说："你不怕把新大衣弄脏弄破了吗？"不料导演笑道："就要叫它们脏点、破点。这就叫'做旧'。"于是我学到了一句"行话"——做旧。

然而这些"鬼子兵"也太夸张太放肆了。他们不止一次耀武扬威地走在大街小巷，显示电影演员有啥了不起似的，弄得路人纷纷侧目鄙视。偏偏那时候《红高粱》影片刚刚杀青，他们近水楼台先得月，最早学会了《妹妹你大胆地往前走》，于是经常在夜深人静时鬼哭狼嚎般地嘶唱。后来有市民提意见，我把意见反馈到制片和导演那里，他们进行了纪律整顿，才把"鬼子"的"嚣张气焰"给打了下去。

哭干了眼泪的孙松

《神凤威龙》剧组选择潍坊拍外景，扮演"风筝王"的孙松是报到最早的演员。因我是编剧，又系当地人，自然有接待和服务的责任。相识后，他委托我办的第一件事情，就是找一扎风筝的地方，他要体验生活。

于是，他每天都去市工艺美术研究所，挤公共汽车，更多的时候是步行，找"风筝王"人物原型之一孙永春讨教。几天之后，他的房间里多了一只风筝框架，是他的杰作，工艺还真是说得过去。又过几天，他床头的墙壁上贴满了风筝画片和明信片，据说是煞费苦心收集来的。就这样制造了一个仅属于他的"风筝王国"，他每躺在床上就觉着躺在了风筝上，而后风筝冉冉升起，载他进入梦乡。

从那时起，他换上了四十年代的棉袍、棉袄、棉布鞋，人虽仍显英俊，却远不如乍见时的倜傥了。于是我开始叫他"杜溪春"（角色名），大家也都唤他"风筝王"。我想这个北京电影学院四年级的高材生，已经将自己的气质血液与《神凤威龙》中的人物混融在一起了。

孙松说，他接了个很好的角色，他很喜欢"风筝王"杜溪春。为把角色演活，他说他要玩儿命地干。有一次在结了冰的石桥上拍戏，他从飞驰的马车上跳下，虽戴着护膝，可腿还是摔伤了。为此小养两周。

但最让我感动的，还是春节前夕在"庆春斋风筝铺"拍的那场重头戏。戏的内容是：杜溪春把洪小姐放走后，他的二爷一觉醒来，发现人已不见，气得大骂一声"狗熊蛋"，狠狠地打了他一记耳光，然后拔刀欲追。于是杜溪春被激怒了，拦住二爷嘶喊："你不是狗熊蛋？你有本事为什么不把明月救出来？为什么不把洪奇才抓起来？你抓个十九岁的姑娘屁本事！……"这场戏他必

作者在《神凤威龙》外景地五莲山

须面对镜头，一面嘶喊，一面流泪，情绪相当激烈。而糟糕的是，这场戏刚要开拍，他却突患感冒，一连数日高烧不退。没办法，只好勉为其难强撑着上阵。但好不容易酝酿了感情，他人也入戏了，眼泪也流下来了，导演却突然喊"停"，使他在刹那间里不知所措。旁观的我以为他的表演不对头，却总也瞧不出有啥毛病，问问副导演，才晓得这不是演员的问题，而纯粹是导演的需要——鉴于这一段台词过长，而导演不想让画面呆板，于是决定变换三次机位。变机位对摄影师来说倒不困难，但对演员来说却未免有点"折腾"，甚至可谓"残酷"。因为每变换一次，演员的表演便被打断一次。而这就需要他重新酝酿感情，重新入戏，重新流下眼泪。殊不知，当被"折腾"到第四次的时候，可怜的小孙，眶里已经枯涸，想流泪也流不出了！

此时我记起似乎三年之前，著名演员李仁堂（他是潍坊诸城人，我的老乡），曾在潍坊做过一个报告。其中讲到他当年拍《创业》，有一大段台词也是变换了几次机位。"但是好莱坞用不着这样，"李仁堂说，"他们有三台机子，从不同角度对准演员，用不着拍拍停停。"然而何以我们不学美国人，也来它三台摄影机呢？"不行啊！"李仁堂又说，"我们的胶片太缺。我们用的胶片都是从美国进口，那就需要不少外汇。说实话我们还是太穷，必须节约！"于是我恍然大悟。方知在中国做演员也不容易，而影片比不上好莱坞，似乎也有情可原了。

等这场戏拍完，导演露出满意的微笑时，孙松却力竭腿软，瘫倒于地。

除夕夜"龙女受虐"记

1988 年 2 月 16 日是农历的除夕。晚上八点多钟，我陪潍坊市委副书记齐乃贵和市委常委、宣传部长任柏榴，去 138 师招待所，慰问西影《神凤威龙》剧组全体人员。那儿包括楼房、餐厅在内的整个院落，现在都被西影占用。我们停住车子后直接去了餐厅。正在吃饭的演职员们纷纷扔下勺筷，起立鼓掌。齐书记代表市委、市政府致了几句贺年辞，然后瞅瞅大家的餐桌，再小声问我："怎么没弄点酒？"我也觉得奇怪，就问剧务："不是给送酒来了吗？怎么不喝？"剧务则摇摇头说："不行，不能喝酒。马上我们还得拍戏哩！"

我立时愣住了。齐、任二位似乎也愣了一下。此刻导演跟齐书记耳语了几句。后来我才明白，在除夕夜这个重大传统节日，他们之所以选择继续工作而不休息，其实不单是"时间紧任务重"的缘故，更重要的是出于"安全"考虑——要知道，这些演职人员俱是撇家舍亲，孤男寡女地在异乡过年。按照"每逢佳节倍思亲"的规律，很容易借酒浇愁。一愁则容易喝醉，一醉则容易失去理智。倘若出点儿什么事故，剧组负责人可担当不起呀！故此他们就用这种办法，命令大家把心思全用在拍戏上，过年的事想也不去想它！

于是齐书记很理解地点点头，又说了句拜年的话，然后我们上车走了。第二天，也就是农历戊辰年大年初一清早，我去剧组所在地拜年，那时他们刚刚结束战斗，正准备去餐厅吃饭。我带着几分好奇的心情，拽住副导演探问："昨天晚上咋样？"副导演回答："很好。"然而接着又说："不过我们的'小龙女'可是受罪了呀！……"

我有些困惑。于是副导演就跟我讲了刚才拍戏的经过。

原来，刚才拍的那场戏，是说1940年的除夕之夜，土匪紫面太岁，也就是杜溪春的二爷，绑架了洪府小姐洪素琴，将其装入口袋，扛进了他侄子的庆春斋风筝铺里。扮演洪小姐的高宝宝，属龙，今年新年刚刚进入24岁，年纪大点的演员都溺爱地称之"小龙女"。她的家在吉林，籍贯却是北京，现正读北京电影学院的表演系,还没毕业,据说张子恩导演好像费了一点劲儿才把她"挖"来。高宝宝体型好,皮肤细白,举手投足间真带一股大家闺秀之气。然而根据剧情的要求,她必须被塞进一只脏兮兮的麻袋,然后由紫面太岁扛在肩上,于夜色中从窗口跳入房内,再狠狠地往地面上一摔。当紫面太岁用刀子割开麻袋,观众即可看到,原本如花似玉的娇小姐,现在蓬头垢面,口里塞着脏布,双臂被绳索捆绑。这场戏拍了多次,而高宝宝也被塞进麻袋摔了多次。不消说,我们的"小龙女""受罪"了。

但高宝宝对这样的"受罪"不以为然。她甚至为此而感到幸运。

想想也是:一个属龙的人,在龙年的除夕,拍摄一部弘扬"龙的精神"的影片,这的确很有意义。我相信,刚刚过去的这段经历,将是高宝宝成长道路上一个闪光点。

太阳从西天升起来了

我"触电"期间,听到电影界有这么一句流行语:"电影片子就是电影片(骗)子。"乍一听莫名其妙,片子不是片子又是什么?仔细琢磨,原来后面的"骗子"不是"片子",前面的"片子"不是骗子……这又有点绕口令了。我们汉族的语言的确有意思,好玩儿!然而它为什么是骗子呢?这又颇费猜测了。

后来通过参与《神凤威龙》剧组的事务,经常跟导演、摄影、美工等相处,慢慢地竟瞧出了拍电影的一些"门道儿"。这些门道儿,说穿了其实就是"骗人的本事"。

譬如,洪府大门两侧的那对石狮,看上去非常逼真,但其实是美工师傅用压缩塑料板雕制的。这对"石狮"人不能碰它,一碰绝对露馅儿。我记得我在西影跟导演、剪辑一起看"毛片"的时候,曾看到某个保安团丁不慎碰了它一下,结果石狮就跟活了似的晃动起来,于是把大家给逗笑了。但这也无妨,剪辑把这段剪掉便是，所以那对塑料的石狮仍能"骗"得过观众的眼睛。

又如，在河滩风筝赛场的那场戏，有一个非常大胆也非常刺激的镜头，就是把杜溪春固定在风筝上，让他随风筝冉冉升起，然后在蓝天白云之下击鼓。起初我冒出这个想法儿，是缘于远古时代的传说——据说鲁班制作的木鸢（即木制风筝）可以载人上天。这在"理论上"毫无问题，但我没亲眼见过，更没亲身试过，所以，要不要这一情节我很犹豫。然而后来的事实证明，这是很简单的事情：只消拿一根铁丝，拴住人的腰背，然后用升降机巨臂把他吊到半空就 OK 了。

再如，《神凤威龙》后面的武打戏，高手们轻轻一纵，其矫健身影便可从地面升至墙头。其实那也是骗人的。事实上那是他们从墙头跳落地面，只不过后期制作时略施小技，让片子"反转"罢了。

上面"塑料石狮"或"载人风筝"这样的"骗术"，说实话我能猜到；但"太阳从西边出来"这一设计，我却万万没有想到。就凭这一点上，我对张子恩导演佩服得五体投地！

原来，那是《神凤威龙》整个故事的尾声，也是电影的最后一个镜头。说的是：杜溪春等艺人获救之后，同游击队员们一起，从城里向深山转移。那时候旭日东升，他们的身影同朝阳的光晕叠印在一起……

于是，按照早先拟定的拍摄计划，剧组有关人员从潍坊开赴外景地五莲山区。而专供拍摄所用的升降机，也从西安调来，跟在大队人马的后边。但它躯体太大太高，而山路又窄又弯，一路上险象环生。然而最危险的，还是摄影机转动的那段时间。说实话，当导演和摄影师被起重机升至半空，其身影缩小得有如饭盒，尔后在百丈深谷之上起起落落转转悠悠的时候，我这旁观者只觉着头晕目眩，双腿颤抖，心脏急跳得快不行了。真怕一阵飓风刮来，把那"饭盒"刮落到深谷里去！……

那时候正是夕阳西下时分。天气不错，深黛色的山梁上霞光万道，景色比我们想象的还要美丽。但当扛枪的、骑马的和坐车的人们出现在山路上时，我却突然感觉到不对了：剧本上明明写的是早晨，而不是傍晚。难道导演改变了原先的设计吗？难道他参考《铁道游击队》，设计成"西边的太阳快要落山了"吗？然而这与事实相悖呀！事实是经过了一夜的战斗，拂晓时分游击队员和艺人们转移到深山里去……于是拍摄结束，我向导演提出了疑问。但导演笑道：我没改变设计，拍的就是早晨啊！我一下子懵了：明明是傍晚，怎么会是早晨呢？导演又笑道：你想想看，观众谁能从银幕上分得出东西方向？……

我终于恍然大悟、大彻大悟。我想我真是太笨了、太弱智了。如果我是导演，必将让所有演职人员深夜做好准备，然后等待太阳东升的那一刻。这固无不可，但人们将会特别疲惫，而工作过程中的危险系数亦必剧增。比较而言，当然还是拍夕阳比拍朝阳合算。

然而我又有点担心，甚至倒吸一口凉气：让太阳从西边出来，这从"政治上"说合适吗？倘若有人责难，说《神凤威龙》主创人员让"革命的游击队员走向夕阳西下的山区"，这是否意味着"革命者走向穷途末路"呢？……

不过很快我就释然了，把那口凉气接着又吐出来了。因为我知道，时代毕竟在前进，"电影人"已经认识到，真理标准并不相悖于艺术规律，大概没人再像"文革"时那样乱舞大棒了。为此我由衷地为"电影骗子"叫好！

当然，这个"骗"是以真实为基础的。正如"小说是真实的谎言"一样，电影乃是讲究"谎言"或"骗术"的艺术 —— 而这就算是我"触电"以来的心得吧。

1988 年 3 月 6 日
（原载西安电影制片厂《电影画报》）

潍坊核雕漫话

关于核雕的闲言碎语

核雕，应属民间微型雕刻工艺之一种。其使用材料，一般来说是桃核、杏核、核桃，或橄榄核。就工艺而言，核雕区别于姊妹工艺譬如木雕、牙雕、玉雕之类的，应是艺人巧妙利用果核上的自然络纹，经艺术构思，"因势造型"，然后动用锉、凿、刻、掏、削、磨、修光等多种手段，终使一枚卑小的果核成为艺术佳品，展现出"化腐朽为神奇"的特殊魅力，亦证明了"天下莫大于秋毫之末，而泰山为小"（庄子《齐物论》）的真理。

有句名言说得好："世界上没有完全相同的两片树叶"。其实何止树叶，世界上也没有络纹完全相同的两只果核。既如此，那么世间所有的核雕作品，其尽可"雷同"，却难以"复制"，而这，也就决定了核雕作品之"唯一性"。

笔者虽非核雕艺人，却对核雕情有独钟，颇有缘分。记得上世纪 80 年代，我曾与核雕大师考功卿先生同在潍坊市政协的文体组，得以多次交往，成为忘年交朋友，并从他那里获知了许多有关核雕的逸闻趣事。不仅如此，我还曾以考功卿为"模特儿"，将潍坊民间艺人的光辉形象搬上了银幕，此即西安电影制片厂出品的《神凤威龙》。影片中考超然的人物造型，化妆师就曾参考了考功卿的形象，而片中出现的几件核雕物件，都是从考功卿那里借来的实物。

考老在世时曾对笔者说过："南方核雕艺人，刻的多是橄榄核，我们北方，刻的多是桃核。"此南方，指的是江浙一带，其中心为苏州；而北方，主要是潍坊市。考老这话将中国核雕艺术分成了南北两派，而潍坊，无疑是北方派的佼佼代表。

考老还曾告诉笔者：潍坊核雕，早年流行于乡间，一般是桃核雕就的花篮、小猴、小兔之类的生肖饰物儿，挂于身上用以辟邪祈福，其实刻工很粗糙的。但若在大户人家，或寺庙场所，当然也能见到高雅的精品，譬如手串、念珠、朝珠、扇坠之类，刻的则是婴戏图、渔家乐、龙舟、马车、福禄寿三星、八仙过海、梁山一百单八将等等各种题材，它们被官宦或者文人所欣赏，所珍爱，有的甚至还配上象牙底座，摆放案头以供日夕观赏。据说台北故宫博物院藏有清乾隆年间陈祖章所刻的橄榄核舟，取材于苏轼夜游赤壁，其舟底刻有《后赤壁赋》全文，堪称传世珍宝，但可惜我们无缘亲睹。

笔者以此为线索，查到末代皇帝溥仪在《我的后半生》中曾经提到，清朝皇宫里倒是保存一只乾隆皇帝的"百宝匣"，其匣中一格，装有一对揉手核桃，其上雕刻诸多神话人物。另据史料记载，乾隆当政时期曾下专旨，将核雕名家杜世元招进宫廷于造办处供职，大清皇帝对核雕的嗜好也由此可见一斑。

由此我想，不管怎样，核雕作为一门工艺，在它身上，的确积淀了太多太厚的人文元素。

核雕源头上"祖师"的模糊身影

任何一门艺术都有它的源头，也该有它的祖师，那么核雕艺术的源头在哪？其祖师又是谁呢？

对此笔者曾翻阅书籍，也曾请教潍坊的核雕艺人，都说其源于唐宋，但仅是猜测，并无史料佐证，真正见诸文字记载的，是清人张潮编入《虞初新志》的那篇《核舟记》（作者为魏学洢），证明核雕在明朝晚期（即天启年间），其作为一门技艺已经相当成熟。而从网上搜索，发现《清秘藏》曾记载明朝宣德年间，有个叫夏白眼的艺人，"能于橄榄核上刻十六娃娃，眉目喜怒悉具。或刻子母九螭，荷花九鸶，其蟠屈飞走绰约之态，成于方寸小核"。果然如此，那么宣德朝比天启朝要早二百年，显而易见，核雕技艺在十五世纪初期即已处于滥觞阶段了。

考功卿先生像（1980 年代）

源头既难探究，而祖师也未必就是夏白眼。夏白眼这名字很是陌生，今天核雕圈里人们崇奉的祖师级人物，倒是《核舟记》里的那个"奇巧人"王叔远。原因无他，仅仅是《核舟记》曾入选人民教育出版社的《古代散文选》，和中学的语文课本，大家都能朗朗地背诵"明有奇巧人曰王叔远，能以径寸之木，为宫室、器皿、人物，以至鸟兽、木石，罔不因势象形，各具情态"罢了。

但考功卿先生却力排众论，有他自己的说法儿。他曾拂着长髯很自豪地亲口对笔者说道："我们核雕艺人的祖师不是王叔远，而是天启皇帝！"当时我很震惊，耳畔不啻惊雷，后来把这句话变成台词，写进了电影剧本《神凤威龙》之中。

考功卿的说法，是源于他本人的一段经历。那是上世纪30年代，他长住青岛，在潍县人田氏所开的"扣雅斋"工艺品店铺里做活计，因此得以结识了一位喜爱收藏的日本商人。这位日商见考功卿能刻桃核，便说"隔天我也拿个桃核，让你开开眼界"，之后果然拿来了一枚核雕。考功卿一看，刻的是钟馗捉鬼，其刀法古朴简练，人鬼形神俱佳，显示了作者深厚的功力。尤令他拍案惊奇的，乃是钟馗那件袍子掀起的一角上，刻着四枚蚊足小字："天启御制"！

考功卿当然知道，天启就是明熹宗朱由校。据史书记载，朱由校秉性"庸懦"，在位时"妇寺窃权，滥赏淫刑"，致使大明王朝纲纪颓坏不可收拾。虽然如此，但他本人既不好色，又不爱钱，只是贪玩，而且"玩"得很有艺术水准。史籍《先拨志》称其"斧斤之属，皆躬自操，虽巧匠不能过焉"，因此后世之人戏称他为"木匠皇帝"。蔡东藩所著的《明史通俗演义》，也说"熹宗颇有小慧，喜弄机巧，刀锯斧凿，丹青髹漆等件，往往亲自动手"。据说熹宗曾在宫廷之中，用许多小的木头做了个乾清宫模型，其"曲折微妙，几夺天工"。如此说来，天启皇帝应该就是王叔远的同道之人。王氏"能以径寸之木为宫室、器皿"，而天启皇帝则能用刀锯斧凿制作出乾清宫的小模型，两者具有异曲同工之妙。另外，《明史通俗演义》还说，天启"又有两大嗜好，一喜斫削雕琢……雕刻玉石，颇也精工"，由此推论，他或许也能雕刻桃核。因此考功卿所见到的那件"钟馗捉鬼"，或许真的是天启皇帝的作品呢！

笔者考证，王叔远与朱由校应是同代人，其年龄也不相上下，微雕之艺技水平更在伯仲之间。毫无疑问，他们都不是中国核雕的祖师，但他们却代表了明代中国核雕技艺的最高水准。然而考功卿的说法也是很有意思的一家之论，毕竟以帝王君主做祖师"名正而言顺"，正像酒祖是大舜、医祖是神农那样，这种情况在中国也早就是"传统"了。

核雕大师张大眼身世之谜

如果要写一部潍坊核雕史，那么公认的祖师，无疑是诸城的张大眼。

张大眼这名字，考功卿在世时多次对笔者提及，但关于此人身世，考老语焉不详。后来笔者与考老门徒王绪德相识，并看到王写的一篇文章，据称："鸦片战争以后，清朝政治经济衰退，在皇宫里的核雕艺人也受到冷落，流散各地。有一绰号叫张大眼的桃核雕刻艺人，从京都流浪到山东诸城以卖艺为生……"如此说来，张大眼并非此人本名。然而他何以有"大眼"的绰号？是从明代"夏白眼"那里受到的启发吗？另外，张大眼是客居诸城的江湖艺人呢，抑或他原籍就是诸城？对此王绪德先生亦不甚了了。

我们知道，诸城是清朝大臣刘统勋、刘墉、窦光鼐等的家乡，来往于庙堂与江湖之间的人物不在少数。据此笔者猜测，也许张大眼便是另一个"王叔远"？为解此谜团，我曾研究过《核舟记》的相关背景，获知此文的作者魏学洢家世非凡，其父魏大中（字孔时）乃万历四十四年（1616）进士，天启元年擢升工科给事中，深得吏部尚书赵南星信赖，与大臣杨涟、左光斗等亦相交甚密，是著名的东林党人，故而得罪了魏忠贤一伙，被逮下狱，折磨致死。《明史》二百四十四卷说，魏大中被捕那日，"学洢号恸欲随行"（即打算陪伴父亲去坐牢），但魏大中却很理智地叮嘱儿子："父子俱碎"，实无必要。于是学洢"微服间行"，悄然跟

考功卿核雕《赤壁夜游》（1979年刻）

在囚车后面，一路上关心着父亲的情况，同时四处借钱，替父偿还"赃款"。不料款未还完，狱中却传来大中暴毙的噩耗。这打击实在太大，学洢承受不住，竟伤恸而死。数年后崇祯皇帝登基，魏大中的冤案得以昭雪，魏学洢也被诏旌为"孝子"。

魏家的冤案血痕斑斑，但在《核舟记》中，我们却嗅不到一丝腥味。因为彼时魏学洢还在过着恬适的生活，他还有雅趣把玩核雕，并且兴之所至，写下这篇传流后世的美文。

然而魏学洢的故事对笔者来说并不重要。我所关心的，其实是魏氏所提到的核舟作者，即名谓王叔远的那位"奇巧人"，其家世生平究竟若何，惜乎书中只字未提。今以笔者揣测，王叔远应该是一位广泛交游高官达宦，经常出没于皇宫御苑，甚至与天启皇帝都有些联系的微雕匠人。从他送给魏学洢的那枚核舟来看，其演绎了苏东坡夜游赤壁的故事，这说明作者文学素养较高，情趣也很高雅，一般的乡野艺人似不可同日而语。

值得注意的是：大明王朝虽被天启皇帝搞坏，但核雕这门工艺却未随之消亡，王公贵族把玩核雕的余韵，竟也延续到了下一个朝代。如果说王叔远或天启皇帝的技艺得以薪火相传的话，那么毫无疑问，张大眼就是晚清版的"王叔远"。张大眼肯定有过有趣而神秘的京都生活，且能见证一个王朝的灰飞烟灭。但有关他的一切我们今天无法确证，因为唯一了解张大眼的都渭南先生，也就是他的徒弟，已经辞世多年，笔者只能在此深深地叹一声遗憾了。

都渭南承继了张大眼的衣钵

都渭南这名字，最早我从考功卿那里听到过。考老说：大约在光绪六年（1880），潍县都家村的都渭南（就是考的师父），到诸城贩卖皮货，在那里认识了张大眼。张大眼的核雕技艺虽然很好，但说实话并不挣钱，不能光靠它来维持生计。在张贫困交加潦倒不堪之时，都渭南慷慨解囊，使其摆脱了困境。张十分感激都渭南的帮扶接济，感到无以回报，遂将核雕技艺授予渭南……

　　时光荏苒，转瞬卅年。鉴于考先生早已作古，而为了弄清张、都之间的师承情况，笔者只好于 2015 年之秋，专往潍坊市潍城区西郊的都家村，造访都渭南嫡曾孙都传恭先生。在都传恭家里，笔者见到了一本纸页灰黄、显示着岁月沧桑的《都氏族谱》。该族谱证明，都氏一族于大明成化年间，由宁海（今牟平）迁来，落户于潍县境内于河西畔，代代繁衍，渐成村落。都渭南出生于清末同治年间，其继承的家业只有区区几亩薄地，以及数间土坯草屋。为养家糊口，他不仅要从事稼穑，还须于农事之余打短工，或做一点本钱不大的生意。

　　生计虽然困窘，但好在渭南聪明，且上过几年私塾，就比目不识丁的父辈多了些治家处世的优势。于是，渭南盘算着走出家门，到外面找找活计。某一日，他辞别家人，经安丘县峒峪山区，在当地一支都氏家族那儿盘桓数日，然后继续向南，转到了诸城县境。就在诸城期间，都渭南有幸结识了一家富户的"二掌柜"（即管家），彼此交往之中，他的诚实和善良获得了对方的赏识，随后他就在那富户家里长住了下来，并应邀做了"二掌柜"的助手，帮办一些生意上的事体。

　　这应该是都渭南人生命运的重大转折。彼时都家的经济状况已大有好转，渭南不惟衣食无忧，腰间也多了些余资，这位善良人便有能力来关照那些江湖流浪者了。于是具有神秘色彩的张大眼，此时走进了他的视野，随之便有了"渭南慷慨解囊，大眼多次受济"的江湖佳话。

　　从都传恭那里笔者了解到：张大眼在多次接受了周济之后，深感渭南先生恩德，自觉无以回报，踌躇再三，决定将其核雕绝技传授给对方。渭南先生感动之余，自知却之不恭，何况他打心眼里也喜欢这门手艺，何乐而不为？遂拜张大眼为师，择吉日举行了仪式。然后他将师傅接到身边，于"正务"之余向其学习雕刻技艺。张大眼首先启蒙性地教他掌握锉、凿、雕、削、掏等基本工具，刻一些诸如桃猴、桃篮和手串儿的简单玩意；待基础性技艺掌握了之后，再教他摹刻"十八罗汉""梁山人物（一百单八将）"……如此循序渐进，引导他进入了更高更广阔的艺术境地。

数年之后，都渭南离开诸城，满载而归。他带回潍县老家的，又岂止行囊中的那点点赀财！

考功卿（左四）在他的寓所与慕名来访的客人合影（作者供图）

万国博览会上的金牌

都渭南从诸城回到潍县老家之后，其主业仍是务农，但核雕却成为其最大兴趣。正像都传恭说的："我老爷爷一心扑在了核雕上，简直是废寝忘食。"功夫不负有心人，都渭南的核雕技艺很快名闻遐迩。但随着星移斗转，时代变迁，这位经历过同治、光绪、宣统三朝的民间艺人渐渐疾病缠身，衰老的手已经承载不了雕刀的分量，这时候他想到了技艺的"传宗接代"问题，于是把期望的目光落在了都兰桂身上。

都兰桂是都渭南的独子，都传恭的祖父。据都传恭说，他的祖父都兰桂幼时聪颖，求知欲强，虽仅上过一年半的私塾，十一岁上便辍学跟人打短工，借以添补家用，但仍然能挤出时间，抱一本《康熙字典》自学，而令渭南先生暗暗高兴，自叹弗如。渭南先生眼看着儿子"日出而作"，常在捐锄的手上搭一本《聊斋志异》，边走边读，津津有味；而田头小憩的工夫，兰桂又于树下讲说鬼怪，活灵活现，让劳作的农夫顿消疲劳。于是乎渭南先生感到欣慰，决定将身怀的绝技传授于儿子了。

其实，都兰桂与父亲朝夕相处，耳濡目染，早已经接触过核雕，而且多次偎在父亲怀里，让老人手把手地教授基础技能，因此他早已经进入核雕的"门槛"了。正如古语所云"青出于蓝，而胜于蓝"。都兰桂凭着他的天资和勤奋，很快掌握了核雕的基本技能。他刚到结发年龄，其技艺水准就已超过了渭南先生。据说"都兰桂的作品很具备民间艺术的特点，布局简练，朴实大方，不拘小节，概括性强"（王绪德语）。笔者怀着对先贤的敬意，以及对潍坊核雕这部"传奇大书"的兴趣，三十年前就开始访求都兰桂的事迹，但所能见到和听到的材料却只有一件，即1915年巴拿马万国博览会上荣获金牌的核雕《马拉轿车》。那真是一鸣惊人，轰动中外，使我们潍坊人乃至中国人在世界舞台上扬眉吐气！

然而，这么一件名垂史册的重要事件，其来龙去脉人们却说法不一，让笔者无所适从。

关于《马拉轿车》的作者，笔者听到了三种说法。其一为丁怀曾，其二为都兰桂，其三为丁、都合作。为求得究竟，笔者先后采访过考功卿、王绪德、都传恭等多人，最终认为第三种说法最是靠谱。

原来丁怀曾字念庭，生于 1878 年，卒于 1940 年，是潍县（今潍坊市潍城区）杏埠乡丁家小河庄人。因家道殷实，读书较多，文化水准比都兰桂略高。他少随叔祖丁召保学习篆刻，后迷恋核雕，间或也在桃核上刻些人物、花鸟之类。按都兰桂嫡孙都怀恭今天的说法，"念庭先生那只是核雕的爱好者，类似于京剧票友，并非专业的艺人"。

据都怀恭说，丁怀曾与都兰桂年龄相仿（丁略大几岁），趣味相投。彼时都兰桂除了雕刻桃核，间或也干些"撒花"的营生。所谓"撒花"，是刺绣行当的行话。作为"撒花"人的都兰桂，常拿着设计好的图样，将绣品发放到近乡远村，四邻八舍，让那些大姑娘小媳妇们分别绣好，日后再由他上门收集，统一出卖。因了"撒花"的缘故，都兰桂得以顺路进城，于是在天下闻名的十笏园内，结识了当地富绅"丁四宅"手下的管家丁念庭先生。如此一来二去，日渐厮熟，加上又有共同的志趣爱好，两人遂义结金兰，成为了干兄弟。

时逢民国四年（1915），举世瞩目的巴拿马运河竣工，美国人为庆此盛举，决定在三藩市（旧金山）举办万国博览会，特向全球工艺界人士发出参展邀请。丁念庭交游广泛，消息灵通，得知此事后跃跃欲试。但万国博览会毕竟是世界顶尖工艺大师们比试的擂台，此事非同小可，须慎重考虑……丁念庭踌躇再三，决定邀请微雕技艺比自己更胜一筹的都兰桂出马，两人联袂参与。之后他找到都兰桂，经过会商，决定由丁念庭负责有关的手续和经费，然后二人共同商定题材，再由都兰桂执刀，完成了那件《马拉轿车》。彼时的都兰桂，也许压根不会想到，他的作品竟然会走得那么远，飞得那么高，在万国博览会上竟然赢得了"最优等金牌"（即金牌）！这金牌竟然让后辈的潍坊人骄傲了差不多整整一个世纪！

用雕刀耕耘心田

2013年秋末，笔者来到潍城区于河西畔的都家村，与都兰桂先生的嫡孙、著名核雕大师都传恭先生促膝对谈时，我最渴望见到的，无疑就是巴拿马万国博览会的那枚金牌。但很遗憾，不要说金牌了，甚至连一张金牌的照片都没能见到。但是都传恭告诉我，那枚金牌确实有的，他亲眼见过，牌上闪闪发光的英文字给幼年的他心里留下了很深的印象。然而实话实说，在他祖父都兰桂的心里，什么"万国博览会"呀，这对一个普通中国农民或者民间艺人来说，根本不是天大的事情；那枚人们认为是无价之宝的金牌，在他看来其实没什么实用的价值。因此祖父对那枚金牌并没有很上心地保管，只是随便往放杂物的抽屉里一塞，然后再不去理会。

都传恭回忆说：直到1948年解放军攻打潍县城，有一个亲戚逃亡到我们家，我们家一时住房很挤，我只好按照大人的吩咐，到牛棚里边去睡。后来局势安定，客人搬走，各屋恢复了原样，我再想找出那枚金牌儿玩耍时，才发现它不知啥时早就没了……

其实，在都兰桂家里"没了"的，不仅是那枚巴拿马万国博览会的金牌，也许还有其他东西。譬如兰桂先生还曾在1923年，以其核雕作品《封侯（蜂猴）图》获得过中华民国铁道部颁发的"铁路沿线生产货品超等奖"，那也是国家级的荣誉证件，却也稀里糊涂不知去向。

除此之外，在中华人民共和国建国之后，直到 1960 年都兰桂辞世，十几年间他不知获得了多少奖牌和奖状，可这位散淡的老艺人一直不把它们放在心上。有一张 1950 年代山东省政府颁发的奖状，甚至还被先生随便画上杠杠当作了棋盘；而他的后人们似乎也很不重视收藏，因此都兰桂留下的东西现在少得可怜。

从都传恭那里笔者得知，堪称一代大师而功垂千秋的都兰桂，终其一生，实际上一直就是个普普通通的庄户人。虽然建国之后，各级人民政府从政治上重视工艺匠人，同时对他们的工作和生活也给予了应有的关怀扶持，譬如都兰桂先生就很荣幸地被推荐为山东省政协委员，1956 年还被评为"全国老艺人"，而且每个月都能享受到国务院颁发的 50 元的特殊津贴，和潍县（潍坊市）手工业管理局特批的 30 元的生活补助；那应当是相当丰厚的待遇了，但都兰桂归根结蒂还是农民，因为他的户口一直就在农村，他的归宿也还是于河畔都家村的那几间老屋——那老屋以及院墙的大门楼，都还是上世纪 30 年代，按 20 块大洋换枚核雕的价格，用国民党一个旅长的一兜银元盖起来的。都兰桂仍然日出而作、日入而息，该耕地时耕地，该收割时收割，该喂牛时喂牛；当然该雕刻的时候，这位大师自然会放下锄头，拿起雕刀，用另一种方式，在桃核上耕耘着自己的人生田地。

奠基石和提灯人

关于都兰桂授徒一事，坊间流传着不同的版本。譬如王绪德先生曾撰文指出："都兰桂同时教着三个徒弟，一是他的亲儿子都洪英，二是他的女婿于学修，再就是他的干儿子考功卿。"但在《大众日报》的一篇文章里，记者却认为："都兰桂一生授徒三人，分别是门婿于学修，义子考功卿，孙子都传恭。于学修英年早逝，考功卿和都传恭将核雕艺术发扬光大。"另外，大概

1986年，考功卿先生亦曾当面对笔者讲过：要说都兰桂的徒弟，只他考功卿一人。

其实，以笔者推断，《大众日报》记者的版本应该比较靠谱。因为我们在谈论授徒问题时，首先至少应当明确两点：第一，这徒弟是不是必须遵循传统经过了某种仪式的正式认定；第二，这徒弟是不是领受了师父较长时间的教诲，而他也的确是继承了师

考功卿与师傅都兰桂合影（1956年），都兰桂七十四岁，考功卿四十六岁

父的衣钵。然后我们看到，正如王绪德所说："三个徒弟中唯独他的亲生儿子（都洪英）最差，几乎不能独立完成一件作品，人倒挺聪明，但他更感兴趣的是六爻八卦。他的女婿于学修热爱文学，学习核雕只是一时的兴趣，下不了苦工，学了一年半载，便另辟门径教书去了……"这两种版本虽都承认于学修是都兰桂的徒弟，但一因"英年早逝"，一因兴趣转移，事实上他并没有学到兰桂先生的真手艺，故此绝对算不上是"传人"。而都洪英呢，虽是兰桂先生的嫡子，且是独子，按说最应该承继乃父的事业，但可惜他对核雕不感兴趣，兰桂先生当然不能干"牛不喝水强按头"的事情，故只能徒叹奈何。

此外，笔者还从都传恭那里了解到，他的父亲都洪英，在七八岁的时候，有一回用石碾子压豆粒，在抓豆粒吃时不小心被压伤了手指，屡治而未能痊愈。这之后，偏偏放风筝的时候，又被线绳"割"进了伤口，随后感染，引起了乡间俗谓的"疯病"。虽经大夫"抹疯"，不料越"抹"越坏，终于落下残疾，那只手再也不适合雕刻桃核了。在这里传恭先生的说法与绪德先生略有出入，但结论其实相同，那就是，都洪英并不是严格意义上的都兰桂的徒弟，当然更谈不上都氏核雕事业的"传人"了。

接下来，笔者感兴趣的还有两个问题：一个是，都兰桂的嫡孙都传恭，他算不算都氏核雕的徒弟和传人？另一个是，考功卿是缘何成为都兰桂的弟子和传人的呢？

对于前一个即涉及传恭先生的问题，笔者做过专题调查，因之持肯定态度，打算在后面专章分说；而关于考功卿拜都兰桂为师一事，以往相关报刊书籍所记颇多，简直汗牛充栋，故不必在此啰唆。然而最近通过对都传恭的采访，听到了一些考功卿拜师时的情节，颇感有趣，不妨记录于下，以与读者共赏。

据都传恭说，考功卿的家是考家村，与都家村相距不过十里八里。提及考功卿拜都兰桂为师，那也真是个缘分。那是民国二十四五年的时候，与民国差不多同龄的功卿先生背上突发"疯病"（即在脊背上长了痈疽疖子之类的东西），只好来到都家村，找一位叫做都周南的乡医"抹疯"。这乡医不是别人，乃是都兰桂没出五服的堂叔，其专治"疯病"，德艺双馨，在当地口碑甚好。而在考功卿被"抹疯"的过程中，他有幸结识了与自己年龄相仿、脾性相投的都洪英，并通过都洪英，见识了都兰桂的核雕绝技。考功卿不禁钦佩羡慕之至，遂向兰桂先生表达了拜师学艺的愿望。都兰桂见考功卿虽长得人高马大，但手脑并不笨拙，而且听洪英不断地介绍，"此人厚道直诚、重情好义"如何如何……也便轻轻颔首，算是默认了他的恳求。

然而，遵循不知哪朝哪代江湖上立下的规矩，真要拜师学艺，考功卿还必须答应一个条件，那就是拜师之前，先拜"干爹"，使自己成为都兰桂膝下的义子。这条件对有的人来说，也许就是迈不过去的门槛儿。因为殊不知古语有云，"人生七父八母，须得尽孝"，此"七父"者，就包括了"义父"在内，所以考功卿若想拜师，必须首先考虑"尽孝奉养"的义务。可想不到的是，考功卿不仅爽快地答应，一口说出三个"好"字，而且还当场跪倒，嘭嘭嘭朝都兰桂磕起头来。当然这还仅算是一场礼节的"预演"罢了，真正拜干爹、拜师父的大礼，那是在此后的某个黄道吉日。那一天都家洒扫庭除，摆上香案，然后于香烟缭绕之中，考功卿朝都兰桂三拜九叩行了大礼，从而掀开了潍坊核雕史上的崭新一页。

考功卿的艺术苦旅

考功卿，名勤绪，字功卿，以字行。

在潍坊市潍城区政协的一份材料上这样写道："考功卿1910 年出生于潍县大考家村的一户贫农家中，全家只有九分土地，生活非常困难。他二岁丧母，即由外祖父家抚养，除照顾生活所需，还供其上私塾九年。"据此分析，幼而孤苦的生活，对考功卿的性格形成应具有至关重要的作用。而据考功卿于1983年七十三岁时所写的一份"个人简历"，他1925年从南伦村私塾学堂下学后，即回家务农一年，然后来到都家村，随义父兼师父的都兰桂学艺。另据笔者了解，那年刚刚十七岁的考勤绪已经结婚，他的大儿子考振为已躁动于母腹之中。

因时代久远，73岁的考功卿已记不清拜干爹和拜师父的具体月份，但却能记得，拜师之后不久，他即辞别家人，将铺盖卷儿带到了都兰桂家，过起了类似于今天"住校生"的生活，而其实他是完全可以当"走读生"的。那么从那天起，一直到民国廿年（1931）之秋，他差不多一直在都家吃，在都家住，日夕跟师父都兰桂（义父）一起干农活，学雕刻，完全把这儿当成了自己的家，甚至摆出了一副"破釜沉舟，不达目的誓不罢休"的架势。如此一住就是三年。在这三年里，信不信由你，他一直很少回家，绝少与妻子相聚，甚至大儿子振为呱呱落地之后他也没表现出特别的关心。相反地，他倒是与师父都兰桂亲密得不行，简直形影不离。总之他是全身心融入了核雕艺术。

须特别指出的是，在这样一个充满了艺术氛围的"家庭"里，都兰桂与考功卿这对"父子"，他们每天琢磨切磋的其实不光是核雕，此外还有玉石、牙石等其他材质类型的雕刻，因为现实生活需要他们拓宽技艺的范围；事实上也只有如此，方能保证他们所有家庭成员的衣食。但有一点可以肯定，那就是，他们出手不凡，从一开始就不同于流俗；他们的目标当然不是乡野常见的坠于村姑村童衣服上或手腕上的桃核耍物儿，而是由张大眼（或者王叔远）从宫廷里流传出来的宝贝儿。它们既可儒雅风流，又显厚朴古拙，分明是一种"下里巴人"与"阳春白雪"的交融。

为此他们需要具备至少三方面的素养：一是要有过硬的微雕

功力，就是说，能以微乎其微的钢刀，在方寸之间任意行走而做到游刃有余；二是要具备绘画以及造型艺术的高超技能，譬如人或动物的骨骼、肌肉，彼此之间的大小比例，乃至你遮我掩的透视变化，都必须做到了然于胸；然而最重要的还是第三点，那就是一定的文化学养，以及先天或后天的禀赋气质。这道理非常简单：须知一个目不识丁的核雕匠人，无论刀工如何过硬，也是不可能创作出《苏子赤壁夜游》来的。

关于微雕功力的锻炼，说透它需要用很多文字，而读者也未必听得明白；笔者倒是亲耳聆听考功卿先生说过一番话，不妨在此转述。那是1986年的一天，考老曾对我说过，他当初练习刀功，其所用材料不是桃核或者石头、木头，而是拿一张"棒纸"（类似今天常见的炭画素描纸或水彩画纸），然后用钢针的尖头，在纸上练习雕刻某一篇诗文，你必须做到既刻不透纸页，又能撇是撇、折是折，虽"细若蚊足"却"钩画了了"，方才能算是合格过关！我当时听得目瞪口呆，急忙记录在案，却忘了问他究竟刻坏了多少张"棒纸"、磨秃了多少根钢针！

关于绘画及造型艺术技能方面的训练，许多有关考功卿的旧闻、新著，都讲到他如何苦苦摹写《芥子园画谱》一事。其实据笔者所知，他真正下功夫的，那还不是对画谱的摹写，而是在现实生活中对身边人物、禽畜、车马、花木等等的观察写生。"师造化胜于师书本"这个道理，考功卿早就体悟到了。

至于文化学习方面，我不知民国时的私塾九年，是否能等同于现代中小学的九年，但可以肯定的是，彼时考功卿所学的课本，譬如《幼学琼林》《千字文》和《论语》，似乎今天的学士、硕士也未必能很好地解读。不仅如此，据考老说，为了学好雕刻这门手艺，他还必须练习书法，而这也恰恰是很多匠人所忽视的。考功卿不仅苦练正楷，且还能在此基础上多所涉猎，譬如在篆书方面他就下足了苦功。考老说，他重点下力的，乃是徐文镜编的一本《古籀汇编》。所谓"籀"者，乃是大篆，或曰"石鼓文"，因其具有遒劲凝重的风格，笔划更加工整匀称，特别适合于石刻或核雕。说到此处，于是引出了笔者认为是考功卿独创或与都兰桂一起创新的"核章"。

考功卿曾在他自拟的"简历"（其实是自传）中这样写道："我拜都兰桂为师，学习核雕艺术，当时主要是刻展品，但展品销路很少，这样我就跟师父研究，在桃核上一面雕刻图案，一面再雕刻图章。由于桃核有麻纹，雕刻图章刻楷体字不好看，当时我想到，牙石篆刻图章本来没有残缺，人们还砸上残缺，已使图章别有情趣。因此我就又苦学篆体字，在桃核图案的另一面，利用桃核麻纹的自然残缺，仿古籀、周秦、汉印等字体刻成篆章。"此中"苦学"二字，不知凝聚了多少汗水！

考功卿酷爱核雕，痴迷于斯。他对我讲过，核雕需要桃核，桃核或许俯拾皆是，但真要选一枚合意的桃核也不是特别容易。也许"职业"的关系吧，每当肥桃上市的季节，他有事没事也常到市上转转，人们丢弃的烂桃，没准儿倒是他选用的对象。因为别人注重的是果肉，而他关心的是果核。这正是：人弃我取，各有所需。他还说过，有好几次他梦见自己坐着小船在河流上行驶，后来看见了无边的桃山，那里遍地桃花，可奇怪的是光开花不结果。急得他在桃山上狂叫、疯跳，周围灿烂的桃花也都随他而旋转舞蹈……他不晓得这梦境对他预示着什么，只是心里相当苦闷。我不会圆梦，可我知道，这是一个痴迷艺术的人，在艺术之河苦苦求索。

常言说性格决定命运，而笔者认为，兴趣也决定事业。考功卿自从迷上了核雕，那就是走上了一条艺术的"不归之路"。后来的事实证明，核雕其实是他艺术苦旅上的"情侣"，他和它如影随形，若即若离，直到旅程的结束。

战火中焠炼的雕刀愈加锋利

考功卿在都兰桂家里住了三年有余。待到二十岁时，他出徒离开都家，到潍县一家叫做"聚昌"的赁铺找了份司账的差事。其实出徒只是笔者的说法，事实上都兰桂于考功卿亦师亦父亦友，之后他们经常联系，搭档合作，且共同创作了许多艺术佳品。

1935 年，考功卿经人介绍，来到青岛市即墨路 25 号，在"扣雅斋"老板田义斋那里放下了他的铺盖。原来这扣雅斋乃是潍县嵌银丝漆器著名艺人，与大名士陈介祺过从甚密的田子正、田子由兄弟创立的一家嵌银铺字号，在齐鲁赫赫有名。考功卿来此的岗位职责就是"刻核章、牙石篆刻，并刻少数展品"（见考功卿自撰"简历"）。在青岛他待了不到三年。虽时间不长，却见了世面。本文前面所提到的那件天启御制的《钟馗捉鬼》，就是其"世面"之一。考功卿对笔者说过，某个日商收藏家在炫耀他的宝贝时，流露出对于当下中国人的鄙夷，是故考功卿感到受了侮辱，从而也使他暗自握紧了拳头，发誓要在核雕这条道上干出个样儿来！

然而 1937 年发生了"七七事变"，家乡潍县义士考斌之奋起抗敌，成为了抗日名将于学忠属下的"潍县独立一团"团长。消息传到青岛，考功卿大为振奋。因为功卿不仅与斌之同村，且是同族的叔侄，因此他毫不犹豫，马上卷铺盖回乡，投到了考团长麾下，在团修械所里当了一名吃少尉饷的"买办"官（据考功卿自拟的"简历"）。那一年考功卿二十八岁，正是血气方刚的年龄。

从那时起，直到 1941 年秋考斌之在荆科村被日军重兵包围，中弹英勇牺牲，三四年的时间里考功卿跟随英雄，经历过流饭桥诱惑战、毕家庄保卫战、阚庄追击战、固堤偷袭战、烟潍公路狙击战等多次战斗，也算是尝到了胜利的喜悦；考斌之阵亡后，考部官兵无比悲痛，考功卿则忍痛离开部队，悄悄潜回了老家。然而，随之而来的日军和汉奸部队的清剿、追捕，又使得考功卿常常身处险境，演绎着我们今天在抗战剧里所看到的惊险故事。据考功卿的嫡长孙、潍坊市防疫站（疾控中心）副主任医师考明俊说：听父亲讲，当时考斌之的团部常设在我们家里，所以斌之死后，日本鬼子为抓到我的祖父，多次来我家偷袭，有两次我祖父两只匣枪左右开弓，敌人不敢近前，他才抽身逃走……

虽然考功卿曾有过这么一段值得骄傲的经历，但是众所周知的历史原因，如此一位"国军"少尉，不管咋说也是人生的黑点啊，因之很长时间里也实在不值得他和他的后辈们炫耀，而且你还须时时刻刻"夹着尾巴做人"。但不管怎么说，从 1943 年的 4 月，直到 1948 年潍县解放，考功卿总算逃出险境，在一家织巾厂里当了工人，总算过开了安定日子。然而不久，毛巾厂因市场萧条、经营不善而停业，考功卿只好回家务农。

不过很快中华人民共和国成立了，在这改天换地的变化中，考功卿感受到了共产党的温暖。人民政府关心如他这样的在工艺美术领域身怀绝技卓有建树的民间艺人，于是 1955 年春天，潍坊市政府召开老艺人座谈会，嗣后建立起了"嵌银业生产合作社"，将铅印、仿古铜、铸铜印、风筝、核雕等各方面的著名艺人聚到一起，考功卿被吸收为该社的挂名社员，翌年则成为了正式社员（据考功卿《简历》）。

不管挂名抑或正式，考功卿的户口仍在农村，锅碗瓢盆也还在于河西畔的那几间茅屋；但因为有了这么一个政府办的合作社，他就有了家的感觉，心头暖洋洋的。而作为"家庭"的一名成员，他的任务只有一个，就是"为中央雕刻礼品"（据考功卿"简历"）。

也就在考功卿成为嵌银生产合作社正式社员的 1956 年，潍坊市政协第一届第二次会议召开，他被增补为市政协委员。这可以说"双喜临门"。考功卿与人民政府的官员以及社会贤达们坐在一起谈天论地议民事，他感到了从未有过的幸福和荣耀。

作品的珍珠串起闪光的人生轨迹

据考功卿先生自述，1961年6月潍坊市成立工艺美术研究所，他即被调入研究所内，直到1989年退休，他再没有挪窝。从他进嵌银社的那天算起，在长达三十五年的时间里，考功卿的职业或者说主业，就是创作核雕作品，以完成上级下达的各种"礼品"任务。

那是国家实行计划经济按指令而非市场进行生产的时代，置身于这个大的环境当中，考功卿三十五年的事业成就，其实无非就是那一个一个的桃核；但就是这一个一个的桃核，却串起了一条珍珠似的项链，进而形成一道闪光的人生轨迹。

根据某些书籍材料估计，考功卿一生刻治的核雕作品（仅指艺术品）应不下千件。我们无法将这些作品一一收集，件件赏评，而只能拣其要者，有代表性地列举并进行艺术流变的分析。

笔者将考功卿的核雕创作大体分为四个阶段。第一阶段是上世纪的50年代。这一阶段中，有文字可查的材料证明，他的第一批核雕作品，应是1955年的《核舟》《八骏图》等七件。彼时考功卿刚刚进入嵌银社，进门就接到了中央来的任务，这种印象是"刻"在了心上的，至死都不会忘记。考老在他的"简历"中这样写道："五五年我到潍坊市嵌银组工作，同年春，周恩来总理来信要桃核雕刻、仿古铜、嵌银三样礼品出国献礼，我当时就刻了核舟、八骏图等七件礼品送中央。"

这里的"周恩来来信"，估计未必是周总理的亲笔，但不管如何，考功卿兴奋和重视的态度可以想见。想到这七件"国礼"要经过周总理之手……考先生觉得，他真的比当年为乾隆爷刻桃核的艺人还要光彩百倍啊！于是乎，根据《潍城文史资料》第七辑的记载："他为了提早完成这一光荣的任务，不辞劳苦，昼夜操作，用了四个半月的时间，赶做了桃雕六枚。听说周总理看了很满意，随后有关部门寄来人民币80元，以资鼓励。"

这是考功卿得到的第一份崇高奖赏，亦可视为他人生轨迹上的第一颗"珍珠"。兴奋之后，还没来得及好好休息一下，更为光荣和重要的任务又接踵而至。这次的礼品不是给周总理，而是毛主席！且看考先生本人的记述："年底市文化馆又要我刻四样礼品，送给毛主席作纪念品。"考功卿自然受宠若惊，勉力为之。接下来，虽不知毛主席本人是否如周总理"看了很满意"，仅仅"中央文化部来信说'此种艺术在祖国有保留价值'，并发给我奖金八十元"（见考功卿"简历"），也就够他兴奋好一阵子了。

接下来，1956年罗马尼亚文化部长来华访问，到潍坊参观，当地政府将考功卿雕刻的两件作品赠送外宾，外宾则回馈他纪念章一枚、书籍一部，并同他合影留念。尔后又为前苏联国家元首伏罗希洛夫和乌也沃金上将雕刻了《核舟》和《西厢记》等五件礼品，中央则送他奖金40元。考功卿在其"简历"中谈到此事时，认为自己"大大加强了两国之家的友谊和文化交流"，显然他以"友好使者"自居并感到无限光荣了。

但在整个50年代，考功卿认为最重要最神圣的一次使命，还是1957年以共青团潍坊市委的名义，敬献给毛主席的的那根红木手杖。那其实是几位潍坊艺人联袂合作的礼品。按照统一设计，嵌银艺人负责在手杖上嵌上金丝的松鹤图案，考功卿则负责以桃核雕刻九龙，然后再将核雕镶于象牙，最后安装在手杖的顶部。考功卿接受任务后，破天荒地一遍遍画草图、打腹稿，其间还查阅参考了他所能接触到的关于龙的资料。当听说这件心血之作得到了毛主席的赏识时，他激动得热泪盈眶，不能自已。

以上是考功卿先生第一阶段核雕创作的大体情况。在这一阶段，考先生年方不惑，其技艺已然成熟，堪与师辈比肩。但这一阶段他所雕刻的都是传统的老题材，他的思想还停留在"继承"

阶段，直言之他还没有在"创新"上多下工夫。然而当时代车轮进入到六十年代，举国上下各行各业的先锋人士都在高呼"破旧立新""推陈出新"的时候，考功卿先生的思想突然爆发，迸出了时代的火花，于是在创作的题材以及技艺手法上，出现了难能可贵的变化。正如他自己所说："过去几年我都是以雕刻祖国的传统故事为主。后来为了歌颂工农兵广大革命群众的英雄形象，我于1963年创作了《百万雄师过大江》四只。其中有一只精细地雕有十八名战士，各执武器、弹药、冲锋号等，在小小的桃核上颂扬了解放军战士个个斗志昂扬，勇往直前，战无不胜、攻无不克的英雄形象。随即又雕刻了《洪湖赤卫队》《社员暮归》等展品。歌颂了广大劳动人民在各条战线上建设社会主义的革命精神。这些展品展出后，受到了广大人民赞扬。"这里我们必须注意到，在创作题材创新的同时，作品的用途也变了，已由早先的"礼品"，转变为"展品"。既然是"展品"，那么观众就不仅仅是某一个或某一群人，而核雕这门工艺，显然也已从少数人把玩的玩物，变成了广大人民群众共同欣赏的大众艺术。可不要小看这个变化，我认为，考功卿先生的创新探索，是应当大书特书于中国核雕史上的。

如果把这一阶段视为第二阶段的话，那么接下来的"文化大革命"时期，则是他核雕艺术的第三阶段。这时期也是政治的原因吧，考功卿别无选择地用其雕刀去执行"宣传"任务，题材则重点转向了时代英雄、新事物以及样板戏的舞台。于是他刻出了《欧阳海》《刘永俊》《农业大丰收》《学毛选》《红灯记》《沙家浜》《智取威虎山》《红色娘子军》等等，尽管他极尽忠诚，态度一丝不苟，但稍不留神还是会惹出些麻烦。"譬如那件《红色娘子军》吧——"考先生曾亲口对我说："你费事把力好不容易刻完了，可是仔细一看，咳！洪常青的腮上怎么还有道伤疤呀？！"那道"疤"，其实是自然形态的细微的桃核麻纹，而非人工误伤。就因为这题材人物众多，景物繁杂，他尽管捧心捧胆却难免顾此失彼，结果就会犯所谓的政治错误！

考功卿创作道路的第三阶段，是指"文革"基本结束之后的七八十年代直至 1999 年先生逝世。这一阶段随着党的路线的拨乱反正，改革大潮的汹涌澎湃，同其他老艺术家那样，考功卿的创作思想挣脱桎梏，又回到了符合艺术规律的正常轨道。这个时期他的技艺已炉火纯青，手上的感觉亦达到了巅峰状态。其作品既有传统的诸如《周处除害》《松鹤延年》《夜游赤壁》《嫦娥奔月》《天女散花》，又有"与时俱进"的诸如歌颂党的《南湖革命纪念船》之类。对一个七八十岁老人来说，尤难能可贵的是，1986 年当我国南疆发生战事的时候，考老为慰劳前方浴血奋战的解放军战士，昼夜苦干雕刻了《岳母刺字》和《木兰从军》，连同石刻两方寄往老山前线。此事影响极大，中央人民广播电台当即报道，表扬了这位老艺人的爱国情怀。而 1982 年，山东省工艺美术界负责人、著名篆刻家石可来信，转达省委副书记高启云意思，要考功卿为宋庆龄纪念堂雕刻纪念品，考老立即刻了《嘉兴南湖船》一只，另有核章两方：一方的上端是"松鹤延年"，下端印底是"国之瑰宝"；另一方上端刻有宋庆龄遗像，及各族儿童九人，印底则刻着"中国杰出的妇女"字样。考功卿的这些核雕作品，一直存放在宋庆龄纪念馆里，时时供人瞻仰。

然而鉴于考老年事已高，体力和精力所限，他晚年的精品数量不多。但他为了推进核雕事业的繁盛，因了公事的需要，刻制的核章委实不少，据估计不下三百枚。此外他在书法、石刻等领域也多所涉猎，俱有精进。我见过他的一件石刻，是在不过 7 平方厘米的石面上，竟能以清晰的字体、严谨的布局，刻出一百六十余字的诗赋，其功力令人叹为观止。

经典“核舟”载他溯流前行

　　大概是1990年代，一本省级刊物刊登过某作家为考功卿先生写的一篇专访。其中“轿车换轿车”一节，写的是考先生一只核雕的马拉轿车，为国家换来一辆崭新的外国轿车的故事。故事写得十分有趣，讲到了那位外宾见到考先生核雕轿车时的惊叹，也讲到了先生声明“这是残品我不能卖”的耿直和诚实。这故事笔者没有听到，故不能妄加评论；但笔者倒是听到了另一个核雕换骄车的故事，与上面的故事雷同，不过那不是马拉轿车，而是核雕的《赤壁赋》。

　　《赤壁赋》，也就是苏东坡游赤壁的故事，文人雅士早脍炙人口；而自魏学洢的《核舟记》面世以来，“奇巧人”王叔远的高超技艺，又成为大清以降三四百年间如许核雕艺人们叹羡的话题。那只飘荡于人们心脑云水之间的小舟，代表了核雕艺术的峰巅，它长期引诱着人们去模仿，去复制，试图达到它的高度。然而说说容易做着难，时至今日，真能在艺术上达到王叔远水平的，估计如凤毛麟角。

　　但值得我们骄傲的是，我们的潍坊老乡考功卿先生，三十年前就已经超越了王叔远的高度！

　　考功卿在他的“简历”中披露：“魏学洢所著《虞初新志》上的《核舟记》（夜游赤壁）对我启发很大。五七年我到中央开会时，在与宋处长闲谈中，谈到王叔远的‘核舟’一事。他说，‘这件作品恐怕没有了’……从此我就一直琢磨这一作品。五九年我在中学语文课本上又看到了《核舟记》一文，激起了我极大的兴趣。难道古人能做，我们就不能做吗？我决心使祖国的这一宝贵遗产再现于世人面前，从而也打破人们认为在桃核上根本就不能刻的想法……”

　　他仔细研究了王叔远所刻的核舟，发现“通计一舟，为人五，为窗八，为箬篷，为楫，为炉，为壶，为手卷，为念珠各一；对联、题名并撰文，为字共三十有四"，而若想"复制"它，也许比从古老的河道里打捞一艘沉船还要困难。不消说，他首先应该细读苏轼，研究宋人的服饰、发型，乃至器物的模样（好在他对此并不陌生），尔后再将人和物一一摆弄着，像舞台剧的导演那样，设计着他们各自的位置和彼此的关系。而这一切，他都是在脑子里默默进行着的。

当他摩拳擦掌将要动手的时候，才发现，当年王叔远的核舟，以及清代某大师为皇上所刻的贡品核舟，其核也者，其实不是桃核，而是橄榄核。须知橄榄核的个头比桃核略大，若在桃核上做文章，那就意味着，他必须迎接比古人彼时更为困难的挑战。然而不做则已，要做，就一定"前无古人"！这是考功卿的心声，其实他并没有如此对笔者谈起。

但笔者知道，他最终完成的桃核核舟，其"舟"上所刻，共为人五，为窗八，为箬篷，为楫，为炉，为手卷，为念珠，这些都是照样画的葫芦。但在考功卿的新核舟中，却增加了风旗和锚链各一，另外是壶两把，桌四张，前后门四扇。更不可思议的是，所有的门窗皆能自由开阖，而且能看清窗上篆刻"山高月小，水落石出，清风徐来，水波不兴"计十六个字。再看门上，则又用正楷刻上了"月出于东山之上，徘徊于斗牛之间"，"挟飞仙以遨游，抱明月而长终"共计二十六字。这就是说，考功卿的新核舟与王叔远的旧核舟相比，门和窗已从固定静止的假门假窗，跃变为有枢有轴开阖自如，具有门窗功能的真东西了；更何况其门窗上的字，论数目比王叔远的旧核雕还增加了将近两倍呢！

到此为止，考功卿已经超越了古人，但他并没有停下脚步。某一日心血来潮，忽发奇想，想到有船应该有链……于是继续求索前行。便又于船体之外，刻出一条锚链，链上三十七环，环环相扣，皆能活动。之后兴之未尽，又在风旗之上落款，镌下了"壬戌年九月秋考功卿七十四岁作"十四个字，这才将雕刀一丢宣布竣工。

壬戌年应该是 1982 年，那年考先生实际是七十二岁。七十二岁时考功卿制作的这只核舟，不知今天泊于何处。笔者尽管与考老厮熟，却也只是看到过它的照片。据悉考功卿不止刻过一只《赤壁夜游》，面世的至少还有 1979 年的一只，当时报纸和电视台都曾进行报道。但或许还有那么一大堆刻坏了的残品，藏在人们看不到的地方。记得当年我曾询问考老，是不是也会有刻坏了的时候？他总拂髯一笑，闪烁其词。其实这本无须询问，因为任何一项真正的创造，都是不知付出多少心血，经历多少挫折后才能完美呈现的。

大概是 1986、1987 年风筝会期间，我曾数次陪同来访的文化名人，参观考功卿供职的市工艺美术研究所，发现展厅里摆放着一只考老所刻的普通核舟，但并不是《赤壁夜游》。即便这只普通的核舟，听说也有好多外宾希望能花钱购得，但所里的答复却是"非卖品"，实不好定价。而当外宾叩问缘由时，所里又只好以"残品"为幌子婉言拒之。我虽不知那究竟是不是残品，可也听考老悄悄说过，事实上他也常做一些功亏一篑的事情。而在创作《赤壁夜游》的关键阶段，他也曾因过度疲劳，精力透支，晚上发烧做噩梦，梦见自己身处一堆烂桃之中，忽然他毕生所有的作品都被烂桃淹没……如果现在让我为他解梦的话，我会说，做梦都是反意的，真实的情况应是：考功卿正坐在经典的"核舟"上溯流而进，向着那桃花盛开的地方……

背影是一道逝去的诗意风景

根据笔者了解，考功卿先生是一个率性恬淡的人，他身上既有乡人的质朴，又有士人的高雅。他经历坎坷，一生清贫，认准了核雕这条道路，一直踽踽前行，不怕寂寞，如颜回那样一箪食一瓢饮虽在陋巷不改其乐。大概 1986 年，笔者造访过大考家村他的那几间茅草屋，觉得实在不堪住宿，而且距市区又远，到单位上班或领导交办点事情，风风雨雨来回骑车委实有些困难。不过还好，潍坊市政协的领导对这位老委员表现出格外的关心，于是出面协调，在东风东街如今早春园的对面，给他解决了一套新楼房，而且还公款配置了床和写字桌之类。此事当由当时的政协主席远东、副主席兼统战部长姜曰绍过问，我曾亲耳听姜讲过。我还到考老的新居里祝贺了一下，并在其新居里，看到四面墙上挂满了字画，印象深的，有为梅兰芳长期配戏的俞振飞、四大名旦之一的张君秋等文艺界名流，以及山东省委书记谭启龙、副书记高启云等官员的丹青墨迹。但是今天采访考老的后人考明俊时，却只看到谭启龙的那一张了。

我想这些字画，无非是他以核雕作品送人，然后别人答谢的所谓唱和之物。考功卿为人豪爽，手也很"松"，类似于大作家兼书画家汪曾祺先生，从他那里求件核雕似乎不太费事。他送出的核章作品不知多少，而我也得到了一件未求自来的《萧何与韩信》，刻的是萧何月下追韩信的经典故事，虽系小品，亦见功夫。考先生与我同是政协委员，见面颇多，后来我又将核雕艺人的形象"搬"进了银幕。我特意让剧中人姓考，而且亲领美工、化妆师，一起造访他的新居，之后剧中的核雕艺人，就蓄上了如考老那样的拂胸长髯……那枚《萧何与韩信》，应该就是那时候得的。

当然党和人民也给予了考功卿应有的荣誉。从 1956 年起他就是潍坊市的政协委员；1964 年山东省手工业局还授予他"山东省老艺人"称号；1989 年 1 月被任命为高级工艺师；1990 年 3月国家轻工业部颁发荣誉证书，评价他为我国工艺美术事业做出了卓越贡献。而从上世纪 80 年代开始，《潍坊日报》《大众日报》《羊城晚报》《文汇报》《新民晚报》《四川晚报》《文摘报》

以及中央电视台、中央国际电视台、山东广播电视台等都先后报道过他的艺术成就。当地的潍坊电视台更是经常在开政协会时，把镜头对向那位留着长须卓尔不群的老者。2011 年中央电视台科教频道还特做专题，对考功卿一生的艺术之路进行了回顾。

而我认为，考功卿是他那个时代老艺人的典型代表。他创作的时候，绝对心无旁骛，类似于达摩面壁，绝不会被喧嚣的市声搅扰，也不会像今人那样浮躁。因此他是那个时代的一道诗意的风景，欣赏他的核舟，如听渔舟唱晚，会使人的心境格外洁净！

（原载《潍坊晚报》2014 年 6 月 8 日"人文潍坊"）

明月清风是绝唱

—— 王希坚先生最后的诗作

> 谁谓浮生一瞬间，
> 身经两万八千天。
> 酸甜苦辣都尝遍，
> 明月清风度晚年。

以上是已故山东省文联副主席、著名作家和诗人王希坚先生的一首抒怀诗。希公 1918 年出生，1995 逝世，享年七十七岁，按天计算大约是"两万八千"之数。这首诗是他站在生命尽头对所经之路的回眸，是一位人民歌者的"绝笔""绝唱"，因此毫无疑问，它具有一定的文学史料价值。

也许没人知道，我是这首诗最早的读者（之一），而且还是诗稿（其实就是书法条幅）的第一位收藏者。

1995 年 3 月 27 日，我去济南出席山东省作家协会的工作会议，下午报到之前，忽然想到几位退下来的老领导近况不知如何，应该登门拜访一下。于是前往省文联宿舍，首先就找到了希坚先生的房门。

希公的房门有两层，外层是铁的防盗门，里面则是木门。我一看防盗门虚掩着，就知道主人在家，然而哐哐哐地在铁门上拍了几下，屋里却久久没人应声。我踌躇片刻，又拉开铁门再拍木门时，不想它竟无声地开了。于是看到一个老人正拄着拐杖，佝偻着腰身，很费力地朝这边走来。不消说，这就是希公了。我急忙趋前，扶住他仔细端详，发现他比以前更瘦了，气色也差多了，说实话真有点形销骨立的意思。

他跟我打招呼的时候，我感觉到了不知从哪里吹过来的阵阵冷风，于是就很自然地跟他"寒暄"着，并感叹"停了暖气的日子最不好过"云云。然而，后来我才知道，他的腿痛其实并非关节炎所致，事实上那时候已经到了癌症晚期，阴险的死神正悄悄向他逼近，只不过他自己并未察觉，别人好像也没特别在意罢了。总之上苍不知出于何种目的，向大家隐瞒了这一不幸的消息。

在接下来的叙谈中希公告诉我，刻下他最关心的倒不是自己，而是与他相濡以沫的老伴，她现在病情十分严重，正在医院施救，孩子们都奔那边去了……听到这里，我的心像被揪了一下似的，暗叹一声"真是祸不单行啊"！然而不等我进一步探问，希公已将话题扯开，问我来济南干什么，潍坊文联近来的情况怎样……说也怪，一扯到文化事儿上，希公的腰身立刻就伸直了，脸色也变得好看些了。于是我所熟悉的那种澹定而超然的微笑，那种儒释道相糅的士人之气，又再次呈现于希公的面庞。

我记得，那天我们还聊到了当下纯文学刊物的窘况。当我向他倾吐主编《风筝都》杂志的困难时，希公的目光倏地从我脸上移开，移向了沙发旁边的一捆捆刊物——那正是他所主编的《历山诗刊》，每一册每一页都凝聚着这位老人的心血。此时他问我："这几期你有吗？没有，就拿些去吧。"

我回答说："有，有，每一期我都能收到。"

说真的，我对诗词兴趣一般，也不太懂什么格律，因而每回收到《历山诗刊》，从未认真品读，也并不特别珍爱。但是，当我从老人家注视刊物的目光中读到了"母亲看孩子"一般的深情时，刹那间就有了惭愧和负疚的感觉。于是赶紧表示："当然需要了！我可以转送给周围的朋友啊。"然后一面称谢，一面往旅行包里大塞着刊物。我觉得我"如饥似渴"似的神情，至少可以让这位在齐鲁诗坛高擎着大旗的老元戎感到些许的宽慰呢。

接下来发生的事情，那就与上面的古体诗有关了。

不知什么时候，我开始注意到，对面墙壁上有一幅未裱的书法，用两枚图钉钉着，细看正是希坚先生手迹。他的诗和字功力内在，并不张扬，如其为人一样，真诚实在，平易可亲。那一刻，我轻声吟诵着："谁谓浮生一瞬间……"一面咂摸诗味，同时也联想到了这老人不平凡的人生……

王希坚的家乡是诸城县相州镇，与我的家乡巴山仅有一河之隔。我早就听说过，他虽出生于破落地主家庭，但受父亲王翔千和大姐王辩的影响，1937年就已加入了共产党，并且当年还是著名的"抗日一百单八将"中的一员。我当然也知道，虽然希坚先生投笔从戎胸有马革裹尸的宏志，然而论其"功业"，却不在战场而在文坛。从上世纪50年代起，希公就开始担任山东省文联暨作协的领导。有段时间他还兼任过《山东文学》的主编，包括我在内的许多年轻作者，都曾得到过他的指导与提携……他是公认的好人、才子和忠厚长者。他1946年创作的《地覆天翻记》，以及"文革"后的《牛棚诗人》《李有才之死》等小说，至今仍为人们津津乐道。然而不幸的是，希公命运多舛，1957年曾被错打成"右派"，尔后就下放劳动，进"牛棚"改造，受到了不公正的待遇。但好在他能处世超然，淡泊名利，不以物喜，不以己悲，以冰霜之操自励，以穹窿之量容人，所以也能活得潇洒轻松、自由自在，并从而赢得了老老少少、上上下下的爱戴……

因此可以说，对面墙壁上的那四句诗，尤其后面两句，实际上是作者为自己一生所写的"总结"或者说"鉴定"。我认为，"酸甜苦辣"指的是他的人生遭际与况味，而"明月清风"则象征着他的胸怀与品格。试想一个人能有明月和清风相伴，那就是真正的幸福，那就该知足常乐。所以垂暮之年的希公，其躯体虽然痛苦，灵魂却是快乐的呢！

我一面吟着，一面想着。希公看出我有些激动，便显得十分高兴。他用拐杖指着条幅说："这是我刚刚写好，他们给钉上去的。你若喜欢，就自己摘去吧。我，可是站不起来了。"

他这话使我一愣，简直喜出望外。说实话，一个简单的"谢"字是不好意思出口的。当时我也未多想什么，就匆忙将这件书法摘下，三叠两折塞入了旅包，然后向希公告辞。

按说这件弥足珍贵的希公书法我应该好好收藏才是，然而说也遗憾，也许没人相信：在我从济南回来之后，没过几天，我就将它赠送给了诸城的一位朋友。

这朋友名叫张在升，是诸城市西郊岔道口村（亦即东升集团）的老书记，一位口碑不错的农村干部。其实我们原先并不认识，只是因了我老同学李增坡（时任诸城市委副书记）的引见，受到了他的热情招待，并且还从岔道口获得了一小笔赞助《风筝都》的经费，从此我便心存感激，欠下了人情似的。于是再一次在诸城聚会的时候，我便将希坚的书法当作了酬谢的礼物。

有人或许会说我的决定过于轻率，其实，类似的事情过去我也干了不少。我本性情中人，被别人感动了的时候，无论多珍贵的画作也时常当礼物出手的。至于希公的这件作品，说实话当时我尚未意识到它的重要性和"唯一性"。我并不晓得1995年的那个冷飕飕的春季，希公已病入膏肓，死神正悄悄逼近；总觉得以我与希公的关系，类似的书法并非难求，无非再去趟济南便是。然而，谁又能料到，等到三个月后，时当暑夏而我以为希公的腿脚将不再忍受关节炎的折磨时，却不料晴天霹雳一声，传来了他老人家驾鹤西去的消息！

是年7月10日，我接到了山东省作协电传的讣告。7月12日下午，我赶赴济南在栗山殡仪馆向希公告辞。返回潍坊的路上，望着车窗外一闪而过的树木和晚霞，我突然对希公的那幅题写了"七七抒怀"诗的书法作品有了诗意似的理解。我觉着，它就像暮秋里的最后一片绿叶，抑或黑夜来临前的最后一片彩霞。是绿叶，就能体现生命的活力；是彩霞，就能令世界光亮！

不知不觉，一晃十五年过去了。在今天 2010 年的 3 月，同样是暖气刚停而天气还让人不太适应的季节，我又想起了希公，想起了他赠送给我的那件绝笔。如今张在升先生亦已作古，估计希公的那件遗作，仍保存在在升先生的后人那里吧。我写下上面这篇文字，并非表示后悔或企图索回之意。不是的，因为那绝不是君子之所为，我相信希公在天之灵也要笑话的，而是想提醒此件的保存者，一定要充分认识到它的文化史料价值。倘如能为文化部门收藏（譬如说收进"诸城名人馆"），以供广大群众欣赏瞻仰，那自然再好不过了。

2010 年 3 月

老校长刘岑轶事

刘岑先生是我初中时的老师，高中时的校长。

1959年，我在诸城二中（即相州中学）读初二。下学期刚开始，学校突然多了个陌生人。四五十岁，中等身材，瘦绰绰的，戴黑框眼镜，穿一身灰蓝中山装，脚下是白底黑帮的布鞋。每到我们上早操下午课外活动时，就见他背剪双手，昂着头，挺着胸，旁若无人地沿着校外那条小路散步。后来才知道，他叫刘岑，是追随彭德怀的"右倾"分子。

据说刘岑原先是山东省行政干校的校长，论级别比我们县长都高。可有一回，他参加省委组织的考察团，到农村考察"大跃进"的成就，大家都兴奋地参观小麦丰产方和公社大食堂，只有他独辟蹊径，先采了几株干黄的麦苗，又从农妇那里讨得两个黑黢黢的菜团子，待返回省城开座谈会时，所有的人都热烈发言，高声歌颂"大跃进"，唯独他把干黄的麦苗和菜团子往桌面上一摆，然后颤声地说："同志们请看，这才是'大跃进'真实成果呀！"结果会后不久，他即被下放到老家诸城，担任了城关公社的书记。

下放到公社，他倒没什么想不开，还声称这是组织关心他，提供了联系群众的好机会。他一天到晚往群众堆里跑。有一天来到公社大食堂，看见几个老婆婆正在剁菜，觉得声音不对，便蓦地大喊一声："住手！"不由分说一把将菜板抢了过来。咳！什么"菜板"？分明是古刻，好像是孙过庭书谱，价值很高的文物呢！这件文物接着上调到省城，很快又上调到北京；可刘岑却继续下放，到诸城一中干书记，还不行，最后到我们这乡村中学担任了历史老师。

然而刘岑老师教历史好像也不太称职，因为他根本不按教学大纲教，讲到哪算哪，到哪山砍哪柴。比如宋朝一节，你重点讲讲王安石变法即可，可他偏要扯到苏东坡、李清照，小故事一个连一个，虽然有趣，但下课铃响的时候，按计划他才完成了四分之一。

说起来我跟刘岑老师的相识也很有趣：那天晚上我到他宿舍去，他以为是找他，显得很高兴，就说"来来来，同学快请坐"，然后摸暖瓶给我倒水。殊不知我拜访的是与他同屋的曲老师。曲老师教语文，在县报上发过几首诗歌，很年轻，一副风流才子形象。我一看要找的人不在，啥话没说扭头就走，弄得刘老师挺尴尬。这时恰好曲老师回来了，我又啥话没说相跟着进了屋。然后曲老师就开始跟我"扯文学"，一扯就扯到了王统照、王愿坚和王希坚。须知这三位的老家是相州镇，而相州正是我们二中的所在地，所以曲老师经常把他们挂在嘴上。那天一开始是曲老师天花乱坠地扯，我聚精会神地听，刘岑老师则倚在被子上闭目养身。然而只一会儿功夫，刘岑老师就耐不住寂寞了。他干脆睁开眼，插进嘴，有时还不以为然地摇摇头，似有跟曲老师唱"对台戏"的意思。当曲老师将话题转向他最拿手的诗歌，大谈特谈臧克家的时候，没想到刘岑老师嘿嘿一笑说："克家吗？嘿！他是我表兄，我对他可太了解了！"竟弄得曲老师大张着嘴，半天喘不上气来。此后曲老师没了"扯文学"的兴致，刘岑老师则开始大扯特扯。他扯了好多臧克家青少年时代的故事，有的甚至就发生在相州，就在刘老师散步的那条通向潍河的小路上。这简直不可思议！

然而最有戏剧性的，是在我们这次"扯文学"即将结束的时候。刘老师问我姓甚名谁，家在何村，我说我叫韩钟亮，家在乔家巴山。他眼睛突然一亮："怎么，你是乔家巴山的？那韩铁英你认识不？"我说："咋不认识，他是我大哥呀。""啊呀！你原来是铁英的弟弟？"刘岑老师激动地把我抱住。然后他说："在滨北抗战的时候，我和你大哥就是战友了！……"随后他送给我一本装帧精美的布面笔记本，那里面有齐白石、徐悲鸿等大师的画作，我猜想它一定非常贵重。刘老师嘱咐我，今后读书时，可以用它摘抄一些优美句子，当然也可以在上面写一点诗歌、散文什么的。但我一直不舍得用，若干年来只是拿它夹些饭票、布票和剪报之类。

1961 年，我进诸城一中读高中的时候，刘岑老师好歹被"甄别"，落实政策，调到一中担任了校长。那时一中校长的级别不低，跟县委书记大概相当，这在小小县城来说应该就是高干了；尽管如此，可在我眼里，却总是晃动着朴朴实实一位兄长似的身影。

我们知道，在那所谓的"三年自然灾害"时期，人们过的是"瓜菜代"日子，很少能见到点荤腥，然而我却从刘岑校长那里得到了意想不到的"优待"。每每在星期天，午饭或晚饭的时候，他总忘不了把我唤过去，享受一番供应高干的鱼肉之类。

算起来刘岑到诸城已经两三年了，但他的家却仍在济南。刘夫人是历下区的领导干部，似乎是法院院长，好像没来过诸城，但是曾派他们的儿子大明来这儿陪伴父亲。我见过大明，约五六岁样子，模样很可爱，来的时候穿的是挺洋气的小皮鞋，但不久就换成了当地庄户人常穿的"蒲窝"——一种挺暖和的草鞋。草鞋有点大，大明跑快了的时候，蒲窝常会被甩掉，那样子很好玩儿。据说，春节前大明又回到济南的时候，母亲打量着他，诧然道："唔嘢！我儿子快变成贫下中农了！"

也许因了铁英大哥的关系，刘岑待我不单是"老师"，绝对也有"兄长"的味道，否则他也不会坚决地反对我报考美术学院，竟在我跟随杨鹏老师学习了五个学期的素描、速写之后，硬"逼"我"改邪归正"（这是他的原话），突击文史，瞄准了文科院校。不仅如此，他居然还以我为"文友"，常与我"探讨文学"。常常在自习课的时候，他老人家背剪双手闯进教师，于众目睽睽下将我头顶一拍："你出来一下。"我就随他走出教室。"我又作了一首小诗，你看看如何？"……有一首题为《清明即兴》的，我大体记得是："黑云压城城欲裂，清明三月飞冰雪。律违阳和众神怒，田园稼禾遭摧折。"他解释说："谚云'清明断雪，谷雨断霜'，今春清明却是大雪纷飞。春神主位，本该是'阳和'天气，然而违背了自然规律，硬是要叫冰雪自天而降，禾苗哪堪忍受啊！……"那时我不懂他的心曲，如今琢磨起来，这恐怕是一首"政治诗"，从其思想情绪来看，莫说打他"右倾"，就是打个"右派"，怕也够格儿的！

当然，刘岑的诗词也并不都是伤感郁愤的。比如写三里庄水库的一首，情绪就相当明快亮丽："城下坝如卧龙，强把河水拦起。倚常山，屏马耳，翠岚万叠，澄波千里。韵悠悠情歌四起，花簇簇少女犁地。……恼煞东坡恨当年，没能把扶淇苏堤高筑起。"想来这老头畅游三里庄水库之时，油然想到了曾经知密州的苏轼，便很浪漫地把杭州西湖的苏堤跟诸城扶淇河上的三里庄水库扯在一堆了。

刘校长既如此酷爱文学，便与教我古文的张则威先生颇多共同语言，常在一起切磋学问。据说有一回，两位老头儿为着一个"憾"字的含义，竟争论得面红耳赤。刘说"憾"应作"恨"解，张却说上古时"憾"无"恨"意。则威先生原是清华大学学生，学富五车，是一中的名牌教师，刘校长待他应该不错，否则学校也不会在房屋紧缺的情况下，还专门为他单设了一间私人"书库"。但有意思的是，张先生倔得可爱，而且也"不服"刘岑的"校长之尊"，因见"诸城已无说理之处"，遂修书一封，竟请山东大学的某古文教授予以裁判。裁判的结果如何，不得而知，因为不久刘岑调回了省城，而我也顾不上关心这档子事情，事实上很快我也从一中毕业了。

刘岑校长虽喜欢文学，但毕竟不是文人，他更关心的是政治。

据我观察，在"文化大革命"中，他的政治热情毫不亚于我们这些毛头青年。

1966年夏天，"向资产阶级黑线开火"的那一阵，我所在的山东大学新校区，一夜之间竖立起了一排排的大字报专栏。夜深人静时，我常看到有些显然不是教师和学生的陌生面孔，在昏暗的灯光下或隐或显。也许是缘分吧，有一天，我在大字报前认出了省长白如冰，而且我们还聊了几句。待白如冰走后，我一扭头，咦？怎么还有一位熟人——我的刘岑老师？！据我所知，刘岑老师现在应该是"赋闲"在家，何必也如省长那样，关心学校的事呢？

嗣后不久，我到北京"串联"，岂料在海军部铁英大哥的家里，竟又见到了刘岑老师。我暗自纳闷：我是红卫兵，是毛主席将要接见的"革命小将"，可刘岑充其量是"老将"，然而毛主席没说要接见"老将"呀，他来北京干啥哩？

刘岑风尘仆仆而来，衣兜里满满地装着传单，显然他也在关心着国家大事，而且在他与我大哥交谈期间，眼眸里显示出青春的光芒。这时候我脑际电光火石般地一亮，想起了在诸城一中的一段往事。某日午饭，我们高六级二班的薯干中发现了一只煮烂的老鼠，大家气愤填膺，便由班长领头，全班人马抬上盛饭的"木斗"，浩浩荡荡地去找校长理论。其时刘岑正在宿舍吃饭，见了薯干里的死鼠，按说应该以校长的身份进行安抚（甚至可以耍些手腕欺骗我们），可他竟暴跳如雷，激动地将筷子一摔，喊声："跟我走！"遂也成了学生中的一员，"闹学潮"似的带我们向食堂进发了……故此我想，眼前这老头，当革命大潮滚来的时候，那"硬化"的动脉里，一定又沸腾起来了吧？

这年的冬天悄悄到来了。我们山东大学的"保皇派"红卫兵形势不妙，以我为骨干的山大文艺宣传队，打算去井冈山、韶山一带步行"长征"，其实是躲避一下"造反派"的冲击。行前，我去历下区青龙桥附近刘岑的家里道别。我记得，我俩刚刚议论了几句"当前的革命形势"，刘岑老师突然就激动起来。他"哗"的一声扯开衣领，露出了肩胛骨，于是我看到了很狰狞的一片伤疤。"看到了吧？"他大吼着，"知道怎么来的吗？这是当年被汉奸逮捕，被他们用铁条穿透，拴住骨头，滑大梁吊打留下的！可我刘岑宁死不屈！……"

我当然并不怀疑他的骨头是硬的，心脏也是红的，可我不太明白：现在你已不是"当权派"了，已经是平头百姓了，"戴高帽""挂黑牌"的，即便是白如冰之流，也绝对不会是你呀，你激动个什么劲的呢？

好久之后我方恍然大悟：原来刘岑愤愤不平、慷慨激昂，无非是要将历史上的一些瓜瓜葛葛理个清楚，历次运动中的政治立场分出个谁对谁错。面对着一些我们看不见的黑影，他不只一次地大喊："是你们对人民有罪，还是我对革命忠诚？！"……为此他不顾年老体衰，栉风沐雨地东奔西走，饱一顿饥一顿，有时简直就像"盲流"，为的就是寻求一种答案。郑板桥的人生哲学是"难得糊涂"，而刘岑的哲学却是"定要清楚"。

1968年底，我大学毕业后离开济南，到海滨的某个军队农场劳动，接受所谓的"再教育"，打那与刘岑老师失去了联系。又过几年，忽有噩耗传来，说刘岑已在他家的门框上自缢身亡，原因不详，但按照当时逻辑，自杀终究是"对抗运动""与人民为敌"的一种表现，很不光彩的。不过也有另外一种说法，他是被"造反派"的"棒子队"，以"文攻武卫"方式乱棒打死，然后又将尸体吊在门框上制造了自杀假象的。

得知这噩耗，我偷偷找个地方，为他化了几张纸钱。其实他并不缺钱，缺的是正义和公理。他一辈子都想活得清清楚楚，却不料死也死得糊里糊涂！

刘岑老师如活到现在，也该有八九十岁了吧？1991年秋，我去北京拜访臧克家，一扯到刘岑，臧老的眼睛唰就亮了："那是我表弟呀！咳！刘岑呀……"臧老喃喃着，却也找不出什么话来说。

（原载《潍坊晚报》2000 年 9 月 10 日、10 月 8 日、10 月 15 日"艺文流风"版）

那山 那水 那人
—— 诸城竹山风景区游记

那山，一座舜王遗留的"神峰"

子曰："知者乐水，仁者乐山。"我非仁知之士，但对山水情有独钟，甚至慕六一先生而自诩为"爱山者"。故此丙申初秋，当老同学董云龙电话上邀我"到竹山玩玩"的时候，我不假思索便答应了。

"玩玩"，这是旅游爱好者常挂嘴边的字眼儿，事实上人们攀山涉水为的也就是个"玩"字。但我不行，我这人挺"个别"，对山水不是"玩耍"，而是"阅读"。我把山水当作了一部书，或者一个人，希望在阅读的过程中结交个朋友，享受到单纯玩耍所得不到的乐趣。

那一天，陪同我的不只董云龙，还有诸城市原人大主任李增坡，也是高中时的同学，另一位杨宗亮君，都称他杨书记，乃诸城旅游局的干部，现住山上，负责组织协调竹山风景区的规划建设。说来都是文化人，故此话题一开始就扯向了"竹山的来历"。我从而得知，竹山属于泰沂山余脉之马耳山脉，其出生于七千万年前的那场"燕山运动"。当造化之神这个接生婆将手伸向濒临黄海的这片地壳时，与它同时破腹而出的还有两座山，一座名唤卢山，一座称作障日。卢山在西，障日在东，竹山居中，它们是孪生且连体的三兄弟，个头和模样儿也差不了许多，然而在人世间的知名度却不大一样。卢山因公元前244年秦博士卢敖来此避祸而名闻遐迩，障日则因苏轼诗中有句曰"莫教名障日，唤作小峨眉"而声气大振，那么竹山呢，它既不得卢博士的眷爱，又不得苏太守的嘉赏，于是默默无闻，长期被人们忽视了，冷落了。设身处地地为竹山想想，它肯定心情不爽，我们看到的那些袅袅飘荡的山岚，无疑就是它发泄出来的怨气吧。

我们的车子从闹市出发，大约半个钟点便进入了竹山景区。该景区 2002 年被批准为省级森林公园，2013 年又升格为国家级。大概是进入景区大门的一刹那，忽觉得尘嚣顿失，万籁俱寂，猛可地一片绿浪扑面而来，然后看不见的芬芳气息便充盈了整个车厢。我晓得从即刻起，此身已是仙山客了。

我记得，那日曾乘兴口占一绝："胜日寻幽竹山行，明花暗柳荡绿风。多情最是斑鸠鸟，夹道关关对客鸣。"诗味自然不足，但在董君这样的诗词行家面前，我居然还敢腆颜献丑，而且还应诺在他编辑的《琅琊诗刊》上发表。不过我有言在先，我既不是来赏景的，也不是来作诗的，而是来"读山"的；而且这个"读山"，重点不在其"外貌"，而在其"内涵"。故此对于杨君津津有味介绍的什么猴王峰、云鹤峰、灵芝峰之类我并不太感兴趣，因为此等以山岩形状附会出的景观故事，你在其他地方没准也能看到、听到。然则一旦扯到了历史，当然是有案可稽的历史，那我马上就兴味盎然了。于是乎，当前面山坡上突然耸起一座山嶍，而杨宗亮介绍说"它就是舜王峰"时，我觉着心头怦然一动……对了，那就叫心血来潮，或曰心有灵犀，总之我的思绪飘悠悠飞回到邈远的古代了。

我当然晓得，舜是诸城人，正经八百我的老乡、先祖。据《孟子·离娄》篇："舜生于诸冯，迁于负夏，卒于鸣条，东夷之人也。"此中的诸冯，现属诸城市舜王街道，几千年来这古老的村名一直未改。曾听乡间传说，舜年幼丧母，父娶继母生象，继母偏爱象，对舜百般虐待。舜在家待不下去，遂孤身出走。他来到诸冯东南三四十里的一座无名山头，见此山奇峰陡立，石棱如削，酷似竹笋，遂命名曰竹山，然后住了下来。大概过了四千来年吧，有一位知名作家，叫王金铃，是我诸城同乡，又是诸城一中的校友，他据此传说加以演绎，创作了一部长篇小说《虞舜大传》，由作家出版社于公元2000年出版。在其第十七回中，作家这样写道：诸冯一带潍水泛滥，舜等为避灾害，结伴来到地势较高的竹山一带。此地原居有"神氏部落"，而神氏中又有三位神箭手，号"神氏三弧"，曰神穀、神疾、神鸣。居于竹山的神鸣是位女子，其因所造之箭飞行时发出响声而得名。舜等遂跟从"神氏三弧"，在竹山学习弓矢之技。而神鸣尤对舜有情，不惜将心爱的"响箭"赠送与他⋯⋯

《虞舜大传》的这段故事，无疑会使竹山引以为豪。以往卢山、障日这两个孪生兄弟，总是拉大旗作虎皮，借卢敖、苏轼的名气而大吹大擂，自然竹山的心理颇不平衡，然而有了金铃先生的佐证，那么竹山就可以扬眉吐气，朝那二位的脸上"我呸"一声了。因为舜乃中华"五帝"之一，在他的面前，无论卢敖啦苏轼啦，那都是苗裔，都只有顶礼膜拜的份儿。

是的，竹山是伟大的山，它是舜帝生活过的地方，既如此，那么它就堪称中华民族的"摇篮"（之一）。我非常欣赏"舜王峰"这称号，但不知为何它未能流传下来。时至今日，老老少少乡亲们还是以"竹山"呼之。莫非低调的竹山不想借舜王之名张扬自己吗？也许是吧。正像杨宗亮说的那样，竹山之神曾经"托梦"，告诫那些想给它改名的人们："舜王峰"这名字太大，我担不起，我觉得还是"竹山"叫着亲切，因为这是我的"乳名"，我永远是诸城乡亲的孩子。

我仔仔细细地阅读竹山，突然间有了一点自己的发现。我发现，那山崮其实并不是竹笋，而是一堆竖立着的如竹箭样的化石。毫无疑问，那就是一堆舜王用过的竹箭。

那水，一只吸纳三泉滋养苍生的"宝盆"

忘记哪位诗人说过，"峰峦是大山的骨骼，泉水是大山的血脉"。照此说来，猴王峰、舜王峰、云鹤峰、灵芝峰等九峰即是竹山之骨，而蜿蜒闪亮有如珍珠项链的泉水，则是竹山的血脉。

说到泉水，我们不能不提竹山的谷峪。在杨宗亮君整理的一份材料上，我看到竹山有五座谷峪，曰"我乐谷""三泉谷""柔情谷""药王谷"和"聚宝盆"，其中"药王谷""我乐谷"和"三泉谷"的来历比较有趣。"药王谷"讲的是唐代医药大家孙思邈，人称药王，当年往崂山寻道，路经竹山，恰遇村童被毒蛇咬伤，他在此采得一种俗名"蛇倒退"的草药，挽救了村童性命，山民遂将此谷称为"药王谷"。"我乐谷"的命名则又与舜王有关。传说舜曾在此驯化野牛，并尝试驭牛耕田，耕田的时候他高声唱着"尔乐乐，我乐乐，尔我同乐乐"的歌谣，而"乐乐"其实也是诸城一带农人沿用了几千年的驭牛口令。随着光阴飞逝，时代变迁，"我乐谷"的阡陌上已不见了耕牛的影子，也不再有"我乐乐"的歌声和着啪啪的鞭响在山谷间回荡。至于"药王谷"呢，好像"蛇倒退"之类的野生草药很稀罕了，倒是有人工栽培的金银花、徐长卿、丹参、皂角、杜仲、木瓜什么的，这儿那儿，一畦一片，随着季节变化时而披绿，时而挂紫，时而飞白，时而洒金，点缀得竹山有如仙苑，令慕名而来的游客赏心悦目。

而当杨宗亮介绍"三泉谷"时，我蓦地想起苏轼当年游卢山，曾咏过一首《三泉》："皎皎岩下泉，无人还自洁。不用比三星，清光同一月。"据此可知，三泉在岩石之下，其清无比，排列有如天上的参星。可是三泉在哪？从地方文化研究专家任日新（他是我昔年的老同事）的考证来看，"三泉在卢山北坡的深谷中，泉水清冽滑甘，分为三股顺谷而下，成为卢河源头之一"（中州古籍出版社《苏轼在密州》第605页）。然而今日的卢山北坡，沟壑不见涓滴，唯有杂草石砾，使人怀疑苏公当年弄错了地方。于是便有人指出，三泉其实不属卢山，而属竹山，就在今天杨君指示的位置。有人怀疑这种说法，但持此论者振振有词。其理由便是：苏轼虽系文学大师，却有"粗心大意"的小毛病，否则也不会出现黄冈赤壁之大谬。这且不说，就说他游卢山吧，居然"稀里糊涂"将障日山视作了卢山一峰，结果遭到了后人的批评。譬如乾隆年间《诸城县志·山川考》就明确指出："苏轼《卢山五咏》直以（障日）为卢山之一峰矣，其实不相属也。"而根据这一批评，我们还可以推理，没准儿这位"粗心大意"的文学大师，"稀里糊涂"将竹山也视作了卢山的一部分呢！你觉得这推理荒唐吗？但从杨宗亮提供的那份材料上可以看到："竹山林深谷幽，苏轼特别喜欢，成为这里的常客。每次在竹山猎得野兽，就地烧烤，吃起来特别香……"倘你想推翻杨的说法，目前来看似乎难觅史料上的证据。

其实呢，不管苏轼是真粗心，还是假糊涂，这都无关宏旨，因为卢山、障日山和竹山原本就是连体的孪生兄弟，它们基因相同，那么血管里的鲜血也应毫无二致。既如此，作为今天的诸城老乡，也就不必去计较三泉的具体位置了。于是乎，就是丙申中秋的这次竹山之游，因时间有限，我未得细细查勘，故此比苏轼还要"粗心""糊涂"地认为，鉴于竹山（卢山）水系经过了现代人的改造，已形成为项链似的水库，而所谓的"三泉"，没准儿就隐藏于库底的某处——对了，它也许就在那座元宝形的"聚宝盆"里呢！

这说的"聚宝盆"，是濒临竹山宾馆的一座大水塘。倘是晴天丽日，你站在宾馆二楼的走廊上，可以看到障日山主峰的倒影，仿佛伸手可及，搭根竹竿就可将"小峨眉"（苏轼称障日山为小峨眉）连同鱼虾捞将出来。但我劝你还是夜间来此赏景，因为夜色会将林木过滤，山野浑沌不清，倒突出了这片元宝形的水域，在月光映照下显得奇亮无比，让你联想到哪位神仙丢弃了的一面镜子。那么这时的你，还不会亢奋起来，忙忙地吩咐童子烹茶煮酒，尔后燃香鼓琴或婆娑起舞吗？

对了，说到茶酒，竹山还真有自己的产品。它的茶树，是近年来从江南引进，长得缓慢不说，冬季还须为它们搭建防冻的塑料帐篷。但恰恰是经受了风刀霜剑的竹山茶苗啊，那一片片芽叶里饱含着的茶多酚之类，其浓度远非江南的"娇小姐"们可比。我这可不是信口虚夸，在竹山宾馆里鄙人还真是喝过一回竹山茶，见其汤色微绿，有如琥珀，入口则味道馥郁甘醇，吞咽后舌鼻间有种不同于龙井或碧螺春的特殊香气，慢慢品哂，方辨出那是一种类似豌豆花儿的味道。但这还不是竹山茶的最大特点，它最大的特点乃是耐冲经泡。比方说吧，"娇小姐"一泡、二泡色味固佳，三泡亦差强人意，四泡则寡淡无味真的"人老珠黄"了。然而竹山茶呢，不要说三泡、四泡，即使五泡、六泡，其风韵非但不减，反愈发妖娆，倘吃到七泡，那你真就会产生卢仝那种"两腋习习清风生""乘此清风欲归去"的感觉了。

而竹山酒呢，确系自酿，但须说明，倒不是如苏轼知密州时自酿的那种"土酒"（乡人所谓的黄酒），而是用当代技艺蒸馏出的白酒。然不知何故，它却融古今韵味于一壶，使我们在畅饮之际不知不觉地飘然如仙，与古人对话交流。竹山的西邻卢山不是有卢敖留下的"饮酒台"吗？苏轼不是在"饮酒台"上高吟过"博士雅好饮，空山谁与娱"吗？我想苏公倘或再来，重游故地，一定让他陪卢敖畅饮此酒，找回来当年的那种滋味。

我依稀记得，就是丙申之秋的这次竹山之游，得风景区开发者（金盛元房地产公司的董事长）刘淑刚先生热情款待，席间他亲自侑酒，鄙人遂醺醺然得句曰："美景良辰梦里寻，山珍美酒足销魂。婆娑欲邀嫦娥舞，曲罢方知是山神。"不过彼时只知酒美，却未询其究竟，直到一年后再访竹山，方从杨宗亮处得悉：

此酒好就好在酿酒之水，完全出自竹山三泉；其他高粱、小麦等料，以及工艺配方种种，其实来自"酒城"景芝，当然这也算"商业秘密"吧，请恕我一不小心给泄露了。

说实话，我并不善酒、懂茶，却也读过一些酒、茶方面的书籍，从而晓得酒、茶美否，水是至关重要的。唐朝王敷写过一篇《茶酒论》，其用拟人化手法，让茶与酒争强斗胜，争得一塌糊涂之际，水站出来评说："茶不得水，作甚相貌？酒不得水，作甚形容？"结果茶与酒点头称是，原来水才是老大。由此可知，竹山的茶美酒醇，关键在于水好。事实上竹山的山泉水，也的确是诸城人的骄傲。据笔者所知，"金盛元"近年来注册了一家矿泉水公司，其推出的"竹山润"山泉水大受消费者欢迎。"竹山润"秉承了竹山的低调禀赋，不喜欢大吹大擂，在热热闹闹但鱼龙混杂的水品市场上俏不争春，安之若素，唯注意抓好攸关品质的每一个细节，结果不仅在诸城热销，甚至还进入了潍坊等较大城市的千家万户。老实说，鄙人每天喝的就是"竹山润"，"竹山润"已成为我须臾不离的密友，它不但使我茶瓯飘香，文思泉涌，且在把杯啜茗之间让我的心灵回归田园，享受到纯纯朴朴的乡情。

听说竹山的矿泉水，富含锶、钙、钾等多种有益人体健康的元素，特别是锶，似乎最是金贵，据悉好多著名矿泉水品牌，都不敢在桶或瓶上打印"含锶"的字样，如此说来，那"竹山润"真的得天独厚，理该感谢我们的造化之神呢！

那人，一个与山水融为一体的"山娃"

"山娃"，指的是著名企业家、潍坊市政协委员、"金盛元"房地产开发有限公司的董事长刘淑刚。

称一位受人尊敬的大老板为"山娃"，这似嫌不恭，但好在人家乐于接受，且极坦然地说"叫我庄户孩子也中"；再说他年纪不大，与我孩子同龄，叫"娃"也说得过去；况且他憨憨厚厚，不张不扬，如竹山那样保持着低调，故称之"山娃"不唯无伤大雅，甚且十分贴切。

我和"山娃"其实谈不上深交，见面交谈也不过四次五回，仅从杨宗亮处获知：刘淑刚十六岁时初中刚刚毕业，即因家庭困难辍学，进建筑队挖沟、搬砖、砌墙……在手掌磨出厚茧的同时，也无师自通地成为了"万能工"，进而获得了建筑工程师职称和建造师的资质。总而言之，在他踏过的道路上，你可以看到"艰难困苦玉汝于成"这条古训在闪闪发光。

"好在机会总是给有理想有追求的人准备着的……"杨宗亮说。大概是 2005 年的春天吧，刘淑刚毅然选择了房地产生意，由是"金盛元"应运而生。他先从小楼盘下手，踩着石头过河，逐步实现开发、施工、装修、物业一条龙服务，在房地产界脱颖而出，很快就以骄人业绩被评为诸城市房地产开发"十佳企业"和潍坊市诚信示范企业。然而说也奇怪，就在他房地产做得云蒸霞蔚，似乎不久即独占鳌头的时候，他却突然宣布，今后要将投资方向转上山区，具体说来就是竹山！

其实说怪不怪，因为刘淑刚是山里走出的孩子，山水于他有着胎盘似的深情。第一次踏上竹山岭坡，他竟有一种似曾相识燕归来的感觉。看到盘山路上裸露的那些柞树根，蜿蜿蜒蜒紧扒着地面，犹似一条条婴孩手臂，在抓着母乳，贪婪地吸吮着深处的养分。那一刻他的心悸动了，且鼻头还有些发涩。大概就是从那一刻起，他读懂了大山，大山也读懂了他。诗人说，"相看两不厌，唯有敬亭山"，这话可以稍加变通，移植到他和竹山身上。总而言之，这位没读过多少诗书的农村孩子，倒比许多博士、学者更深刻地领会了"九万里悟道，终归诗酒田园"的涵义。

"于是刘淑刚确定了开发竹山的'关键词'，那就是生态、绿色、养生、休闲……"杨宗亮侃侃而谈。在氤氲的竹山茶的香雾里，我仿佛看到，刘淑刚正带领一班人马，踏着早春的冰雪进竹山考察。又依稀听到，在舜王峰下，刘淑刚面对祖先发出了郑重承诺："不砍一棵树，再造万亩林！"然后"诸城市竹山生态农业研究所"的牌匾竖起来了，药王坡、农耕园、果子沟辟出来了，神仙台、天书石、魔幻怪坡、柔情谷等旅游景点也正在紧锣密鼓建设之中。而作为老年人，我最感兴趣的还是"养生"，直言之便是"养老"，听说刘淑刚正信心满满地筹建养老机构，以便让那些爱山爱水的老人来这里颐养天年，此诚为善举，我满怀着期待。

而现在，在农历丁酉年之秋，我第三次进入竹山风景区，在客房品赏竹山茶和竹山酒的时候，一帮文友正高谈阔论着当年秦始皇如何下旨修建琅琊台，竹山脚下黑土夼的村民如何起窑烧砖，卢敖博士如何在山洞避祸炼丹，苏轼太守如何倚岩品泉……之所以兴高采烈，无非有一绝佳的聚谈环境。诚如袁中郎说的"醉有所宜""饮有五合"，单只"醉山宜幽"一项，在车水马龙的市区是无法体会到的。但在我们纵情谈笑诗词唱酬之际，作为东道主的大老板刘淑刚，却只是谦谦地听，恂恂地笑，那种竹山似的低调作风再一次显露出来。

不知怎么，我又想起了孔老夫子那话："知者乐水，仁者乐山。"这话文人常用，甚且书以悬挂，做座右铭。其实后面还有："知者动，仁者静。知者乐，仁者寿。"对此感兴趣的似乎少了。然而我觉着，将圣人这段话完整地赠送淑刚，倒也十分合适。因为钱穆先生诠释说：水缘理而行，山安固厚重；知者似水，仁者似山；知者常乐，仁者长寿。夫仁知属于德性，难道淑刚德行，不与山水同欤？

当然淑刚还年轻，风华正茂，这里的"仁者寿"，我暂不指他，而指他的追求，他所致力的事业打造养生胜地，为了人们的健康长寿！

2017 年 11 月 30 日于沪上

操琴赏月 与鹤共舞

—— 李增坡先生的精神生活

刘禹锡有名句曰："晴空一鹤排云上，便引诗情到碧霄"。我今不揣浅陋，略加改动为："清风野鹤奔明月，便引琴声到碧霄"。然后我想把它送给高中时的老同学，他叫李增坡，曾任诸城市人大常委会主任，现已"致仕"，却未"赋闲"。

这两句诗包含三层意思，或者说三件事，皆与李增坡相关。

上句"清风""明月"，出自苏东坡《前赤壁赋》："惟江上之清风，与山间之明月，耳得之而为声，目遇之而成色，取之无禁，用之不竭，是造物者之无尽藏也"。窃意将"清风"与"明月"赠李增坡倒也合适。何也？盖因增坡与东坡颇相类也。

此"颇相类"，并非"增坡""东坡"发音相类（我夫人就经常将增坡误呼之东坡），而是为人、气质相类。李增坡当年曾做过诸城（古密州）市的人大主任，其职位虽比苏轼的密州太守低，却也是正县级官员，握有一定权力；而他洁身自好，廉洁奉公，乡人誉之"两袖清风，明月入怀"，隐隐然有苏公之气。这属于"政声"方面的事，笔者不太了解，故不加臧否。但笔者却深知，李增坡一向崇拜苏轼，在苏轼研究方面投入了很大精力。自上世纪80年代以来，他于工作之余，对"苏学"矻矻以求，孜孜不倦，取得了不仅令我惊异歆羡，连海内外学人亦都赞赏的骄人业绩。例如1998年8月，在诸城召开的苏轼学术研讨会上，来自日、韩、美、新加坡等国和台湾的学者，手捧由他主编的66万字的《苏轼在密州》，再目睹其儒雅倜傥的神采，不禁疑问："他真是官员吗？"而与增坡交往日久的专家，则会由衷赞叹："他是官员，却也是我等同道。此类官员，殊为难得呀！"

　　《苏轼在密州》的出版，在全国"苏学"领域引起强烈反响，而中国苏轼研究会两次在诸城召开年会，则使诸城成为"苏学"研究的一处重要基地。然而据笔者所知，增坡付出最多、下力最大的，还是由他一手创建的诸城市地方文化研究学会，以及该学会主办的《超然台》杂志。包括学会和杂志的工作人员、办公场

超然台修复后的景观

所、经费募集、业务开展等等，他都事必躬亲，殚精竭虑。故此笔者羡之敬之，誉之"红烛"，燃烧了自己，照亮了世界。

再说"清风野鹤奔明月"里的"野鹤"。

此"野鹤"，指的是明末清初诸城籍大文人丁耀亢，号野鹤。论其文学成就，当时堪与顾炎武、黄宗羲、李渔、金圣叹等比肩媲美；然而复杂历史原因所致，此旷世奇才冥晦不显，其代表作《续金瓶梅》等亦遭长期"封杀"。

李增坡对野鹤夙怀兴趣。而1991年秋，有年轻学者名张清吉者，从江苏邳州投奔诸城，两人一见如故。经彻夜交谈，决定携手挖掘整理丁氏遗产。随之增坡出面，几经周折，将张跨省调来，使其研究的课题渐入佳境，取得突破性进展。1997年5月，在诸城举办了"海峡两岸丁耀亢学术研讨会"，李增坡、张清吉无疑是会议筹办者中的主角。然后李增坡又主编了22万字的《丁耀亢研究—海峡两岸丁耀亢学术研讨会论文集》，此外由他主编、张清吉校点的《丁耀亢全集》也已出版发行。于是被淹没、封杀了三百余载的"野鹤"，被发掘复活，重见天日，使之一飞冲天，声震寰宇，此堪称千秋之功矣！

至于"便引琴声到碧霄"，笔者取的是"琴声"。琴即古琴，传为伏羲氏所创。它是中华最古老的乐器之一，亦是最高雅艺术的代表。汉蔡邕著《琴操》，以为琴具有"御邪僻，防心淫，以修身养性，反（同返）其天真也"的作用。若人爱鹤又爱琴，那他一定是高雅文明之士。故此"焚琴煮鹤"，便被认为是对文明的极端戕害。

关于古琴艺术之传流，笔者不甚了了，却晓得诸城与古琴有着悠久缘分，且"诸城古琴"更是古琴之重要流派。令笔者欣慰和骄傲的是，我这位爱鹤（野鹤）的老同学，对琴亦情有独钟。为使这份文化遗产在新时代焕发生机，增坡即与当代古琴大师刘赤城等交友，联系密切。2005年，他特别策划"百年诸城琴派还家—古琴大师刘赤城先生音乐会",采取现场演奏、学术讲座等形式,让两千余社会贤达、学府师生,领略了诸城古琴的独特魅力。之后,诸城市地方文化研究会又以《超然台》为阵地,连续编发十余篇文章,对诸城派古琴艺术的传承展开讨论。而当"诸城派古琴"被列入世界级非物质文化遗产保护名录,喜讯传来之时,李增坡—这位爱鹤又爱琴的人,真如杜工部似的,初闻涕泪满衣裳,漫卷诗书喜欲狂了。

前头我说过,增坡虽已"致仕",却未"赋闲"。有关地方文化之事,人们仍乐意找他打谱,而他亦一如既往,乐此不疲。日前我去诸城,参加某诗词团体的一个会议,不期与老同学邂逅,见他已满头白发,但气色很好,精神绝佳。如拿鹤字作喻,应是鹤发童颜,而非鹤发鸡皮。那么就让这位心系地方文化的老同学,继续在超然台上操琴赏月观鹤舞吧!

2016 年 12 月 1 日于乐天斋

第三辑　读史杂俎

华佗的悲剧

华佗是汉末三国时代名医，在《三国演义》里出场过两次。一次是第七十五回，关羽臂中毒箭，华佗为之刮骨疗毒。另一次是第七十八回，曹操晚年居住洛阳期间，忽然头风症发作，请来华佗为其诊治。华佗提出"用利斧砍开脑袋，取出风涎"的医案，曹操以为这是有意谋害，遂将其逮捕下狱，拷掠致死。应当说，罗贯中为华佗设计的这两个情节都非常精彩，从事件的逻辑上看似也非常合理，但是，查诸史书，关云长刮骨疗毒乃子虚乌有，而华佗被曹操杀害诚属事实，却也有很大的演义成分。

不错，曹操的确患有头风症。据《后汉书》和《三国志》记载，他正是苦于此病的折磨，才将华佗召至身边充当了随身医吏的。此后每有病发，佗即施以针灸，操的头疼症状也便立即减轻，这当然是真实可信，但"开颅手术"的医案似乎过于大胆，史书上查无此事。而说到华佗的下场，确凿死于操手，但死因却与《三国演义》大相径庭。

事情还要从华佗的"去家思归"谈起。

"去家思归"，意思是华佗离家太久，想回去看看。但奇怪的是，华佗有这想法儿却不直说（也许怕曹操不准？），偏要小心眼儿，以"回家取药方"为幌子，向曹操告假。这理由很是正当，曹操自然应该批准。却不料，华佗到家之后，继续耍小心眼儿，假托"妻疾"，逾期不归，且一次次上书曹操乞求续假。曹操可不好糊弄。他本来就怀疑华佗以"小人"私利，故意留一手，不除病根儿，而让他的头风症时愈时犯；今见其一再超假，疑窦顿生，遂"累书呼之"，同时敕令郡县官员，到华佗家里传达命令，着其即刻上路，不得有误。

谁都知道，以曹操之威，任何人违抗命令即等于找死。可令人大惑不解的是，华佗对丞相的严令居然不理不睬，拒不归返。不消说，曹操勃然大怒，遂"使人往检"（派专员赶往华佗家里进行调查）；还特别嘱咐"往检"的官员：倘若华佗没有撒谎，他的妻子果真有病，那就"赐小豆四十斛，宽假限日"，以作慰问；"若其虚诈，便收送之"（将其投进监狱）。结果，还真是检查出了华佗的虚诈——他的妻子好端端的，压根儿就没什么毛病。于是悲剧无可避免地发生了：华佗被关进许昌大牢，严刑致死。

以上是《三国志》的记载，《后汉书》所记也大体如此。读史至此，笔者甚感困惑，觉得这是不该有的悲剧。华佗做为医吏，而竟然欺骗长官抗令违律，实在是咎由自取，他的死按说不该由曹操负责。然而，往深里想一想：华佗为什么要欺骗曹操，为什么敢于以身试法，难道他疯了吗，真是活得不耐烦了吗？

要解开华佗之死之谜，有必要先弄清他是怎样的一个人。

华佗，字元化，一名敷，沛国谯（今安徽亳州）人。他通晓养生之术，又精方药，擅针灸，还发明了"麻沸汤"，能断肠湔洗，缝腹膏摩。其在麻醉学和外科学等方面的技艺高超无比，出神入化。总之，正如《三国演义》里华歆所说，华佗是"世所罕匹"的"神医"。

然而，这并不是华佗的全部。世人所了解的，往往只是眼睛所能看到的东西；而对于看不到的内心，那也许是最重要的所在，却常被忽略掉。华佗即如此。如果走进他的内心世界，你就会发现，这位受人敬重的神医，居然颇以行医为耻！他对于自己阴差阳错干了医生这行当儿后悔得不行，窝囊得要命！

这并非危言耸听。请看《后汉书》，就明明白白写着：（佗）"为人性恶，难得意，且耻以医为业"。《三国志》则说：（佗）

"本做士人，以医见业，意常自悔"。我们且休管他是不是"为人性恶"，只消注意一个"耻"字，一个"悔"字，大概也就能摸到华佗的悲剧之根了。

"士人"，就是读书人，我们常说的知识分子。在古代，学而优则仕，读书读得优秀便可以由"士"而"仕"，成为官员，进入士大夫阶层。那么，华佗也是"士人"吗？不错。他早年曾经"游学徐土，兼通数经"，如此的经历，自然也就为他树起了做官的阶梯。于是，沛国相陈珪开始推举他为"孝廉"；继之太尉黄琬也"辟"他做椽属。但遗憾的是，他却拒绝了陈、黄的好意，采取了"皆不就"的态度。

汉代取士，主要有地方察举和公府征辟两种途径。孝和廉，本来是汉朝选拔官吏的两种科目，孝指孝子，廉指廉洁之士，后来合称孝廉。士人被举为孝廉后，就可以入朝为官，内转可以做卿大夫，外转可以补郡国首相。那么"征辟"呢，也就是"公府辟士"。朝廷招聘为征，三公以下召布衣入仕为辟。汉代风尚，往往有名望的公卿，身居高位，以能罗致天下名士充当自己的幕僚为荣；而世间的英才俊士，也大都以此作为自己的进身捷径。与华佗同时代的人，如曹操、荀彧、华歆、董昭就曾被举为孝廉，孔融、贾诩、郭嘉、刘晔就曾被辟为府椽。华佗既能得到国相的青睐，又能入得太尉（太尉为"三公"之一）之法眼，这说明他是非常优秀的士子。如果他接受了"孝廉"头衔，或者应"辟"入府，那也许会前程无量，虽不敢说与曹操同侪，却也未必不能跻身于荀彧、华歆、郭嘉、贾诩之列——至少华佗自己是这样认为的。倘使他真的入仕了，那么今天我们所读到的青史上，华佗或许就会被编进公卿列传，而决不会混迹于"方技"人物里。

然而，华佗为什么要拒绝地方官的推举和公府的征辟呢？

其实，华佗并非真的不想入仕做官；其所谓的"不就"，无非摆一副"拒绝"模样叫人家看罢了。

原来，彼时士人特别是名士，往往崇尚一种叫作"岩穴隐居"的风习。如果你接受了官家的"聘书"，乐颠颠地马上到任，这就很容易被世人瞧不起；相反，你很无所谓似的拒绝了礼聘，则便被认为是"清高"（清高在那时可是绝对的褒义词），倒须对你高看一眼了。故此这种"拒绝"，实际是"待价而沽"，其可以权借"岩穴"之机，等待一个更好的机会。这样的例子实在是多得不胜枚举。曹操以及他身边的重要谋臣，差不多都在某个时期"岩穴"过的。因此，我们也有理由相信，朝廷和官府决不会因了华佗的"拒绝"而忘记他；在不久的将来，他必然还会入仕，出现于政坛，至少华佗本人是这样认为的。

然而，出乎意料，入仕的机会却再没有降临到华佗头上。就是说，在陈珪、黄琬之后，再没有哪位公卿大夫理睬华佗！华佗永远不可能像荀彧、贾诩、郭嘉、华歆那样，在政坛上出人头地名耀士林了。

可以想象，华佗是多么地沮丧，多么地后悔。他的心境肯定一片灰黑。按照他的人生设计，他应该在政坛上有所作为，可是命运注定了他必须在其他领域找一只饭碗。想当初他研究方药或许纯出于兴趣，并无功利目的，然而一旦被政坛抛弃，颇有点丧魂落魄的时候，他的目光就极不情愿地落在了那件青囊上面……

青囊，那是华佗用来盛放医书和医具的口袋。作为士人的华佗，以往常施展其"业余"才能，每每挎起青囊，于游学访道的同时为乡人疗疾治病；那么现在，在他感到仕途渺茫的时候，就让这青囊陪伴他吧！于是华佗的角色开始转换，由"士人"变成了江湖游医。

然而游医的生涯并没有持续多久。忽有一日，他接到了曹操签发的聘书，说要召他到丞相府做事。华佗当然知道，曹操实际上就是朝廷的代名词，汉家天下那时早已经掌握在曹氏手中，如今曹操向他招手，说明他在仕途上又突然出现了灿烂的前景！何况曹操还是他的老乡，有这种"桑梓"关系，想来总不会亏待自己吧？

当然这只是我们的揣测，华佗究竟怎么想的别人无从知晓；但是，曹操召聘华佗这是事实，而华佗高高兴兴接受了召聘也是事实。倘不是心甘情愿，他完全可以拒绝，可以逃避，这在当时是司空见惯的事情，估计曹操也不至于拿绳索去拴他的。

故此我们可以断定，华佗必是怀着某种挺美挺美的人生设计而离开民间走到"朝廷"去的。那时候他根本不会想到，他这是闯入了糟糕透顶的人生误区！

华佗终于明白，曹操召他，并不是要他"从政"，做什么"掾属""幕僚"，而是要他充当"医吏"——直言之就是曹操的随身医生。

说实话，曹操身边人才济济，连大才子祢衡都只能安排做鼓吏，那么让华佗做医吏，倒也算"人尽其才"。但华佗想不通，心里别扭。正如《三国志》说的，他"本做士人，以医见业，意常自悔"。自悔的情绪越来越重，使他渐渐地厌倦了医吏生涯。既然不可能从政，那就干脆再回到民间好了。想来想去，他最终决定离开曹操。

可是"离开"，也是要讲究方式方法的。辞职是一种方式，逃离也是一种方式，像祢衡那样裸衣击鼓大骂一通，然后大摇大摆地走开，也未尝不是一种"合理"的方式……但可惜这些方式方法华佗统统不用，最终选择的却是欺骗，却是违纪和抗令！

按华佗之罪，也许是可杀可不杀的，否则在当时也不会有人敢于为其求情。求情的理由也的确值得考虑：华佗医术既如此高超，若让他活下来，便可以继续治病救人，首先能保证曹丞相的健康，故此应该施恩宽宥。但曹操杀心已决。他悻悻然地对求情者说：我们不必为今后的事情而感到忧虑，杀了华佗，"天下当无此鼠辈耶"！

"鼠辈"，这里指的"方士"（术士）。这就牵扯到了曹操对华佗的"定位"问题。

就华佗的志向抱负来说，他当然希望能做官从政，治国安邦；但很遗憾也很不幸，命运之神却使他只能混迹于"方士"（术士）堆里。

所谓"方士"（术士），指的是那些讲求神仙方术的人。据张华的《博物志》说，曹操好养性法，亦解方药，招引方术之士，有庐江人左慈、谯郡人华佗、甘陵人甘始、阳城人郗俭等无不毕至。此类人物各怀绝技，如华佗善方药，左慈善房术，郗俭能辟谷，甘始能行气导引……《三国演义》中的"左慈掷杯戏曹操"，说穿了就是高超的魔术表演；至于华佗为人割瘤，瘤中飞出黄雀的描写，似也有魔术之嫌。曹操喜与此类人物交游，甚至将他们召至魏国都城供养起来，其意图固然是谋求养生方术，但内心里更深层的考虑，却是担心这些方士在民间传播歪道邪说，引致社会动乱。这是基于汉末太平道黄巾起义的教训所采取的一种控制措施罢了。华佗想挣脱这种控制，回归草野江湖，过逍遥自在的生活，曹操当然是不会允许的。

说到这里，我感到华佗的内心世界好像充满了矛盾。他想挣脱控制，但对曹操仍抱有幻想和期待，一次次的"续假"，也许就是这幻想和期待的过程。在这个过程中，他表现得相当"幼稚"，同时也显示出了性格上的软弱。事实证明，他对自己"定位"不准，对曹操看得不透，对面临的凶险估计不足，因而缺乏积极有效的预防措施。当酷刑加身的时候，他很快就承认了自己的罪过，这似乎缺少一点"可杀而不可辱"的士人风骨。死到临头才想到将平生呕心沥血所撰的医学专著传授于人（甚至都顾不得考虑那人是不是做医生的材料），就尤其令我们嗟叹和嘘唏了。

不管怎么说，华佗的被杀，无论对他本人，还是对曹操对社会，甚至对后世都是一场灾难性的悲剧。据史书记载，华佗死后不久，曹操在头疼的时候便隐隐有了悔意。后来其爱子曹冲病危，曹操痛彻心肺地叹道："吾悔杀华佗，令此儿强死也！"话颇自私，却是真意。曹冲原本是曹操选定的接班人，因得不到神医华佗的救治而夭亡，这无疑是曹魏家族的巨大损失。

但悲剧已经发生，损失亦不可挽回。今天我们所能做的，无非是咀嚼这一事件，由中吸取些教训，得到些启示而已。

（原载《文汇报》2016 年 5 月 29 日"笔会"版）

割席分坐后的人生

　　《三国演义》第六十六回下半回，伏皇后"讨曹"密谋败露之后，华歆带甲兵闯入宫殿，将藏于椒房夹壁中的伏后揪着发髻拖出，然后交付曹操，使之惨死于乱棒之下。此事最为后世君子所憎恶。但据金性尧先生考证，华歆逮捕伏后一事，也许真有，也许乌有；即便真有，那也是没办法的事情。须知曹操的命令总要有人来执行，而"恶人"的帽子也总要有人来戴的。

　　值得注意的是，在华歆迫害伏后这一事件中间，忽然插入如下一段文字：

　　原来华歆素有才名，向与邴原、管宁相友善。时人称三人为一龙：华歆为龙头，邴原为龙腹，管宁为龙尾。一日，宁与歆共种园蔬，锄地见金。宁挥锄不顾，歆拾而视之，然后掷下。又一日，宁与歆同坐观书，闻户外传呼之声，有贵人乘轩而过。宁端坐不动，歆弃书往观。宁自此鄙歆之为人，遂割席分坐，不复与之为友。后来管宁避居辽东，常戴白帽，坐卧一楼，足不履地，终身不肯仕魏。

　　这段文字包涵三层意思，我们不妨慢慢品味。

　　第一层，关于"龙头""龙腹""龙尾"之谓，是罗贯中照搬了《魏略》的说法；但为《三国志》作注的裴松之，却认为如此评价有失公允。按照裴的看法："邴根矩之徽猷懿望，不必有愧华公；管幼安含德高蹈，又恐弗当为尾。"邴根矩即邴原，根矩为其字。此人与管宁既同乡，又同学，是名气很大的学问家。曹操为拉拢邴原，曾打算让夭折了的爱子仓舒（即曾经用船称象的曹冲）跟邴的亡女配"阴婚"，但被邴拒绝。然而邴的事迹与华歆无涉，故罗贯中仅在书中提了提他的名字；接下来要重点介绍华歆与管宁之间的瓜葛，企图借管宁之正衬托华歆之邪，于是就有了第二层，即"割席断交"那则典故。

这故事出自《世说新语》的"德行篇"。其实"世说新语"涉及华歆的故事还有几则，对其德行气度则多有褒扬。譬如有一回，华歆、王朗同船逃难，一陌生人要求搭船。华歆面露难色，而王朗说：船上尚有宽裕地方，何不带上他呢？不料没过多久，贼人追杀上来了。危急之时，王朗想把那人丢弃。此刻华歆却正色说道：我起初犹豫不决，正是担心出现危情。既然已经接受了他人请求，岂可中途抛弃！这故事发人深省，可惜罗贯中不感兴趣。

其实，分析"割席断交"一事，华歆对金子的"拾而视之"，是正常心理反应，没必要大惊小怪；相反，管宁视而不顾，任由金子永埋土层，倒很值得商榷。罗贯中采用此典，无非要证明华歆贪恋金钱与官位，然而后来的事实证明，此人偏偏是最不爱钱财的。据《魏书》，当年华歆在江东，颇受孙策、孙权兄弟的敬重，远近士人则更是顶礼膜拜。后来华歆北归，送行者多达"千余"，赠礼有"数百金"之多，而华歆一概不受，统统退回。遂使众人叹服其德。魏国建立后华歆位居"三公"，禄赐不可谓不丰，然而他一直保持清贫风气，竟至"家无担石之储"。为《三国志》作注的裴松之，引用《谱叙》《傅子》中语，称"歆淡于财欲""积德居顺""清不可及"；其"事上以忠，济下以仁"，诚堪与古名相晏婴同侪。

第三层意思，是介绍管宁之为人。据《三国志·魏书》卷十一，管宁字幼安，北海国朱虚县人，齐相管仲后裔。那段有意思的游学生涯结束之后，他的老同学华歆投身仕途，一路栉风沐雨辗转跋涉，从尚书郎转豫章太守，再到尚书、侍中、相国、大司徒；他却乘桴浮于海，来到辽东，结庐山谷，凿坯为室，然后开始"讲《诗》《书》，陈俎豆，饰威仪，明礼让"，心无旁骛专心只做孔老夫子的事业。于是乎"越海避难者皆来就之而居，旬月而成邑"（《傅子》）。

旬月成邑，这很像上古虞舜时的景象。事实上管宁也确如虞舜那样做的；虽非"让畔""让居"，但有类似的礼让行为。譬如皇甫谧的《高士传》，就记有管宁居辽期间的两件轶事。

其一，说的是"井"：管宁所在的村屯，因人多井少，而人的道德水准又参差不齐，难免发生男女错杂、争井斗讼之事。宁深为忧患。遂悄悄置办了许多汲具，分置井旁，供人取用。后来人们了解到汲具的来历，"乃各相责，不复斗讼"。

其二，说的是"牛"：有一回，管宁发现邻家的牛正在糟践他的庄稼地。他没有如乡民常做的那样，对牛驱打，再找牛主问罪；而是将牛牵至阴凉之处，供以饮食，让其吃饱喝足，然后送还主家。如此牛主"大惭，若犯严刑"，左右再无"斗讼之声"了。

这两件事说来极小极小，与华歆所做的国家大事不可相提并论；但仔细品味，它们所彰显的，却是勿以善小而不为的儒家精神。

《三国演义》涉及管宁的文字太少，只此一处。讲到管宁"避居辽东"，"终身不肯仕魏"之后再无下文，给人的印象似乎他终老辽东，并未返乡。真实情况却并非如此。查《三国志》可知：魏黄初四年，文帝曹丕下诏，令公卿举"独行君子"，司徒华歆首先就想到了管宁，并上表推荐。于是诏以管宁为太中大夫。然而管宁上书朝廷，固辞不受。不受，是不接受官职，并不是拒绝返乡的机会。事实上管宁立即上书曹丕，书中以"陛下"相称，解释其"不受"的原因非为别个，仅是"臣之气休""日薄西山"而已。然后，他便收拾行囊，登舟越海，返回了阔别三十七年的故园。

管宁的故事，并没有到此结束。大约两三年之后，魏文帝曹丕去世，明帝曹叡继位。此刻"三朝元老"博平侯华歆，又想起了与他断交多年的老同学、那位当年的"龙尾"管宁，遂做出一项异乎寻常的决定："称病乞退"，将太尉之职"让于管宁"。

太尉逊让，这在当时是国家的一件大事，《三国志·魏书》的《华歆传》和《管宁传》对此皆有记载。其"让位"是真实心迹的表露，抑或政客的"作秀"，我们不得而知；但可以知道，明帝对华歆的回答是"不许"。不仅"不许"，而且愈加倚重，视之如周公、伊尹，须臾离开大厦将倾似的。于是，华歆照旧做他的太尉，而管宁则被诏命为光禄勋。与此同时，皇帝还诏令青州刺史：派别驾从事郡丞掾，以朝廷的名义，向管宁提供安车、吏从、茵褥、道上厨食之类，务请其就道上任。

不过，管宁仍如黄初四年那样，上书固辞。其时宁已行年八十，对一位耄耋老人来说，所谓太尉也好，光禄勋也罢，实际上仅有名誉上的意义了。于是在以后的日子，这位被朝臣赞为"德行卓绝，海内无偶"而有如巢父、许由的大儒，为避尘嚣，干脆封堵了柴门，偃息于陋巷，粗茶淡饭，"并日而食，吟诵《诗》《书》，不改其乐"，体味着当年颜回那样的情趣（《三国志·魏书》）。四年后，管宁亡故，享年八十四岁，这在当时应该是高寿了。

据《傅子》记载，管宁辞世的消息传开，天下人见过或没见过他的，"闻之无不嗟叹"。大家都为其"醇德之所感"，默默悼念着这位特立独行的"白衣"先生。在整理遗物时，人们的目光都聚焦到一件漆雕剥落的坐具上——那是与他厮守了五十余年的木榻。《高士传》说："管宁自越海及归，常坐一木榻，积五十余年，未尝箕股，其榻上当膝处皆穿。"此文何意？原来，古人之"坐"，姿势为两膝着地，脚背朝下，臀部落于脚踵之上。"箕股"即"箕踞"，是让臀部着地，两腿张开而平直，脚丫一如畚箕。这种坐法人虽舒服，于客人却有不敬之嫌。故管宁严守"立勿跛，坐勿箕"的古礼,不唯讲学授徒时如此,即便持书静思,与客交谈,亦不敢违背圣人教训。那张木榻上的凹洞,诉说着一个人的不懈追求,证明着一个人的执着坚守,彰示着一个人的生存意义。

华歆与管宁,"龙头""龙尾"的故事,值得后人慢慢咀嚼,细细品味。

（原载《文汇报》2016 年 7 月 27 日"笔会"版）

于禁的故事

《三国演义》第七十四回，关羽水淹七军，擒获魏军大将于禁、庞德。羽令群刀手押于禁过来。禁拜伏乞哀，声言"望君侯怜悯，誓以死报"。羽绰髯笑曰："吾杀汝犹杀狗彘耳！"遂令人将禁缚送荆州大牢，并说一句，"待吾回，别作区处"，话头就此压下。其实于禁的人生并未就此结束。且看《魏书·于禁传》："会孙权擒羽，获其众，禁复在吴……"另据《吴书·孙权传》："（建安）二十四年，关羽围曹仁于襄阳，曹公遣左将军于禁救之。会汉水暴起，羽以舟兵尽虏禁等步骑三万送江陵……蒙据江陵，抚其老弱，释于禁之囚。"

由此可知，于禁虽然投降了关羽，却并未改旗易帜，反戈一击。而鉴于这位降将的级别很高，关羽自不可擅自处理，只能将其暂时关押，同时上报成都，等候刘备定夺。却不料，战局变化波谲云诡，人的命运鬼神莫测。正当魏蜀两军鏖战之际，孙权遣吕蒙袭破公安、南郡，既而占据江陵。于是乎于禁被当作吴军的"战利品"，转移到了孙权手里。具有荒诞意味的是，几天前还讥笑于禁"吾杀汝如杀狗彘空污刀斧"的关羽，转瞬间自己的首级倒被孙权砍下，然后摆放到了曹操的案头。然而曹操也高兴得未免太早。他刚刚欣赏了关羽的首级，尚未来得及将其安葬，不想自己竟忽染重疾，连神医华佗都无可奈何。从于禁被擒到曹操之薨，满打满算也不过四个来月。

据《魏书·于禁传》，当曹操听知禁等七军皆没和庞德不屈节而死的消息，曾"哀叹者久之"，曰："吾知禁三十年，何意临危处难，反不如庞德耶！"这既是曹操的困惑，也是读史者的不解。要知道，早在初平三年，曹操在兖州建根据地时，于禁即投其麾下，并担任"军司马"的重要职务，故可谓曹操的"老班底"成员。而后他追随曹操，攻徐州、陷濮阳、拔宛城、战官渡……一路走来，出生入死。曹操曾在讨伐张绣的宛城之战后盛赞于禁："在乱能整，讨暴坚垒，有不可动之节，虽古名将何以加之！"《魏书》亦有一段评论曹操的文字，称其："拔于禁、乐进于行阵之间，取张辽、徐晃于亡虏之内，皆佐命立功，列为名将"。由此可知，于禁是曹操倚重信赖的"四虎"之一。此前他只有累累战功，而无不良记录，自然也不存在与曹操之间的嫌隙。他的确没有背叛曹操的理由。

曹操的那句哀叹，于禁虽不能听到，却能于心灵上感知。可以想见，囚室里的于禁，肯定会咒骂那该死的雨神，且喋喋不休地向曹操辩解说：樊城之败，非败于羽，乃败于天。那连绵的秋雨使汉水暴涨，平地水深数丈，致禁所统领的"七军"皆没于汪洋……这还真不是于禁诿过避责之词。翻看史书，的确找不到让于禁承担战败责任的字句。既然"天灾"的因素不可抗拒，而"本能"又使人避险求生，于禁及其身边的将士，便只好如《魏书》说的那样，仓仓惶惶地爬蹬高阜，蚁聚一处，四面汪洋，无所回避。而关羽的军队则驾驶大船横冲直撞，且以乱箭攒射，将禁军当作靶子。于禁不想让两万余条生命（按汉魏兵制，满员的"七军"，应为二万二千四百人）作无谓牺牲，只好下令全军放下武器。

这种成建制的投降，实属无奈但是理性的抉择，古今战场并不罕见。然而曹操不会认可。在一位称霸天下的雄主眼里，几万条生命微不足道。当然了，同样是生命，庞德的生命则另作别论。庞德代表的是一种"气节"，而"气节"即军队的根基。遗憾的是，守节如庞德者委实太少，而丧节如于禁者不可胜数。当"德与诸将避水上堤，羽乘船攻之"之时，即有"将军董衡和部曲将董超等欲降"，而被德"皆收斩之"。稍顷大水"浸盛，吏士皆降"，与德并肩战斗的，就只有"将一人、伍伯二人"了（据《魏书·庞德传》）。

当曹操对庞德英灵大加旌扬的时候，于禁却以战俘身份屈辱地苟活在囚室里。我们弄不懂他为何要活下来。是怕死之故吗？然而翻看《魏书·于禁传》，如下两处记录却足证他是不怕死的勇士：其一，当年曹操征袁绍，绍兵甚盛，而禁冒死先登。操遂"壮之"，并增禁步卒二千。其二，官渡大战曹、袁连营，起土山相对。禁督守土山，处境危险。乱箭如雨之中，"士卒多死伤，军中惧"，而禁"力战"而"气益奋"。此二例证若能排除于禁怕死之嫌的话，那他投降的唯一理由就是：活下来，争取机会，返回魏国，待重上战场，一雪前耻！

事实证明，这猜测是符合逻辑的。

于禁在吴地大约生活了两年。两年的时间不算长，然而这期间三国的形势却发生了天翻地覆的变化。先是曹操辞世，继之刘备作古，然后献帝禅位，曹丕登基。倏忽已是魏黄初元年八月，吴王孙权向魏帝曹丕遣使称藩，于禁终于获得了被"遣还"的机会。

《魏书·于禁传》对此事的记述过于简约，只有"权称藩，遣禁还"六字。但据《吴书·孙权传》，和裴注所引的《魏略》，"权使命称藩，及遣于禁等还"里的"等"字，应包括与禁同时被俘的护军浩周（字孔异，曾任徐州刺史），以及于禁帐下的军司马东里衮。而且，从《吴书》中还可以了解到，当魏帝曹丕接见孙权使者赵咨，问"吴王何等主也"时，咨答曰："纳鲁肃于凡品，是其聪也；拔吕蒙于行阵，是其明也；获于禁而不害，是其仁也……"可见孙权对于禁是极其重视的，否则不会将其跟鲁肃、吕蒙相提并论。

于禁终得北归，并受到魏帝曹丕的"引见"。《魏书》借用丕的视角，形容于禁"须发皓白，形容憔悴"，足见其在东吴的日子过得很不舒畅。《吴书·虞翻传》有段文字，或可为禁在吴的真实写照：

> 魏将于禁为羽所获，系在城中，（孙）权至释之，请与相见。他日，权乘马出，引禁并行。（虞）翻呵禁曰："尔降虏，何敢与吾君齐马首乎！"欲抗鞭击禁，权呵止之。后权于楼船会群臣宴，禁闻乐流涕……

而面对"泣涕顿首"的昔日名将，魏帝自然要抚慰一番。此刻于禁肯定表达了重上战场，为国家戴罪立功的恳切愿望，否则不会有随后颁发的一条制谕。据《三国志》裴注，《魏书》载制曰：

> 昔荀林父败绩于邲，孟明丧师于殽，秦、晋不替，使复其位。其后晋获狄土，秦霸西戎，区区小国，犹尚若斯，而况万乘乎？樊城之败，水灾暴至，非战之咎，其复禁等官。

"制"中提到的荀林父、孟明，乃春秋时期名将。荀林父为晋国中军元帅，曾在邲地被楚军打败，但仍为晋景公信重，后率军攻灭赤狄的潞氏，以大功获"狄臣千室"之赏。孟明即孟明视，为秦国大夫，在殽之战中兵败被擒，回国后秦穆公未治其罪，又派其将兵伐晋，大获全胜，秦遂霸西戎。曹丕通过这份制谕，不仅明确告诉"禁等"不必担负樊城战败的责任，而且显示自己将如晋景公、秦穆公那样，以博大胸怀对待他们。这自然不是空口说说而已，事实上魏帝在"慰谕以荀林父、孟明视故事"的同时，已经决定"拜（禁）为安远将军"了（《魏书·于禁传》）。

我们必须相信曹丕这份制谕的严肃性和权威性，也不会猜想这只是君臣之间的一场"游戏"，所以三个月后，当又一道圣旨下达，皇上决定让于禁去办一件大事的时候，人们猜测他将重掌兵权，去完成荀林父、孟明视那样的功业了。然而事情有点匪夷所思：曹丕不是要他挂帅出征，而是持节出使吴国，代表魏帝册封孙权为吴王；而此等事通常是由那些擅长舌辩的文官来做的。不过没必要怀疑皇上的好意，因为这差事毕竟能让于禁在孙权的面前扬眉吐气。既然如此，那么接下来的故事，无非是于禁手持节钺，于鼓乐声中踌躇满志地下场。这的确也符合中国人的审美习惯。然而，谁都不会想到，作为导演的曹丕，却硬要再增加一场"于禁谒陵"的好戏。

据《魏书·于禁传》："（帝）欲遣使吴，先令北谒高陵"。意思是于禁赴吴之前，必须北去邺城，先拜谒曹操的墓园。读史者原以为"谒陵"不过是画蛇添足式的"尾声"，殊不知它却是整出戏剧的高潮和精华所在。原来，谒陵之前，曹丕令画工于陵屋墙壁预先作画。画面展现的，不是墓主平定兖州、官渡大捷之类的光辉场景；而是描绘樊城之战"关羽战克、庞德愤怒、禁降服之状"的讽刺性漫画。至此我们方恍然大悟：其实"谒陵"并非一般性的礼仪行为，而是一场颇有"创意"的"文化审判"。陵屋即法庭，法官即曹操（而非曹丕），而鉴于关键证人关羽、庞德俱不能到庭，彼时又尚无视频、照片可以采信，故只能利用壁画这种汉魏时最为流行的艺术形式，以呈现于禁投降变节的罪证。

于是，毫无思想准备的于禁，看了陵屋壁画，当即精神崩溃，不久"惭恚发病"而薨。朝廷遂令于禁之子于圭嗣益寿亭侯，并谥禁曰"厉侯"。按"厉"字应属"恶谥"，其与同时代张辽谥号"刚侯"，张郃、徐晃、许褚、典韦、庞德等谥号"壮侯"，贬褒十分明显。估计曹丕斟酌这一谥号时，一定颇费心思。裴松之认为，此应与于禁诛昌豨一案有关。当年昌豨降曹，不久复叛，曹操令禁征讨。禁将豨包围，豨以"与禁有旧"，可免一死，遂"诣禁降"。然而禁竟以军法"围而后降者不赦"为由，将豨"陨涕而斩之"。这在裴松之看来，禁"肆其好杀之心"，"死加恶谥，宜哉"。

但《资治通鉴》编纂者司马光，对曹丕以壁画侮辱于禁一事很不以为然。他认为禁"生降于敌，既而后归，文帝废之可也，杀之可也；乃画陵屋以辱之，斯为不君矣"。的确，士可杀而不可辱，正常的君王绝不会开这样的"玩笑"。曹丕侮辱了别人，其实也侮辱了自己和他的家天下。于禁的悲剧，说到家也是整个魏国的悲剧。

（原载《文汇报》2016 年 12 月 1 日"笔会"版）

陈宫"义士"形象质疑

《三国演义》里的陈宫正直，重义，足智多谋，刚烈威武，堪称为"栋梁材"和"伟丈夫"。由《三国演义》改编的《捉放曹》《白门楼》两折京戏，经过名家谭富英们的演绎，愈使其形象光芒四射，倾倒了不知多少戏迷。然而笔者对照史书，仔细辨析，却发现陈宫实不足称道，罗贯中对他的"拔高"塑造，让人难以苟同。现对其"义士"形象提出几点质疑，以就教于热心"三国"的方家。

其一，陈宫何曾"捉放操"。

《三国演义》第四回，写曹操刺杀董卓未遂，在逃奔谯郡途经中牟时，为守关军士捉获。幸赖县令陈宫大义相救。宫毅然弃官，随操一同东逃。然而在成皋吕伯奢家发生的一场血案，又使宫惊醒，认识到被救者实为"狼心之徒"，遂毅然离去。这故事很经典，也很精彩，它让我们不得不佩服艺术家的造假本领。事实上曹操杀吕伯奢一事，史书有"误杀"或"防卫过当"等多个版本，罗氏的说法即便可信，却也存在一点地理上的硬伤：须知中牟在成皋之东，就曹操的智商而言，其由洛阳东逃，必先经成皋而后至中牟，断不会去做"东辕西辙"的傻事。

然则史上究竟有无"捉放曹"一事？我想答案应该是肯定的。据《魏书》武帝纪第一：当董卓秉政京都大乱之时，"太祖乃变易姓名，间行东归。出关，过中牟，为亭长所疑，执诣县，邑中或窃识之，为请得解。"这里裴松之注引《世语》说，"窃识"

曹操的是一位功曹，他向县令讲明了"世方乱，不宜拘天下雄俊"的道理，然后由县令下令释放之。由此可见，值得歌颂的是两位无名"义士"，即功曹与县令，陈宫彼时尚在东郡，与此事毫无关系。

其二，"义士"其实是"叛徒"。

关于陈宫其人，《魏书》称为"太祖将"，即曹操手下一名将领；裴注引鱼氏《典略》进一步介绍说，"其少与海内知名之士皆相连结，及天下乱，始随太祖（曹操），后自疑，乃从吕布"。其"始随"的时间，应为曹操出任东郡太守之后。适逢兖州牧刘岱新亡，济北相鲍信"乃与州吏万潜等至东郡迎太祖领兖州牧"（《魏书·武帝纪》），宫或为"迎曹"者之一。而宫之"自疑"，原因未详，估计与曹操诛杀九江太守边让相关。让素有才名，有《章华赋》行世，因对曹"轻侮""不屈"而死（《后汉书·边让传》）。宫或有兔死狐悲之憾，并因此心不自安。

不管这估计是否准确，总之陈宫并不像《三国演义》所描写的，在吕伯奢事件之后，回到家乡东郡，待曹操征伐陶谦时再次露面，为谦充当说客，遭拒后即"驰马投陈留太守张邈去了"。真实情况却是：操带兵东征陶谦之际，留守东郡的陈宫借机煽动叛乱。他审至张邈处摇唇鼓舌道："今雄杰并起，天下分崩，君以千里之众，当四战之地，抚剑顾眄，亦足以为人杰！而反制于人，不以鄙乎？今州军东征，其处空虚；吕布壮士，善战无前，若权迎之，共牧兖州，观天下形势，俟时事之变通，此亦纵横一时也！"（《三国志·吕布传》）

在张邈接受蛊惑"从之"后，宫即率东郡叛军迎接吕布。其时吕布正处境艰难，走投无路，突然间有人要接纳他拥戴他，还要让他占据曹操的兖州牧职位，那种幸运的感觉，简直就是丧家犬接到了天上掉下的馅饼。按照逻辑，吕布当然也不会亏待陈宫的。于是我们看到，在接下来的故事里，"叛徒"陈宫已经摇身变作吕布阵营的"二把手"了。

其三，倒行逆施"投机者"。

我们将陈宫的"义士"面具剥下，还原其"叛徒"嘴脸，也许有人要为之辩解：那其实是"良禽择木而栖"，属于乱世之中识时务者的正常选择，因之无可厚非。诚然如此，但是别忘了，陈宫背叛的可是"挟天子以令不臣"的曹操，而操代表的是大汉朝廷；操的兖州刺史一职受之于朝廷，其名正而言顺；陈宫奉迎吕布，抢夺州牧职位，从大道理上就说不过去；更何况布乃"反复小人"（此指叛杀丁原、董卓），人格低下，正人君子是不屑与之为伍的。

而当我们谈论识时务者为俊杰这话题的时候，还应注意，上述陈宫为张邈所做的"时务分析"，只不过是投机者的鼠目之见罢了。其与诸葛亮的《隆中对》，以及鲁肃与孙权的"合榻密议"相比，自不可同日而语。而且，从陈宫为吕布所定的战略来看，他是主张联络袁术共御曹操的。而袁术常怀"僭号"不轨之心，早就做着皇帝美梦，因之为天下仁人志士所共愤。故谓陈宫倒行逆施，一点也不冤枉。

其四，损人利己系"罪魁"。

史实证明，陈宫不单害苦了曹操，也害死了张邈和吕布。

先说张邈。邈字孟卓，早年曾与曹操、袁绍为友。初平元年"关东义军"讨伐董卓，时绍为盟主，操与邈则各领一支"盟军"。后绍、邈之间产生嫌隙，但邈、操的关系仍然不错。有一回，绍曾使操杀邈，但操不听，且将绍斥责一顿。张邈知之，益感曹操之德。据《魏书·吕布传》：操曾于出征陶谦前夕，叮嘱家属，"我若不还，往依孟卓。"后操平安返回，"见邈，垂泣相对"。

其友情之挚可见一斑。然而由于陈宫的挑唆，使操、邈由友变敌，引致一场旷日持久的大动乱。最终闹得张邈身死，其弟张超全家灭亡。

再说吕布。吕布一世英雄，最终落得身败名裂，令人扼腕。究其原因，《三国演义》归之"不纳陈宫之谏"，而笔者看法恰恰相反。吕布之败，虽说咎由自取，但陈宫亦应负很大责任。根据是：吕布阵营诸将不和，暗中分为以陈珪、陈登父子为代表的"向曹（操）派"，和以陈宫为代表的"向袁（术）派"。是时陈登已成为曹操安插于吕布身边的"内应"，这在《魏书·吕布传》和《三国演义》第十九回中已有表述，毋庸置疑；而关于陈宫与袁术之间的瓜葛，笔者则有裴松之注引的《英雄记》为证。

记云：建安元年六月夜半时，吕布大将郝萌反叛，率兵攻布议事厅门。布惶急间缘厕所墙壁，逃至都督高顺营房。顺即带所部攻萌。萌将曹性反萌，与对战，萌刺伤性，性砍萌一臂。战中顺斩萌首，送交吕布。后布审案，曹性交代，"萌受袁术谋"。布问"谋者悉谁"？性言"陈宫同谋"。时宫在座上，面赤，傍人悉觉之。布以宫大将，不问也……

若上述记载属实，则陈宫为袁术"卧底"无疑。倘这一记载尚不足证明宫为布之"祸首"，笔者还可拈出另一条根据。那是建安三年，曹操第二次出征吕布，"至其城下，遣布书，为陈祸福。布欲降，陈宫等自以负罪深，沮其计。"（《魏书·吕布传》）由此可见，陈宫阻止吕布降曹，完全出于其自身利害的考量。设若他不曾是曹操的"叛徒"，则很可能会支持吕布的降曹计划。果如是，历史定当改写，《三国演义》亦必删去"白门楼吕布殒命"一节。

其五，负罪当死何可哀。

《三国演义》第十九回，曹操于白门楼处置战俘。陈宫大义凛然，自请就戮。罗贯中即以"后人"之诗，叹其"生死无二志，丈夫何壮哉"，"辅主真堪敬，辞亲实可哀"。然而对照宫之所作所为，"生死无二志"和"辅主真堪敬"两句不符其实，诚为讽刺。至于"辞亲"，指的是他与曹操关于"老母妻子"之养的对话（操曰："奈公之老母妻子何？"宫曰："吾闻以孝治天下者不害人之亲，施仁政于天下者不绝人之祀。老母妻子之存亡，亦在于明公耳。"），的确令人嘘唏。但细细品味，却发现宫之言辞颇含技巧；且称操"明公"，这本身就表示了屈服和献媚之意。其实，这番对话并非罗氏的创造，而是照录了《魏书》的记载。然而《魏书》裴注所引的《典略》，还有陈宫一句话，即"请出就戮，以明军法"，可惜罗氏"漏"掉了"以明军法"四字。事实上陈宫肚里明白，他背叛曹操，军法当诛，"请出就戮"，是对军法的尊重，也显示了他的自知之明。因此他的死是不值得我们哀悯的。

　　总之，基于以上几点质疑，笔者以为，戴在陈宫头上的"义士"之冠应该摘掉。不仅如此，对此类煽动叛乱的罪魁，或者说麻烦制造者，还应该予以鞭挞，否则世界将无宁日。

2007 年 6 月 9 日于乐天斋

建安年间的连环迷案
—— 荀彧之死与伏后密信案探秘

    东汉之末，曹操掌权时期，伏皇后密信案与荀彧之死，是两桩重大疑案，也可说千古之谜。从正史即"官方"的记载来看，它们似乎并无瓜葛；但是透过发黄的册页，捉摸史官闪闪躲躲的目光，再结合一些外传的"曝料"加以分析，就会发现，荀彧之死，原来是缘于一场由伏皇后执导的未遂的政变阴谋。

    现在，我们先来了解一下伏皇后及其血案始末。

    伏皇后名寿，出身名门世族。我们知道，光武帝刘秀朝有一位伏湛，曾担任过大司徒，乃一代名相，伏寿就是伏湛的第八世孙女。今天，在诸城市北七十余里、位于景芝镇附近的九女岭上和伏留山下，我们可以找到几座汉墓，那里据说就埋葬着伏氏家族的尸骨。伏氏家族从经学大师伏生的九世孙伏湛、伏风开始，分成了东武（诸城）房和安丘房两支，伏湛就是东武房人物的卓越代表。

    再说伏寿的父亲，名叫伏完这名字似乎很不"吉利"，事实上伏氏家族也真的完蛋在他和他的女儿手里了。伏完袭爵不其侯，尚桓帝女阳安公主，从此伏家与汉朝皇室结上了姻亲。他官拜侍中，为皇帝身边的要职。就在汉献帝登基的那一年，因董卓之乱，伏寿跟随她的父亲，陪伴御驾西迁长安，不久她被选入宫廷，成为了"贵人"，即后世所谓的"贵妃"。这是伏家与皇室的再度联姻。四年之后，伏寿又成为皇后，而伏完也因女而贵，由侍中升迁执金吾。执金吾的秩级为中二千石，比侍中更高，而且主掌缇骑兵器，负责皇帝的警卫，其地位与职权之重也就可想而知了。

然而，伏氏家族却从此开始了厄运，其境遇随着皇室的衰败，也日益走向了险恶。就在伏寿立为皇后的那个月里，西凉军阀李傕、郭汜内讧混战，献帝为躲避战火，不得不在杨奉、董承等军阀的卫护下，被迫移驾东迁。但不料李傕、郭汜很快又重修旧好，兵合一处追逼献帝，在曹阳一带将御林军杀败。无奈何，献帝只好乘夜潜渡黄河，而伏寿等后妃们也不得不徒步逃难。此刻，在黄河岸上所发生的惊险而恐怖的一幕，使伏皇后的心灵受到了很大的刺激，同时也为她后来的命运埋下了重要的"伏笔"。

　　原来，当追兵渐近之时，伏寿情急计生，用随身的缣帛结为绳索，企图将自己及侍者从悬崖缒入谷底。此时董承突然出现，命令其部下持刀胁迫，夺去缣帛，并杀死了皇后的侍者……伏寿总算逃过一劫，但侍者的鲜血却溅满了她的衣服。后来，曹操迎献帝都许，伏完得以皇戚之贵拜辅国将军，并"仪比三司"，享受到了极高的待遇。但是伏完头脑也很清醒，他晓得曹操并不是容易相处的善辈，便决计低调做人，上缴了辅国将军的印绶，改拜中散大夫，不久迁转屯骑校尉。

　　尽管如此，身居皇后之尊的伏寿，却仍然感觉到了曹操及其党羽的威胁。当她看到议郎赵彦等一批忠于汉室的臣子，因为向皇帝"陈言时策"而被曹操"恶而杀之"，唯恐祸及自身，因此惶惶不可终日。尤其是建安五年（200）之春，在发生了所谓"血诏"即"衣带诏"事件，董承及其女儿董贵人被杀之后，伏皇后愈加"怀惧"，总在琢磨摆脱险境的办法。终于有一天，她偷偷躲过了曹操的耳目，冒险向伏完修书一封，密告"血诏"事件的真相，揭露了曹操对董贵人的"残逼之状"，并请求父亲联络内外，秘密发动一场"图谋曹贼"的政变。

　　然而遗憾的是，伏完接到皇后的密信之后，有惮于曹操一派的力量太大，生怕以卵击石，因而未敢轻举妄动。直到建安十九年（219），曹操已称"魏公"，并准备接受王位的时候，伏后的"阴谋"才东窗事发。于是曹操大怒，令尚书令华歆和御史大夫郄虑带兵入宫，将躲藏在墙壁中的伏皇后搜出，残酷迫害致死。她所生的两位皇子也遭鸩杀。伏氏家族因这场"阴谋"而株连被戮者达百余人。侥幸活下来的，只有伏皇后的母亲刘盈（即阳安公主）等十九人，被逐出许都，发配到了涿郡。

这就是《后汉书》所记载的伏皇后案件的大体经过。我们从中可以看出，伏皇后的案子实际上是因"衣带诏"案引起的，所以伏氏与董氏的两桩血案应该是一种"连环"；如果后面我们将要说到的荀彧案与伏氏案也是"连环"的话，那么三件案子就形成了"连环套连环"的关系。若果如此，那段历史就愈加迷雾重重也愈加热闹有趣了！

抛开伏后以及"衣带诏"的疑案不讲，下面先让我们来看荀彧之死之谜——

荀彧，字文若，颍川颍阴人。在汉末三国时期，他可以说是曹魏集团的首席谋士，第一功臣。从其地位来看，因担任尚书令，按易中天先生的说法就是"宫廷秘书长"，系总揽朝政的人物，"相当于不是丞相的丞相"。鉴于曹操经常外出打仗，即便回师，也是常住邺城而不在许都，故而日常的朝政都是由荀彧主持的。由此可见荀彧这个人对于朝廷以及曹操，都具有无比的重要性。

提到荀彧之死，《后汉书》的记载是：建安十七年，董昭等人准备联名向皇帝上表，建议进曹操为"国公"，并加"九锡"，因此而密访荀彧，希望尚书令也能参与此事。不料荀彧却说：我们曹公当年兴兵，就是以"匡振汉朝"为己任的，如果进爵国公，显然违背了他的初衷，也使他的道德受到伤害。为此荀彧断然拒绝。不消说，曹操了解到荀彧的态度，心里非常愤懑（"意不能平"）；恰好此时他正南征孙权，便心生一计，向献帝上表请荀彧"劳军"，让其离开朝廷，到谯地与他会合。之后，为了将荀彧置于自己的控制之下，曹操又以种种理由，"辄留"荀彧于军中，令其"参丞相军事"。既然如此，那么荀彧和曹操肯定能天天碰面，他们有多少心里的话都可以直接交流，有什么不同的见解当然也可以当面沟通。在一些大是大非上的分歧，他们完全可以借此机会予以协调，以期消弥。然而，看来情况比曹操或者荀彧预期的要糟糕许多：他们之间的分歧越来越大，裂痕也越来越深，终于不可调和，不可弥补。于是荀彧以身体健康为由留在了寿春而没有跟随曹操的脚步继续前进。这工夫他忽然收到了曹操派人送来的一件慰问性的食品，他赶紧打开包装，启封一看，居然是"空器"，里面啥都没有！荀彧大惑不解，思来想去最后终于明白了曹操的意思，于是"饮药而卒"。到此操、彧之间的恩怨也便划上了句号。

关于荀彧的死因，《三国志·魏书》上的正文，只有极其简约的"以忧薨"三字；但是裴松之却在小注中引用了《魏氏春秋》的记述："太祖（曹操）馈彧食，发之乃空器也，于是饮药而卒。"那么究竟有无此事？荀彧到底是因"忧"病死的，还是被曹操逼迫而自杀的呢？

我们综合历代史家的意见，已知两种观点并存，但《三国演义》传世之后，后一种意见便在世俗社会中占据了主流地位。现代人易中天先生认真琢磨了先人的研究成果，在其大著《品三国》中，对曹操、荀彧之间的关系进行了有据而细致的分析，我读后颇受教益；但遗憾的是，易先生最终没有自己明确的结论，而只是含糊其辞曰："我认为就不必再讨论荀彧究竟是忧郁而死，还是被迫自杀了"。我觉得这话等于没说，"学问"也等于没做。

我的看法，荀彧一定是死于被迫自杀。

而且，我还要说，荀彧之死，一定与伏后血案有着某种牵连。伏后与荀彧这两桩疑案，是案中有案，谜里藏谜。下面，就让我们拨开重重迷雾，以还原历史的本来面目吧。

在《魏书》的《荀彧传》里，裴松之注引了《献帝春秋》中的一段轶事，我现在照录并稍加注译如下：

董承伏诛之后，伏后曾给父亲伏完致书，说"是曹操谋杀了董承，皇上正为这事抱怨他呢"。伏完将这封皇后的密书出示荀彧，荀彧深感厌恶，但是"久隐而不言"。后来，伏完又将皇后密信传给其妻弟樊普。不料樊普竟带上此信，上曹操那儿告发。于是，曹操就悄悄地做了防备。再后来，荀彧唯恐天长日久，伏后的阴谋败露，就打算自己找到曹操告发。因此他随便找了个由头，以"皇帝使者"的身份，借着到邺城禀见曹操商量事情的机会，劝曹操将自己的女儿嫁给献帝做皇后。太祖就说："如今皇上有伏皇后，尚且健在呢！再说我的女儿恐怕配不上吧？我曹操凭的是'微功'而位居相位，岂能依赖女儿而邀宠于圣上呢！"荀彧这才说道："伏皇后无子，况且她性情凶邪，往常与她的父亲伏完写信……信中言辞极为丑恶。我看可以因此而将她废掉！"曹操又说："伏后密信这件事，您很早就知道了，可为何不立即告诉我呢？"荀彧于是佯作惊诧说："往昔我已经禀报大人您了，您也许遗忘了吧？"曹操说："这难道是小事吗？我岂能遗忘！"荀彧再次做惊诧状道："啊，是的！属下确实没有禀报大人……不过，那时候您正在官渡与袁绍相持，战事紧张，我唯恐您有内顾之忧，所以才没有举报此事的……"却不料曹操摇头诘问："那么官渡之战结束之后呢？你为什么仍然没有向我提起此事呢？"荀彧至此无言答对，只好"谢罪"罢了。曹操从此忌恨荀彧，然而外表上仍然宽厚对待，世人谁都不知底里。直到董昭提议进曹操为魏国公，荀彧持有不同意见，于是……

上面《献帝春秋》的记述，可以说是荀彧之死这一疑案的另一版本。这个版本笔触很细，文学色彩相当浓厚。裴松之在为《三国志》作注的时候，本着"寿（即陈寿）所不载，事宜存录者，则罔不毕取以补其阙"，因而照录不遗；然而他又对此版本怀疑不屑。依照他在《进书表》中的声明，对"纰缪显然言不附理"者，"则随为矫正以惩其妄"，于是指出：《献帝春秋》中荀彧的情辞太不合道理，不要说荀彧这样的"贤哲"，即便如我辈的"庸人"，也不至于如此拙劣呀！所以，他认定《献帝春秋》的记述为"虚妄"，是作者袁晔对"君子"的"后诬"。

对《献帝春秋》的说法，历代史学家多半都和裴氏一样，持否定态度。即便一千七百余年后的今天，易中天先生品咂三国的时候，也仍然认为它"荒唐"，"一看就是假的"。其所谓"荒唐"和"假"的根据，除了裴松之的上述观点，主要还是时间上的问题："董承的'衣带诏'一案事在建安五年正月，伏皇后被杀则在建安十九年十一月。两件事间隔将近十五年，一封信怎么可能瞒那么久？荀彧去世于建安十七年底，他什么时候去和曹操说这件事？……曹操又为什么要过两年才杀伏皇后？……"

易先生的疑问颇合道理。间隔十五年的两件案子连在一起，也的确有点匪夷所思。但是，如果我们能耐下心来缜细探究，而且能透过史册的字里行间，用"哥德巴赫猜想"那样的方法去合理地猜测、想象，那么时间上的疑点也许就不成问题了。

我们还是沿着伏皇后的线索，先上溯到建安五年，探究一下董氏的"衣带诏"案子吧。关于"衣带诏"一案，易中天先生认为"可疑"。他援引陈迩冬先生的话说："董承本来是牛辅的余孽，哪里是什么公忠体国的人？""就是要除曹操，如何会托付董承呢？这话怕靠不住吧？"所以他猜测，这可能是由曹操策划和导演的一场阴谋，"衣带诏"或许子虚乌有。这猜测是否更符合历史的真实，我们姑且不论，先来探讨一下伏皇后对于董氏血案的态度。

按照兔死狐悲唇亡齿寒的通常逻辑，伏皇后的确应当对董贵人的被害表示出极大的同情，对曹操的残毒表示出极大的愤慨。但我的看法恰恰相反，我倒觉得伏皇后应当幸灾乐祸，暗暗叫好；

当然也不妨碍她假惺惺地掉几滴眼泪。

若问我的根据，那首先要从宫廷斗争的历史经验谈起。远的不说，只说东汉章帝以来，皇宫里女人之间的争斗好像一直就没有停止过，而外戚专权也似乎成为了一种血染的"规律"。从窦后开始，阴后、邓后、阎后、梁后、邓后、董后、宋后，再数到被董卓鸩杀的何后，这些一度临朝听政的"国母"，哪一个不是从你死我活的斗争激流中挣扎出来的？又有多少后妃带着永远的秘密而倒在了宫廷阴谋的血泊？所以我相信，伏皇后为了巩固其在宫廷里的地位，为了保护其整个伏氏集团的利益，她是绝对不希望身边有一个后台厉害、能对她构成严重威胁的"贵人"的；同样的道理，距皇后地位仅一步之遥的董贵人，为了自己的前途命运，以及后台董氏集团的利益，她也必然要与伏氏斗个鱼死网破。

其次，从史书提供的资料来看，董承乃西凉将军，系牛辅旧部，而牛辅又系搞坏了大汉王朝的乱臣贼子董卓的女婿，如此的根系，决定了他必然不会被皇帝所信赖。我们知道，"献帝都许"后的建安初期，应该是献帝与曹操相处的"蜜月期"。在那个时期，经历过生死劫难的皇帝，即便对曹操也有些不满，但总体上还是感激和依赖他的。所以献帝没理由搞什么"衣带诏"，更没理由将"除奸贼、匡汉室"的重任，交给一个董卓的残渣余孽！易中天先生在这一点上的怀疑是甚合道理的。既然如此，那么在建安五年的那场流血事件中，伏皇后与董贵人，以及伏完与董承，包括了他们各自的家族势力，也就不可能结成为"同一个战壕里的战友"。

然后，沿着这样的思路，我们还可以上溯到兴平二年，伏皇后伴随献帝逃到黄河岸边的时候，董承曾经命令部下持刀抢夺她赖以救命的缣帛，"杀傍侍者，血溅后衣"……正是《后汉书》上不经意似的几笔，向我们透露了值得注意的信息。我觉得这几笔并不仅仅是描写伏后的危难，它也许暗涵着更深层的意思。

"缣帛"实际是"生命线",而"血溅后衣"则更具有象征的意味。不管怎样,我想黄河岸边的这个"镜头",永远不会从伏后的记忆里抹去的。设身处地为伏寿着想,她更没理由与董氏结为同党了。

基于以上理由,我认为在当年的所谓"衣带诏"事件中,伏皇后不可能充当"参与者",而极可能是"旁观者",甚至有可能站在曹操的一边,明里或暗里地扮演"帮凶"的角色。

但是,这样的说法儿,问题也就来了:如果伏皇后与董贵人不是"一个战壕里的战友",那她事后为何会向伏完写信,揭露曹操残害董贵人的情状?为何会有后来她也被曹操逼死的历史事实?难道伏皇后的密信也是假造的吗?若非假造,岂不是自相矛盾吗?

不错,这的确自相矛盾。但仔细想想,伏后的"矛盾"是符合情理,也很容易理解的。因为建安初期伏氏对曹操的印象还相当不错,而且出于政治的目的,伏氏集团需要联合(或者说依靠)曹氏集团,一起打垮(铲除)董氏集团的势力。但是后来就不行了。后来伏皇后发现,事态的发展竟大大出乎她的预料:董贵人的被杀并没有给她带来多大的好处,倒反而加重了她的危机;曹操在铲除了董承的势力之后,又将下一个打击目标放到了他们伏氏集团身上……她慢慢回味,认识到曹操是比董承更坏更可怕的敌人,同时也是献帝(汉室)更坏更可怕的敌人。所以她非常后悔,非常痛苦,却又无处诉说,无计可施。在曹操耳目们的严密监视之下,她必须十分小心,甚至献帝面前也不太敢说心里的话。献帝虽也渐渐看清了曹操假忠真奸的面目,但未必能完全跟她一个心眼儿,所以究竟下一步该如何走,她不敢贸贸然地决断,而必须跟她的父亲商量,求得伏氏集团的帮助……

如果我以上的推测还能说得过去,那么伏皇后的"反思"就需要一定的时间,可能是几个月,也可能是几年。总之这是她对曹操观察、认识、再观察、再认识的过程，这个过程决不是一朝一夕就能完成的。

接下去，"反思"之后就是"行动"。伏后的"行动"，无非是那封给父亲伏完的密信。但是向宫外传递这样一封信件，困难可想而知。有了"衣带诏"事件的前车之鉴，曹操对宫廷的控制和监视肯定愈加严厉，所以伏皇后必须学会耐心，学会静静地等待。这个"等待"的阶段，我想也决不会是一朝一夕的。

因此，我们也就不难理解，为什么"伏后密信"一案没有在"衣带诏"案之后很快就被披露，它迟一些披露是完全合乎逻辑的。

虽则如此，但时间上的疑点似还未彻底解决。正如易中天先生所怀疑的："衣带诏一案与伏皇后被杀两件事间隔将近十五年，一封信怎么可能瞒那么久呢？"是呀，如果单纯从伏皇后的角度去猜测，它好像讲不太通，因为十五年毕竟是太长了些。

然而，我们为何不可以换个角度，再从其他人那儿去考虑一下？譬如伏完、荀彧和曹操，特别是曹操，他才是影响事件进程、决定时间长短的重要因素呢。

我们可以设想：当伏完接读了伏后密信，晓得了曹操毒计杀害董贵人、借机除掉董氏集团的真相，并且意识到他和他的女儿已被曹操列为下一个谋杀对象的时候，他一定非常惊怒，恐慌不安。伏寿也许还像《献帝春秋》所记的，在信中向伏完透露了"帝方为抱怨"的意思，那么伏完也就明白，女儿的这封信肯定经过了皇帝过目，女儿的意见肯定就是圣上的旨意。其旨意在《后汉书》的《献帝伏皇后纪》中说得清清楚楚，那就是"令密图之"。在这里"之"指的就是曹操。毫无疑问，伏完接下去要做的，那就是召集他的"心腹"，传达皇后密信，然后制定"图曹"的计划。

但是，我们知道，伏完要完成"图曹"任务，至少须具备两个条件：一是组织足够的力量，二是等待合适的时机。从力量上看，伏完不过区区一屯骑校尉，远不如当年的车骑将军董承。单靠伏氏集团跟曹操较量，那无异乎以卵击石。要解决这个问题，就必须在有权有势的大臣中寻觅盟友，利用皇帝的招牌结成"除奸贼、匡汉室"的统一战线。但是基于当时的具体情况，这样的大臣委实难找，而被《后汉书》称为"沉深有大度"的伏国舅，在寻找"盟友"的过程中一定十分小心，颇费踌躇，估计比王允谋诛董卓时还要慎重。至于时机，最好是趁曹操忙于征战内部空虚的当口儿，里应外合从其背后猛插一刀；但这也不是伏完能说了算的，谁晓得这时机啥时候到来呢？总之，伏完不会在短时间内具备以上两个条件。

据《献帝春秋》所记，伏完接到伏寿的密信后至少联络过两个人，一个是荀彧，一个是完的妻弟樊普。但这个"妻弟"肯定不是阳安公主之弟。樊普究竟什么官职，掌不掌握军队，书上语焉不详，我们也无从了解。至于荀彧，时任尚书令，在朝中权力甚大，颇具威望。他虽然是曹操的"股肱"，又系姻亲（曹操之女配彧的长子），但明眼人早就看出他们并非一路货色（这一点我们后面还要细说）；那么伏完也就极有可能抱着一丝希望，冒着几分风险，而将伏后密信传示荀彧，试探一下对方态度的。然而很遗憾，虽然荀彧"忠君"，却并不想参与他们的阴谋。结果白白地耗了时间，伏完最终的决定竟是"不敢发"——不敢向曹操发难。

然而事情并没有到此结束。接下去伏完要做的，就是如何将这"阴谋"封存起来不致泄露。他可能"封存"了一年两年，或者更多时间。伏完死于建安十四年（209），亦即伏皇后案发之前五年。从史书上看，他属于"正常死亡"，否则他的儿子伏典也不会承嗣其爵位。但是，伏完死的时候伏后的"阴谋"尚未被曹操掌握吗？按常规逻辑应该如此的；不过，也许有特殊情况，就是曹操虽已掌握，然而出于某种考虑，故意"隐忍不发"，居然让伏完在生前"躲"过了惩罚……

话说到这里，我们的视角已经转移到了曹操身上。

根据上面《献帝春秋》的记载，伏完曾将伏后密信（或抄件）分别传示于荀彧、樊普。他也许特别担心荀彧的泄密，而不会提防樊普的出卖。但事实恰恰相反，荀彧倒能够"久隐"，樊普却将密信交到了曹操手里。曹操得信，虽大吃一惊，却并不急于抓人治罪，而首先要考虑几件事：第一，伏后通过什么渠道才躲过了他的耳目而与伏完取得了联系？第二，献帝在这件事上陷得有多深？他是主使呢还仅仅是怂恿、默许而已？第三，除了樊普，伏完还与哪些人有过接触？这个阴谋的圈子究竟多大？第四，伏完等将在什么时候发动叛乱？……然后他一定会奖赏樊普并嘱其严守秘密，没准儿还会令其充当内奸，到伏完的身边卧底。与此同时，他也会修补对皇宫的监视网，加大对献帝、伏后控制的力度。当然，他更有可能采取放长线钓大鱼的策略，看看有哪些重量级人物卷入到了这场阴谋中来。

但是他"钓"到"大鱼"了吗？恐怕没有。历史已经证明，伏完胆小也罢，谨慎也罢，总之对来自皇宫的密令缺乏信心，因而几乎没有实际的行动，仅仅向荀彧等有限的几个人作了"试探"，然后就戛然而止，使政变成为"未遂"。其实，也正因为如此，事后曹操才没有认真计较他的罪过；否则的话，以曹操的脾气，哪怕他死于事发之前，也会从棺材里拽出来鞭挞的。

然而曹操"钓大鱼"的策略也并非毫无收获。他毕竟是从樊普那儿（或者其他渠道）获悉，荀彧参与了伏后的阴谋。他最初不肯相信，或半信半疑，后来通过进一步侦查，搞清了荀彧其实只不过接触了"阴谋"，而并未参与。于是他等待着荀彧能主动地向他自首，老老实实把事情说说清楚。我们知道，建安时代（特别是中后期）的曹操，完全可以从容不迫地处理那些握在了手掌心的麻烦事儿。为此他表现得十分耐心，的确是"宰相肚里能撑船"的宽容。为了等待荀彧，他甚至宁肯强压怒火，暂不处理这场阴谋的罪魁，而让伏寿在皇后的位子上多待了几年。

所以，从某种意义上说，"伏后密信"的阴谋何时揭露，揭露到什么程度，那并不是由史家决定，而是由曹操说了算的。

现在，我们应该将视角转向荀彧，探索一下"荀彧之死"之谜，同时厘清其与"伏后密信"案件的关系了。

关于荀彧其人，历史已有定评。正如易中天所说，荀彧虽可称为曹操的首席谋士，但不可简单地以谋士视之。"在曹操集团中，其实只有荀彧才是真正可以和诸葛亮相提并论的人物。"这评价不低，却非常符合实际。的确，荀彧跟诸葛亮一样，有着自己的政治理想、政治主张和做人的底线。他的主张，就是所谓的"三大纲领"，即"奉主上以从民望""秉至公以服豪杰""扶弘义以致英俊"；而其理想，则是"辅佐一位乱世英雄，平定天下，匡扶汉室"（以上引文见易中天《品三国》）。

易先生的见解，其实也不是他自己所独有，而是融合了历代史家的主流观点。包括陈寿、范晔、裴松之在内，大家都公认荀彧的才能与德行。但令我困惑的是，既然荀彧可以与诸葛亮相提并论，那么为何诸葛亮身上都能有某些"缺点"（比如在马谡、魏延身上表现出的用人问题），荀彧却必须毫无瑕疵呢？《献帝春秋》只不过暴露了他的一点小小"暧昧"，裴松之竟不能容忍，认为这是"厚诬君子""玷累贤哲"。可我仔细琢磨了《献帝春秋》上荀彧的轶事，却发现裴松之的指斥有点武断，而袁氏所记也未必"虚妄"。

诚如裴氏所评，荀彧在与曹操对话时"词情顿屈"，非常尴尬，"虽在庸人，亦不至此"；《献帝春秋》的这段文字的确过分文学化，一看就有加工的痕迹。但是，关键的几个问题——即"伏完得书以示彧"，彧"久隐而不发"，后"自发之"，且劝曹操"以女配帝"——我认为是完全可信的。裴松之对此持否定怀疑态度，无非觉得这不该是"贤哲""君子"之所为，然而从辩证唯物的观点看问题，贤哲也好，君子也罢，只要是人而不是神，谁能保证自己绝无丝毫的人性弱点呢？

我说"人性弱点"，意思是荀彧在伏后密信这一事件中所表现出来的侥幸和投机的心理。

可以设想，当伏完向他出示了伏后信件之后，他面临着的只能是两种选择（或曰两条道路），一是"受"，即接受皇后密旨，二是"发"，即向曹操揭发阴谋；但荀彧却选择了第三种，即"隐"，且要"久隐"。什么意思？这要多花点笔墨说明。我们知道，荀彧虽然忠君，却也忠于曹操，其"理想"和"立场"并不是一码事儿。当他读过了伏后的密信之后，内心深处即便怀有对伏后乃至献帝的同情，但绝对不会支持这一阴谋。当然了，他也不想到曹操那里去出卖伏后和伏完，因为他毕竟是正人君子，不会做用别人鲜血染红自己顶子（鲁迅语）的事情。所以，他肯定会力劝伏完照顾朝廷大局，放弃这项阴谋，切莫让"衣带诏"的惨剧重演。然后还会与伏完相约：大家将此事隐瞒下去，让它永远地烂在肚里……

"隐瞒"既是无奈之举，也算明智之举。在当时情况下，这其实是荀彧唯一的选择。此选择避免了一场大的动乱，因之它无论对汉室、对曹操、对伏氏、对自己都应该是大好事。然而，纸终归是包不住火的，不想伏氏集团内部出现了叛徒。樊普的告密击碎了荀彧的侥幸心理，也使他陷入了极尴尬的境地。怎么办呢？继续隐瞒吗？不行。这无济于事，非但救不了别人，反倒加重了自己的罪过……于是踌躇再三，他决定明哲保身，到曹操处"自发"。

"自发"的行为看起来不太光彩，但"明哲保身"却是"君子"们历来所提倡的；更何况，荀彧毕竟以自己的大义与睿智避免了一场内乱，其堪称为"功德"，所以实事求是而论，荀彧"自发"的本身并不是什么道德上的瑕疵。要说瑕疵的话，我倒以为，荀彧劝曹操废伏后并"以女配帝"这事儿，倒彰显了其献媚投机的心理，应该是"贤哲""君子"所不屑不齿的。

说到这里，又出现一个疑点：在《后汉书》的《献帝伏皇后纪》里，明确记有伏后"所生二皇子皆鸩杀之"，可《献帝春秋》中荀彧却称"伏后无子"？这是咋回事？哪个说得对呢？我对照了《魏书》，以及裴松之注引的《曹瞒传》，又查了台湾柏杨先生的《中国帝王皇后亲王公主世系录》，还真是没见到伏后之子的一点影像，但是《资治通鉴》照录了《后汉书》的文字。看来史家们多对此存有阙疑。窃以为，曹操虽有杀皇后的胆量，但若说杀皇子，他还真得掂量掂量利弊。若真杀了，必然引起朝野巨大震动，刘备、孙权那里也不会无所反应。因此我宁愿相信《献帝春秋》的说法儿。

不管怎样，伏寿被黜和曹操之女的"瓜代"，当是不争的史实。荀彧为了证明自己的忠诚而向曹操提出上面的建议，我看比较可信。站在曹操的角度想一想，他之所以不急于处理伏后密信一案，大概也考虑到了"伏寿身后"的问题吧。所以，老谋深算的曹操必然会接受荀彧的建议。但曹操做事，常出人意料，匪夷所思，谁又能想到，他会把三个女儿同时贡献给皇帝呢？这事儿也唯有曹操才干得出来！

建安十八年（213），即荀彧死后翌年，伏后被黜的前年，曹操未雨绸缪，进其三女宪、节、华于献帝，并封为"夫人"；翌年，三女并拜为"贵人"；及伏寿被杀，操女曹节则顺理成章地升为皇后。这应当是曹操将刘汉天下向曹魏天下转移的一步重要棋子。按他的设想，他的女儿将有助于将来政权的交接，却不曾料到，当魏王曹丕派人向曹皇后索要国玺时，她竟涕泗横流地怒骂道："天不祚尔！"将玉玺狠狠地摔在了轩下……但那毕竟是后话了。

话说到这里，明眼人不难看出，《献帝春秋》有关伏后案与荀彧案之间关系的记录并非空穴来风。荀彧之死显然不仅仅是反对曹操进魏公的缘故，事实上早在他"涉嫌"卷入伏后案的那天，就已为悲剧的结局埋下了伏笔。"太祖以此恨彧，而外含容之，故世莫得知。至董昭建'立魏公'之议，彧意不同……"于是曹、彧之间的矛盾就再也隐藏不住。不可调和的"理念"冲突突然间在"立魏公"的事情上爆发，将他们多年培垒的友谊之坝一下子就冲垮了……

关于曹、彧的矛盾，易中天先生已有详细到位的论述，我不必啰嗦；但还想赘笔说上几句：曹操曾在建安十五年（210）发布过《让县自明本志令》，声明孤"身为宰相，人臣之贵已极，意望已过"；虽然"设使国家无有孤，不知当几人称帝，几人称王"，但自己已决定效仿周公，决不敢有不臣之念。此令很长，也很感人，我想荀彧当会对曹操的"忠汉"之志深信不疑。他一旦听说董昭欲上表进曹操为国公，即认为违背了曹操本人的意愿，故表态曰"君子爱人以德"，此事断不可为！曹操得知荀彧阻挠，虽非常光火，却也只能闷在心里，不好就此事向荀彧问罪。

曹操进爵国公，乃朝廷至大之事，如果在"表"上见不到荀彧的签名，好像也不可思议。无奈何曹操只好暂将此事搁置。但实在又不想放缓由刘汉天下向曹魏天下转移的进程。怎么办呢？终于想出一计：将荀彧调离朝廷，让其"以侍中光禄大夫持节，参丞相军事"。这样荀彧就被他很合法地控制在了自己的身边，当然也就没了参与任何政变之虞；何况军旅之中，杀个人那是易如反掌之事，有时无须多大理由的。后来的杨修被杀，不也是军中干的事情吗？

荀彧到底是如《魏书》所记的"以忧薨"，还是如《汉书》披露的"饮药"自杀？这问题其实不太重要，因为他终归是被曹操逼死的。曹操向荀彧馈赠了一件食盒，盒上有他亲笔的封签，打开来里面竟空无一物。这是很艺术性的一个大谜。最初我想这可能是曹操要荀彧"绝食"，后来又想问题怕不会那样简单，似乎还有更多更深的意思，让荀彧和后人去猜测吧！谁猜中了，那就算摘下了"哥德巴赫猜想"的桂冠呢！

曹操在暗中向荀彧施加压力的时候，一定会提醒他"伏后密信"一事。但为什么要在荀彧死后才将伏后的阴谋公开呢？这的确值得琢磨。我认为主要是照顾到了曹氏集团的"最大利益"：荀彧功勋巨大，才干超人，又系士人楷模，虽孔融亦不可比，如处置不好，连曹操自己的利益都要受到伤害的。荀彧当然也是明白人，他晓得自己的死亡，可以避免将来众臣联名上表（进曹操为魏公）时的尴尬，所以很"适时"地结束了自己的生命，从而也换取了他身后的极大"哀荣"。

现在，我们终于恍然大悟：原来建安十七年（212）的荀彧之死，和建安十八年的曹氏三女献入皇宫，以及同年伏后因密信案的被废，曹节被立为皇后，直至建安十九年（214）曹操进爵为魏公，这先后的次序都是由曹操安排的。事实上正是曹操的手在操控着历史的节奏，同时也编织了一个个的谜，而让后人津津有味地一直猜到现在。

2007 年 7 月 30 日于乐天斋

关于“貂蝉”的话题

　　写罢《貂蝉》（注：拙作长篇小说《貂蝉》，于 2003 年 4 月由黑龙江人民出版社和台湾新潮社文化实业有限公司分别出版），意犹未尽，有几个话题想跟读者朋友们聊聊。

　　话题一，貂蝉是谁？
　　这问题好像很“小儿科”。我们当然从《三国演义》或者“三国戏”里早就认识了貂蝉，而且还晓得她不知哪年哪月曾被评为中国古代的四大美人之一。有好事文人才子还将这四大美人分别形容为“沉鱼”“落雁”“闭月”“羞花”，其中的“闭月”指的就是貂蝉。但在这里请允许我不揣冒昧地说一句，我对大家“对貂蝉的认识”真的还有点儿怀疑。不瞒各位，前不久我曾做过一个小小的测验，即请身边的文人朋友书写“貂蝉”二字，想不到十位之中竟有四位错写为“貂婵”。更有意思的是，此次拙著长篇小说即将付梓，我接受了本书策划者的建议，请一位海内外享有盛名的作家兼书法家朋友题写书名，翘首以待了半个多月，结果盼来的不是“貂蝉”，而是“貂婵”！这当然是一个小小的玩笑，但它也充分说明，事实上我们对貂蝉真还不是十分的了解。之所以将“蝉”错写为“婵”，一定是受了孟郊和苏东坡的误导，想当然地以为婵者美好貌也，此必是“花婵娟、竹婵娟”或“千里共婵娟”里的“婵”字了。
　　其实貂蝉也者，乃是一件物品。具体说来，就是汉代侍从官员冠帽上的装饰物。貂，即貂尾；蝉，即刻在黄金珰上的蝉形纹饰。据《后汉书·舆服志下》："武冠，一曰武弁大冠，诸武官冠之。侍中、中常侍加黄金珰，附蝉为文，貂尾为饰，谓之'赵惠文冠'"。于是这种"貂蝉"冠就成为人们身份地位的一种象征，以后"貂蝉"一词也就常用来作为达官贵人的代称。

那么现在可以搞清了，原来貂蝉本有所指，其"蝉"字是不可以借用为"婵"的。《三国演义》里的貂蝉，其实是以高官冠帽上的装饰物貂蝉来取名的。说到这里，有意思的问题来了：她是美女，是司徒王允府中的歌妓，无论性别、相貌、身份，取其名为婵娟比较合适，可为什么小说作者怪兮兮地要叫她貂蝉呢？

须知"貂蝉"冠乃武冠，而据黄能馥、陈娟娟在《中华历代服饰艺术》里的解释，"金取刚强，百炼不耗，蝉居高饮清，口在掖下，貂内劲悍而外柔缛"，显然这跟"婵娟"的形象是大相径庭的。那么罗先生取其名曰貂蝉，莫非有深意存焉？

这问题暂且按下，后面再谈。

话题二，关于貂蝉的"原型"。

我们知道，《三国演义》是历史小说，书中重要角色大都名标史册，但貂蝉却是例外，在《三国志》《后汉书》，或者二书注者所引的《魏晋世语》《英雄记》《献帝春秋》《九州春秋》中，绝对查不到这个名字。虽则如此，但有个"疑似"貂蝉的女子，倒也值得我们注意。请看《后汉书·吕布传》：

卓以布为骑都尉，誓为父子，甚爱信之。……（布）尝小失卓意，卓拔手戟掷之。……卓又使布守中阁（即内宅），而私与卓傅婢（即侍婢）情通，益不自安。因往见司徒王允，自陈卓几见杀之状……

很显然，这个在史书中闪了一下身影的"傅婢"，应该就是貂蝉的"生活原型"。从文中看，她与王允毫无瓜葛，也不曾参与什么"连环计"。虽则她与吕布有着奸情，但并未被董卓发现。董卓的确用手戟投掷过吕布的，但那是以前的事情了，再说"小失卓意"的这事与她也毫无关系。总之，这女人无名无姓，仅仅是董卓众多侍婢中的一个。她未必倾国倾城，但总有几分姿色。吕布与之有情，却未结成连理。然而不可否认，恰是这个女人，成为了吕布背叛董卓的诱因，促使吕布与王允结盟，发动宫廷政变，最终在未央宫北掖门内将董卓暗杀。

由此可见，"貂蝉"此人应该有的，只不过身份卑贱，不值得史官记录姓氏罢了。

貂蝉在《三国演义》第八回出场亮相，第十九回随吕布殒命而消失了身影。有关她的故事，粗略计算大约五千多字。须知罗公文笔简约，惜墨如金，许多重要事件重要人物，也不过寥寥数笔，但在貂蝉身上却花费了如许笔墨，这简直不可思议。

话题三，貂蝉的身世身份。

大家都知道，貂蝉是作家用笔塑造出来的艺术形象；但严格说来，其"塑造者"（或谓"初塑者"）并非罗贯中，而是元代的一位无名氏。无名氏以《三国志》为蓝本，又凑合民间传说，创作了一部《三国志平话》。其卷上（六）写到董卓对皇妃以言相戏，丞相王允遂生不忿之心。然后有如下一段：

王允归宅下马，信步到后花园，小庭闷坐。忽见一妇人烧香，自言不得归乡，与家长不能见面。焚香再拜。王允自言，吾忧国事，此妇人因何祷祝？王允不免出庭问曰："你为甚烧香？对我实说。"唬得貂蝉连忙跪下，不敢抵讳，实诉其由："贱妾本姓任，小字貂蝉，家长是吕布，自临洮府相失，至今不曾见面，因此烧香。"丞相大喜："安汉天下，此妇人也！"丞相归堂，叫貂蝉："吾看你如亲女一般看待。"即将金珠缎疋与貂蝉……

《三国志平话》说貂蝉是吕布失散了的妻子，这在史书中似有案可稽。《三国志·吕布传》注引《英雄记》中，记有吕布之妻曾对布提到："妾昔在长安，已为将军所弃，赖得庞舒私藏妾身耳"。这里的吕布"弃妻",指的当是董卓死后,卓旧部李傕、郭汜等发动兵变,吕布仓皇出逃,而将家眷"弃"于长安;但这事发生在王允定计除董卓之前,而不是之后。至于"私藏"(即收留、掩护)布妻的那位庞舒,史书未作介绍,故不知何许人也;估计他一定受过吕布的巨大恩惠,与布有死生之交。

有论者(如金性尧先生)以为《三国志平话》"文字粗陋,层次凌乱,情节荒唐",但关于貂蝉的这段故事,倒是为罗贯中的《三国演义》"开了窍",故应有其"开创之功"(见金性尧《貂蝉形象的蜕变》)。其实,被"开了窍"的不只罗氏,笔者也该算得一位。拙作长篇小说《貂蝉》,也写了貂蝉焚香祷祝这一情节,而且跟《三国志平话》和《三国演义》一样,事件的发生地点也是在王允的后花园里。如果要说"不同"或者说"区别",那就是貂蝉的身世、身份,以及她与吕布、王允之间的关系。在我的《貂蝉》里,貂蝉乃羌族"先零羌"的后代,本名雪红。父亲战死于沙场,母亲则成为了"破虏将军"董卓的歌妓。在某次宴会上,仅仅因为主客间的赌气,她的歌妓母亲便被砍掉头颅。随后她被王允救助收留,在王府渐渐长大,而名字也改作了貂蝉……

我如此设计貂蝉的身世,无非是为她找到向王允报恩、向董卓报仇的合理根据。不是吗,金性尧先生在论貂蝉这一艺术形象时曾经指出,《三国演义》里的貂蝉,一个十八岁的"歌舞美人","政治上已经成熟到这个程度了"?是不是作者"过于理想化"呢?这的确是个问题,我的设计正是冲着这问题来的。

当我们谈到貂蝉的"身份"时,不知你注意到没有,她从正史走到"平话"和"演义"里,其身份略微地有点改变,由"傅婢"变成了"歌伎"。傅婢与歌伎,地位固然都很低,但并非半斤八两。傅婢,也算主人的侍妾,俗称小老婆,而非同于干杂活的女仆;否则吕布也就不会因为与董卓傅婢的奸情而忐忑不安了。但歌伎则又作别论了。歌伎是专门向主人提供色艺服务的"玩物",

主人玩腻了，可以随便赏赐部下，或当作礼品赠送客人，如此说来，其身价比傅婢就更为低贱了。

在汉末魏晋时代，达官贵族盛行畜养家伎（妓）的风习。每当贵客临门，家伎们通常要奉主人之命，在宴席上把盏行酒，此谓之佐觞。据《晋书·王敦传》：王恺每聚饮，都令女伎吹笛助兴，若有女伎小失声韵，便当场殴杀。有一回，王恺令女伎向将军王敦敬酒，但王敦却无端地故意不喝，于是"美人悲惧失色，而敦傲然不视"。结果众目睽睽之下，一位如花似玉的女伎便被砍下了头颅——而这也正是笔者在拙作中设计貂蝉身世时的借鉴参考。

话题四，"貂蝉"内涵的意蕴。

前面说过，貂蝉是汉代侍从高官冠帽上的装饰物件。这名字虽有点怪，但大雅不俗，内涵丰富。解读貂蝉此名，我们至少能理会到两点意思：第一，它是从属于高官们的物件；第二，它刚强而清高，内悍而外柔。如果单从貂蝉此名尚不能理会作者的用意，那不妨翻开《三国演义》，在第八回你将会看到，司徒王允于荼蘼架下，面对着跪在地上的貂蝉，以杖击地，长叹一声"谁想汉天下却在汝手中耶"！这画龙点睛的一笔，既点明了"王司徒巧使连环计"这一章回的主题思想，同时也也启发我们如何体味"貂蝉"这一艺术形象所内涵的深邃意蕴。

《三国演义》毛批本第八回，毛宗岗这样评价貂蝉："十八路诸侯不能杀董卓，而一貂蝉足以杀之；刘关张三人不能胜吕布，而貂蝉一女子能胜之。以衽席为战场，以脂粉为甲胄，以盼睐为戈矛，以笑颦为弓矢，以甘言卑词为运奇设伏，女将军真可畏哉！"他把貂蝉称为"真可畏"的"女将军"，显然琢磨透了"貂蝉"此名的涵义。于是笔者忽发奇想：如果让舞台上的貂蝉也戴一顶"貂蝉冠"，那又会是怎样一番模样呢？

毛宗岗作了上述评价之后，意犹未尽，忍不住又加了几句："为西施易，为貂蝉难。西施只要哄得一个吴王；貂蝉一面要哄董卓，一面又要哄吕布。使出两副心肠，妆出两副面孔，大是不易。我谓貂蝉之功，可书竹帛……"这话说得很到家，对此笔者亦有同感。事实上"连环计"虽妙，但关键是计策"执行者"的本事如何。故此貂蝉之功至伟，王司徒之流是不能比拟的。

貂蝉，一个名不见"经传"的卑贱者，居然能千秋万代鲜活于人们心中，这就是艺术的奇迹。

（原载《潍坊日报》2007 年 7 月 13 日"北海周末"）

董卓的另一面

　　董卓是妇孺皆知的坏人。他凶狠，暴戾，嗜杀成性，荒淫纵乐，可谓丧心病狂、十恶不赦的独夫民贼。同时代的蔡文姬和曹操，都曾以诗歌历数过他的罪恶。但请允许我说句公道话：董卓并非"绝对的坏人"，他也有某些长处，也做过一些好事。

　　据《后汉书》记载，卓"性粗猛有谋"，"以健侠知名"。早年游羌中，曾与"豪帅"（酋长）们结下很深的友谊；带兵戍守塞下，又因刚武骁勇而为羌胡所威服；而在立下战功得到奖赏时，每每又能将奖品"悉分与吏兵"，自己则"无所留"。这样的作派，不可能不获吏兵拥戴。

　　另外，别看董卓粗蛮得很，有时却也够文雅的；他虽然是军阀，但对有学问的士人倒也尊重。史书称，卓特别爱重蔡邕的才学，对其"厚相遇待"，每有宴集，"辄令邕鼓琴赞事"。最让人称道的，是灵帝驾崩的那一年，董卓刚担任司空主持朝政，立即调蔡邕进京，先"署祭酒"，继"补侍御史"，后"又转持书御史，迁尚书"，居然使蔡邕"三日之间，周历三台"。蔡邕当然对董卓也十分感激，并常怀匡益之心。董卓被诛之后，他悲痛难抑，居然敢在王允面前"言之而叹，有动于色"，结果引祸上身，不久即被逮捕，死于狱中。

　　其实，董卓提拔的忠良之士多得很，蔡邕只不过是最具代表性的一例罢了。此外，他还任用周毖为吏部尚书、郑公业为尚书、伍琼为侍中、何颙为长史、荀爽为司空；曾因"党锢"受到迫害的陈纪、韩融之徒，他则予之平反，擢为列卿；而对于"幽滞之士"，他也"多所显拔"，如以韩馥为冀州刺史、刘岱为兖州刺史、孔伷为豫州刺史、张咨为南阳太守，等等。与此相反，董卓对于自己的亲信，倒都未安排显要位置，"但将校而已"——不过将校罢了。

当然，说也遗憾，除了蔡邕等极少数人，多数士人却并不领他的情。人们已经看透了董卓"篡汉"之心，纷纷与之分道扬镳。具有讽刺意味的是，偏偏那些受他提携得他恩惠的人，最先站到了他的对立面。比如韩馥、刘岱、孔伷，他们接了任命刚刚到任，便与袁绍、曹操等人联合起来，在关东竖起了讨董大旗；而伍琼、周珌，则留在京城充当了关东义军的内应。

于是董卓精神上受到强烈刺激。他后悔，愤怒，睚眦必报，丧心病狂。如果说过去董卓尚能"忍性矫情"（见《后汉书·董卓传》），做一些为人称道的好事，那么从此开始，他再不会考虑什么好心得好报，也再不会忌惮什么千夫所指，干脆痛痛快快地做坏人得了。

于是他剥掉人皮，变成了彻头彻尾的狼。

（原载《潍坊日报》2007 年文艺副刊）

关羽是"爱神"吗

易中天先生在他的《品三国》里讲到关羽时，曾有这样一段有趣的评论："我看总有一天，关羽会变成爱神，供奉到婚姻介绍所去，因为他对爱情的追求是很执着的。"这话似有哗众取宠之嫌。我的看法，关羽应当是"好色之徒"，称"爱神"也太过分了。

易先生此番评论的根据，无非是《三国志·关羽传》裴松之注引的《蜀记》和《华阳国志》。《蜀记》的确提到，当曹操与刘备围吕布于下邳时，关羽曾经向曹操提出：因吕布派其部下秦宜禄到外地请求救兵，故而乞娶留在城里的秦妻，做我关羽的妻子。曹操大概觉得这不算什么问题，就很痛快地点了头。后来，在下邳城即将被攻破的日子里，关羽又屡次三番地向曹操表达前面的意思。不料此刻曹操就犯嘀咕了，他怀疑秦宜禄的妻子"有异色"——一定很美吧？于是就多了个心眼儿：预先安排人将秦妻接来，先让我过过目。一看果然不错，就又想：如此美人，怎舍得给关羽呢？遂将秦妻留在了自己身边。从此，"羽心不自安"——心里很不平衡，郁闷得要命。

曹操是有名的色狼，嘴边肥肉怎舍得给人？故而不守前诺，将美人儿留作自用，这是顺理成章的事情。然而关羽呢？他是我们大家公认的正人君子、忠义之士，岂会艳羡美色，夺别人之妻？这简直是不可思议的！或者他一而再再而三地求娶秦妻，会有其他的原因吧？

幸好还有一部《华阳国志》，在其卷六《刘先主志》里讲到了这个问题：据说关羽的理由，乃"妻无子"（指关羽的老婆不生孩子）之故。"无子"，那可是要断嗣的呢，怎生了得？当然要采取补救措施，于是，"乞娶其妻"便显得堂而皇之了。

然而，仔细想想，能够生育的女人，天下未必只秦氏一个，难道关羽就不能到别处另觅一个吗？比如说，眼前就有某女，特别擅长生育，但长得奇丑，比东施都不如，且问关羽感兴趣否？

故此，因"妻无子"而觊觎别人的老婆，这样的理由倘也能成立，也能得到公论的支持，我看天下真的要乱套了。

所以，相较而言，我倒是欣赏曹操，好色就是好色，不必找什么借口。其实好色也没什么丢人的；何况那个年代，两军争战，胜者将败者妻女当战利品占为己有，实在是天经地义的事情，没什么可奇怪的，因之关羽对秦宜禄之妻的追求也可以理解；但要说关羽对秦妻怀有多么深的爱情，甚至爱得十分执着，应当让后世的我们奉之为"爱神"，供到婚姻介绍所去，那就有点牵强了吧。除非易中天先生新发现了什么史料，比方说关羽和秦的夫人曾经青梅竹马，两情相悦，后因某种变故而劳燕分飞，但关羽一直在不懈地寻找，终于在下邳得到了她的下落……但那恐怕是不可能的。因为蜀国无史，诸葛亮丞相不知何故对修史甚不感兴趣，现在我们所看到的那本薄薄的《蜀书》，是由晋人陈寿直接采集资料并执笔撰写的。陈寿都找不到关羽对秦宜禄之妻执着之爱的证据，易中天先生又哪里搜寻去？

我说关羽好色，有人或许因为崇拜他而在感情上难以接受，也有人甚至会怀疑《蜀记》和《华阳国志》。但那的确是真实的。被曹操霸占了的秦宜禄之妻，本姓杜，后来为曹操生育了两个儿子，即曹林、曹衮；而她带到曹家的"拖油瓶"儿子秦朗，魏明帝时则曾做过骁骑将军。

至于那位丢了夫人的秦宜禄，据《献帝传》记载，不久也投靠了曹操，并被任命为铚县的县长。后来刘备逃离曹操奔小沛，张飞在经过铚县时见到了秦宜禄，就调侃他说："曹操把你老婆都抢走了，你还给他当县长？如何老实到这个份上！干脆跟我们一起走吧！"秦宜禄觉得张飞言之有理，索性弃官上路；然而刚走了几里，突然又后悔，想返回铚县，结果被张飞一刀砍死。

从上面张飞的那番说辞来看，抢占别人老婆，毕竟不是光彩事情。这事如果叫关羽干成了，恐怕也会让人戳脊梁的。

当然曹操比关羽更不地道：他事实上伤害的是两个人，先是秦宜禄，后是关羽。这种伤害肯定是令关羽刻骨铭心的，所以后来（关羽投降曹操之后）曹操不管用什么手段收买，"累送美女金帛"或者赤兔马，统统无济于事。关羽最终还是离开曹操，寻找他的哥哥刘备去了。

（原载《潍坊日报》2007 年 6 月 29 日文艺副刊）

孔融杂说（六题）

之一　孔融何由"显名"

　　读《三字经》的人，一定知道"孔融让梨"。这故事见于《孔融家传》，而《后汉书》不曾记载。是不是范晔怀疑《孔融家传》乃伪书？或书虽不伪，但事不可信？一个三四岁的孩子哪里就懂得礼让？这似乎不符童真。

　　从《后汉书》所记来看，孔融闻名于世的并非"让梨"，而是他面见李膺和救护张俭那两件事。

　　据说孔融十岁时，曾随父亲孔宙进京，打算拜访声名煊赫的河南尹李膺。然而膺向以"简重"自居，此前曾敕令门吏："凡来外客，非当世名人及通家，皆不得通报。"彼时融父子算不上名人，且孔、李两家也扯不上"通家"，于是融父颇显尴尬。而融脑瓜奇灵，竟声称"我就是李君通家子弟"，竟"混"进了大门。李膺审视着小孔融，疑疑惑惑问道："莫非你的祖父，曾与我是故旧朋友？"小孔融点头说："是的。我的先君孔子，与您的先人老子（李聃），他们同德比义，互为师友，那么融与先生，难道算不上累世通家吗？"孔融如此回答，使在座众人无不叹息称奇。只有太中大夫陈炜不以为然，嘟哝了一句："人小聪明，大未必奇……"没想到话音刚落，小孔融反唇相讥说："以先生所言，小时候您定是很聪明的了？"陈炜受此揶揄，竟一时答不上来。此时李膺指着孔融大笑："此子高明，将来必为伟器也！"此事见于《后汉书·孔融传》。然而这也不是孔融"显名"的来由，而是他"显名"之后的传说。事实上孔融是因"藏匿张俭"

而扬名天下的。

仍据《后汉书·孔融传》：孔融十六岁那年，某日他独自在家，突然闯进来一位不速之客。此人名叫张俭，是融兄孔褒的朋友，因为得罪了中常侍侯览，正受到官府的追捕。俭逃难至此，本打算求朋友掩藏的，无奈孔褒不在，他不知如何是好。不想孔融说道："我哥虽然外出了，难道我就不能掩护您吗？"遂将张俭藏匿家中。后来事泄，俭虽得以逃脱，褒、融兄弟却受到牵连而被投进监狱。面对审案的法官，孔融主动担罪，他说："藏匿张俭的是孔融，故当由我坐罪。"然而孔褒却大声争辩："张俭是来求我的，这当然不是我弟的罪过。孔褒甘当其罪！"兄弟争来争去，使法官难以裁断，只好取证于他们的母亲。不料孔母凛然作答说："家事从来是长者说了算的，既然如此，那就由我来承担罪责吧！"于是，孔氏"一门争死，郡县疑不能决"，只好上报朝廷裁断。结果朝廷发布诏书，"竟坐褒焉"。

估计孔褒被判的是死罪。这对哥哥来说太过悲惨，也委实冤枉，因为藏匿罪犯张俭的毕竟不是孔褒，而是他的弟弟孔融；但弟弟孔融却"由是显名"，并迅速蹿升为政坛上的一颗新星。从《后汉书》的记载来看，当时孔融家乡所在地的州郡长官，皆以"礼命"请其任职，而融一概"不就"。"不就"，并不是拒绝出仕，而仅仅是表示一下自己的谦虚而已。这其实是两汉时代许多士人对待官位的一种"作态"。哪有不拿捏一下而一请就到的呢？果然此后不久，孔融便被司徒杨赐辟为掾属，接着大将军何进又"拜而辟融，举高第，为侍御史"，再后来，他又被辟为司空掾，拜中军侯，迁虎贲中郎将。适逢董卓当权，孔融因屡有"匡正"之言与之龃龉。时值黄巾起义风起云涌，而北海最为"贼冲"，董卓为排斥异己，遂将孔融调离京师，远赴北海担任国相（即"郡守"）。是年孔融三十八岁。

之二　孔北海尊贤礼士

纵观孔融一生，其仕途最辉煌的时期，应该是在北海的六年，故时人常以"孔北海"称之。然而愚意以为，融在北海时的突出政绩，并非"武功"，而是"文事"。"文事"者，用今天的话说，即所谓"精神文明建设"罢了。

如《后汉书·孔融传》所记：融甫至北海，即"收合士卒，起兵讲武，驰檄飞翰，引谋州郡"。其时"贼患"汹汹，各方面困难可想而知，但这位孔子后人却难能可贵地致力于"立学校，表显儒术"。最突出的有三件事：一、荐举"贤良"郑玄、彭璆和邴原。"乃以郑玄为计掾，彭璆为计吏，（邴）原为计佐"（《三国志》裴注引《邴原别传》）。二、对于甄子然、林孝存等已经故去的知名士人，"乃命配食县社"，享受公众祭祀；"其余虽一介之善，莫不加礼焉"。三、颁文规定，凡"郡人无后，及四方游士有死亡者，皆为棺具而殡葬之"。

我们知道，郑玄、邴原俱为当世巨儒，《后汉书》和《三国志》分别有其列传。原字根矩，朱虚县人，少以"操尚称"，曾与管宁、华歆同游学，俱相善，时人号之"一龙"，歆为龙头，宁为龙尾，原为龙腹（《三国志·华歆传》）。若论学问，邴原堪与同郡的郑玄并驾齐驱，故"是时海内清议，云青州有郑、邴之学"（见《三国志》裴注引《邴原别传》）。邴原在孔融手下任事不久，即因"黄巾方盛，遂至辽东"避难，后回归故土，被曹操器重而辟为司空掾，徙署丞相征事。

郑玄字康成，高密县人。他十八岁时曾做过"乡啬夫"（即乡一级的管理诉讼或赋税的小吏），但不久"休归"。经时任北海相的杜密提携，入太学受业深造。后游学关西，从马融学古文经。桓帝永康元年，玄回归家乡讲学授徒，并隐修经业，进而成为汉代经学之集大成者。

郑玄年高德劭，孔融对他特别敬重。《后汉书·郑玄传》中有孔融"屣履（拖着鞋子走）造门"，向郑玄表达礼贤之意的记载。另据民国年间修纂的《高密县志》，此前融还曾以国相名义，发布了《告高密县修郑公宅教》和《告高密僚属教》两份文告。前者责成高密县，为郑玄修缮房屋，保护林木，以待郑公游学归来，安居乐业；后者则援引周朝人对师辈尊称"尚父"为例，令高密官吏自今而后，必称郑玄曰"郑君"，而不得直呼其名。

做了这两件事之后，孔融意犹未足，又令高密县为郑玄特立一乡，曰"郑公乡"。他在亲拟的文告中说："昔齐置士乡，越有君子军，皆异贤之意也。郑君好学，实怀明德。昔太史公、廷尉吴公、谒者仆射邓公，皆汉之名臣。又南山四皓有园公、夏黄公，潜光隐耀，世嘉其高，皆悉称公。然则公者仁德之正号，不必三事大夫也。今郑君乡宜曰郑公乡。"审其文词，可见孔融对郑玄评价极高，深怀敬意。而且，孔融还认为，以"郑公之德"，岂能"无骓牡之路"？因之"可广开门衢，令容高车，号为通德门"。他对郑玄的这份礼遇，的确非同寻常。

其实，当时受孔融荐举或"表显"的北海名士，不只郑、彭、邴三人；笔者翻阅《三国志》，发现被曹操倚重信赖的股肱之臣王修，和在孙权手下"省尚书事"的是仪，当年都得到过孔融的提携。

是仪字子羽，北海营陵（今山东昌乐县东南营丘镇）人。《吴书·是仪传》记有孔融为其"改姓"一事，笔者读来忍俊不禁。原来，是仪本姓"氏"，名叫氏仪。孔融将其从营陵县提拔到郡里任职之后，曾戏谑说"氏"字乃"民"无上，民无上岂能行？不如改"氏"为"是"。这其实是一句玩笑话，但氏仪居然听之任之，从此"变"为是仪。这从一个侧面，反映了他对孔融的尊重。

王修字叔治，与是仪同乡。他们先是在孔融的扶掖下展现了自己的才能，然后从北海走出去，分别成为曹操和孙权的股肱大臣。其少以孝义闻名乡里，被孔融举为孝廉，且"召以为主簿，守高密（县）令"。因修慑服地方豪强有功，"复署（郡）功曹。时胶东多贼寇，复令修守胶东令"。修亲率数骑闯入寇穴，斩寇首公沙庐兄弟，然后抚慰余众，使众贼震慑，患乃"少止"（《三国志·王修传》）。应该说，孔融在北海任职期间，王修堪称他的膀臂，并多次帮他处置险情，使化险为夷。

之三　孔融在北海任上的过失

《三国演义》第十一回，说孔融"在北海六年，甚得民心"。上文所述融"敬贤礼士"，似可为其佐证。另据潍坊市有关地方史籍，北宋政和四年和明成化十五年，在潍州公署后北城和今潍城海道四巷路西曾建造孔融祠，清康熙三十二年四月又重建北海孔公祠，留有纪念石碑和孔融塑像。由此不难看出，当地老百姓，对"孔北海"确有仰慕爱戴之心。

然而，如果我们仔细翻阅正史，则会发现，孔融虽在生前身后享有极高的声誉，但总体来看，他其实只是大儒、名士，或者说天才的文学家，却并不是成功的政治家。窃以为，他在北海的许多做法值得商榷，近乎荒唐，甚至还应该批判。《后汉书》评价孔融"负其高气，志在靖难，而才疏意广，迄无成功"；张璠的《汉纪》则认为孔融"不识时务"，都是公允之论。如果说《后汉书》和《汉纪》的说法还很笼统，那么司马彪所著的《九州春秋》，相对而言就比较详细，批评的言辞也显尖锐了。

据《三国志·崔琰传》裴注所引《九州春秋》："融在北海，自以智能优赡，溢才命世，当时豪杰皆不能及。亦自诩大志，且欲举军曜甲，与群贤要功，自于海岱结殖根本，不肯碌碌如平居郡守……然其任用，好奇取异，皆轻剽之才。至于稽古之士，谬为恭敬，礼之虽备，不与论国事也。高密郑玄，称之郑公，执子孙礼。及高谈教令，盈溢官曹，辞气温雅，可玩可诵。论事考实，难可悉行。但能张磔网罗，其自理甚疏。租赋少稽，一朝杀五部督邮。奸民污吏，猾乱朝市，亦不能治……"

这段文字的前半部分认定了孔融自命不凡，志大才疏，此与《后汉书》相同；后半部分则具体列举了孔融在北海的过失，或者说"罪状"。比如，孔融所任用的人，都是好奇取异的"轻剽"客。对郑玄等具有真才实学的士人，看上去无比敬重，礼之甚备，但其实是表面文章，做给人看的，事实上他并没向"郑公"请教过什么"国事"。至于所谓的"教令"（即上述设"郑公乡"的教令），只不过"辞气温雅，可玩可诵"而已，但它却给"官曹"传染了一种华而不实的风气。

从《九州春秋》的记载来看，孔融的作风不仅华而不实，而且还有渎职不作为之嫌。至于"一朝杀五督邮"，倘若属实，那就简直是乖戾和暴虐了。须知汉时各郡国，有督邮代太守或国相督察县乡，每郡国各分二部、四部或者五部。"孔北海"平时疏于对租赋的稽查，可一旦出了问题，却又推责于下属，居然一天之中连杀五部督邮。何其残暴乃尔！这样做的结果，势必使奸民污吏横行，作为郡国首脑的孔融，自然无法推脱社会法治混乱的罪责。

看来司马彪对"孔北海"的情况非常熟悉，故此他在《九州春秋》中特别指出："王子法、刘孔慈凶辩小才"，孔融竟"信为腹心"；相比之下，"左丞祖、刘义逊清隽之士"，却不被孔融信任，仅仅"备在坐席而已"。更不可理喻的是，左丞祖曾建议孔融，应依凭北海之强，正确把握时局，然后有所进取图谋，但可惜孔融不听，竟怒而杀之。于是民望大失。刘义逊则因丞祖之死而深为震撼，无奈悄悄地弃官而去了。

孔融杀左丞祖一事，《后汉书·孔融传》亦有记载。但范晔的说法是："时袁（绍）、曹（操）方盛，而（孔）融无所依附。左丞祖者，称有意谋，劝融有所结纳。融知绍、操终图汉室，不欲与同，故怒而杀之。"范晔认为孔融高瞻远瞩，早已看穿了袁绍和曹操图谋汉室的狼子野心，他不肯依于袁、操任何一方，而是要维护汉室，做忠君之臣；左丞祖的建言明显是对汉室的背叛，故孔融将其正法，似也有情可原。这显然是为孔融开脱其不义和滥杀的罪责。

关于孔融的滥杀，我们还可以为司马彪找到旁证。那就是《三国志·邴原传》中，裴松之注引的《邴原别传》。原来，彼时邴原正在孔融手下担任计佐，有一天他碰上这样一件事情：孔融有一位下属，平时颇受宠爱，融时常在众人面前对其盛赞嗟叹；然而近来那人似乎有点什么过错，融于是后悔失望，愤愤然必欲杀之。那人叩头流血，哀求饶命。在座官吏纷纷求情，唯邴原一声不吭。融颇诧异，问原："众皆求情，君何独不？"原答曰："明府您对那人一向不薄，常说岁末要举他孝廉。据我所知，署中官吏受明府恩惠者，未有一人在他之前。然而今日，明府却突然要将其处死。恕原愚钝，我倒要问问明府，不知因何爱之？因何恶之？"孔融说："那人生于寒微之家，我成就其兄弟，拔擢而用之，可他今天辜负了我的恩施。你应该知道，善则进之，恶则诛之，此乃君道。往昔应仲远（即应劭，字仲远）做泰山太守，曾举一孝廉，旬月之间而杀之。这就是说，凡执权御人者，无所谓厚薄无常！"然而邴原摇头说："应仲远先举孝廉，后又杀之，其义焉在？夫孝廉者，国家俊秀也。举之若是，则杀之非也；杀之若是，则举之非也。《诗》云'彼己之子，不遂其媾'，此讥讽意也。《语》云'爱之欲其生，恶之欲其死'。既欲其生，又欲其死，是惑也。仲远之惑太过，明府您怎能效仿他呢！"孔融语塞，遂大笑："方才是我戏言，君何必当真？"然而邴原却笑不出，正色说道："君子于其言，出乎自身，加乎其民，干系重大。岂有欲杀人而可为儿戏者哉！"于是融张口结舌，无以对答。

有《邴原别传》和《九州春秋》互相印证，那么孔融随便杀人，且杀的还是贤才，这基本上可以坐实了。

之四 孔融屡遭败绩多次遇险

前文我们考察过孔融在北海的"文事"。融做过诸如"立学校"、"表显儒术"、敬贤礼士的善举，故"甚得民心（估计主要是文士阶层之心）"；但"武事"方面却乏善可陈，叫人不敢恭维。

我们知道，孔融在北海一共待了六年。他是于建安元年离开北海，赴许都出任将作大匠的；向上推算，他来北海上任，则应在中平六年之末。是时黄巾军正侵扰冀、并等数州，而北海最为"贼冲"。董卓以"三府同举"的方式遣孔融任北海相，此本有排除异己之意，但融本人倒也怀了"靖难"之志，打算在北海轰轰烈烈干一番事业。他干得究竟怎么样呢？

据《后汉书·孔融传》，"融到郡，收合士民，起兵讲武，驰檄飞翰，引谋州郡"，的确做了一些针对黄巾军的防御性工作。但情势显然比他预料的要严重许多。其时黄巾军"贼张饶等群辈二十万众"，浩浩荡荡从冀州杀来，孔融率部逆击，结果"为饶所败"，只好收合散兵，放弃郡治剧县（今山东潍坊市区西北），而退保朱虚（今山东临朐城东南）。"时黄巾复来侵暴，融乃出屯都昌（今山东昌邑城西）"，结果"为贼管亥所围"。"融逼急，乃遣东莱太史慈求救于平原相刘备。备惊曰：'孔北海乃复知天下有刘备邪？'即遣兵三千救之，贼乃散走。"

为管亥所围，这应该是孔融第一次遭遇的严重险情。《三国演义》第十一回写到了这次战役：且说"黄巾贼党管亥部领群寇数万杀奔前来"，孔融"急点本部兵马，出城与贼应战"。管亥"拍马舞刀，直取孔融"。"融将宗宝挺枪出马"，但武功不济，"战不数合，被管亥一刀，砍宗宝于马下"……然而这位融将宗宝，史书不见其名，疑为小说家罗贯中的随意塑造；不过笔者猜测，宗宝的"原型"，很可能就是经学大师郑康成之子郑益恩。

据《后汉书·郑玄传》："（郑）玄唯有一子益恩，孔融在北海，举为孝廉；及融为黄巾所围，益恩赴难殒身。"结合上文提到的孔融发教令称玄"郑公"，为玄修缮房墙，在高密县设立"郑公乡"种种，足见融对玄不仅敬重，而且有恩。玄父子心怀感激，必欲投桃报李，而当融处境危急之时，郑益恩挺身而出并不幸殒身。由此证明，郑、孔之间的情谊是用鲜血凝成的，真的可歌可泣。

关于孔融遣太史慈求救于刘备一事，《三国演义》第十一回有精彩描写，《三国志·吴书·太史慈传》亦有详细记载。太史慈是东莱人，按《后汉书·郡国志》，东莱并不属北海，然与北海毗邻，孔融派人殷勤赡恤太史慈之母，显然是越出郡境的善举，故尤其令人感动。

其实，从《吴书》《后汉书》的记载来看，刘备并不曾亲赴北海救援。但在今天的潍坊，却有民间传说，刘备率关羽、张飞大败管亥之后，曾在古北海城的高埠上阅兵点将，而这高埠，即是遗址尚存的关侯庙。而今台、庙俱在，就在著名景点"十笏园"西北。

而当我们谈论"孔融在北海遇险"这话题的时候，还应想起一人，就是上文提及的王修。据《三国志·王修传》：王修任高密令时，"郡中有反者。修闻（孔）融有难，夜往奔融。贼初发，融谓左右曰：'能冒难来，唯王修耳！'言终而修至。"而后"融每有难，修虽休归在家，无不至。融常赖修以免"。孔融与王修的故事固是另一段佳话，但它同时告诉我们，融在北海的六年，的确多次因"贼发"而陷入了险境。考其险情严重者，除了上述的管亥之围，还有建安元年（196）的一次。不过这次的敌人不是黄巾，而是袁绍长子、时任青州刺史的袁谭。

这是孔融在北海的最后一个年头。是时董卓已死，曾经的"关东义军"早已分裂，袁绍和曹操两大军团则正在明争暗斗。夹在中间的孔融本"无所协附"，近来却因"刘备表领（融）青州刺史"，而惹恼了袁氏。于是，"建安元年，（孔融）为袁谭所攻，自春至夏，（融）战士所余裁数百人"。其时"流矢雨集，戈矛内接"，战事十分残酷，形势岌岌可危，然而孔融却居然"隐几读书，谈笑自若"。自然这种故作的淡定无法挽救失败，故城池夜陷之后，孔融无奈"乃奔东山（即今潍坊市城区西郊的孤山），其妻子为（袁）谭所虏"（据《后汉书·孔融传》）。

孔融为袁谭所攻这一事件，包括其隐几读书谈笑自若的细节，在《九州春秋》中有着相同的记载。考虑到《九州春秋》比《后汉书》出现得早，估计是范晔采信了司马彪的东西。其实《九州春秋》还讲过孔融一事，也是"武事"，与上面的事件可并案研究。这说的是：有一回，黄巾军将至孔融的驻地。大敌当前，而融"大饮醇酒"，酒后"躬自上马，御之淶水之上"。不想贼寇狡猾，其以"上部（军）与融相拒"，两翼却悄悄涉水，"直到（融）所治城"。结果"城溃"，融不得入，只好"转至南县"。而在转移途中，有部分军队叛乱散去……这简直就是上面那个故事的翻版。所以司马彪评论孔融："连年倾覆，事无所济，遂不能保障四境，弃郡而去。"而著《汉纪》的张璠亦有同感，认为"融在郡八（应是六之误书）年，仅以身免"，其他乏善可陈。范晔认同彪、璠的看法，并且深究了孔融"在郡六年""迄无成功"，乃是"负其高气，志在靖难，而才疏意广"所致。

三位史家对孔融的评价应是定论，无可置疑。事实证明，孔融是大儒，是名士，而不是刘备、曹操之类的"英雄"或者"奸雄"。

之五　孔融死因之谜

毫无疑问，孔融是被曹操杀害的。考其被杀原因，《三国志·崔琰传》说，"太祖（曹操）性忌，有所不堪者，鲁国孔融、南阳许攸、娄圭，皆以恃旧不虔见诛。"这意思很清楚，被杀就因"恃旧不虔"。虔意恭敬，孔融的确对曹操很不恭敬；但他不比许攸、娄圭，与曹操其实也算不上旧友老关系。如果一定要说孔融之"恃"，则他"恃"的是大名士、大学问，再是对汉朝廷的忠贞。

现在让我们捋一捋线索，看孔融是如何令曹操"有所不堪"的。

我们知道，孔融是在建安元年之末离开北海去朝中任职的。来到许都，他先是做将作大匠，后迁九卿之一的少府。起初他与曹操的关系还算不错，曾有诗赞操"从洛到许巍巍，曹公辅国无私"；但随着时间的推移，孔融发现曹操已将献帝架空，特别是建安五年那场宫廷血案之后，两人的关系便急遽恶化。其恶化的表现，比如孔融曾上过一篇《宜准古王畿之制》的表文，主张"千里寰内，不以封建诸侯"，意即京都周围，千里以内的地方须归朝廷直接管辖。其目的非常清楚，那便是尊崇献帝，扩大汉室实权，限制曹操势力之膨胀。须知曹操当时正封着"武平侯"，而武平属陈郡，距许都仅三百里左右。曹操读过这份表文一定会想：孔融岂不是要我徙封搬家，到边远地方去享受食邑吗？……

再是建安九年八月，曹操决漳河之水攻克邺城。冀州秩序尚未安定，其大公子曹丕便急不可耐地闯进袁氏内宅，对袁熙的美妻甄氏动手动脚。曹操听到消息不仅不予以阻止，反倒亲派车仗为丕迎娶甄氏。此事传扬开来，士大夫多所诟病，但都敢怒而不敢言。而唯独孔融，按捺不住怒火，竟给曹操写去一信。信中有句"武王伐纣，以妲己赐周公"，说得没头没脑，曹操莫解其意。待数日后，操与融路上相遇，遂借机请教："武王以妲己赐周公之句，未知出何经典？"孔融呵呵一笑："以今度之，想当然耳！"曹操这才晓得孔融是用自造的"典故"嘲讽了自己。

还有一次，曹操亲率大军北征乌桓，凯旋途中"东临碣石，以观沧海"，写出了千古不朽的诗篇。是时文武百僚远出接驾，能赋善诗者更极尽阿谀奉承之能事。而唯独孔融，此刻却给曹丞相呈上一函。曹操原以为这也是歌功颂德的诗赋呢，岂料展开一看，却写着："大将军远征，萧条海外。昔肃慎不供楛矢，丁零盗苏武牛羊，可并案也。"曹操当然明白信里的意思，无非讽刺他穷兵黩武，劳民伤财，就像古代肃慎氏不向周武王贡献楛木箭、苏武在北海边牧羊时丁零国民偷窃他的牛羊似的。此等草芥小事，何须大动干戈！

除此以外，令曹操大为不快的，窃以为还有"酒禁"一事。《后汉书·孔融传》说：建安年间，因天灾和战争造成粮食短缺，曹操"表制酒禁"，而孔融反对禁酒，"频书争之"。此处"书争"，即用书信方式展开辩论。且看孔融传世的《与曹丞相论酒禁书》：

夫酒之为德久矣。故先哲王，类帝禋宗，和神定人，以齐万国，非酒莫以也。故天垂酒星之耀，地列酒泉之郡，人著旨酒之德。尧不千钟，无以建太平；孔非百觚，无以堪上圣。樊哙解厄鸿门，非豚肩钟酒，无以奋其怒；赵之厮养、东迎其王，非饮厄酒，无以激其气。高祖非醉斩白蛇，无以畅其灵；景帝非醉幸唐姬，无以开中兴；袁盎非醇醪之力，无以脱其命；定国不酣饮一斛，无以决其法。故郦生以高阳酒徒，著功于汉。屈原不酺醩歠醨，取困于楚。由是观之，酒何负于政哉！

这封"书"气势恢宏，言词激烈。起题即提出"酒之为德"，随之对准曹操所持"酒之为祸"的观点，进行了有理有据的辩驳。他说：天上有"酒星"，地下有"酒泉"，人间有"旨酒"，可见酒于天、地、人，皆重要无比不可或缺。且让我们看看历史上那些伟大的人物吧：如果尧帝没有饮过千钟酒，那他就不可能建立太平社会；如果孔子不能饮百觚酒，那他就不可以被称作圣人的。再说樊哙，如果没有豚肩和酒，他就不会在鸿门宴上奋起舞剑；义士们私养"赵氏孤儿"，后来让他坐上王位，全仗那一厄酒所激起的雄气。而汉高祖若不醉酒，就没法斩杀白蛇开创一代帝业；汉景帝若不醉"幸"唐姬，也就谈不上什么中兴；再说袁盎（即爱盎）呢，若没有醇酒的力量，他肯定不能逃脱性命；于定国若没有一斛的酒量，大概也无法清醒正确地断案执法。所以说，高阳酒徒郦食其著功汉朝，全都是他能饮酒的缘故；相反的，屈原不能饮酒，方使他在楚国遭遇窘困。由此看来，酒啊，它是不可以为政治上的错误担负罪名的呢！……

曹操收到这封"论酒禁书"，自然要予以回答。今天我们已无缘一睹曹操的回信，但却能有幸读到孔融的"再答"。在"再答"中孔融说道：

昨承训答，陈二代之祸，及众人之败，以酒亡者，实如来诲。虽然，徐偃王行仁义而亡，今令不绝仁义；燕哙以让失社稷，今令不禁谦退；鲁因儒而损，今令不弃文学；夏商亦以妇人失天下，今令不断婚姻。而将酒独急者，疑但惜谷耳。非以亡王为戒也。

如果说孔融的第一封书信，其文字还能让曹操当"花枪"来欣赏的话，《再答》的文字却如蘸了毒液的利剑，一下子就刺中了曹操的命门。且看："而将酒独急着，疑但惜谷耳。"说得没错，曹操之所以禁酒，就是为节约粮食，用于战争。但这话谁都不能讲，因为严格说来，这似乎牵扯到了"军事机密"。若干年后，杨修也正是因"鸡肋"为口令而猜到了曹操的意图，结果被曹操斩首示众的。

行文至此，笔者想起袁宏道随笔《殇政》之《典刑》篇，其论及酒人"典刑"（即典型），有"孔北海饮而肆"之谓；意思是说，孔融嗜酒，且因酒而肆无忌惮。真是一语中的，一下子戳中要害。事实上孔融也真是死于"酒樽"中的。且看他被御史大夫发难而身处闲职之后，并未收敛锋芒，而是高调处世，让"宾客日盈其门"，且还沾沾自喜曰："座上客恒满，樽中酒不空，吾无忧矣！"这分明就是向曹操的挑战。更有甚者，融兴之所至，总要想起被王允砍了脑壳的蔡邕，即蔡文姬之父。鉴于斯人已去，无法再生，他竟别出机杼，找了一个与蔡邕面目酷肖的"虎贲士"（即卫士），让其穿上蔡邕生前常穿的衣服，然后入席参加酒会。如此怪谲之举，让曹操愈加不堪，从而下定了除掉他的决心。于是在《后汉书·孝贤帝纪》里，我们看到了这样一句话："建安十三年八月壬子，曹操杀太中大夫孔融，夷其族。"

关于孔融之死，《后汉书·孔融传》还说：融有一子一女，"女年七岁，男年九岁，以其幼弱得全，寄他舍。二子方弈棋，融被收而不动。左右曰：'父执而不起，何也？'答曰：'安得巢毁而卵不破乎！'"但故事到此并未结束。《后汉书》接着说：在孔融的孩子们寄居的那户人家，主人有吃剩的肉汁，男孩因又急又渴，很想饮一点肉汁，却不料女孩，就是他的妹妹，竟呵斥道："你知道我们还能活多久？难道你还想尝尝肉的滋味吗？！"于是那男孩不得已"号泣而止"。没过多久，就有人将孔融子女的事情报告曹操。操颇感震惊。震惊之余，他决定斩草除根，不留后患。遂将只杀孔融一人，改变为"夷其族"。

说到这里，孔融的故事应该彻底结束了吧？但很遗憾，仍然没有。因为孔融的死因是一个很大的谜团，这牵扯到犯人的罪状问题。史书上闪闪烁烁，似藏又露，令人费解。有论者认为，孔融是因为反对禁酒而被灭族的，但有意思的是，罪状里却压根没提一个"酒"字。在《后汉书·孔融传》里，倒是有着这样的记载：

曹操既积嫌忌，而郗虑复构成其罪，遂令丞相军谋祭酒路粹枉状奏融曰："少府孔融，昔在北海，见王室不静，而召合徒众，预规不轨，云：'我大圣之后，而见灭于宋，有天下者，何必卯金刀？'及于孙权使语，谤讪朝廷。又融为九列，不遵朝仪，秃巾微行，唐突宫掖。又前与白衣祢衡跌荡放言，云'父之于子，当有何亲？论其本意，实为情欲发耳。子之于母，亦复奚为？譬如寄物缶中，出则立矣'。既而与衡更相赞扬，衡谓融曰'仲尼不死'，融答曰'颜回复生'。大逆不道，宜极重诛。"书奏，下狱弃市。时年五十六。妻、子皆被诛。

这就是说，由路粹（这也是大文人，但论文名不及孔融，亦不在"建安七子"之列）整理的罪状，所列举的孔融之罪共有四条，其中最重的是一、四两条。其一，孔融在北海任职期间，曾经有"召合徒众"谋反汉朝的言行。其所谓的"卯金刀"，指的就是"卯金刀"所组成的繁体汉字"劉"（刘）。该条罪状的意思是，"孔融认为他乃孔圣之后，天意欲令孔氏取代刘家天下"云云。但这话一听就叫人发哂，因为它绝对不像孔文举所说的话，倒颇像"黄巾贼"的口吻。其四，单就"子之于母""父之于子"的关系，在哲学的意义上讲孔融和祢衡都没有错。曹操自然也读过几本古书，他不会不晓得孔、祢之论仅只是理论上的探讨而已。王充在《论衡》里就曾说过类似的话："夫妇合气，非当时欲得生子，情欲动而合，合而生子矣。"然而曹操一定要将其列为罪状，原因无他，正如鲁迅先生所说，"魏、晋以孝治天下"，而孝，有时看得比忠都重要。孔融实际上就是魏国创建者曹操以"孝"杀人的第一例。

于是荒谬而滑稽的事情发生了：一个罪犯，不是在其生前被告知他触犯了哪条律法，而是在死后"接"到了如上那份"罪状"。其实这"罪状"压根就不是为孔融写的，说到家，它无非是安抚那些为孔融抱不平的人罢了。

这一次曹操做得相当老到。他首先授意路粹写了一封检举信——就是上面的"书奏"。该书奏中所列之孔融四罪，不仅无一字与曹操或禁酒相关，而且桩桩件件都涉及了"忠""孝"二字。须知古人特别是士大夫阶层最为重视的便是忠孝，而国家法律以最重刑罚所捍卫的亦是忠孝。抓住了犯人的不忠不孝，那就是击中了蛇的七寸。所以这份新版的检举信应该说相当精彩。

但精彩者不唯如此，还有后来的"宣判书"，即以国家名义向全国军民所颁发的"文告"。且看《魏书·崔琰传》注引的《魏氏春秋》："融有高名清才，世多哀之。太祖（曹操）惧远近之议也，乃令曰：'太中大夫孔融既伏其罪矣，然世人多采其虚名，少于核实……融违天反道，败伦乱礼，虽肆市朝，犹恨其晚。更以此事列上，宣示诸军将校椽属，皆使闻见。'"

此"文告"值得注意的有两点：一是孔融之罪乃"违反天道，败伦乱礼"；二是所颁发的范围重在军队（"诸军将校椽属"），而非郡县。看来曹操之"惧"，主要在乎军人。

然而，纵使曹操苦心孤诣，在杀掉孔融后作了一系列补救性措施，而他也自认为这些措施天衣无缝，会将他的罪恶包藏得严严实实；但这毫无作用。事实上在他所建立的魏国灭亡不久，敢说话的史家就开始怀疑，孔融之死该是他得罪了曹操的缘故。而社会发展到宋代，有一位气质秉性与孔融差不多的大文豪，就是苏轼，对于孔融之悲剧痛心疾首，对曹操之卑劣则恨得咬牙切齿。他写过一首《孔北海赞》："文举在天，虽亡不死。我宗若人，尚友千祀。视公如龙，视操如鬼。"（《东坡集》卷三十）

又过了九百多年，我们看到，鲁迅先生在《而已集》中对孔融事件亦有很长一段评论。先生在揭露了曹操杀孔融是因其"专喜和曹操捣乱"之后，再以他特有的幽默说道："倘若曹操在世，我们可以问他，当初求才时就说不忠不孝也不要紧，为何又以不孝之名杀人呢？然而事实上纵使曹操再生，也没人敢问他，我们倘若去问他，恐怕他把我们也杀了！"

之六 孔融文才为"建安七子"之首

虽然曹操杀死了孔融，但耐人寻味的是，孔融死后，曹操的儿子曹丕，即魏文帝，对孔融的文才却相当推崇，称其为"建安七子"之一，并列其首位。

曹丕在《典论·论文》中，称孔融的作品"体气高妙，有过人者"，并把孔融比作杨雄、班固之俦。更有甚者，还特别发布文告，在全国范围内征集孔融的遗作，"有上融文章者，辄赏以金帛"，由此可见其对孔融的崇爱之情。事实上，孔融也正是凭着他在文学上的卓越成就，而为后世矗起一座辉煌的丰碑。

孔融的代表作，当然是其散文，如《与曹操论盛孝章书》等流传后世，脍炙人口；但他的诗歌也很好，颇有特色。现在，且让我们来读一读孔融被杀前写下的《临终诗》吧。他在诗中这样写道：

> 言多令事败，器漏苦不密。
> 河溃蚁孔端，山坏由猿穴。
> 涓涓江汉流，天窗同冥室。
> 谗邪害公正，浮云翳白日。
> 靡辞无忠诚，花繁竟不实。
> 人有两三心，安能合为一。
> 三人成市虎，浸渍解胶漆。
> 生存多所虑，长寝万事毕！

该诗的头几句，是作者沉痛而惋惜地宣告了"事败"，即挽救汉王朝事业的失败；并且检讨了自己不慎小节，多言多失，以致造成了河溃山坏般的重大损失。中间几句是痛斥那些制造谗言陷害他的小人，同时又哀叹满朝官员，大都二三其德，不能忠于汉室。最后他则以极其沉痛的笔调，做了无可奈何的结笔：活在世上多有所虑，倒不如以死来解脱苦恼。什么家事、国事、天下事，现在一切都让它了结去吧！这首绝命诗，是孔融为汉王朝提前唱响的挽歌。它真实地显示了发生在孔融身上的悲剧是多么的沉重！

上面的《临终诗》，选入了《汉魏六朝诗鉴赏辞典》（上海辞书出版社）。还有一首《离合郡姓名字诗》，也是孔诗的代表作，在此一并录下，以飨读者：

> 渔父屈节，水潜匿方；
> 与时进止，出行施张。
> 吕公饥钓，阖口渭旁；
> 九域有圣，无土不王。
> 好是正直，女回予匡；
> 海外有截，隼逝鹰扬。
> 六翮不奋，羽仪未彰；
> 龙蛇之蛰，俾也可忘。

玫璇隐曜，美玉韬光。

无名无誉，放言深藏；

按辔安行，谁谓路长？

我们知道，"离合诗"乃杂诗的一种。这首诗是在诗句内拆开某一合体字的结构，取其一半，再和另一合体字的一半凑成他字。全诗二十二句，离合成"鲁国孔融文举"六字。关于此诗，不要说我们今天难于模仿，即便当时人物亦须细细揣摸，慢慢领会其中的奥妙。但我们借助于当代学者的研究成果，可以大体了解到：此诗上四句写的是诗人的黄金时代，包括他在北海的六年，其感情炽烈，令人神往。但从"六翮不奋"开始，则暗喻了祢衡遭逐、董承受戮及他自己被"闲居"等一系列曹操所做的罪恶；此后他又表示自己不求名利，不言世务，"按辔安行"，压住缰绳使车马安闲地徐徐前进。此诗显示了孔融笔力高超，他人难及。恰如《文心雕龙·风骨》引刘桢语："孔氏卓卓，信含异气，笔墨之性，殆不可胜。"

（原载《潍坊晚报》2012年9月3日"人文潍坊"版，2017年5月修改）

吕布败在谁手里

女人好比试金石。对女人的态度，往往能凸显一个人的品质，并决定其命运。

与吕布同时代的刘备，尽管也重视女人，譬如说在选择配偶的时候，颇在意女人能否给他带来经济或政治上的好处（如糜夫人的娘家哥是"资产巨亿"的大财主，而孙夫人则是江东"巨无霸"孙权的妹子），但他既不好色，也不胡搞；更难得的是，在他内心深处，实在不拿女人当回事。

《三国演义》里有刘备一句名言，即"兄弟如手足，妻子如衣服"。这虽在史书中找不到，但罗贯中绝非妄说。观刘备之行状，也的确是那么回事。每当战事吃紧，危险袭来，他扔下妻子就跑，根本不考虑其死活。所以说，刘备是大英雄、真豪杰。

但吕布就不行了。首先他好色（当然好色也不是毛病；曹操就好色，但仍不失为大英雄），而且偷偷摸摸地乱搞，甚至完全不顾及女人们的身份。比如说董卓，那是他的上司，出于对他的信任而令他守护家眷们居住的"中阁"，可他竟利用"黄鼠狼看守鸡寮"的机会，勾搭上了董卓的女人。这当然很卑鄙，很小人，不惹祸才怪呢。

倘如说勾搭董卓的侍婢是初犯，那倒也罢了；问题是积习难改，"流氓"成性。直到他与曹操争夺兖州、下邳决战的时候，形势是那样的恶劣，他仍然忍不住色欲，到处拈花惹草。这一回，他让麾下的将领们纷纷戴上了"绿帽子"。

这档子丑事虽然《三国演义》里没有，但《三国志·吕布臧洪传》里却是记载了的。据裴松之注引的《英雄记》，当吕布被曹操擒获，在其生命的最后时刻，他对于下邳之败很想不通，曾经对曹操叹曰：咳！平日里"布待诸将厚也"，可没料到，"诸将临急皆叛布耳"！而曹操则很尖酸地反唇相讥说："卿背妻，爱诸将妇，何以为厚？"——你背着自己的妻子，去"爱"诸将的老婆，这哪里谈得上"厚待"呢？

曹操说的"诸将"，数量上可能有点夸大，但一两个或许有的，否则吕布听后也不会"默然"。不管怎么说，倘《英雄记》所记属实，那吕布就太没人味了。这样的统帅，怎能受将士拥戴？不失败才怪！

再把这问题延伸下去：如果吕布在"爱诸将妇"的同时，也容许自己的女人为诸将所"爱"，那大概就不会有什么矛盾，诸将们也未必会"临急皆叛"的。可问题是，这种事情根本不可能发生。而且，偏偏吕布对自己的女人又太过关心，太过爱护，太拿她们当回事，以至把她们看得比全军的利益都要重。

正如《魏氏春秋》和《英雄记》所记的那样，当陈宫献计，建议他带兵出屯城外的时候，他老婆一声哭劝："将军欲弃妻子，孤军远出，若一旦有变，妾岂得为将军妻乎？"他马上就为妻妾的命运而揪心了，于是"愁闷不能自决"，最终拒绝了陈宫的正确方略，而决定龟缩在城里消极防守。结果全军覆亡，他自己也落得了殒命白门楼的可悲下场。

吕布弓马娴熟，膂力过人，号为飞将，时人曾有"人中有吕布，马中有赤兔"的赞语。如此下场，格外令人嗟叹。探究吕布失败的原因，史书以为"布虽骁勇，然无谋而多忌，不能制御其党"云云，但我偏认为，"女人问题"是他的症结所在。

说到这里，我不禁联想到《三国志》中与吕布并列入传的臧洪。

臧洪曾被袁绍任命为东郡太守，但当曹操围吕布于下邳之时，臧洪却在东武阳受到了"老东家"的围攻。臧的军力与袁相差悬殊，况且粮食殆尽，连老鼠以及牲畜筋角之类都已吃光。于是非常之时，臧洪作出了非常之举：杀其爱妾，做成肉糜以飨将士。结果，将士们都慷慨流涕，"男女七八千人相枕而死，莫有离叛"。

据此我忽发奇想：倘如吕布也能像臧洪那样，杀掉他的爱妾，做成肉糜，让陈宫、高顺、张辽、侯成他们各分一钵，那他们一定会精诚团结，同仇敌忾，下邳也肯定会固若金汤的。

可惜吕布既不是臧洪，也不是刘备。在"女人问题"上错上加错，才酿成了吕布的悲剧。说到家，他是败在了女人手里。

吕布对女人的态度，今天我们不仅能容忍，甚至还可能欣赏——觉得他特具人情味，因而特别适合好莱坞"英雄加美人"类的选题标准；但那个时代不行。依照那个时代的标准，吕布是最让人瞧不起的。

2017 年 6 月 9 日于乐天斋

祢衡：惊世骇俗的"另类"

祢衡是个很"另类"的人物。他敢于在大庭广众之间裸衣击鼓，将奸雄曹操骂得痛快淋漓。《三国演义》这段故事堪称经典，《击鼓骂曹》的京韵至今尚在绕梁。然而，近来重读这段历史，却发现祢衡并不值得赞颂，更不值得效仿。倒是挨了他骂的曹操，反叫人暗暗佩服，并平添几分敬意。

这篇小文，笔者想到四个话题。

话题一，祢衡是失败的"求职者"。

关于祢衡，《后汉书》称其"少有才辩，而尚气刚傲，好矫时慢物"。据说他初游许下时，怀中常藏一"刺"，即竹木质料的"名片"，不消说那是准备拜门子求官职时用的。但他也太爱面子了，压根没有毛遂的勇气，再说朝中大臣好像也没人能过得去他的"法眼"，故而那根"刺"就一直藏在身上，既不肯露面，又难以舍弃，久而久之，"刺"上的字迹竟已漫漶不清。这件小事，很能说明一个另类求职者的微妙心理。

说祢衡是"求职者"，虽有点不太恭敬，但却是实话。倘这位清高才子不堪求职者之谓之辱，那他完全可以学做巢父、许由，老实地待于乡野，安心做一辈子隐士，却又何苦"漂"到京城寻找饭碗？可话又说回来：既然打算求职，则必须认清职场形势之严峻，实事求是地对待自己和竞争对手。须知"是时许都新建，贤士大夫四方来集"（《后汉书·祢衡传》），有本事的人诚如过江之鲫。年方弱冠的祢才子，若夹着尾巴做人，那其实是真聪明，也就不会发生后面的悲剧。可他偏偏鼻孔朝天，自以为"小子天下第一"，偌大个京都唯只"大儿"孔融、"小儿"杨修尚可对话，其他衮衮朝士则皆"碌碌莫足数也"。这说明祢衡对自己的定位出了问题。

从史书记载来看，祢衡是由"大儿"孔融引荐到曹操那里去的。融为衡说了很多好话（这有孔融所上的奏疏可证），而操也亟欲见之。然而奇怪的是，作为求职者的祢处士，此刻却端起了架子，竟"自称狂病"（我理解这"狂病"，或许是今人所谓的"狂躁症"或"歇斯底里"），不仅不肯前往，甚且还对老板"数有恣言"，说了许多对曹操不礼不敬的刻薄话。

我们知道，曹操可不是一般的老板。他一旦动怒，那不仅是饭碗问题，只怕项上人头亦将不保。但好在曹老板还算理智，考虑到祢衡素有才名，而"不欲杀之"；又"闻衡善击鼓"，于是"召为鼓史"（《后汉书·祢衡传》）。毫无疑问，这样一份卑贱的差事，分明是对大才子的轻视和羞辱。祢衡不傻，自然看得出来。按照职场常规，既然老板提供的职位与自己的期望值相差太大，那么求职者完全可以拒绝录用，拂袖而去，然后潇潇洒洒地再寻下家，却又何苦委委屈屈地接受下来？当然了，这只是我们"庸人"的想法而已，而"庸人"也不可能获得在大庭广众之下"裸衣"骂人的机会的。

说到"骂曹"，《三国演义》的描述与《后汉书》《世说新语》的记载大有出入。在"演义"里，祢衡是在厅堂上"脱下旧破衣服，裸体而立，浑身尽露"，被曹操斥之"庙堂之上何太无理"以后，当即就开始了痛骂；但按《后汉书》的说法，祢衡在厅堂上裸是裸了，却并没有骂人，甚至连话都没说一句，仅仅"叁挝而去，颜色不怍（惭愧）"而已；《世说新语》的记述比《后汉书》还要简单，只说"（祢）衡扬枹为《渔阳掺挝》，渊渊有金石声，四座为之改容"，甚至连"裸衣"都没有提到。

当然故事并未结束，好戏还在后头。据《后汉书·祢衡传》所记，在发生了"裸衣"事件之后，作为求职者的举荐人（或者说"中介"）的孔融，因见衡行为出格，太不像话，即严厉批评，并苦口婆心地劝其向曹操谢罪。而衡似有悔过之意，表示愿意去见曹操（"衡许往"），孔融便放下心来，又跑到曹操那里禀报，说祢衡马上要来道歉谢罪。曹操闻听，喜不自禁。尽管他日理万机，公务繁忙，却仍吩咐门吏："衡来即报！"然后，他就耐心地等待、等待……一直等到很晚很晚（"待之极晏"）。

说实在的，如果我是祢衡，能碰上如此宽宏大量、礼贤下士的首长，一定会感激涕零。然而祢衡的表现又是如何？他居然身穿单布衣，头戴粗劣的头巾，手持三尺木杖（瞧这份装扮，活脱是寻衅打架的无赖），然后"坐大营门，以杖捶地大骂"。显然这是典型的"歇斯底里"发作。《语》曰"是可忍孰不可忍"，试想今天如有人手持木杖，坐在国务院门口破口大骂，那么你会有怎样的反应？漠视？叫好？还是扭住他胳膊交付警察？

想通了这一点，那么祢衡，一个失败的求职者，其可悲下场也就不难理解了。

话题二，曹操该不该挨骂。

祢衡的辩护律师可能会说：曹操的确该骂。因为其一，曹操让祢衡任鼓吏，这是糟践人才；其二，诚如《三国演义》所说，曹操犯有眼、口、耳、身、腹、心"六浊"。

关于第一点，首先说明，据《后汉书》和《三国志》的记载，祢衡做的是"鼓史"，《世说新语》和《三国演义》则为"鼓吏"。经查有关资料，我们古人重视礼乐，掌管击鼓的人员大概有数十位，而统称"鼓人"，"鼓史"则是其中的官员。窃以为，虽"鼓史"，"鼓吏"皆可，但"史"比"吏"更为妥切。

然后我们要说，曹操让祢衡任鼓史，确有"轻慢"之意。但是别忘了，祢衡恃才傲物，狂妄自大，把曹操手下的文臣武将贬得儿无是处，曹操这是故意"杀"他的狂气。我们知道，荀彧乃天下名士，有王佐之才，此前为曹操出谋划策运筹帷幄，已经立下了许多功劳；如果连荀彧也像祢衡说的，只能凭着漂亮脸相去做"吊丧客"，那么让你祢衡，一个涉世未深的黄嘴角小儿（祢衡是时才二十岁出头），似乎只擅长击鼓的狂徒，去做一个"鼓史"（那大小也是个官儿），难道不是"量才使用"吗？再者说，你祢衡既无尺寸之功，又无被举为"孝廉"之类的资历，那么让你"从基层干起"，干得好了再提拔到重要岗位，这又有何不妥？

关于第二点，祢衡骂曹的内容，《后汉书》语焉不详；上面提到的"六浊"，其实是罗公为祢氏所撰。我们姑就这"六浊"来作分析，其所谓不识贤愚的"眼浊"和不纳忠言的"耳浊"，在曹操身上即便存在，表现得也并不突出，事实上操恰恰能识贤愚，肯纳忠言。至于不读诗书的"口浊"，和不通古今的"身浊"，更不能叫人信服，因为曹操对"诗书"和"古今"的掌握，比祢衡不知要强多少倍。而说到不容诸侯的"腹浊"，简直莫名其妙。总之以上五"浊"都很荒唐，不值一驳；只有最后的一"浊"，看来是"六浊"之核心，即对汉室"常怀篡逆"的问题，这倒应该认真地回答了。

据《后汉书》记载，祢衡"骂曹"是在建安初年。彼时曹操刚将汉献帝从洛阳迎接到许县。我们知道，在此之前，汉朝廷的境况十分可怜，正像《孝贤帝纪》里所描述的："是时宫室烧尽，百官披荆棘（办公）"，"群僚饥乏，尚书郎以下自出采稆（稆：野生的谷类），或饥死墙壁间，或为兵士所杀"。在这种情势下，曹操"迎天子都许"，那简直就是皇帝和百官的大恩人，从而使他在全国树立起了"辅国忠臣"的光辉形象。紧接着，曹操又将顺帝以来赐给他祖父曹腾、父亲曹嵩的器物，诸如书案、香炉、铜镜、唾壶、座屏、药杵臼等等，一律作为公物，退还给了窘困的宫廷（见曹操《上器物表》《上杂物疏》）。类似小事，也为他赢得了极佳的口碑。总而言之，祢衡在这种时候骂曹操是"篡逆""奸臣"，实在没什么道理，也肯定鲜有其共鸣者。

话题三，从祢衡的个案来看，曹操是不是在迫害人才？

回答这问题，我们首先须弄清楚祢衡是怎样的人才。

关于祢衡，尽管他的挚友孔融把他吹得很厉害，似乎是"帝室皇居""不可多得"的"非常之宝"；但实践证明，他的才能仅仅是突出在文学上，充其量也不过是个作家罢了。《后汉书》把他归入"文苑列传"，真是再恰当不过。而且，就其文学成就来讲，好像只一篇《鹦鹉赋》还多少给人一点印象，其他的则大都随着时光而湮灭了。总之他是不能与"建安七子"相提并论的；与"三曹"（曹操、曹丕、曹植）以及蔡文姬更不能媲美。说实在的，如果没有他的惊世骇俗的"裸衣骂曹"之举，世人谁还晓得有个叫祢衡的家伙呢！

进一步讲，祢衡虽有文才，但并不是曹操（或者说朝廷）最需要的人才。他既不能像荀彧、荀攸、贾诩、郭嘉等人运筹帷幄决胜千里，又不能如张辽、于禁、夏侯惇、许褚之流冲锋陷阵，斩将夺旗，甚至连经营"屯田"而使曹军"仓廪尽满"的枣祗和任峻（见《三国志·任峻传》）都不如。枣祗、任峻忠忠诚诚任劳任怨地创立了不朽功勋，可偏偏行事低调，不事张扬，所以今天的我们鲜有人晓知他们的名字；倒是祢衡一"脱"惊世，一"骂"成名。这真是对历史的讥讽！

我们说，曹操也是人。当他被祢衡激怒，宣泄式地骂一句"竖子，孤杀之犹雀鼠耳"，那是完全可以理解的。但愤怒的曹操并没有治衡以罪，而是很理智地做出决定，将祢衡送到了荆州牧刘表那里。

对于曹操的这个决定，《后汉书》暗示我们他有"借刀杀人"

之嫌；《三国演义》则干脆让曹操自白："祢衡辱吾太甚，故借刘表手杀之"。我却认为这是对曹操的误解，或者说污蔑。因为那时的荆州，社会比较安定，人民生活相对来说也比较富足，况且刘表亦素有爱才之名，从而吸引了如王粲、梁鹄、邯郸淳、杜夔等文化名人；曹操介绍祢衡到刘表那里，按说并不是坏事，至少那里的文化氛围还是比较适合于祢衡"发展"的。总之，我们不应该将曹操的决定看作阴险、恶毒的借刀杀人。如果他真想借刀杀人的话，难道不可以直接联系黄祖，或者比黄祖气度更狭窄、性子更急暴的人吗？

设身处地为曹操着想：碰上祢衡这样的"人才"，你能怎么做？奉为上宾？当爷爷伺候？让他吃饱了撑得满嘴喷粪，然后你还要夸赞"这是唯才子方具有的特殊香气"？如此则不会遭人谴责了吧！

最后的话题，关于祢衡的"教训"及其"遗风"（或曰"流毒"）。

我们知道，祢衡离开曹操来见刘表，开始的一段时间还算不错：刘表对他优礼相待，而他也似乎改掉了狂傲的毛病。但是正如俗话说的："江山易改，本性难移"。很快他又故态复萌，开始"侮慢于表"了。刘表因此而感到耻辱，不能容忍（"耻不能容"），便又把祢衡介绍到了江夏太守黄祖那里。黄祖起初对他也还客气（"祖亦善待焉"），他对黄祖似乎也有好感；然而好景不长，他的"歇斯底里"毛病不幸再次发作了。在一次黄祖举办的大型宴会上，祢衡竟出言不逊，大骂黄祖为"死公"（该死的老头）。黄祖可没有曹操那样的涵养和气度，于是勃然大怒，"遂令杀之"。祢衡就此结束了他二十六岁的生命。

祢衡死后，黄祖立即感到了后悔。我们当然也难免为之惋惜。惋惜之余，我又开始探讨祢衡的死因。我觉着祢衡之死固然有客观和主观的因素，但归根结底，悲剧主要是他自己造成的。在曹操和刘表那里，是他"自领红牌"，被"罚出场外"；在黄祖那里，他干脆拿脖颈往刀刃上碰了。易中天先生说过："在所有冤死的文人中，祢衡最不值得同情，因为他太不尊重别人，也太不会做人……而且打击面极广，等于自绝于人民"。我赞同易先生的观点。祢衡固然让人同情，但更令人讨厌。因为"祢衡的所谓傲骨，毫无正义的内容，只不过他自我表现的恶性膨胀而已，而且到了不惜贬低别人来抬高自己的地步。这说明什么呢？说明他其实是一个极端自私的人。他的自高自大，就是他自私的表现。"（以上引文见易中天《品三国》）。既如此，那祢衡就不值得我们同情了。

但遗憾的是，后世许多人不仅同情祢衡，甚至大加赞扬，并着力效仿。于是祢衡的"遗风"（或曰"流毒"）代代传承，至今尚未绝迹。

君不见，东汉之后，魏晋以降，文人，特别是名士的脾气，似乎越来越怪，越来越大，也越来越不同于凡俗了。比如著名的"竹林七贤"，他们"大抵是饮酒时衣服不穿"（鲁迅语），我就很怀疑这是学习祢衡的"裸衣击鼓"。至于刘伶光着屁股接待客人，居然还对客人说"天地是我的房屋，房屋就是我的衣服，你们为什么进我的裤子中来"，就更像是祢衡的口气了。不过，说实话他们的这种"怪"，"脾气很坏，高傲，发狂……比方有苍蝇扰他，竟至拔剑追赶"（鲁迅语），在当时也有一定的积极意义。诚如鲁迅先生所说，"他们七人中差不多都是反抗旧礼教的"。但同时我们也应该注意到：后来的许多"名士"，什么"旧礼教""新礼教"，一概反对；他们只一味地提倡"文人无行"，标榜"才子加流氓"，以致后来江郎才尽，就只剩下"我是流氓我怕谁"了。

且看今天混迹于文坛上的"骂星"，逮住谁骂谁，借骂人来炒作自己，岂不是大有祢衡之遗风吗？

故此我说，很好地研究一下祢衡，在今天是大有现实意义的。

2007 年 7 月 3 日于乐天斋

说孙权"养士"

本文所谓"养士",其"士"者,不是运筹帷幄的文臣,乃指冲锋陷阵的武将,或如史学家方诗铭先生所说的"游侠""壮士""剑客"一类的人物。

关于"游侠",《史记·游侠列传》解释为:"其行虽不轨于正义,然其言必信,其行必果,已诺必成,不爱其驱,赴士之厄困,既已存亡死生矣"。荀悦《汉纪》则谓:"游侠之本,生于武毅,不挠久要,不忘平生之言,见危授命,以救时难而济同类,以正行之者谓之武毅,其失之甚者至于为盗贼也"。方诗铭先生《论三国人物》,对"游侠"有着很深入的研究,他认为"游侠"和"剑客""壮士"是可以画等号的(而且方先生还以吕布、甘宁为例,认为这便是此类人物的典型代表)。既如此,笔者这篇小文中的"士",便明确为"壮士"好了。

若论三国时代,"壮士"甚多。但拿孙权帐下说吧,吕蒙、程普、黄盖、韩当、蒋钦、周泰、陈武、董袭、凌统、徐盛、潘璋、丁奉等皆是。《三国志·吴书·凌统传》裴注引孙盛语曰:"观孙权之养士也,倾心竭思,以求其死力,泣周泰之夷(痍),殉陈武之妾,请吕蒙之命,育凌统之孤,卑曲苦志,如此之勤也。"其中提到泣周泰之夷、殉陈武之妾、请吕蒙之命、育凌统之孤四件事颇可玩味。下面我们分别欣赏一下:

先看第一件,泣周泰之夷(痍)。周泰字幼平,九江下蔡人,早年随孙策驰骋,"数战有功","权爱其为人",遂将其调到自己帐下。有一回,孙权在宣城被山贼包围。他想上马突围,但山贼刀锋已近，甚至砍中了马鞍。情势危急之际，左右随从皆惊慌失措，唯独周泰奋勇激昂，胆气逼人，用身体护卫孙权。后来山贼退散，险情解除，可周泰浑身遭受十二处创伤，躺在血泊里昏死过去，救治许久才慢慢苏醒。故《吴书》评论说："是日无泰，权几危殆。"后来周泰随周瑜、程普战赤壁，攻南郡，平荆州，督濡须，因功拜平虏将军。然而朱然、徐盛等将军不太服气。孙权有所觉察，遂特意到濡须阅军，借机聚齐诸将，大为酣乐。其间权执樽行酒，到周泰案前，令泰解衣，露出遍体伤痕。"权手自指其创痕，问以所起，泰辄记昔战斗处以对，毕，使复服，欢宴极夜"。（《吴书·周泰传》）另据裴注所引《江表传》，孙权手把周泰之臂，不禁涕泪交连，哽咽说道："幼平啊，你为我孙氏兄弟，战如熊虎，不惜躯命，被创数十，肤如刀刻戈划！我岂能不待你以骨肉之恩，委你以兵马之重呢！幼平，你就是我吴国的功臣，我应当与你同荣辱，等休戚。幼平你应快乐接受官职封赏，切莫因出身寒门而自卑自退！"说罢，敕令使者"授以御盖"，即将权本人平常所用的"帻青缣盖"赐予周泰；意犹未足，又让周泰率其亲兵做"导从"，鸣鼓角，作鼓吹，护送出营。总之这件事使周泰享受到莫大殊荣，于是"盛等乃伏（服）"，将领间的芥蒂随即消弭。

再看第二件，殉陈武之妾。陈武字子烈，庐江松滋人。《三国志·陈武传》称其战时"所向无前"，且"仁厚好施"，"尤为（孙）权所亲爱"，多次到其家中慰问。建安二十年，陈武从孙权击合肥曹军，奋命战死，权甚哀之，亲临葬仪。裴注引《江表传》曰："权命以爱妾殉葬，复客二百家。"孙权以活人陪葬，凸显了对烈士的深爱，但对殉葬的女人来说，其手段未免残忍至极，骇人听闻。故孙盛以诅咒的口吻评论说："权仗计任术，以生从死，世祚之促，不亦宜乎！"——他认为吴国很快灭亡，正是孙权"以生从死"的恶报。

第三件，请吕蒙之命。吕蒙字子明，汝南富陂人，因擒获关羽袭取荆州而名震天下。然而此后不久，蒙染重疾。其时权在公安，听闻消息，即遣使将吕蒙接来，安置于自己所住的内殿，并告示封地之内，"有能（治）愈蒙疾者，赐千金"。《吴书·吕蒙传》记载：蒙时常针刺穴位，孙权"为之惨慼"。他想随时看见吕蒙的"颜色"，却又怕对方起床行礼，加重病情，于是凿穿墙壁，透过壁洞观察情状。见蒙稍能进食，权即欣喜，顾左右而言笑，不食，则愁苦咄叹，夜不能寐。当蒙病有小愈，权即"下赦令，群臣毕贺"；后来蒙病加重，"权自临视，命道士于星辰下为之请命"。

第四件，育凌统之孤。凌统字公绩，吴郡余杭人。《吴书·凌统传》称统"果毅"，且"轻财重义，有国士之风"。有一回，孙权在合肥前线，遭魏将张辽偷袭津北。凌统率亲兵三百，掩护孙权突围。当时"敌已毁桥"，河上只有两块木板相接，"权策马驱驰"，得以逃命，而"统复还战，左右尽死，（统）身亦被创，所杀数十人，度权已免，乃还"。然而其时"桥败路绝"，统只好"被甲潜行"，终于追上了孙权所乘坐的舟船。权"见之惊喜"，而统见亲兵无人归返，则"悲不自胜"。权遂引袂拭去凌统的泪水，安慰他说："公绩，亡者已矣，苟使卿在，何患无人？"当即拜为偏将军，且加倍补充统的兵马。另外《吴书》还有描述：孙权见凌统创伤严重，"遂留统于舟，尽易其衣服"。之后统"赖得卓氏良药，故得不死"。但统寿命不长，四十九岁时病卒。权闻噩耗，"拊床起坐，哀不能自止，数日减膳，言及流涕"。统有二子，一名烈，一名封，都仅数岁，尚未成人。权将凌烈、凌封收养于内宫，与自己亲生儿子一般对待。每有宾客进见，权即将凌统遗孤呼出，对客人说："此吾虎子也！"当烈、封长到八九岁时，孙权特意挑选一位叫葛光的名士教其读书，还规定十日一次练习乘马，真是关怀备至。

当然，深受孙权眷爱的武将，不仅徐盛提到的以上四位；朱然的情况亦很突出，应与吕蒙并案相提。《三国志·吴书·朱然传》提到：赤乌十二年朱然病重之时，"权昼为减膳，夜为不寐，中使医药口食之物，相望于道"。朱然每次遣使者向孙权通报病情，"权辄召见"，并且"口自问讯"，使者入时赐予酒食，出时则送布帛。故此《三国志》撰者认为："自创业功臣疾病，权意之所钟，吕蒙、凌统最重，（朱）然其次矣。"

现在我们再回到前文的徐盛之评。徐氏"观孙权养士也"一语，其"养士"一词是否徐的创造，笔者不知，好像古人用得不多，《辞海》亦不曾收入；但它的意思却很"古老"，也很"传统"，只消查查何时有的"剑客""游侠"或"壮士"，也就搞清了"养士"风习之源头。

要说"养士"之"养"，其义一看即明，无非豢养、培养之意。于是被养之"士"，毫无疑问便是主人的鹰犬。据《三国志·董袭传》，董袭曾在孙权面前，自称"袭等为爪牙"，此"爪牙"者，指的就是鹰爪犬牙。既然如此，那么凡有争霸天下的大理想，想做"雄主"的那类人，就必须做好"养士"这门"功课"，把鹰犬养得健壮，爪牙磨得尖利，且让它们懂得如何效忠于主人。上面的几件事，证明孙权当是此类人中的佼佼者。孙盛谓"孙权之养士也，倾心竭力，以求其死力"，真一针见血。他揭示出，孙权那些感人的"养士"之举，目的只有一个，无非"求其死力"罢了。

其实三国时代，"养士"者不少，孙权之外，还有曹操、刘备，以及袁绍、袁术、刘表、公孙瓒等；但做得好，或者说善于"养士"的，孙权是突出的一位。易中天先生《品三国》，认为孙权的"用人特点"是"以情感人"；并进而指出，曹操、刘备、孙权，在用人方面各有特点，即"操以智，备以义，权以情"。这三位用不同的手段，达到了相同的目的（即建立霸业），的确都值得赞赏。然而在孙盛看来，评价孙权的这种手段，要用两分法，即既有好的一面，亦有坏的一面。好的一面，孙权之所以"能屈强荆、吴"，以至称王称帝若干年岁，这总是有其理由的。但孙盛同时指出，"然霸王之道，期于大者远者，是以先王建德义之基，恢信顺之宇，明贵贱之序，易简而其亲可久，体全而其功可大，岂委琐近务，邀利于当年哉？"意思非常明白，就是说，孙权的那一套"养士"之法，确能收到近期的细小而零碎的利益，但这不是"霸王之道"，因为他没有抓住德义之类纲领性的能使"霸王"基业持久而宏大的东西。

孙盛最后引用子夏的一句话，概括了他对孙权"养士"的看法："《语》曰：'虽小道，必有可观者焉，致远恐泥，是以君子不为也。'其是之谓也！"窃以为，这句经典语录，对今天的人们也是有启迪作用的。

2017 年 4 月 22 日于乐天斋

陈抟洞呓语

一

"山不在高，有仙则名"。倘刘禹锡这话可以当真，那么，青州云门山的大名气，该是因了"睡仙"陈抟的缘故吧？

自上世纪 80 年代以来，我曾数次登临云门，在山后东侧的万春洞里驻足，面对陈抟老祖的那尊石雕卧像出神儿。我会默念着乡谚，"摸摸陈抟的头，一辈子不发愁，摸摸陈抟的腚，一辈子不生病"，将手放到他躯体上，感受着仙人血脉永恒的凉意。我注意到，"睡仙"的头顶和臀部光滑溜溜，泛着微弱的光辉，证明了他与世世代代的拜访者进行过"零距离接触"。想到这一点，我就有点感动，觉得他是宇宙中最平易近人的神仙了。要知道，无论你走进哪座神或者佛的殿堂，可以允许你膜拜，允许你上香，允许你祈祷，可绝对不会允许你摸他的头或者屁股的。

现在，陈抟老祖的洞门已被铁栅门关闭，但那绝对不是他的缘故。不是吗，他仍然带着和蔼的笑意，感受你目光的抚摸，一如既往地保佑你，让你既不愁，又不病，快快乐乐健健康康地过日子。

二

查阅《宋史》，在《隐逸卷》中找到了陈抟。陈抟字图南，号扶摇子，亳州真源人。他早年（唐长兴中）科场失意，遂不求仕禄，以山水为乐。先隐于武当山九室岩，后移居华山云台观。周世宗时，被封谏议大夫，却固辞不受；宋太宗时，他两度"来朝"，深受赵匡义的敬重,赐号希夷先生。

　　陈抟无疑是道教中的卓越学者。《宋史》说他"好读《易》,手不释卷",为后世留下了《指玄篇》《易龙图》《龟鉴》《赤松子》《八诫录》等多部著述;而影响最大的,还应当是刻于华山石壁的《无极图》。由于其对内丹教义有着深邃的阐发,故深受道教徒的尊奉,认为他是神仙,称之"陈抟老祖"。但对我们俗人来说,与希夷先生有关的什么易理呀、内丹呀,玄而又玄,难以捉摸。笔者感兴趣的只有两点:一是,这位老先生实在高寿,好像活了一两百、数百个年头吧?即便现在的吉尼斯大全,只怕也找不到如此高的纪录。这的确是让人羡慕垂涎的。再是,这位老先生的修炼方法很是特殊,它不需要苦修于青灯黄卷,也不需要历经七灾八难,需要的只是放松体躯,酣卧睡觉,美美地做神仙之梦。《宋史》说他整日酣睡,"每寝处多百余日不起"。这也许是一种"睡功"吧?"百余日不起",这功夫何等了得!希望像陈抟那样长寿的人啊,赶快找个山洞钻进去睡觉吧!睡觉毕竟要比打坐诵经劳作练武之类的修行方法舒服多了。倘如睡觉即可修炼成仙,长生不老,那我们何乐而不为呢?在梦境里避开人世的苦难与烦恼,等一觉醒来,直接享受后代人方能享受到的文明幸福,这不正是许多人所企盼的吗?

三

　　事实上,"睡仙"陈抟的睡,与我们俗人的睡并不是一码事儿。

　　据传陈抟曾作过一首《睡歌》,其词为:

　　臣爱睡,臣爱睡,不卧毡,不铺被。

　　片石枕头,蓑衣铺地,南北任眠,东西随睡。

　　轰雷掣电泰山摧,万丈海水空中坠;

　　骊龙叫喊鬼神惊,臣当恁时正酣睡。

　　闲想张良,闷思范蠡,

说甚曹操，休言刘备。

两三君子，只争些小闲气。

怎如臣，向清风岭头，白云堆里，

展开眉头，解放肚皮，且一觉睡。

这是一种超凡脱俗、潇洒于尘世之外，连皇帝听了都只好苦笑着做恭敬状。歌词告诉我们，睡觉实际上有"世俗之睡"与"至

青州云门山寿字（人无寸高）

人之睡"的不同。所谓世俗之睡，不过是困倦而卧罢了；而奉道修炼，脱离世俗杂念的"至人之睡"，却是道教内丹派的一种独特功夫，名之曰"蛰龙法"，或"胎息法"。此法强调摈弃世间一切杂念，以奉道修炼为惟一之念，即使在睡熟时也不停止修炼。

由此而知，陈抟之睡，实际上是在"借睡炼养，成其大丹"。

陈抟的老友吕洞宾曾经说过："抟非欲长睡而不醒也，意在隐于睡并资修炼内养，非真睡也。"陈抟自己也说："至人本无梦，其梦乃游仙；真人亦无睡，睡则浮云烟。"

就在云门山的万春洞里，在陈抟卧像的上方，刻有这样四句诗："野宿石床类洞天，头笠脱放海东边，夜深熟睡白云起，莫管龙来榻下眠。"这是雪蓑道人的手笔，是他对陈抟之睡的诗意的阐释。此处的"龙"，我们可以理解为皇上；连皇上来到身边都可以不睬，如此的修炼，俗世之人哪能做得到呢。

四

有个问题叫人纳闷儿：陈抟不吃不喝，只一味地睡觉，他是靠什么维持生命的呢？

其实，陈抟并非整日睡觉，既不吃也不喝。请看《喻世明言》的《陈希夷四辞朝命》，冯梦龙这样说过："俗说陈抟一觉睡了八百年，按陈抟寿只一百十八岁……没有一睡八百年之理。此是浑话。只是说他睡时多，醒时少（罢了）。"

再请注意，同样是一部《宋史》，同样是那篇《陈抟传》，在讲到他每寝处"多百余日不起"的同时，还特别提到，"（抟）因服气辟谷历二十余年，但日饮酒数杯"。这很有意思。"睡仙"原来还具备"服气辟谷"的功夫；而在其"辟谷"的阶段，每天只需要"饮酒数杯"。读到此处，我不由地猜想：陈抟的睡觉，是不是"服气辟谷"的一种方式呢？

提到"辟谷"，在我寓居的附近，前几年好像也有人练习过，据说还颇见效果，一周之中可以不食人间烟火而照常上班。我对此莫名其妙，自然谈不上相信或者怀疑，但读了《宋史》的《陈抟传》后，倒是从"日饮酒数杯"这五个字里，窥见了他的一点点奥秘。其实，在陈抟辟谷或者说做睡功的日子里，并非完全靠空气来生存，此外他还需要饮酒，恰是酒液供给了营养，保证了生命所必需的热能。这么一想，睡仙之神奇倒不如酒的神奇更令人惊叹了。

酒，这神秘之浆，直到公元21世纪的今天，我们还搞不清它的来历。当科学家发现，在没有人类生存的苍穹中，居然也散布着酒分子的时候，不知道有没有人想过，酒这玩艺儿是因了怎样的使命，在远古时代进入我们人间来的呢？有人说酒的发明者是仪狄，有人则以为是杜康，有人坚信为三皇，更有人以考古为证相信了"猿猴造酒说"。尽管众说纷纭，但酒能提神，能养颜，能治病，能促进人的健康，这已是不争的事实。既然如此，那我就有理由猜测，陈抟当年所饮之酒，虽未必是我们今天常饮的白酒（即所谓蒸馏酒），它可能是果酒、米酒，或者别的什么液态发酵酒；但不管怎样，那酒绝对对人的健康大有益处，而且酒液中说不定还调剂了某种或若干种药物——说白了，那就是含有丰富蛋白质、脂肪酸、氨基酸、维生素等含酒（乙醇）的保健饮料。

五

云门山是名山，山道上留有无数人的屐痕。特别是山下生活的人们，推窗即可望到它深沉的微笑，屏息即可听到它松涛般的呼吸。我们每一个人都想亲近它，希望做它的知己。但是，有个问题不知你想过没有：我们可爱的云门山，它的"主题思想"是什么呢？

是的，每一座山都是一篇文章，一部大书。尽管内容庞杂，包罗万象，但终归有它的"主题"。那么云门山的"主题"是什么呢？

要搞清这一问题，我建议你走进万春洞，去请教陈抟。答案没准儿就藏在他老人家枕着的书卷里。不知道你在摸他的头和屁股时，是否想走进他的内心，探究一下书卷里的奥秘？如果你不能理解他老人家莫测高深的微笑，那也不必着急，只待走出山洞，看一看山阴处那巨大的摩崖"寿"字，即刻就恍然大悟了。

寿，长寿，这就是云门山的"主题"。

云门山的"寿"字，乃大明嘉靖年间衡王府的内掌司周全所书。而与"寿"字比邻的万春洞，也是周全令人开凿。这就是说，两项工程实际是一个体系，都是为衡王祝寿而开展的。据说，衡王寿诞之日，"寿"字下部的"寸"中尚缺一"点"，只等着雪蓑道人填补。雪蓑却并不上山，而是在宴席上，抓起抹布，蘸了墨汁，说一声"我与王爷添寿来也"，然后猛力向南掷去。只见一道金光飞将出去，嗖嗖嗖飞向了南山，画龙点睛式地添上了"寸"中的一"点"儿。这虽属稗官野史，未必可信，但摩崖"寿"字与陈抟洞的开凿，皆与雪蓑有些瓜葛，却倒是有案可稽的。万春洞里雪蓑的那首《山居吟》，即是有力的佐证。

此外，我建议你再读读《醒世恒言》第三十八卷，那篇《李道人独步云门》，或能进一步帮你了解云门山的"主题"。你看那个叫李清的青州人，在他七十寿辰的日子，拒绝了子孙的庆宴，执意要将自己从云门山顶的大穴缒下去，结果他到达了仙界。他吃了"青泥"，饮了"菊泉"，呼吸了"仙气"，居然多活了七十多岁。冯梦龙写这部作品的时候，应该是在云门山的万春洞和"寿"字竣工（1560 年）之后，没准儿这故事的素材就来自青州民间。冯氏构思之初，也许会联想到云门山上的陈抟洞和摩崖"寿"字吧？这虽是我的臆测，但无论如何，《李道人独步云门》的主题，该也是云门山的"主题"吧。

既然"寿"是云门山的"主题"，既然云门山是一座"寿山"，那么，我们生活在它周围的乡人，应该为此而感到幸福。

寿山，那该是多么宝贵而丰富的蕴藏啊！但可惜在以往的岁月，我们似乎对它重视得不够，也缺乏有力度地开掘。这也难怪，在灾疫频发、兵燹连绵和"阶级斗争"激烈进行的年代，对大众来说"长寿"不过是侈谈妄想，而与自然法则相抵牾的"万寿无疆"仅只是个别人的"专利"。因此我敢说，只有在改革开放的今天，在现代的升平盛世，在人的基本权利得到保障的和谐社会，在国人解决了温饱再步入小康的时候，才真正有可能考虑大众的长寿问题。"寿"，其实就是健康，就是快快乐乐舒舒服服地活着，就是人之为人的高质量的生存状态。我们人人祈望长寿，并且敢于表达这种祈望，敢于为之努力，这是我们人之为人的权利。而当我们懂得了"寿山"云门无疑是一座"历史文化遗产"的宝库时，难道我们不该像云门山松那样兴奋地婆娑起舞吗？难道不应该对云门山所体现出的"寿文化"进行挖掘和弘扬吗？

提到陈抟之睡，我们过去只简单地认为那是迷信，是消极，是腐朽，是糟粕；却很少有人注意到，他其实是在吐纳，在修养，在锻炼，在思辨。他也许只有通过这种特殊的睡的方式，才能将自己的身心脱离肉之躯壳，而与无极的宇宙相融，从而感触到地脉的律动，辨清楚天籁的真谛。

即便那位"独步云门"的李道人，我们也不该窃笑他的侥幸，而该赞扬他为追求某种目标而敢于冒险的精神。李清的故事实际上就是一则寓言，它所折射的哲理，在今天好像也没有过时。不是吗，我们人人都想长寿，寿比南山，但很少有人注意到，长寿看似目标，实则过程，也或许就是一种境界。故此要想长寿，不妨学一学李清老汉。

2017 年 4 月改 2010 年旧稿于乐天斋

千古之谜唐赛儿

　　发生于明永乐十八年（1420）春天的唐赛儿起义，时间虽短（只有三四个月），却影响巨大，向为史家重视；不仅《明史》有所记载，甚至撰《明史纪事本末》的谷应泰，还将其列为有明三百年间的八十件大事之一。然而有意思的是，谷氏虽对唐赛儿颇感兴趣，也进行了深入研究，却一直搞不清她是人还是妖，故而发出了"妖耶人耶吾弗知之矣"的慨叹。

　　谷氏此语颇令人发噱。想想看，连妖耶人耶都搞不清，还治什么史呢？然而仔细琢磨，治史还真跟猜谜语有点儿相似，而事实上，妖耶人耶之谜，正是唐赛儿魅力之所在。

　　笔者从上世纪70年代即开始关注唐赛儿，也出版了小说《唐赛儿》，但真话实说，有关这位义军女首领的许多事情，直到现在我还在猜谜。例如：

　　谜之一，关于唐赛儿的家乡。

　　提及赛儿家乡，我们马上会想到蒲台。《明史·成祖本纪》的确说过，其乃"蒲台妖妇"。然而较真而论，蒲台其实是唐赛儿之夫林三的家乡。娘家和婆家不是一码事。若问娘家在哪，只怕专业和业余的史学家都得迷糊。

　　但还真有人不迷糊。譬如青州市文史专家冯蜂鸣君。他认为唐赛儿的娘家不是蒲台，而是益都。具体说，是益都县西南山区，卸石山下的局子村。"局子村乃一唐姓村，村南三公里处的唐庄，系由局子分而立村。如今，局子和唐庄的老人们说起唐赛儿，开口便是'俺本家的'。"冯蜂鸣言之凿凿。

冯告诉笔者："在卸石山一带，好多地名与唐赛儿有关。如唐三寨、桐油岭、跑马夼、饮马湾、点将台、石臼、石磨、寨墙、等等。是故局子、唐庄的乡民，一直以来皆按益都（青州）风俗，称唐赛儿为唐三姐。"此虽系一家之言，却未必没有道理。

谜之二，关于天书和宝剑。

笔者初读《明史纪事本末》"平山东盗"卷，对于"（赛儿）少好佛诵经，自称佛母，诡言能知前后成败事，又云能剪纸人纸马相战斗"这段话中的"少"字，理解为其"少女时期"；然而继续读，方知所谓"佛母"云云，其实是在她丈夫林三死后所发生的事情：

初，唐赛儿夫死，赛儿祭墓，回经山麓，见石罅中露石匣角，发之，得妖书、宝剑，遂通晓诸术。剑亦神物，唯赛儿能用之。因削发为尼，以其教施里闬间悉验，细民翕然从之。欲衣食财物，随所须以术运致。

唐赛儿在石罅中发现宝剑及妖书，这是一个很重大的事件。它后来被官员写入上报皇帝的奏折，被史臣记录于正史，还被凌濛初、吕熊、蔡东藩等演绎为多种文本传世。

据上文记述，林三之死其实是唐赛儿人生的一道分水岭。那个神秘石匣里所藏的书剑，不仅使她由一个普通的佛教信仰者变为"职业"的尼姑，而且还让她因此而掌握了神奇的"法术"，即所谓剪纸人纸马相战斗，或欲取衣食财物立令纸人搬取之类。从此之后，她即以此"法术"为传教手段，于是一个寻常民妇，也得以"升华"为万千"细民"（黎民）所膜拜的教首了。

作为文学作品的《拍案惊奇》，其第31卷照用了正史的记述，但在此基础上进行了艺术加工，说那"天书"卷面上，居然还写着四行字："唐唐女帝州，赛比玄元诀，儿戏九环丹，收拾朝天阙"。这其实是四句"藏头诗"。将每一行诗的头一个字连起来，便是"唐、赛、儿、收"。它反映了上天的旨意，那就是上天命她联系民众起义造反，完成替天行道救民水火的大业。

今天看来，石匣所藏之谜并不难破解。所谓"天书""宝剑"，按笔者在拙著《唐赛儿》中的设计，无非是老教首利用预先埋藏的东西，让它们披上"神赐"的外衣，以便在众教徒中树立唐赛儿的权威。须知在传统的男权社会，想让妇女登上权力的顶层，则必须采取一些非常的手段。借用"神"的意旨，也算手段之一吧。

至于"剪纸人纸马相战斗"，和"欲衣食财物，随所须以术运致"的所谓"法术"，在当时的确神乎其神不可思议，然而今天看来，无非玩的魔术罢了。

谜之三，关于起义地点问题。

据《明史》和《明史纪事本末》，唐赛儿乃"蒲台妖妇"；可她聚众起义的地方，却是距蒲台两百多里的益都卸石棚寨。这是为何？

要解此谜，须细读史书，理清唐赛儿起义从酝酿到爆发的过程。从《明史纪事本末》的记述来看，这过程大概经历如下三个阶段：第一阶段，唐赛儿以"佛母"名义施教乡野，传教布道。其间赛儿应以蒲台为教会中心，但其足迹"往来益都、诸城、安丘、莒州、即墨、寿光诸州县"之间。这里引出一个问题：唐赛儿所传播的是何教义？笔者为此曾考证大量资料，从而了解到，唐赛儿的教会组织应该是白莲教，其教义亦应与元末的白莲教一脉相承，即崇尚光明，认为"红阳"（指过去）当尽、"白阳"（指未来）当兴，光明的未来必将战胜黑暗的过去。故此她在传教时经常喊的口号，亦应是："凡我教之人一律平等"，"不持一钱可周游天下"，或"不平人杀不平者，杀尽不平方太平"云云。第二阶段，唐赛儿的秘密教会组织急速发展（"乃妖徒转盛，至数万"），引起山东及各州县官府的惊慌，开始抓捕赛儿及其他教会头领（"官捕之急"）。赛儿等拒捕，并在搏斗中杀伤不少官兵（"杀伤军兵甚众"），遂一不做二不休，公开宣布造反（"赛儿遂反"）。这时唐赛儿在各地的教会组织，正逐渐转变为武装的义军。第三阶段，正如《明史纪事本末》所记述的，当唐赛儿将造反的旗号公开亮出来了，"奸人董彦杲等各率众从之"。

唐赛儿起义地"卸石寨"

随后，唐赛儿带领来自莒州、诸城等地的各路义军，聚师益都县，在卸石棚寨建立了义军的根据地（"据益都卸石棚寨为出没"）。

起义地点不选蒲台，而选益都，这充分显示了唐赛儿的战略眼光。她肯定考虑到了以下两方面的因素。其一，益都乃青州府治，山东重镇，其西南部卸石棚一带多崇山峻岭，险峰暗洞，一夫当关万夫莫开，与地处黄河之滨一马平川的蒲台相比，显然更容易据守和与敌周旋。其二，益都以及毗邻的莒州、安丘一带，唐赛儿的教会根基尤深，群众基础也特别好，而且还有元末红巾军留下的一笔"精神遗产"——上溯四十多年，有一位名叫毛贵的红巾军大将，曾在此设立中书省、宾兴院，自己选用官吏，培养人才，干得相当热闹。因此，在唐赛儿眼里，益都无疑是白莲教的发祥地，在这儿一定可以大有作为的。

谜之四，"盛世"何以民造反。

一般说来，农民起义多发生于封建王朝的衰败晚期，当权的帝王也多为昏聩暗弱之主。然而唐赛儿所处的时代，正值大明王朝的上升期，永乐皇帝正信心满满地建设着他所谓的"斯民小康"社会。不能否认，凭借着强大的武力和财富，永乐朝是中国版图最大的时期，故常被史家称为"四夷朝贡"之"盛世"。这时候发生农民起义，的确有点奇怪。

其实，若深入考察，则会发现，在所谓"盛世"的表象下面，掩盖着很尖锐的社会矛盾。永乐时因为"靖难之役"和"扫清漠北"的连年征战，以及迁都北京的浩大工程，致使国家财政不堪重负，山东堪为全国赋役负担最重的地区之一。老百姓苦难深重，如陷水火，这应该是唐赛儿造反的主要原因。

此外，欲揭"盛世造反"之谜，还应从元末的白莲教那儿找找线索。笔者从相关史书了解到，不仅韩山童、韩林儿、刘福通等"盗寇"是白莲教徒，其实大明王朝开国皇帝朱元璋，当年亦曾是白莲教的一员；而他一旦做了皇帝，立马对白莲教大开杀戒。若干年过去了，白莲教的火种并未熄灭，教徒们的起义斗争从洪武到永乐朝一直就没中断过。其实，就在永乐七年（公元1409），由"四天王"王金刚奴领导的白莲教起义才刚刚被镇压下去。故此无妨说，唐赛儿的这次起义，实际上也是王金刚奴起义的延续。

谜之五，是否真有"卸石寨"。

关于唐赛儿起义地点，《明史》和《明史纪事本末》都说是益都县（今称青州市）的卸石棚寨。但在今日的青州地图上，却找不到卸石寨这地名。笔者查询有关史料，见某当代学者考证，卸石棚乃"开采石料之石场"，然而讲不清该石场的具体位置。后来从青州老乡那里得知，卸石寨真有，就在城西南约六十华里的杨集乡一带。

上世纪70年代末，笔者曾亲赴杨集，爬上陡峭险峻的山麓，考察了洞顶村，以及附近的昭阳洞、仙人桥和蜡烛台。据说这儿就是卸石寨的南寨。此处居然还能见到义军当年留下的马道、旗杆眼和碓米石臼之类遗迹。有南寨必有北寨，然则北寨在哪？当地老乡说，在离此直线距离十华里左右的仁和水库附近。随之笔者又去仁和，攀上了老乡谓之"髻髻寨"的山头。"髻髻寨"，状如古代妇女的发髻，据说那便是唐三姐（即唐赛儿）的"髻髻"，故此山又称"唐三寨"。

老乡说，唐三姐就是这儿唐庄的姑娘。三姐当尼姑时，曾回家乡化过缘传过教，后又在此地泰和寺里设军帐。当然这都是传说。但山上确有蜿蜒的一道墙，乱石垒砌，紧贴崖壁，实实在在是防御用的寨墙。有一些垛口明显可见，使人想象到曾经搭架在这儿的弓弩。从《明史纪事本末》的记述来看，当年柳升率京营部队围困卸石寨时，围绕着山寨东门和汲道，曾有过大战恶拼。

但如今置身此中，竟弄不清哪是东门，更不见有何汲道。

在我们所站的位置，曾有清朝同治二年（1863）重修唐三寨时所立的一块石碑。此碑现藏青州市博物馆。后来笔者亲睹此碑，见其高 104 厘米，宽 58 厘米。因风雨剥蚀，字多漫漶不清，唯顶部横勒的"千古不朽"，及左边竖刻的"同治二年四月十六日建立"尚可辨认。

碑文透露了如下信息：一、唐三寨系由唐赛儿创修。二、山因寨而得名。三、倡议重修山寨者，乃李公福远（此公因避乱而进山居住，方发现此寨）。最重要的是第四点，即碑文后面，那些捐资或出夫的诸多庄村名字之中，出现了"石匣峪"三字。这使人联想到唐赛儿祭墓途中发现的那个神秘石匣。由此推测，是否此"石匣峪"，即因唐赛儿"石匣得天书"而得名呢？

谜之六，关于"妖术"和破"妖"的"法宝"。

唐赛儿在卸石棚寨揭竿之后，不久就打了一场漂亮的大仗。此战的对手不可小觑，他是青州卫指挥使高凤。按明初兵制，全国设五军都督府，其下各辖若干个都指挥使司、卫指挥使司、守御千户所和百户所。当然这都是职业化的"正规军"，这里并不包括各地巡检司所统领的"半脱产"的所谓"抢手"。青州卫的上属是山东都指挥使司（简称"山东都司"），再上则是中央的左军都督府。青州卫按规定应有五千六百人的编制，其长官称为"指挥使"，简称"指挥"。正职的卫指挥一般为正三品。

关于高凤，因《明史》无传，故无法获知他的履历；不过，在重视武功的永乐时代，能做到海岱重镇青州卫指挥使的位置，他一定有些来头。但这位高将军显然低估了他的敌人，而且也肯定缺乏对付"草寇"的经验。正如《女仙外史》所说，高凤"自恃善战"，麻痹大意，听说唐赛儿占据卸石棚作乱，便点起三千人马，于夜间三鼓，自为前锋，杀奔卸石棚寨而来……却不知不觉钻入了唐赛儿预先设置的口袋。

《女仙外史》在这里用的是"实写"手法。写义军利用山区复杂的地形，以诈败使高凤丧失警惕，然后派人假降，诱敌深入，终在九仙台下全歼凤军。

《明史通俗演义》也写了这次战斗。但与《女仙外史》不同，它用的多是"虚笔"。虽不交代赛儿如何布阵，如何派兵，笔下也并未出现义军的一人一马，但却通过高凤的眼睛（视角），发现"前面忽然来了无数大鬼，都是青面獠牙，张着双手，似蒲扇一般，来攫凤军。我们弄不清那些"大鬼"究竟是化了装的人形，抑或唐赛儿施展"妖术"而使官军产生的幻觉，但结果是毫无疑问的。那就是："凤军虽历经战阵，却从没有见过这般鬼怪，不由的哗噪起来"。此时唐赛儿的部下"董彦杲、宾鸿率众掩至，凤军不能再战，尽被杀害。凤亦战死"。

我们不能准确计算明军在这场战斗中被消灭的人数，但根据史料和"演义"估计，这该是一次成建制的消灭，不会少于两千人马。两千人马，包括主将，转瞬之间化为乌有，能不叹为奇迹！

在今天的青州泰和寺下，有一块新竖立的石碑，碑上刻有伟人毛泽东评价唐赛儿的一段文字："唐赛儿是明朝一个了不起的农民女英雄。她懂医道，能帮人看病，又能够打仗。打起仗来非常机智，善于声东击西。她的群众基础也很好，手下的宾鸿、董彦杲都很佩服她……"这是毛泽东1960年春天的一段讲话。当年上海京剧院排演新编历史剧《唐赛儿》，饰演唐赛儿的李玉茹为毛主席清唱剧中一段"娃娃调"，毛主席听后兴致大发，称唐赛儿"呼风唤雨撒豆成兵"，即席进行了饶有风趣的点评。笔者以为，六百年前这一带的自然环境，应该还保持着"原生态"，其既像仙境又似地狱，而那时人们的认知水平很低，比较愚昧，容易被"妖魔"的幻想所迷惑。窃以为，唐赛儿在卸石寨的胜利，其实是心理战术的妙用。

另外在《明史通俗演义》第二十九回，在说到"安远侯柳升及都指挥刘忠，率着禁卫各军前往山东"时，有山东及府州县各级官员"统来迎接"，且禀称"寇有妖术，不易取胜"。此时柳升冷笑道："古时有黄巾贼，近世有红巾寇，都是借着妖言，煽惑愚民……怕什么妖法鬼术？"说了一番"任它如何神奇，也不过什么伎俩，我自有法对待，诸君请看我杀贼哩"云云的大话。但柳升的所谓"法"，说来可笑，无非是"密令军士备着猪羊狗血，及各种秽物，专待临阵使用"而已。

接下来，柳升率军前进，途中遇着义军，当即接战。"忽见唐赛儿跨马而来，服着道装，仿佛一个麻姑仙，年龄不过三十左右，尚带几分风韵。两旁护着仕女数名，统是女寇子服饰。赛儿用剑一指，口中念念有词。突觉黑气漫天，愁雾四塞，滚滚人马，自天而下。柳升忙令军士取出秽物，向前泼去，但见空中的人马，都化作纸儿草儿，纷纷坠地。依旧是天晴日朗，浩荡乾坤，赛儿见妖法被破，拨马便走。寇众自然随奔，进入寨中，闭门固守……"

这段幽默有趣的文字告诉我们，在唐赛儿与柳升的初战中，侯爷的确战胜了"妖妇"；而他取胜的"法宝"，居然是猪羊狗血及各种"秽物"。今天我们也许觉得荒唐可笑，纯属蔡东藩的无稽臆造。但其实不然。须知六百年前，军队中还真的常备着猪羊狗血，以及包括女人"月水"（月经）在内的各类"秽物"。笔者翻阅明代兵书《武编》，发现在正规的军队里，不仅都有"避箭符箓"，而且还常备女人"月水"，以防随时出现的"妖气"。柳升以"秽物"破"妖术"，似乎完全可信。

然而，笔者进一步思考，又怀疑柳升制胜的"法宝"，未必是"秽物"，而也许是当时京营刚刚配备的"神机火器"。要知道，第一，永乐时代，火器刚用于实战，"神机营"破天荒第一次建立，而柳升则很"幸运"很"伟大"地成为了中国的第一位"炮兵司令"。第二，据明人沈德符《万历野获编》称：（火器）"实于文皇帝（即朱棣）平交址始得之。即用其伪相国、越国大王黎澄为工部官，专司督造，尽得其传"。柳升恰是平交址的大将军，让他的手下败将黎澄来督造火器，然后由他使用，说来也真是一种缘分儿。基于以上两点，柳升用火器破敌，是完全有可能的。

谜之七，关于诈降者和义军叛徒。

笔者注意到，柳升率京营出征之前，朱棣已经为这场"平盗"之战制定了明确的策略，那就是"困之"。而在"困"的过程中，要注意"断其汲道，防其走逸"，而且一定做到"昼夜勿怠"（据《明太宗实录》）。为什么这样嘱咐呢？因为朱棣对柳升太熟悉了。这位将军骁勇善战，不惧生死；却也有小缺点，就是性情有点急，再就是谋划方面稍显欠缺。但副总兵刘忠长于谋划，而临时参赞军务的山东布政使储埏老成持重，他们可以弥补柳升的不足。

于是柳升与刘忠分兵，分头包围了卸石棚寨的南北两寨，封锁了进出卸石棚寨的所有道路，并对义军有可能饮用的水源加意控制。估计柳升一定会按照常规，将这儿的地形图，以及敌我双方布营情况迅即报告远在北京的朱棣；因为随后不久，他接到了一条上谕，其内容为："贼凭高无水，且乏资粮，当坐困之，勿图近功"（据《明史纪事本末》）。然而，当时义军真的是既乏资粮又无水吗？

事实也许并非如此。一般来说山高必缺水，然而从笔者所了解的情况看，当年唐赛儿安营扎寨的地方，地势虽高，偏有泉眼、水潭，即便旱魃肆虐的季节也不见干涸；何况那个年头，雨水比今天丰沛，明的和暗的水脉也没有遭受破坏，因此说义军"无水"令人生疑。

但在围困了一些日子之后，义军有个叫耿童儿的人，忽然逃出山寨，跑到明军大营投降，并带来了一个重要情报，就是"食尽无水，欲取水道"（见商传《永乐皇帝》）。这情报印证了永乐皇帝的敕谕是何等英明！但殊不知这情报是假的，而耿童儿也并非义军叛徒，而是唐赛儿派出的"诈降者"。

说到这里，笔者还有个疑点：义军队伍里究竟有无叛徒？上世纪 80 年代出版的《中国古代史》和《简明历史小词典》，上面都有"由于叛徒出卖，唐赛儿起义最终失败"之说；然而在笔者所能看到的史料中，却找不到这方面的印证。

据有关史料，唐赛儿曾经两次派人到明军大营"乞降"，耿童儿是第二位。虽然史书未载其何许人，但笔者猜测，童儿者，可能是"童子兵"。因为年幼，他反倒容易骗过敌人。

对耿童儿是否真降，唐赛儿是否真要夺取东门水道，柳升及其部将、幕僚认识不一。刘忠认为他是"诈降"；但一向"老成持重"的储埏，此刻对童儿倒是深信不疑。储埏力劝柳升迅速调整兵力，一定控制住卸石寨外面的水道。最终柳升接受了储埏的建议，却中了唐赛儿声东击西之计。

耿童儿诈降之后，再无下文。唐赛儿起义被平定后，曾有一张被官府捕杀的义军头领名单披露于世，然而名单上并无耿童儿之名。他也许在混战中逃逸？也许早被柳升杀害？这皆有可能。不管如何，耿童儿这名字已经载入史册。

谜之八，关于"羊兵"的传说。

我们知道，柳升接受了储埏的建议，迅即抽调兵力，占据了卸石棚寨的东门水道。却不料，就在耿童儿乞降的当夜，都指挥刘忠把守的明军大营，却突然遭到义军偷袭。据《明史纪事本末·平山东盗》："夜二鼓，贼袭官军营，都指挥刘忠力战死。（另有史料称其混战中"中流矢死"。）时都指挥刘忠与升夹攻，忠身先士卒，几破贼垒。升忌其成功，更不救援，致忠力战而毙"。

刘忠因柳升"忌功"不救而死的说法，来自某朝臣后来弹劾柳升的一份奏章。然而笔者看来，事实未必如此。窃以为柳升不是不救，而是来不及相救。真实情况也许像笔者在小说《唐赛儿》中描述的那样：当柳升亲自带领大队兵马向卸石寨东门水道扑去之后，唐赛儿率义军主力则利用夜色掩护，顺着山谷迂回到刘忠留守的大营，打得明军措手不及。刘忠仓促接战，眼睛被流矢射中，然后被义军杀死。唐赛儿和她的部下，则如史书说的"遂得乘间遁去"了。

然而当刘忠遭袭仓促接战之时，柳升在做什么？

对此史书仅有"往据之"三字之答。但据此可以想象，那时柳升大部人马已经到达卸石棚寨东门附近，并抢占了有利地形，摆好了强弓硬弩，准备与敌决战，一鼓全歼。当刘忠遭袭的消息传来时，柳升不是无动于衷，而是不敢轻举妄动。因为他确信，唐赛儿几乎全部兵力都已集中到卸石寨东门，而刘忠那边，则不过是小股贼人骚扰罢了。

柳升何以有此"确信"呢？这一点史书没讲，但民间有一传说：夜近二鼓，柳升突然看到，在稍远处唐赛儿中军大营那儿，出现了一串火光，蜿蜿蜒蜒，上上下下，缥缥缈缈，明明灭灭，正鬼火似地向着东门水道这儿移动过来。当下便有军士窃窃私议：这定是唐赛儿施放妖法，撒出了纸人纸马。但柳升呵斥道：不得胡说！有扰乱军心者斩！于是所有明军将士都噤若寒蝉，眼睁睁盯着那串火光，不敢随便乱动。直到天色黎明，雾霭散去，柳升这才发现，他面对的"贼人"，竟然是一群山羊！山羊的每一只犄角上都绑着火把，而这就是那所谓的"鬼火"！

笔者将此情节写进小说之前，曾亲临卸石棚北寨考察，亲见一群山羊，正在刀削一般陡峭的山崖上吃草、攀登，其轻松悠闲之状令人难以置信。看来唐赛儿用"羊兵"迷惑柳升，虽是传说，亦有可信之处。

谜之九，尼姑和女道士劫难之后的故事。

唐赛儿突围脱逃，朱棣为之愤懑忧虑。于是"上以唐赛儿久不获，虑削发为尼，或处女道士中，遂令法司，凡北京、山东境内尼及女道士，悉逮至京师诘"（《明太宗实录》）。后来扩大检查范围，再发一道诏令："上惩妖妇唐赛儿诵经扇乱，遂命在

青州天缘谷景区新塑的唐赛尔像（作者供图）

外有司，凡军民妇女出家为尼及道姑者，悉送京师。"随之各地官府遂上下齐动，在全国各地前后逮捕了几万名尼姑和女道士。此事成为当时信佛妇女的一大灾难，亦为朱棣留下了千古笑谈。谷应泰曾毫不客气地将朱棣与东汉的袁绍和后晋的石闵相提并论，其于《平山东盗》卷末慨然叹曰：明成祖遍逮天下尼并奉佛妇女，就像当年石闵屠戮羯族人，凡多髯高鼻者皆诛，袁绍对付宦官，面不生须的格杀勿论一样，"玉石俱焚"，算什么事呢！

人们无法理解，永乐皇帝何以不择手段，一定要将唐赛儿抓获？这的确也是千古之谜。但倘若潜入永乐内心，即会发现，他实际上是把"妖妇"唐赛儿，跟"逊国"的建文帝一样，放在同样重要的地位上。怕他们威胁自己的皇位，故必欲捉拿归案。笔者以为，永乐在全国"明察"唐赛儿，与他派郑和、胡滢等"暗访"建文帝目的一样，不过手法不同罢了。

然而对朱棣来说非常遗憾：唐赛儿没能抓到，有关这位"妖妇"下落的传闻倒是纷纷扬扬，而且越传越是神奇。有的说：唐赛儿其实已被捕获。但她被绑缚于市，临刑之时，不知施了什么法术，使刽子手的刀刃根本不能伤及皮肤。官府无可奈何，遂将其押回狱中。不想怪事又来了！只见她手上的木枷和脚上的铁链，突然之间自行脱落，唐赛儿遂得遁去。还有的说：唐赛儿被捕后坐在槛车上，忽然对押车的军士说道："我快渴死了，请给我一杯水吧，阿弥陀佛！"军士见其可怜，遂去寻水。然而当其取水过来，却不见了赛儿的人影。

上面两条传闻不见正史，出诸明代文人笔下。这很耐人寻味。何以明代人对唐赛儿如此感兴趣？在他们眼里，唐赛儿到底是令人讨厌的妖妇，还是令人喜欢的英雄呢？

就在笔者撰写此文时，偶然翻阅到沈德符的《万历野获编》，发现其《妖妇人》一则中，作者不仅把唐赛儿的故事讲得津津有味，并且最后还发出了（赛儿遁去）"盖神人所佑助云"的感叹。

由此笔者想到，所谓"神人"者，其实就是千千万万的人民大众。正是人民大众"佑助"了唐赛儿，她才得以脱险，并在人民大众中永生。

窃谓历史上农民起义，其领袖人物命运无非两种：或被杀头，或被招安；故此我们听到的故事，往往以悲剧结束。但唐赛儿是个例外。她虽然也失败了，但没被抓住，反而跟封建王朝开起了玩笑，让不可一世的皇帝威风丧尽，徒留笑柄。

其实，她那也不叫失败。因为她狠狠教训了朱明王朝，至少让皇帝懂得，"小民"不可以随便糟践。事实上，就在朱棣亲自导演的"遍审尼姑女道"闹剧无法收场的时候，刑部郎中段民被任命为山东布政司左参政，他到任后别事暂缓，首先做的便是"抚定绥辑，曲为解释"（见《明史纪事本末》），拿今天的话说，就是安抚百姓，委婉地向朝廷解释百姓的难处，以便使局势安定下来。经过一番努力，山东"民情始安"，而永乐则借坡下驴，解除了"遍审尼姑女道"的荒唐诏令。

（原载《潍坊晚报》2015 年 11 月 8 日"人文潍坊"专刊）

第四辑　茶酒胜语

"酒儒"郑玄传奇

　　我不会酿酒，亦不善酒量，只是喜欢从文化的角度来欣赏酒，故自诩为"文化品酒师"。

　　我发现泱泱中华五千年的文明史，其实就是一部酒史，或曰酒文化史。倘将酒杯置于水上任其漂流，马上就会想起"滥觞"一词。且还会知道，这河里流淌的不仅是水，还有被称为"魔液"的酒浆。因之那层层叠叠绚丽多彩的浪花之上，就时常浮现出一个个一群群的"酒人"。他们或飞舸击水或踏歌而舞，而将一条大河搅得酒香四溢，弥漫和陶醉了整个的神州。

　　今日我品评的这位"酒人"，名叫郑玄，其字康成，乃汉末北海国高密县人。

　　提起郑玄，都知道他是中国经学史上的一代宗师，后世学者尊称为"郑君""郑公"者。其集汉代经学之大成，使注疏学达到顶峰，且开后世"义疏"之先河。刘勰认为郑玄释《礼》要约明畅可以为式，而戴震更谓康成先生之《三礼》注当与《春秋》并重。即便今天，我们在查阅《辞海》的时候，仍可看到许多字词的释义，是以郑玄注疏为依据的。

　　我们还知道，郑玄一生，经历非常坎坷。据《后汉书·郑玄传》记载，他年轻时做过"乡啬夫"（即管理诉讼或赋税的"副乡长"），既而入太学受业，之后负笈西行，游学关西，拜于马融门下。永康元年回到家乡，边种田务农，边收徒讲学。但没过不久"党锢"事起，玄因株连入狱。光和四年蒙赦出狱，即避开尘嚣，隐修经业。大将军何进闻玄之名，辟其入府。但玄无意仕途，第二天即逃之夭夭。北海国相孔融对玄深怀敬意，特"屣履造门"（拖着鞋子造访）拜访；且告令高密县，为玄特立一乡，曰"郑公乡"；特批郑玄宅居之地，可广开门衢，其门号为"通德"……

说到这里，可以进入郑玄的故事了。且说汉献帝初平二年（公元 189 年），风起云涌的黄巾军起义席卷了青州、北海一带。为避世乱，郑玄只好逃到相对安全的徐州，在南城山栖于岩下，潜心注疏《孝经》。建安元年离开徐州，踏上归乡之路。谁知刚刚顺着潍河流域，进入高密地界，突然间从杂树棵里窜出一伙强盗，持刀弄箭凶神恶煞般地拦住他的去路。

原来这是一伙黄巾军"游贼"，做的也许是拦路抢劫的勾当，但一旦弄清被劫者非是凡人，乃大名鼎鼎的郑康成时，"贼"们大惊失色，即丢下刀箭，朝玄纳头便拜，且保证"不敢再入高密"……

以上情节并非笔者杜撰。且看《后汉书》卷三十五："建安元年，（玄）自徐州还高密，道遇黄巾贼数万人，见玄皆拜，相约不敢入县境。"但遗憾的是，书上所记过于简略，远不及乡间传说丰富而有趣。千百年来，在潍河两岸，一茬一茬白须老者，都是一边喝着高粱酒，一边有滋有味地讲述："……且说劫道的黄巾贼，闻听来者非是别个，乃郑康成时，一个个纳头便拜，口称恕罪。然后贼首喊一声'取酒来'！随即取来一坛坛美酒，就要向郑公敬酒。却听郑公说声'且慢'！只见郑公先将酒液洒于地上，他说这是祭奠家乡热土；接着高擎酒盏，说这是感谢家乡父老；随后方与贼寇们互敬互答，一杯一杯畅饮起来。从日落西山直喝到第二天鸡叫。贼寇们一个个醉得东倒西歪，空酒坛子摞了如山一般地高，郑公却面不改色，举止文雅，显不出一丝一毫的醉态……"

当然上述故事出诸"野史"，其可信度难讲。但好在我们还有正史，即《后汉书》。其《郑玄传》讲到：玄自徐州回乡不久，大将军袁绍闻讯，即派使者赴高密，力邀郑玄来冀州"做客"。玄到冀州那日，绍大排盛宴，隆重欢迎。宴会上陪酒宾客甚多，峨冠博带者济济一堂。只有郑玄一袭布衣，且最后出场。但袁绍偏对他高看一眼，破例"延升上坐"……

《后汉书》写到此处，笔法忽由叙述转为描写，称郑玄："身长八尺，饮酒一斛，秀眉明目，容仪温伟"。短短十六字，内容相当丰富，不仅赞美了玄之形容风度，且说到其惊人酒量。按古代一斛即十斗，一斗即十升，而东汉时期的一升，约合今公制 0.1981 公升；故此可说，时年七十二岁进入古稀之年的康成先生，其酒量应在 20 公升上下。虽则彼时之酒含酒量低，与后世"烧酒"不可同日而语，但一次能饮 20 公升，确是不小的酒量。

说到此处，我想起前不久在郑玄故里采访时，当地老乡曾说，郑玄喝酒，或许腋下或脊沟里不断地淌汗，此即所谓"酒漏者也"。据说潍河两岸，乡人承袭了郑玄遗风，或者"基因"，几乎每村都有个把"酒漏"。而这些"酒漏"，也叫"酒篓"，简直永远都不会"装满"。他们可以从早到晚喝个没完，其酒量没法精确计算。

然而酒量大者，世间并不鲜见。据我所知，比郑玄稍晚的另一"酒人"，即"酒鬼"刘伶，其自称"一饮一斛，五斗解醒"。但郑玄饮酒，"容仪温伟"，头脑清醒，始终保持儒者应有的礼数与风度；而刘伶饮酒，不喝则已，一喝即醉，以至酒后裸身，"吐血废顿"，严重伤害了身体（见《世语·任诞》）。由此可见，郑、刘同是"一斛"，却不是一样酒量，更不是同一级别。

而还是这场宴会，座上宾客"多为豪俊，并有才说"，其心存嫉妒，借酒发"难"。于是"竞设异端，百家互起"——纷纷提出些疑难甚或刁钻的问题，连珠炮般地射向郑玄。然而郑玄"依方辩对，咸出问表"，使席间群儒"皆得所未闻，莫不嗟服"。其中一位袁氏幕僚，也算是当世名士，此刻忽然站起，向郑玄作揖道："在下应劭，字中远，故泰山郡太守。今欲拜先生为师，北面而称弟子。若何？"不想郑玄微微一笑说："仲尼之门，考以四科，回、赐之徒，不称官阀。"——其意是说，像颜回、子贡似的的孔门弟子，从来都不屑于什么官职的，而你却念念不忘曾经做过的太守之位！怎么好意思进入"仲尼之门"，而我又"岂敢"收你为徒呢？……弄得应劭面带惭色，怏怏而退。然而袁绍大悦。于是"举（郑）玄为茂才，表为左中郎将"。后朝廷以公车征玄为大司农，并给安车一乘，诏"所过（路途）长吏迎送"；但郑玄并未到任。其假托有病，"自乞回家"。

此据南朝宋刘义庆《世说新语》所注引的《郑玄别传》：在郑玄返回家乡前夕，袁绍又安排一次宴会为他送行。文中提到："袁绍辟玄，及去，饯之城东，欲玄必醉。会者三百余人，皆离席奉觞……"这又是一段精彩文字。它看上去平平常常，轻轻松松，其实"欲玄必醉"四字里埋伏着杀机，闪烁着刀光剑影！

笔者读史至此，忽然想到《诗·小雅·宾之初筵》有云："凡此饮酒，或醉或否，既立之监，或佐之史。"原来，古时朝廷或权臣摆宴，往往特命"酒监""酒史"，让其遵照一定法则，以维持酒场秩序。袁宏道在《觞政》里也曾讲到："凡饮，以一人为明府，主斟酌之宜。……以一人为录事，以纠座人。"此处"明府"者，指的是郡守一级官员，也就是"酒监"；而"录事"亦即"酒史"，乃"酒监"之"佐"，分明就是助手了。且不论"酒监"权力大小，单就"酒史"而言，因摆筵主人赋予他"以纠座人"之职责，则其完全可以在酒场上威风凛凛，甚至为所欲为。倘某位酒客违反了饮酒"规则"，礼数上出现差错，他很可能惹来杀身之祸，而被"酒监""酒史"当场"明正典刑"。

此类例子可以随手拈来。譬如，吕后掌政的西汉初年，在某一场宫廷盛宴上，临时担任"酒监"的朱虚侯刘章，竟敢瞒着吕后，将某位皇戚重臣以"逃酒"论罪，斩首于宫门之内。而比这稍晚些时日的三国时期，在东吴暴君孙皓的宴会上，又不知有多少不胜酒力的官员，仅因为达不到"饮酒七升"的限数，就"辄见收缚，至于诛戮"。据此可以猜测，这场在冀州治所邺城东郊所举办的"饯行宴会"，康成先生一定凶多吉少。既然他们"欲玄必醉"，那么轻者，玄将因醉出丑；重者被"酒监""酒史"挞伐，甚或拉出帐外"正法"。

那么，"饯别宴会"结果究竟如何？

据《郑玄别传》记述："自旦及暮，度玄饮三百余杯，而温史之容，终日无怠。"由此可知，宴会从早晨一直持续到黄昏。郑玄先生共饮酒三百余杯。而"酒监"或"酒史"认真负责地"度"了郑玄饮酒的全过程，发现不论是"酢"，抑或是"酬"，其杯杯不拒，滴酒不留，循规蹈矩，举止儒雅，确如《诗经》说的"色酒如也""言言斯也"。总之郑玄丝毫显不出疲倦或怠慢对方的意思。袁绍等人实在拿他没有办法。只好送他上车，目送其高大的身影渐渐远去，融入夜色。

以上就是郑玄"日饮三百杯不醉"的故事。

故事早已结束，但余音袅袅，此后一千九百年间竟一直不绝于耳。据我所知，后世好酒文人多以郑玄为楷模，对其崇拜得五体投地。譬如李白，著名诗篇《将进酒》："烹羊宰牛且为乐，会须一饮三百杯"，此"一饮三百杯"，指的无疑就是郑玄。

而明代大文人袁宏道，亦是郑玄崇拜者。其于《觞政·九之典型》中，对有汉以来著名"酒人"（袁称之"饮徒"）做了概括性论评："蔡中郎饮而文，郑康成饮而儒，淳于髡饮而俳，广野君饮而辩，孔北海饮而肆……"毫无疑问，袁对郑的评价，肯定是依据了上面的典故。

郑玄不仅能饮，酒量大，是"日饮三百杯"而愈显儒雅的"酒儒"，且还是对酒有着深层研究的文化学者。此文姑称之"酒文化专家"。

至于郑玄先生如何对酒进行"理论性探讨"，有哪些"实践活动"，鉴于时代迢远，资料匮乏，今已无法细考。尽管如此，似仍可从有限的故纸堆中挑拣出只鳞片爪。

譬如，新近出版的王鲁地先生《中国酒文化赏析》中，《两汉名酒润人心》一节，在介绍"宜城醪"这种汉代名酒时，作者谓宜城醪"一曰泛齐"，并说"汉代郑玄注曰：'泛齐者，成而滓浮，泛泛然如今宜城醪矣。'泛齐是周朝供祭祀用的高级酒，郑玄把泛齐与宜城醪相提并论，可见宜城醪的醇美。"从这段文字可以推断，郑玄不仅品尝过宜城醪酒，且也亲眼见过或亲手酿制过宜城醪。更不消说，他也一定研究了《周礼》中的《天官·酒正》。而且他还发现，原来古人许多礼仪，其实就是"饮酒"的礼仪。

此后他以"饮酒"的视角进入"礼仪"。然后左探右考，上下求索，孜孜矻矻，乐此不疲。于是在其著作中，就出现了"酏，今之粥也"，或"进酒于客曰献，客答之曰酢，先自饮乃饮宾为酬"如此之类，关于酒礼的大量文字。

而当康成先生一手把酒，一手握笔，在书海耕耘之时，他又有一"意外"发现：家乡的酒不仅味道醇美颇适喉胃，且能激活脑髓，去疲发神。惟其如此，他就更爱故乡。然而不曾想到，当他拒绝了袁绍挽留，归心似箭一路风尘终于又回到家乡时，却遗憾而惊异地发现，他已不能在这片土地上活得太久。

袁绍将郑玄"邀"至冀州之后，"乃举玄茂才，表为左中郎将，（但玄）皆不就。（此后朝廷）公车征（玄）为大司农，给安车一乘，所过长吏送迎，玄乃以病自乞还家"。（《后汉书·郑玄传》）

范晔惜墨如金，以寥寥几十字，包含了复杂内容。据笔者考证，举郑玄为茂才，并"表"其为左中郎将的虽是袁绍，但"公车征（玄）为大司农，给安车一乘"的却另有他人。笔者以为该是曹操。彼时曹操已将献帝迎至许昌，此后"挟天子以令诸侯"，凡朝廷重大决策俱系曹氏安排。但曹操少年时的玩伴、现盘踞于冀州的袁绍，却偏不把"阿瞒"放在眼里。于是中原大地就成为袁、曹"逐鹿"之处。袁、曹为自身利益，都亟需人才，其佼佼者如郑玄之流，无疑就成为争夺对象。郑玄思来想去，最终决定既不倚袁，亦不倚曹，回归家乡，厮守老屋，继续经学事业。但"圣命"（曹操之命）难违，袁氏亦不敢得罪，无奈"以病自乞还家"。

然则他是否真的有病？从上述史书记载来看，郑玄在袁绍处能"饮酒一斛""日饮三百余杯"不醉，说明此公身体不错。但毕竟已入古稀，其身体各器官已然老化，不定哪天会出问题。果不其然，在他回乡不久，即患上重病，卧榻不起。是时潍河两岸已桃红柳绿，但郑玄却感觉秋风肃杀。某一日，梦见孔子曳杖提酒过来，要与他对饮。酣饮之际，孔子忽然说道："起，起，今年岁在辰，来年岁在巳。"话说得没头没脑，是何意也？醒来后做了卜筮，才晓得命中注定，他已病入膏肓（据《后汉书·郑玄传》）。但是他周围的亲人却并不迷信卜筮，都认为他不过是一时之灾罢了。因之延医问药，百般调治。然而天有不测风云，就在他病情见好的时候，突然间来了一队车马，冲进通德门，凶神恶煞般将郑玄从病榻上拖起，然后不由分说，将其塞进轩车飞驰而去。

这伙"绑匪"，其实是袁绍长子青州刺史袁谭的部下。原来，郑玄在家乡养病期间，袁绍与曹操正在官渡一带排兵布阵，一场决定中国命运的大决战即将开始。此时袁绍截获了一条密报，获悉曹操正派人与郑玄秘密接触。他不想让郑玄进许都加入曹氏集团，只好出此下策，令袁谭到郑公乡抢人来了。

接下来的故事，正如《后汉书》所说：袁绍"逼玄随军"，玄"不得已载病到元城县（今河北省元城），遂疾笃不进，其年六月卒，年七十四"。由此看来，郑玄是因病致死。究竟何病，史书未明。但"逼玄随军"四字，说明病人是被强迫随军而死在征途上的，此足证袁绍之"逼"，至少是郑玄之死的次要原因。

说到郑玄真正死因，当时就有传言，称其被袁绍毒害。譬如远在许都的曹操，即表示出对袁绍的极大怀疑。据鲁迅先生在《而已集》中所说："曹操做诗，竟说是'郑康成行酒伏地气绝'，他引出离当时不久的事实"。先生这话令笔者大发兴趣，遂又查到《三国志·袁绍传》，在裴松之注中见有如下记述：

"《英雄记》载太祖作《董卓歌》，词云，德行不亏缺，变故自难常。郑康成行酒伏地气绝，郭景图命尽于桑园。如此之文，则玄无病而卒。"

从中可以看出，曹操认为郑玄本无病，他是在"行酒"过程中"伏地"猝死的。故此"无病而卒"，内中大有玄机，说穿了就是袁绍在酒宴上不择手段将郑玄害死。鲁迅觉得曹操讲的是事实，而笔者也这样认为。果然如此，则其死因无非两个：一是酒中投毒，而是郑玄本人饮酒过量引发疾病。不管哪个原因，终归人是死在酒宴上的，故做东的袁绍难逃罪责。

但曹操诡谲狡诈，世所公认，故又焉知此话不是他故意编造，意在栽赃袁绍呢？

不管怎样，我们总可以想见，毕生致力于经学的伟大"酒人"郑康成先生，在其弥留之际，一定会念叨着孔子那句"死生有命，富贵在天"的名言；也一定会以他对"三礼"的权威性见识，体味到人为刀俎，我为鱼肉，他只是人们"供案"上的"牺牲"而已！

（选自作家出版社《潍坊历代酒文化名人》）

借酒整人和以茶代酒

—— 从孙权、孙皓祖孙的酒风说起

　　中国向称礼仪之邦。古人重礼好客，而款客的方式，又多半是举办酒席。但俗谓"酒场如战场"，借酒杀人的事例数不胜数。近读《三国志》，见《吴书》有几段文字涉及孙权、孙皓祖孙的酒风，很有意思，研究一下，对纠正今天"酒场"的风气似有裨益。

　　第一段，据《虞翻传》："（孙）权既为吴王，欢宴之末，自起行酒，（虞）翻伏地阳醉，不持。权去，翻起坐。权于是大怒，手剑欲击之，侍坐者莫不惶遽。唯大司农刘基起抱权谏曰：'大王于三爵之后手杀善士，虽翻有罪，天下孰知之？且大王能容贤畜众，故海内望风，今一朝弃之，可乎？'权曰：'曹孟德尚杀孔文举，孤与虞翻何有哉？'基曰：'孟德轻害士人，天下非之。大王躬行德义，欲与尧、舜比隆，何得自喻于彼乎？'翻由是得免。权因敕左右，自今酒后言杀，皆不得杀。"意思是：孙权做了吴王，在一次庆祝宴会的末段，他站起来依次斟酒。来到虞翻面前时，翻趴卧地上佯装已醉，故意不拿酒杯。孙权走过去了，虞翻再起身坐好。孙权一看，这不是戏弄我吗？于是大怒，拔出剑来要砍他。宴会上陪坐者见状，无不惊慌失措。此时唯独大司农刘基冷静，急忙起身，抱住孙权，劝谏说："大王啊，按酒席上的礼节，'三爵'之后，虞翻如果真的不胜酒力，他不必一定再饮酒。当然了，他假装喝醉，这是对主上的不恭，肯定有罪，但这事儿天下的人都能搞清楚吗？再说了，大王您一向宽宏大度，能容纳广大的贤士，故而四海之内人皆知之。可是您今天想把这种美德丢弃了，这难道可以吗？"孙权说："曹操能杀孔融，难道我就不能杀虞翻吗！"意思是，虞翻虽有小才，可比孔融不行，而我呢，比曹操也差不到哪里去吧？所以曹操能杀孔融，我就能杀虞翻。然而刘基又说："曹操这个人哪，其实轻视士人，动辄加害，这一点天下人都是不以为然的。而大王您呢，从来都是亲身践行德义，完全可以与尧、舜相提并论的，今天您怎么自己拿曹操这样的人作比喻呢？"孙权冷静一想，刘基说得还真有道理，于是就赦免了虞翻，并且下令说：自今日起，凡是我在酒后下令，说要杀某个人，那并不是我的真意，你们都不要执行啊！

我们知道，发生这件事的时候，正是孙权的事业上升期，彼时他还能严于律己，懂得人才的重要性，也能听得下臣下的批评意见；但到了晚年，孙权变得昏昏然不知其所以然了。《三国志·吴书·孙权传》评论他"性多嫌忌，果于杀戮，既臻末年，弥以滋甚"。裴松之则以为，虽则孙皓是亡国之君，江山断送在皓的手里，但他的爷爷孙权其实也应该负有责任。如果当初孙权不废掉贤惠的太子孙和，那也就不会有后来的暴君孙皓。

孙皓的暴虐令人发指。别的不说，单说他在酒宴上的表现吧。《三国志·吴书·孙皓传》载："皓每宴会群臣，无不咸令沉醉。置黄门郎十人，特不与酒，侍立终日，为司过之史。宴罢之后，各奏其阙失，迕视之咎，谬言之愆，罔有不举。大者即加威刑，小者辄以为罪。"就是说，孙皓每次宴会群臣，所有的人都必须喝得大醉，不醉不行。他为此特别设置了十位黄门郎，让他们不得喝酒，一整天站在酒席旁边，别的不干，专门负责考究有过失的官吏。不是说酒后吐真言吗？那么言过有失的官吏，小辫子就被他们抓住，他们就上报给孙皓，孙皓即根据其罪愆之大小，给予严厉的处罚，最重者甚至可以砍掉脑袋。这种利用喝酒考察干部的办法，是不是孙皓的首创，笔者不知，但笔者知道，它为后来的社会风习，官场制度，的确起到了很坏的示范作用。

然而有意思的是，孙皓这个用喝酒的办法来管理和惩罚官员的暴君，有时也能网开一面，宽容极个别确实不能喝酒的人，并且开创了"以茶代酒"的先例。这一点聪明之举似乎前无古人，至少胜过了他的爷爷孙权；同时也为今天的我们，在酒场上拒酒、逃酒，提供了强有力的"事典"根据。

这是《三国志·吴书·韦曜传》里的一段记载。说的是吴王孙皓每宴群臣，"无不竟日"，且座客无分酒量大小，"率以七升为限"。倘酒量不行，喝不足七升，那就对不起了，必须"浇灌取尽"，即按着脖颈强灌下去（这种"浇灌"的酒习，在今天某些地方似还存在）。然而有一位侍中，名叫韦曜，"素饮酒不过二升"，竟也能轻轻松松地完成七升的"任务"。此何故也？原来，在宴会进行期间，侍者早已遵照孙皓的指示，偷偷地将韦曜的杯子里换成了茶汤，这样才让他免受了醉酒之苦。这大概就是"以茶代酒"在史册上最早的记载了。根据这一点，我们就不应该将孙皓全盘否定，他在史册上毕竟还留下了这么一点小小的闪光的东西。

如果说韦曜"以茶代酒"还只是偷偷地进行，那么稍晚些时间，到了东晋，在陆纳和桓温所举行的"清茶宴"上，可就是光明正大的雅事了。其时陆纳官居尚书，而桓温则位晋大司马，此二人位高权大，炙手可热。当官场大事奢靡风行盛宴的时候，他们待客却仅仅是清茶一杯，鲜果数枚而已。这种清廉节俭之举遂成为一时之美谈。再后来，到了唐宋，饮茶之风益盛，不分宫廷民间，茶宴茶会随处可见，"以茶代酒"不仅为人们普遍认同，甚至还格外受到赞美，从而被上升到了一种很高尚的境界。这真是时代的进步啊！由是我想，在二十一世纪的今天，何妨学学古人，将"以茶代酒"推而广之，让它风行齐鲁甚至全国呢？

这篇小文的最后，请允许我借用唐诗僧皎然的两句诗："俗人多泛酒，谁解助茶香？"且让我们一起来领略那无与伦比的茶香吧。

2017 年 5 月 10 日于乐天斋

酒镇怀古

怀古，最好在深夜，在酒后。

万籁俱寂，清风习习。一个人游走在黑暗的街路上，像一只蝙蝠，或一条鱼。这时候不见了汽车，不见了霓虹，也不见了电视和手机。倒是有幽幽的几声狗吠，有烧荒的几簇烟火，也似有若无的缕缕酒香……总之，一切都回到了古代。此时，你仰望浩渺的夜空，就觉得灵魂已脱离了肉质的躯壳，而变为一只流星，正飞入神秘的苍穹，去拜访冥冥中我们的先人。

此刻，我知道，我脚下这座叫做侯镇的古镇，处于潍弥平原，属于温湿地带的季风区域。在无法确知的若干年前，当生物沿着进化之轨迹由海洋走向大陆，人类由噬毛茹血之野蛮走向刀耕火种之文明的时候，这里已被开发成了东夷人的发祥之地。我们的先人，已开始在这里制陶，在这里熬盐，在这里稼穑，在这里酿酒。

最新的考古成果证明，距此不远处，即有全世界最最古老的盐场，这当然是值得我们高兴的，因为人之所以为人，也许正是从懂得食盐开始的。但是，难道我们仅此一点就值得骄傲吗？不是的，当然不是的。请翻开史册，你马上就可以晓得，这里，就是侯镇一带，还应当是我们中华民族最早最古老的酿酒地之一。

那么，我们的先人是从何时开始酿酒的呢？这个问题，说实话真太刺激我的兴趣了。于是，我开始翻弄大量的古今书籍，企图从汗牛充栋的文献中找到答案。然而遗憾，关于酒之起源问题，时至如今好像也没个详细准确的说法。有的说最早的酿酒人乃是仪狄，有的则说是杜康。其实，按照东汉人许慎在《说文解字》

里的说法，应该是："古者仪狄作酒醪，禹尝之而美，遂疏仪狄，杜康作秫酒。"此意何也？原来，禹王的大臣仪狄（也有种说法，仪狄是禹的女儿），曾经实验性地制作出了一批酒醪，进献于禹，禹品尝后觉得味道甚美，遂下令继续制作。之后，杜康接过了仪狄的事业，继续前进，又制作出了秫酒。

酒醪，是带渣的酒；秫酒，则是过滤了的清酒。如果许慎的说法没错，那么，我们中国的酒的发明（或发现）者就应该是仪狄。可是说也奇怪，几千年来，人们一直以为"酒神"就是杜康，连魏武帝曹操也直喊"何以解忧，唯有杜康"，遂使得"杜康"成为了酒的代名词。此何故也？仔细琢磨，或许是杜康的贡献至大，成果至著，压过了仪狄的名声之故。大概在杜康造酒的那个时期，酒的制作工艺才基本成型，酒的品质也越来越好，与此同时，酒这种神奇的饮品也在社会上推广开来。若果如此，那么"酒神"之桂冠加在杜康头上是绝对不会错的。

杜康，也称少康，乃夏后相之子，夏朝的第六代君王。据《左传》记载，在距今约四千年前，当相失国之后，帝后缗肚子里怀着少康出逃有仍。后来，少康又随其母逃奔有虞，在有虞那里带兵行政，得到了极大的锻炼。又据寿光市地方史研究专家赫德英、张立军考证：少康随其母迁居到斟灌国，在今寿光东北四十华里，距侯镇约十几里的地方，联合旧臣伯靡，杀死作乱的寒浞，夺回了夏朝丢失多年的政权。从那时起，少康在这一带布政谋德，鼓励农桑，五味调香以养口，丝竹之乐以养耳，隽秀文章以养目，于是乎，渐渐地就有了史册所谓的"少康中兴"。根据赫、张二人的考证，再结合上面《说文》的说法，那么，我认为少康（杜康）应该就是在侯镇附近这块土地上，开始了造秫酒的创举，从而使自己成为了酒业的始祖。因此我们可以说，侯镇乃是中国曲酒的古老故乡，而以侯镇人为代表的东夷族，乃是中国造酒业之"先驱"。

但是，中国造酒的历史其实更早。大量的考古成果证明，至晚在"五帝"时期，或者说新石器时代晚期，我们东夷人就已经发现了酒，并且把造酒的工艺弄得近乎完美了。

信不信由你：公元一九五七年，在距离侯镇并不太远（大约一百公里）的南方，即古镇景芝的古墓里，考古人员发掘出了一只制作极其精美，可以说美奂美仑、巧夺天工的"蛋壳陶"酒杯，那就是后来被称为"大舜陶"的代表性杰作。不消说，这只完整的"大舜陶"酒杯石破天惊地引起了轰动，也使我们这些属于东夷族的大舜后人激动得热泪盈眶，手舞足蹈；然而很少有人注意到，与"蛋壳陶"酒杯同时出土的，还有缸（亦即大口樽）、豆、鼎、鬶、盆、罐等一整套酿酒的器具。请注意那只陶缸：其上部有颈，腰围圆鼓，底小而平，因之既容易封口，又便于埋在地下，于是乎避免了杂菌之入侵，同时又造成了利于发酵的"厌氧"条件。你瞧瞧，我们的祖先是多么地聪明呀！智商是多么地高呀！

其实，"大舜陶"酒杯以及其他的陶制酒器，不光景芝镇有，在侯镇，就是宏源酒业的附近也有。什么陶瓮、土陶盆、土陶罐之类，就我现在站着的地方，当年可以说俯拾皆是。何以如此？答案倒也简单，因为侯镇和景芝镇人，都是大舜的后代，大家都一脉相承薪火相传地沿着制陶、酿酒的路子走下去，一直走到了五千年后的今天。今天，我们又从侯镇老乡那里了解到，汉末的北海相孔融曾经在侯镇如何如何地实行酒政，唐代的李世民又是如何如何地在东征高丽时以酒破冰，从而顺利渡河……如果说李世民的事情只是传说，未必可信，而乡贤贾思勰的农业大著《齐民要术》，那可是毋庸置疑的。就是这位贾公思勰，在官帽丢开之后，两脚插在了少康经营过的这片土地上，心无旁骛地研究农事，并且挖掘了少康造酒的古法，再糅进乡民酿酒制曲的经验，而后写下了九种"神曲"制作及四十一种曲酒的调和勾兑要术。今天我们研读《齐民要术》里有关造"神曲"的文字，发现它们并不仅仅是工艺技术的记录，而且是一种神秘文化的艺术展现。

说实话，曲，不就是一些极其普通的植物果实碎屑的组合吗？但在古人眼里，那可不得了！它里面可是附着神的意志呢！因此它就成为了神的使者，于是凡间的人们就应该视之为"神曲"。你想制造"神曲"吗？那就必须选取某个吉日，使童子（而不是女孩）着青衣（而不是其他颜色的衣服），趁日未出时，密嘱其如何操作。而且还要制作"曲人"，假置"曲王"，供以酒、脯、汤饼。然后由主人三读"祝文"，率众而拜。其"祝文"曰："东方青帝土工、青帝威神，南方赤地土工、赤帝威神，西方白帝土工、白帝威神，北方黑帝土工、黑帝威神，中央黄帝土工、黄帝威神，某年、某月、某日、某辰，敬启五方五土之神：愿垂神力，勤鉴所领，使虫类绝迹，穴虫潜影……人愿无违，希从毕永。急急如律令！"——你瞧瞧，这番仪式，多么地庄严隆重呀！

说到这里，我们又扯到了文化这个字眼。毫无疑问，在若干年前，东夷人的确曾经代表着中华民族最先进的文化。我这样说的根据之一，就是《后汉书》上所记的："东夷率皆土著，喜饮酒歌舞，或冠弁衣锦……"这说明几千年前的东夷人，就能戴着高级的皮革帽子，穿着华丽的锦缎衣裳，然后大家一起纵情饮酒，载歌载舞了。你瞧瞧，咱们的老祖宗活得多么潇洒呀！那时候咱这一带的物质文明和精神文明，已经达到多么高级的水平了呀！

另外，《后汉书》还说，此地的人们"天性柔顺，易以道御"，故而夷有君子之国、礼仪之邦的美称。于是乎，连孔老夫子都敬之羡之，居然一度萌生了迁居东夷的念头。可以说，在"礼崩乐坏"的年头，大概只有咱们这里仍是一方圣土。想到这里，难道你不觉得作为东夷人的后裔，实在是一种神赐的福气吗？

说实话吧，当我读史至此，真的无比激动。想到虞舜也是东夷人，且他的家乡就在景芝南面的诸城，距少康经营过的斟灌也并不远，那么毫无疑问，我们都是舜和少康嫡传的后代，我们身上都遗留着舜和少康的基因。怪不得这一带酒业发达、文化昌盛呢，原来如此。我这回可是找着"老根"了呀！

我这人虽不善饮酒，但喜欢品酒 —— 品味酒液中的文化因素。就像今夜吧，在喝过了几口宏源老酒之后，别人呼呼大睡，我却依着习惯，悄悄地走出去，选一干净地场，仰望星空，傻傻地"回味"。在"品味"了少康、贾思勰之后，蓦地又想起两位古人，就是仓颉和后羿，说起来也算得上我们的"老乡"吧。仓颉该是我们汉字的发明者，却不知"酒"字是不是由他亲手刻定？说到"酒"字，古时本为"酉"，其字形酷似一只储酒的陶瓮。这种陶瓮，我们东夷人生活的地区，以往不知出土了多少，直到今天，侯镇的宏源酒业好像仍在使用。仅此一点就可证明，我们中华民族的文化传承，真的是五千年来一以贯之的呀！

至于后羿，在民间的知名度好像比仓颉要高，但我们有时却搞不清他究竟是人抑或是神。综合《左传》《史记》等史籍所提供的资料，后羿亦称羿，是典型的东夷人。他曾代行夏政，却不修民事，淫于游射，更因错用了寒浞，而闹得国破家亡。然而在《山海经》和《淮南子·本经训》里，羿却变成了"神性的英雄"，他受尧之命，上射十日下杀猰貐，使天下太平而万民皆喜。而《淮南子·览冥训》以及《楚辞》的《天问》篇，则又将羿进一步神化，并且增加了羿妻嫦娥（亦称姮娥）这个美丽角色。今天，当我们面对皓月，向孩子们讲说"嫦娥奔月"的时候，可曾想过，嫦娥就是从咱家乡这儿冉冉升起的吗？

如果进一步探究，你就可以推定：羿和嫦娥的故事一定与酒有关。因为酒这神奇的饮品，从它诞生的那天起，就具有了好和坏的两个方面。羿能弯弓射箭，那是酒的魔力；他淫于游射不修民事，也是酒的祸害。至于羿从西王母那儿弄来的不死之药，没准儿就是天酿的神酒，可惜羿没来得及享用，倒是让嫦娥赚了"便宜"。嫦娥饮了神酒，固然能升上月宫，尽享天堂景致，殊不料从此漂泊云间，失去了在大地上做一个凡人的乐趣。咳！这就是物之两极，这就是辩证法呀！

今夜此时，我仰望星空，品味美酒的时候，不能不惊叹我们先人的想象力和创造精神。五千年前，他们就发现了酒这种"神药"，进而企图利用酒的神力，升上月球，为人类开发出另一片适于生存的疆域……然而想到这里，您难道不为今天的我们，即二十一世纪东夷人的后裔，或多或少地有点儿难为情吗？

是的，当我的思绪从迢远虚渺的星空，拉回到目前立足的方寸之地，突然间居然心生愧赧。说实话，不管你承认与否，我们都应该好好检讨，是不是先人的基因在许多人身上正一点一点悄悄地退化消失了呢？譬如说，今天的我们——当然也包括鄙人在内，是不是已经缺失了远古时代我们先祖所具有的神奇想象力呢？

就像今夜吧，我们能否独坐石台，摒除杂念，像我们的"老乡"仓颉那样，仰观众星排列，俯察龟甲鸟迹，摩画着，想象着，锲而不舍地创造着中国的文字呢？

为此我又想到了南怀瑾先生。他在讲解庄子《南华经》的时候，曾感叹今人之胸怀不能如古人之宏阔，想象亦不能如古人之锐利丰富，因此我们便不能如古人那样的"逍遥"，那样的沉潜飞动，遨游于天地之间。之所以如此，是不是因为我们受物欲所累，庸庸碌碌，苟苟且且，生活得过于"现实"，缺少了应有的"浪漫"，而令我们背负沉重，纵然展翅却不得飞翔呢？

……想到这里，我就更喜欢深夜，更喜欢酒后了。

因为是深夜，就能使你的心灵容易变得纯粹；因为是酒后，就能使你的血脉贲张，思想之翼即如鲲鹏之翅"怒"而飞扬。于是野马也，尘埃也，生物之息相吹也……我们如庄子般"逍遥"了起来，想象力自然也丰富了起来。须知想象是创造的引擎，没有想象也就谈不上有什么创造。一个人如此，一个民族同样如此。如果我们的想象力能达到甚至超过了仓颉、后羿或者酒神杜康的水平，那么我们中华民族的复兴，自然也就为时不远了！

2015年深秋于乐天斋

诗酒东坡

　　如果说诗文是苏东坡的生命，那么酒呢，至少是他生命的一部分吧。

　　据东坡自己说，他每天都得饮酒，"未尝一日不把盏"，"殆不可一日无此君"（《饮酒说》）。他认为，像他这样嗜酒的人，"一日无酒则病，一旦断酒，酒病皆作"。（引文同上）因此，生活中缺了衣服可以，缺了酒，则不行（"聊欣樽有酒，不恨室无衣"）。

　　东坡好酒，却非海量。

　　他承认："我饮酒至少，常以把杯为乐"（《和饮酒二十首》）；而且，对酒的好坏他也不太在意，休管酸甜甘苦，只要能"醉人"，则便是佳酿（苏轼《饮酒说》）。

　　东坡所谓"把杯为乐"，此"乐"字，他可以解释为"不醉亦不醒"的状态。而且，他还可以告诉你，"酒阑时，高兴无穷"（《行香子》）。何谓"高兴无穷"？这就只可意会未可言传了。

　　屈原饮酒为求索，曹操饮酒为解忧，陶潜饮酒为寻求世外桃源，那么苏东坡呢？

　　东坡认为，饮酒有利于思考人生，醉中往往可以寻得出路。他有一首《醉睡者》，内涵的哲理极是深刻："有道难行不如醉，有口难言不如睡。先生醉卧此石间，万古无人知此意"。

　　他又认为，"光阴须得酒消磨"（《浣溪沙·述怀》），饮酒当然可以打发痛苦或无聊的日子。因之在"昨夜霜风先入梧桐"，令人心情特别不好的时候，完全可以"都将万事付于千钟"，而

休管它"酒花白""烛花红"呢！（《行香子·秋兴》）

他还认为，饮酒可以使人去伪存真，恢复本我。曾说，"我观人间世，无如酒中真"。所以，他向往着在那"清夜无尘月色如银"的日子，他能够面对"一张琴，一壶酒，一溪云"，"且淘淘乐尽天真"（《行香子》）……

笔者大略地翻阅了苏东坡的二百余阕词，发现与酒有关的占了三分之一强。此外，他至少写了五六篇酒赋。当然他的诗里也充溢着酒味。东坡曾说过，"得酒诗自成"，大概离开酒就谈不上写诗，也就不存在什么诗人了。

他的诗词，每有了酒，也就来了神韵。比如千古流传的"明月几时有，把酒问青天"（《水调歌头》），"人生如梦，一尊还酹江月"（《念奴娇》），"酒酣肝胆尚开张。鬓微霜，又何妨"（《江城子》），豪放大气，令人振奋。也有的状写酒后醉态，生动传神。如"夜来东坡醒复醉，归来仿佛三更。家童鼻息已雷鸣。敲门都不应，倚杖听江声"（《临江仙》），又如"酒力渐消风力软，飕飕，破帽多情却恋头"（《定风波》），诙谐幽默，令人捧腹。当然也有的写离恨，令人嘘唏，如"竹溪花浦曾同醉，酒味多于泪。谁教风尘在尘埃，酝造一场烦恼，送人来"（《虞美人》）。但这种带婉约味的词，他作的很少。

东坡嗜酒，也经常亲自动手酿酒。他在定州任职期间，曾试做蜜柑酒和松酒，甜中带点苦味。在《中山松醪赋》中，他曾介绍过松脂的蒸法。在《少年游·端午赠黄守君猷》里，他提到了菖花可以酿酒。通过《酒子赋》，看得出他是酿酒的行家。而其《蜜酒歌》则又告诉我们，他从西蜀道士杨某处，曾得到酿酒秘方，他照方而作，效果据说还不错。

另外，从其诗文中可以得知，在密州任上时，他曾试用当地的土米造酒。不知是米的质量原因，还是水土的关系，总之造出的酒味道不佳，叫人不敢恭维。但在岭南，他却成了造酒的赢家。

他"只用白面糯米清水三物"，竟"酿之成玉色，有自然香味"，很像他朋友王太驸马家的"碧玉香"。于是喜得他大喊"奇绝奇绝"（见《真一酒法》）！

东坡还写过一篇《东坡酒经》，详细记述了制曲和酿造的过程。什么"以糯与糠，杂以卉药而为饼"，什么"嗅之香，嚼之辣，揣之枵然而轻，此饼之良者也"，又什么"米五斗以为率，而五分之，为三斗者一，为五升者四。三斗者以酿，五升者得以投，三投而止，尚有五升之赢也"云云，足可证明他是酿酒的行家里手。

然而，正如林语堂先生所说，苏东坡酿酒只是玩票，而不是真正的专家。说到底，他造酒仅仅是出于一种爱好，或者如他在《饮酒说》中所解释的，"官酤"质恶价贵，为了省钱，他只好"闭门自酿"了。

苏东坡死后，经常有人找到他的儿子苏过、苏迈，乞讨他们的父亲遗留下来的酿酒方子。尤其是东坡在信和诗中常常提到的蜜柑酒，大家都想依法炮制。却不料苏过、苏迈哈哈大笑。苏过说：家父虽喜欢酿酒，有时也亲自动手，然而遗憾的是，他并没有耐性，往往有始无终。我劝您不要向他学，否则，或许会跟那年在黄州似的，客人们喝了他酿的"蜜酒"，回去常常闹腹泻呢！

这就是说，苏东坡在纸上写得头头是道，纸下却远不是那么回事。他充其量只是个"酿酒理论家"而已。

2008 年 10 月于乐天斋

苏轼密州酒事

本文所谓"酒事",系指与酒相关之事。鉴于苏轼好像没什么"起居录"（即日记）传世,故而很难将其在密州的酒事完全明了,但好在他有写诗填词的嗜好,且已为我们留下了厚厚的一摞,因此,完全可以透过这些诗词,而掌握他"密州酒事"之大概。

笔者粗检了李增坡先生主编、齐鲁书社 1995 年出版的《苏轼在密州》,发现与酒事相关的苏诗、苏词,计四十六首（阕）。继而查阅孔凡礼先生所撰的《苏轼密州系年》,和马德富先生、刘乃昌先生等分别为苏诗、苏词所做的疏注,于中得到一些有趣的信息。遂将这些信息稍加分析、综合,居然颇有收获。于是不揣浅陋,决计斗胆写一篇"学术"似的随笔了。

我首先关注的,是苏轼在密州新交的那帮"酒友"。

所谓"酒友",实际就是坐在一起很谈得来的朋友。苏轼一生交了许多"酒友"——旧的、新的、老的、少的,上至达官贵胄,下至贩夫走卒,甚至僧、尼、道、妓,什么身份都有。他每到一地,总能依靠自身的魅力,将崇拜和喜欢他的人,甚至个性禀赋与之迥异者,都聚拢到自己的身边;这其中就包括了密州通判刘庭式及其继任者赵庾,教授赵杲卿,诸城籍的太常博士乔叙,等等。

关于刘庭式,我们可以在《宋史》的《卓行传》中读到他的事迹。另外,苏轼的《后杞菊赋》也告诉我们,这是一位相当不错的副手,他曾经陪伴着苏公在密州度过了一段枵腹办公的艰苦岁月。苏公曾亲撰《书刘庭式事》,对他的人品道德钦赞有加。据苏轼说:庭式先生未及第时,曾"议娶"其老家的一位农家女子为妻，不料及第之后，此女却因疾病而"两目皆盲"。此时女家"贫甚"，不敢再提婚娶二字。于是，就有人建议庭式改变原议，而请娶盲女之妹。但庭式不改初衷，"卒娶盲女，与之偕老"。后来，其盲妻死在诸城。庭式哀痛至深，"不肯复娶"。苏轼劝他："须知哀生于爱，爱生于色。君娶盲女，请问爱从何生，哀从何出呢？"庭式则正色答道："有目是我妻，无目亦我妻。倘若因色而生爱，那么，大凡街市上所见到的美人，岂不都可以成为我刘庭式之妻了吗？……"苏轼"深感其言"，遂赞叹："公真'功名富贵人'也！"

我相信，刘庭式对于盲妻的始终不渝的忠爱，肯定会影响到苏轼对于婚姻、爱情问题的思考。由此可以推断：苏轼之所以能在密州（而不是别处）写出了千古名篇《江城子·十年生死两茫茫》，这绝对不会是偶然的。也许，正是刘庭式的"卓行"，唤起并加深了他对亡妻王弗的想念，从而才能以苍凉执着的笔调，以缠绵悱恻的情怀，为世人留下了这首悼亡词中的极品。不晓得我的这一推断，是否属于纯主观的臆想呢？

除了刘庭式，我以为另一位值得注意的酒友该是赵杲卿。杲卿字明叔，密州当地人，苏轼称之"胶西先生"，时任州学教授。从苏公笔下我们得知，此人"家贫好饮，不择酒而醉"，大有刘伶遗风。按说，教授先生的身份较为卑微，似也谈不上如刘庭式似的德行卓荦，因而命运注定了其必默默无闻；不意他却因一首民歌式的诗作，受到了苏轼的赏赞推崇，从而得以名扬后世。

赵杲卿的诗作，题曰《薄薄酒》。我未能窥其全豹，仅从苏轼的和诗中见到寥寥数句："薄薄酒，胜茶汤；丑丑妇，胜空房。"苏轼在和诗的"引子"，称"其言虽俚，而近乎达"，故予以"推而广之，以补东州之乐府"；然后"复自和一篇，聊以发览者之一噱云尔"。

苏轼"自和"的《薄薄酒》共有两首，其一的首句与胶西先生的一字不差，也是"薄薄酒，胜茶汤"，抒发的是普通老百姓的生活感触，但是从第三句"丑妻恶妾胜空房"之后，意思却陡然"升华"，触及了士大夫阶层的内心世界："五更待漏靴满霜，不如三伏日高睡足北窗凉"。意思明了，同样是胶西先生式的"大实话"——是啊！与其为了那可怜的官位，无奈忍受五更待漏、霜雪满靴的苦楚，却哪跟上做一个小小的老百姓，无忧无虑地享受一番在三伏天儿靠着凉快的北窗大睡其觉的滋味呢！……紧接着，他又很率直地告诫那些忙忙碌碌的名利客们："生前富贵，死后文章，百年瞬息万世忙，夷齐盗跖俱亡羊，不如眼前一醉是非忧乐两都忘。"

实事求是地说，苏公的《薄薄酒》当然算不上他诗作中最出彩的精品，所以连苏学权威陈迩冬先生编注的《苏轼诗选》都未能选入，这我能够理解；但是，我仍觉得有必要提醒那些关心苏轼的人们注意：苏轼非常重视《薄薄酒》所体现出的浓郁的乡土气息，否则他也不会在自己奉和了赵氏之后，又频频写信致书，发动黄庭坚、晁端彦等一班友好予以响应，致力于这种所谓"东州乐府"的"推广"。同时，我还坚决认为，《薄薄酒》应当是苏轼的代表作之一，因为它非常直白地说明了苏公的人生观，我们重视《薄薄酒》理应对研究苏轼有所裨益。由此，我忆及2007年的初夏，当"中国作家看潍坊代表团"来到诸城，在宴会上大家品尝"密州春"酒的时候，我于席上即兴吟了《薄薄酒》的几句，不意陈世旭先生竟大为感动，当场就问我索要此诗的全稿，表示当夜就要写一篇关于苏轼的文章。这对我无疑是一种鼓舞，说明以上的看法得到了大作家的认同。

所以，作为"密州人"，我颇以赵呆卿这位老乡而感到自豪和荣耀，因为恰恰是这位"家贫好饮"的酒友，用了"庄户人"的口吻，直来直去地告诫苏轼，应当怎样做人处世，度过自己的人生。我甚至觉得，正是由于"胶西先生"等酒友的影响，才能使苏轼在密州期间，能够熬过饥馑，摆脱政坛的黑网，冲破思想的阴霾，终于能大彻大悟，认识到"人之所欲无穷，而物之可以足吾欲者有尽"……进而使他的思想走向"超然"。

现在我所注意的"酒事"，是苏轼在密州经历过一些怎样的酒宴，酒宴上有过怎样的情景、逸闻。

苏轼在密州任职二年。开头阶段，因为旱蝗相继，贼盗频发，他又要救灾，又要治盗，忙得不亦乐乎；况且密州甚穷，堂堂知州大人弄得斋厨索然，无奈何，也只好结伴同判刘庭式，每日里循着古城废圃，采挖杞菊之类的野菜以充辘辘饥肠。所以那段时间苏轼其实极少饮酒。"公厨十日不生烟""寂寞虚斋卧空瓵"（《寄刘孝叔》），应当是真实的写照。试想衙门里的厨房十天不见炊烟，屋地上的酒坛都空空如也，他纵使想酒也是枉然呀！

当然了，公家"虚斋空瓵"，但自家的酒坛却并非点滴亦无。从《小儿》诗中我们可以看到这样的镜头：当苏轼愁坐发呆的时候，小孩子苏过爬过来牵扯他的衣角。他烦得很，欲呵斥小儿。妻子便劝慰他说："咳！孩儿小，跟他生甚气呀？还是让我想想办法，看有甚解愁的法子吧！"说着，妻子开始为他清洗久已不用的酒盏。苏轼望着酒盏，就高兴了，遂喊一声贤妻呀，你"大胜刘伶妇，区区为酒钱"呢！……总之，那段时间可以用四个字来形容他的生活，即"愁多酒少"。所以，他免不了利用诗歌来发一点小小的牢骚。在和乔叙、段绎的诗中，他说自己"盘空愧不饱，酒薄仅堪盥"（意即酒质太薄，仅可以用来洗手）；而回答乔太博（即乔叙，字禹功，为太常博士）的另一首诗，他则颇幽默地将题目定为了《莫笑银杯小》。其实银杯本来不小，亦无所谓大小，此所谓"小"者，乃是"酒少"的俏皮话罢了。

好在如此多愁而少酒的日子没过多久——大概大半年之后吧，经过了他的一番努力，随着密州经济形势的好转，我们苏太守的"银杯"渐渐地满了，酒宴渐渐地多了，其酒量也渐渐地大了。

正如他在《与王庆源》书中所说："（某）近稍能饮酒，终日可饮十五银盏。"十五银盏，这应该是不小的酒量。据已故苏学专家朱靖华考证，东坡在杭州通判任时，尚是个"不解饮"者，但在密州却越饮越多，而且花样翻新——不仅诗饮、书画饮、宴饮，还有野饮、刀剑饮、抚琴饮、流杯饮、打猎，甚至还强饮、痛饮、狂饮……逐渐向"瘾者"过渡了。

上面朱先生所说的诗饮、书画饮、宴饮种种，苏轼的作品里多所透露，不胜枚举，如诗《莫笑银杯小答乔太博》《闻乔太博换左藏知钦州，以诗招饮》《别东武流杯》《留别雩泉》，词《江城子·密州出猎》《蝶恋花·密州冬夜文安国席上作》《望江南·超然台作》《满江红·东武会流杯亭》《水调歌头·明月几时有》《江城子·东武雪中送客》，文《与王庆源十三首》《超然台记》等。通过这些作品，我们可以了解到苏轼在密州时赏雪（《满江红·雪中送文安国还朝》）、赏月（《水调歌头·明月几时有》）、赏花（《雨中花慢·雨中置酒赏牡丹》）、出猎（《江城子·密州出猎》）、送客（《蝶恋花·密州冬夜文安国席上作》）、流杯（《满江红·东武会流杯亭》）之类的活动。此外一些家宴，因有美人与会侑酒，场面格外有趣儿。譬如有一天，苏轼听说新来的通判赵成伯（名庾，眉山人）家藏美妓，乃一四川妹子，他颇感兴趣，遂以老乡身份登门，企图借喝酒的机会一睹美妓芳容。不料成伯故意"刁难"，迟迟不肯开樽，却于袖中掏出自作的诗歌，笑吟吟递给苏轼，硬"逼"他依照原韵当场唱和，之后才能谈饮酒之事……

这无疑是一场热闹的酒宴。绿蚁红裙，诗韵流觞，如此场景正合乎苏大才子的口味。他便喝得酣畅淋漓。从此之后，苏轼便成了赵家的常客。据苏轼自己讲，有一回，成伯在家设宴，他"造坐无由，辄欲效颦而酒已尽"……且住！"酒已尽"者，什么意思？是不是赵成伯家里真的酒坛已经告罄？恐怕不会的。我们从苏轼另一首诗的小序里了解到，那天他在赵成伯的家里"赖"着不走，一直坐到入夜，后来才"不须烦扰"，乖乖地依照主人的要求而"戏作小诗"，且声明唯"求数酌而已"。

再后来，苏轼听说赵成伯欲"出"其家妓，便又应邀赴席，并于席上赋诗赠送那位家妓。因家妓姓杨，苏轼遂以杨贵妃媲美，诗曰："坐来真个好相宜，深注唇儿浅画眉。须信杨家佳丽种，洛川自有浴妃池。"据林语堂先生考证，苏轼大受歌伎们的追捧，凡应召入席侑酒，大都利用难得的机会向其求诗索字。每每这种场合，苏轼总是用家妓们的披巾或者香扇权充华笺，故而披巾和香扇往往是苏诗最早的"版本"。

我们知道，苏轼是一个性情随和、不拘小节的天才，并不是鲁迅所烦恶的"才子加流氓"。那年头儿酒宴上歌伎侑酒，插科打诨，应当是一种"文化"，一种"时尚"，故不必因此而责怪苏公的"生活作风"如何如何。虽则如此，但密州毕竟比不得杭州，那儿是人间天堂，这儿却是穷乡僻壤，有着迥然不同的风气，所以苏轼通判杭州时的许多香艳韵事在密州绝少遇到，上面杨姓妓女的故事有可能是唯一的"个案"。

有妓女侑酒的酒宴固然有趣，但我最感兴趣的，还是朱靖华先生上面讲到的"打猎饮"。此之前，苏轼在杭州任上打过猎吗？有过"打猎饮"吗？似乎没有；即便有，也不会多，没造成什么影响。但在密州就不同了。密州虽然没有漂亮的西子湖，没有销魂的画舫楼船，但却有莽莽苍苍充满着野性的山岗和丘陵，这就为我们的苏太守提供了理想的驰猎场所。此时的苏轼，已是密州的"一把手"，"知州军事"，而非杭州通判那样的"副贰"了。所以，他有时就须亲自带兵操练，出警捕盗，而"出长围"这种打猎方式无疑具有练兵的意义。于是熙宁八年，十月深秋，苏太守在常山祭了山神之后，又在梅户曹等人的陪同下，在附近的黄茅岗和铁沟一带，轰轰烈烈地举行了一次会猎。

这次会猎的情景，苏轼用诗词的方式为我们作了生动描述："青盖前头点皂旗，黄茅岗下出长围。弄风骄马跑空立，趁兔苍鹰掠地飞。回望白云生翠巘，归来红叶满征衣……"苏太守在如此氛围里其心境自然无比开阔，精神也自然无比飒爽；何况又有姓梅的（其名不详）那样一位善诗的户曹参军相陪。梅户曹率先引吭高吟，随即引发了苏轼的诗兴，于是岩浆似的在刹那间喷发了。

在写下了《祭常山回小猎》和《和梅户曹会猎铁沟》之后，苏轼手捧酒杯意犹未尽，继而又创作了那首脍炙人口影响巨大的《江城子·密州出猎》。"老夫聊发少年狂，左牵黄，右擎苍。锦帽貂裘，千骑卷平冈……"这首词据称是别开生面之作，或者说苏轼的发轫之作，是"豪放词"的标志性佳品。苏轼为此而相当兴奋。随后，在《与鲜于子骏书》中，他难掩内心的激动，写道："数日前猎于郊外，所获颇多。作得一阕，令东州壮士抵掌顿足而歌之，吹笛击鼓以为乐，颇壮观也。"九百年后的今天，当我们朗读这阕《江城子》之后，在激动和兴奋之余，似还应为作者感到庆幸才是。何以言之？因为他只有踏上了密州这块粗犷的土地，喝上了在密州出产的劲辣酒浆，更有"东州"的一帮铁血壮士为之吹笛击鼓，击掌顿足，他方能豪气大发，振开喉咙长啸一声，而与婉婉咻咻的"柳七郎风味"彻底说一声"再见"了！

如果苏轼一直生活在西子湖畔，我敢说，他绝对不会有什么豪放词问世的。

最后，话题又扯到了"酒品"上面。苏轼在密州饮的是什么酒？有些什么品种？这话题很小，真正做学问的人绝少问津。而我非学者，偏对此大感兴趣。我发现，苏轼在密州所饮之酒，其最"高档"者，应当是王驸马馈赠的"碧香酒"。

王驸马名诜，字晋卿，尚魏国贤惠公主，与当朝皇帝宋神宗一母同产。诜也是文化名人，与苏轼交情笃厚。据苏学大家孔凡礼老先生考证，熙宁八年，王诜曾给苏轼送来了官酒和果子药等物。所谓"官酒"者，也就是苏轼于《送碧香酒与照明叔教授》诗中所说的"碧香酒"；但苏公后来写《真一酒法》，文中又把王诜家的酒称为"碧玉香"，中间多一"玉"字，我估计是一回事儿。顾名思义，此酒当色如碧玉，极是香醇。

此酒千里迢迢送来，况且又出自帝王之家（苏轼诗称"碧香出自帝子家"），当然不可能很多，故而弥足珍贵。他不舍得自己喝，便分赠友朋，其中就有家贫而好饮的"酒友"赵明叔（杲卿）教授。而且，他还笑嘻嘻地特别嘱咐明叔："你老先生可不能像刘伶那样，有酒躲起来自酌自饮；而要学'举案齐眉'的梁鸿夫妇，与您的'丑妇'一块儿品尝才是呢！"（"不学刘伶独自饮，一壶往助齐眉饷。"）

当然，像"碧香酒"这样的高档酒，或可称之为"御酒""宫酒"的，苏轼不可能经常享用；那么，他所常饮的"官酒"又如何呢？

所谓"官酒"者，我认为，一是指"公使酒"（见宋人之《燕翼诒谋录》），即州郡用于公务之酒，这种酒有一定数额，不得超过，亦不得私用；而另一种意思，就是指"官酤"或"官酎"，即政府管理的酒坊所酿之酒，或上面定价批拨之酒。苏轼在迎来送往或者常山祈雨、铁沟会猎等等场合，所饮的无疑就是"官酒"。其饮酒的地场儿，除了官廨，我想最多的就是超然台和快哉亭了。关于超然台，人们多所关注，而快哉亭却了解甚少——可那是另外的话题，我们姑且不谈。

我们无妨将上面的话题延伸开去，查一查这"官酤"或"官酎"的酒坊究在何处。据朱靖华先生说，鉴于"历史上密州城（按即州治诸城）并无名酒，只有距密州近七十五华里的景芝镇自古以来盛产美酒"，所以"东坡所饮之酒即景芝酒"（见《潍坊酒文化》总第五期的《苏东坡与景芝酒》）。见到这说法儿，我的脸上就忍不住漾出些笑意。朱先生的老家是景芝，而我的老家（巴山）离景芝也不过十公里多点，因此称得起"老乡"。统观其全文，朱先生的说法很有些道理，我基本赞同，却也有些儿怀疑：诸城当时很可能没有名酒，但未必没有酒坊，这是两码子事情。再说了，景芝镇那时候不管属于安丘，还是诸城，但必归密州管辖，这是毋庸置疑的；因此我觉得，如果朱先生说"东坡所饮之酒即密州酒（包括了景芝酒）"，就比"东坡所饮之酒即景芝酒"更为全面更为牢靠了。

　　另外，"东坡所饮之酒"，是否全都是"官酤"呢？这也大可怀疑。据苏轼在《饮酒说》里声称："州酿既少，官酤又恶而贵，遂不免闭门自酝。"这话颇可玩味。这话是元丰四年（1081）在黄州说的，但估计密州的情况跟黄州也差不多。就是说，"官酤"质量差，价钱贵，他喝不起，只好关起门来"偷偷摸摸"地自酿，以满足"日欲把盏为乐"之需要。既然是"自酿"，那他就只能就近进行——在州治的一隅，州衙的附近，甚至自己的家里，而不太可能张张扬扬地跑到几十里外的乡下。由此我坚信，苏轼在密州所饮之酒，多数应是其"家庭作坊"里的"土造儿"。

　　说到"自酿"，我们从苏轼的《黍麦说》里了解到，他在密州期间曾试验用"土米"造酒，酒的味道相当差劲。但这"土米"，何物也？查清乾隆《诸城县志·方物考》："梁种类甚伙，有白、黄、乌三色，土人皆名为谷，去壳皆名为小米。"据此我想，"土米"必在其三色"小米"之内。不管哪一种，苏轼酿造的酒应当是米酒或者黄酒。北宋时期虽已出现了酒度较高的蒸馏酒，即我们今天所说的固态发酵的白酒，或称烧酒，但当时通行的还是"煮酒法"；而"蒸馏法"对技术、设备的要求比较高，它不太可能出现在个人自酿的地方。那时候宴会上所用的酒品，米酒或黄酒应当是主流，白酒（烧酒）即便有，也会因其成本较高和人们饮用习惯问题而微乎其微的。我们从描写宋人生活的文学作品中，经常见到"筛酒"这字眼儿，其"筛"也者，便是漉去酒中渣滓的一种专用工具。如果是蒸馏酒，"筛"则完全没有必要的。

但据朱靖华先生判断："东坡在密州任上所饮之酒是白酒（即烧酒）。"先生的根据，是苏轼在密州的诗作中屡屡出现"白酒"或"白醅"字样。然而"醅"者，乃未经过滤的酒，故而"白醅"是指白色的酒液，而"白酒"亦并非无色透明的烧酒。史书记载，西周时期的"五齐酒"中有一种"泛齐"，俗称"白醪"；又有一种"盎齐"，液体呈葱白色，故称"白酒"（《礼记外传》）。若按朱先生的说法，西周时期就该有烧酒了，这显然是值得商榷的。

另外，朱先生认定苏轼所饮之酒乃"烧酒"的另一根据，就是坡公在《超然台记》中说过的"酿秫酒"。秫，是高粱的一种，或称黏高粱。秫的确是密州一带酿酒的主要原料，但它不仅可以酿烧酒，也可以酿其他的酒。中国酿酒的祖师爷少康，其初作之酒即为秫酒。陶渊明更是经常自作秫酒——"春秫作美酒，酒熟吾自斟"，但那绝对不是什么烧酒。由是而知，苏轼"酿秫酒"就是酿"烧酒"的这一论断也是非常脆弱的。

虽然如此，但苏轼在密州期间未必没有饮过烧酒，而且当时包括景芝在内的密州大地也未必没有酿出过烧酒。有一点值得我们特别注意，那就是，用密州土产的高粱所酿造出来的酒，因其原料本身以及当地水质、气候，包括传统工艺等方面的因素，与其他地方的酒肯定有着不同的风味。"苏轼是酿酒试验者"（林语堂语），他吸取了"土米"造酒的教训，改酿"秫酒"，并注意向密州的酿酒师傅们学习，终于取得成功，以至乐此不疲。因此可以说，苏轼的酿酒兴趣是在密州培养起来的，他的"酿酒史"也是从密州开始写起的。他后来在黄州、在惠州、在海南，一直热衷酿酒，并且写出了那么多的"酒法""酒赋"，使他洋洋得意，俨然以酿酒的"大师"自居。但不管怎么说，这位"大师"毕竟是被密州的秫酒给熏陶出来的。

而且，朱靖华先生关于"酒的神奇功能"的看法我倒是举双手赞同的。诚如先生所言，"东坡在杭州通判任上时，其作品中言酒者虽有，但较之密州任上却少得多"；"在东坡密州诗词中，言酒者达到其作品的百分之七十左右"……但这还仅是数量上的对比。倘再研究诗词的质量，举《水调歌头·明月几时有》《江城子·密州出猎》等传世名篇为例，与此前的作品是不可同日而语的。如此说来，"酒的神奇功能"岂不就愈加突出了吗？

所以，毫无疑问，苏东坡真应当感谢密州——密州的土地、人民和秫酒。这里是贫穷的"桑麻之野"，虽无"雕墙之美"，但其淳厚的风俗使他能超然而乐，特别是红高粱所酿造的美酒，使他的诗词创作"升华"到了一个新的境界。从这意义上说，倘没有密州酒的滋润，也许就没有苏东坡这位伟大的旷世诗（词）才呢。

2008 年 12 月于乐天斋

苏轼诗中的密州食俗与茶俗

　　偶翻《苏东坡全集》，见有《和蒋夔寄茶》一诗，是苏公于熙宁八年在密州任上所写。此诗虽不是影响巨大的名作，但因涉及我们家乡的食俗和茶俗，故颇可玩味。现将全诗照录于下：

　　我生百事常随缘，四方水路无不便。
　　扁舟渡江适吴越，三年饮食穷芳鲜。
　　金齑玉脍饭炊雪，海螯江柱初脱泉。
　　临风饱食甘寝罢，一瓯花乳浮轻圆。
　　自从舍舟入东吴，沃野便到桑麻川。
　　剪毛胡羊大如马，谁记鹿角腥盘筵。
　　厨中蒸粟埋饭瓮，大杓更取酸生涎。
　　（山东喜食粟饭，饮酸酱。）
　　柘罗铜碾弃不用，脂麻白土须盆研。
　　故人犹作旧眼看，谓我好尚如当年。
　　沙溪北苑强分别，水脚一线争谁先。
　　清诗两幅寄千里，紫金白饼费万钱。
　　吟哦烹嚼两奇绝，只恐偷乞烦封缠。
　　老妻稚子不知爱，一半已入姜盐煎。
　　人生所遇无不可，南北嗜好知谁贤？
　　死生祸福久不择，更论甘苦争蚩妍？
　　知君穷旅不自释，因诗寄谢聊相镌。

　　《和蒋夔寄茶》诗中涉及食俗的有两句："厨中蒸粟埋饭瓮，大杓更取酸生涎。"粟，即谷子，脱壳后称作小米，故"粟饭"

就是小米干饭。山东人喜食"粟饭"，源自何时？我看至晚可追溯到公元前五世纪。据《晏子春秋》记载，晏婴作齐相时，每餐必"食脱粟之饭"。晏婴老家高密，靠近诸城，宋代同属密州一地，是最典型的山东老乡，由此可知，山东人吃小米干饭的历史有多么悠久！

然而"酸酱"，何物也？顾名思义，应该是带酸味的酱。从诗中"大杓更取"和"注"中的"饮"字分析，这种酱该是粥状物，即便掺了盐，也不会太咸。查 1992 年出版的《诸城市志》之《民俗编》，诸城自古就有"家家自酿咸面酱"的食俗。这种咸面酱多是用剩饭发酵而成，它味道微带酸头，但更倾向于甜，故又称"甜酱"。甜酱蘸葱，或蘸黄瓜、蘸水萝卜、蘸苦菜、蘸荠菜，从我小时记事起就在饭桌上常见，至今也是宴会上一道风味小菜。我猜今天的甜酱，很可能就是苏轼在诸城（密州）常吃的"酸酱"。果如此，那么它的历史也该有上千年了，简直就该"申遗"了呢！

另外，苏诗中还有几句谈到了诸城的茶俗，也挺有意思。譬如："柘罗铜碾弃不用，脂麻白土须盆研。"此处的"柘罗"与"铜碾"，是唐宋时期常见的茶具，审安老人的《茶具图赞》更有文图并茂的说明，我无须赘笔。须知苏轼生活的年代，人们在煎茶或煮茶之前，总是先用铜碾（也可用木质或其他质料的碾），将茶饼碾为细小的碎块，然后再用柘罗仔细罗过，这可是必不可少的两道工序。苏轼是著名的茶人，于茶道造诣颇深，自然所有的茶具一应俱全。可是，他来到密州之后，却发现铜碾和柘罗都没用了。为什么呢？苏诗中没有说明，我猜大概诸城人嫌麻烦吧。难道拿手直接掰碎，放到釜中愣煮的吗？谁知道呢！其实，最让苏轼奇怪的，倒不是省去了碾和筛这两道工序，而世人们在煎茶时添加了用盆研细的"脂麻"或者"白土"。

我们知道，脂麻，就是芝麻，而白土，估计是一种白色矿物质，或者干脆就是咸盐。茶叶与芝麻或者咸盐同煎，甚至再添加姜、葱、枣之类的佐料，今天我们一定觉得可笑，然而上溯到唐代，却一点都不稀奇，甚至一度盛行，只不过随着星移斗转，此等煮茶风习到宋代已渐趋式微，像苏轼这样的著名茶人早已不屑为之了。苏轼甚至还专门写过一篇《代茶饮子》的文章，表达了他对唐人这种旧习的鄙弃。但是现在，在熙宁八年的密州，苏轼却发现乡人仍然遵循着传统的古法，煎茶时添加芝麻、盐，或者葱、姜之类。那么他该怎么办呢？是入乡随俗，跟大家一起回归唐风呢，还是"挑战"当地的风俗，"喝自己的茶让别人说去吧"呢？事实证明，苏轼选择的是前者。

从这首诗中我们可以看到：友人蒋夔花费"万钱"从千里之外寄来了珍贵的"紫金"团茶，但可惜"老妻稚子"不知爱惜，稀里糊涂，三下五去二，其中的一半已经用姜和咸盐煎过了。其实，这是苏公故意"诿过于人"，绝非妻儿的责任，我想，决定用姜盐煎茶的，一定是苏公本人。因为苏轼懂得，只有尊重乡俗，与乡俗融为一体，瓯中的茶汤喝起来才有滋味呢！

但是，上述的密州茶俗，并没有像食俗一样，使"粟饭"和"甜酱"流传至今；毕竟随着朱元璋的一纸诏令，由团茶改为散茶，由煎煮改为冲泡，从明初开始也就无人再加姜盐于茶了。虽如此，我们也可以幻想：没准儿有一天，人们的饮食风尚又会"复古"，于是在诸城的超然台上，又发现有人穿着宋装，像苏东坡那样地煎茶而饮了。

（原载《潍坊晚报》2009 年 3 月 19 日副刊）

佛寺一夜雪与酒
—— 苏轼与潍州的 "雪缘"

　　那日进白浪河湿地公园游玩，见东大门不远处有一组铜塑，塑的是苏轼、马童和一匹驮了行李的马，旁有介绍文字曰"苏公步月处"。时有两位教师模样的游客在争论，甲说苏轼没来过潍州，乙说当然来过，否则不会在此竖立铜塑。我实在憋不住，便插嘴道：他来是来过，却不是在有月亮的日子，"步月"之说似没道理；再说他是冬季到达潍州的，绝不可能像塑像上那样，穿戴如此单薄的衣帽……

　　甲乙二人停止了争论，很好奇地打量着我。

　　苏轼的确到过潍州。这有他的诗文为证。《除夜大雪留潍州，元日早晴，中途雪复作》，题目就说得很清楚。这首诗虽不如《明月几时有》那么出名，却也算得上坡公代表作之一。陈迩冬先生的《苏轼诗选》，王水照、刘乃昌先生各自编撰的《苏轼选集》，都将此诗收入。说实话，过去我对此诗并不重视，但看了白浪河湿地公园的雕塑，觉得很不舒服，从而激起了重读苏诗的兴味，并决计要弄清这"苏公步月处"有无问题了。

　　据有关史料记载，宋熙宁九年（1076）十一月，苏轼接到"知河中府"的朝廷告令，十二月底即启程离开密州（今诸城）。途经安丘时，曾有短暂停留，拜谒已故眉州知州董储的坟茔及其故居。董储系苏轼先人故友，对苏氏似曾有过恩惠，于是苏轼想起曹操与桥玄"斗酒只鸡"的典故，不禁心潮涌动，遂应储子董希甫之请，在董家屋壁上题诗一首，然后即离开安丘 —— 这是熙宁九年的最后一天。

按照苏轼的打算，其旅程的下一站应是青州。倘没有除夕的那场大雪，这位大文豪也许不会踏进潍州的。但是，也许冥冥中早有神灵的安排吧，正是人不留天留，在他望见潍城苍茫的轮廓时，飞雪不期而至，且越下越大，使他不得不勒马改变行程，进入潍城投宿。

于是就有两个问题：第一，苏轼入潍城后下榻何处？

探讨这问题，只能翻检苏轼的诗，或者尺牍。但很遗憾，在能见到的现存资料中，只有那首"除夜大雪留潍州"提到是夜有雪，也有酒可喝，仅此而已。笔者猜想，苏轼并未下榻馆驿或者官廨，而潍城大概也没有如安丘董氏那样的故旧值得他拜访。考虑到过大年这样的特殊时节，他不想打扰潍州官员，于是悄悄地找到一座寺院借宿一宵。

寺院，在古代常常就是江湖游客的"第二驿站"，更是苏轼之类文人墨客喜欢驻足的地方。那么，他投宿的是哪座寺院？九百多年后的今天，我的文友、潍城老作家陈正宽先生告诉我：应该是石佛寺。

正宽兄的根据，是他儿时在石佛寺所见的一件碑刻。碑刻上有一幅画，作者是与苏轼同时代的画师崔白，画的"布袋佛"像，像旁附苏轼题跋。跋云："熙宁间，画工崔白示余布袋真仪，其笔清而尤古，妙乃过吴矣。元佑三年七月一日。"

"乃过吴矣"，是说崔白画艺已超过唐朝的吴道子。据陈正宽先生考证，苏轼于熙宁九年除夕之夜率眷属推开石佛寺门，受到该寺方丈的热情招待。方丈恳请苏轼题诗留墨，苏欣然应允（但我分析，彼时只怕苏轼匆匆有所不及）。于是十多年后，即元佑三年（1088），苏轼想起了这段"缘分儿"，遂将崔白之画，连同他的亲笔题跋，赠送潍州石佛寺存念。石佛寺方丈将其制成碑刻，嵌之寺壁。

关于苏轼与石佛寺这段缘分，清乾隆《潍县志》卷一《古迹》有载："布袋和尚像，在石佛寺殿墙下"。以下引苏轼题跋，并云苏轼"手书石刻至今犹存"。而在卷二"坛庙"部分，则谓石佛寺乃宋咸平二年由僧元德所建。咸平二年与熙宁九年相隔七十七年，与元佑三年相隔八十九年，想来与苏轼有过交往的石佛寺住持，并不是那位元德。究竟是谁？估计今天不太容易搞得清楚。

第二个问题，苏轼在潍州逗留了多少时间？

这还得从"除夜大雪留潍州"中寻找答案。诗曰："除夜雪相留，元日晴相送……"意思很明白，他在潍州只住了一宿，第二天即是元旦，天晴了，他也就上马赶路了。

以上两个问题，即证苏轼不可能在潍州"步月"。因为除夕的整个夜晚，不可能见到月亮，这是常识，故此白浪河湿地公园的雕塑明显脱离了生活。

当然，笔者也明白，雕塑竖立者的本意，是要借苏轼之名，提高潍州（今潍坊市）的知名度；况且"步月"的确很美，颇富诗意，何乐而不为呢？但在我看来，生活的真实是艺术之美的根基，脱离了生活，则便无美可谈了。

其实我们完全可以换一组雕塑（当然那要再花一些钱币），内容就是"苏轼除夜大雪留潍州"，然后再将苏轼那首诗制成碑刻，难道艺术效果就比"苏公步月"差吗？

说到这里，我们何妨欣赏一下这首《除夜大雪留潍州》。

"除夜雪相留，元日晴相送。东风吹宿酒，瘦马兀残梦"：除夕夜的雪啊，把我留在了潍州；元旦天晴了，晓光又送我上路。此刻东风吹来，我尚能够闻到昨夜那场酒的酒气；俯视着胯下的瘦马呀，恍惚间残梦又在我眼前升起……

据此联想到：除夕夜苏轼是饮过酒的，且饮得不少，上马赶路的这工夫他还没有完全清醒。通过"瘦马""残梦"这两个字眼，瞧得出诗人的心情不佳。

然而，不佳的心情并没有持续多久，接下去诗人告诉我们："葱昽晓光开，旋转余花弄。下马成野酌，佳哉谁与共！"就是说，刚刚还有太阳的微光呢，可突然之间雪又下起来了。那雪花儿旋旋转转地，好像故意逗人玩儿似的，使他心情立马就好了起来。于是苏轼开始赏雪，忘记了身在旅途，兴奋至极竟然跳下马背，掏出酒器，大喊着"佳哉"！干脆就在旷野里冒雪喝起酒来。

　　后面还有几句写他的心情，如"鹅毛垂马骏，自怪骑白凤"，形容他醉眼蒙昽，诧怪自己骑在了白色的凤凰身上，似乎就要随雪飞去……

　　欣赏至此，读者可能会纳闷：人在旅途应是讨厌雨雪的，苏轼何以大为高兴，欣喜若狂呢？

　　窃以为，这可从风流文人的特殊气质那儿找到答案。

　　恰如明代大散文家袁中郎所说，"凉月好风，快雨时雪"，正是喝酒的最佳时机，事实上把杯赏雪也的确富有诗意。但是，如果如此解释苏轼心情"佳哉"的理由，可就大错而特错了。因为接下去，苏轼在诗的后半部分明确告诉我们，他之所以为雪而欣喜欲狂，非为别个，只为这场迟到的春雪，可以解除当地老百姓的三年旱灾之苦！

　　正是："三年东方旱，逃户连欹栋。老农释耒叹，泪入饥肠痛。春雪虽云晚，春麦犹可种。"是啊，既然春雪可以降服旱魃，可以揩干老农的眼泪，可以让晚麦的绿色春光带给人们丰收的喜悦，那么，我这个宦游的人啊，怎么还敢埋怨旅途的劳苦呢？那就让我高歌一曲，为你们 —— 我亲爱的农民兄弟，帮助你们使盛粮的"饭瓮"赶快满起来吧！（"敢怨行役劳，助尔歌饭瓮"）

　　这首诗读到最后，正确的答案有了，苏轼因雪而乐、为雪而歌的理由也清楚了。同时也就不难理解，何以苏轼的这首《除夜大雪留潍州》影响巨大，向为学界选家所重视了。

　　今天重读此诗，我们必须高度评价苏轼的"悯民""恤农"

思想，当然也应该感谢九百三十多年前的那场春雪，是它将苏轼这位旷代文豪与我们潍州联系在了一起。那场雪早不来，晚不来，偏偏苏轼踏上潍州土地的时候它就来了。难道雪也有灵性吗？

2017 年 7 月于乐天斋

顾渚“朝圣”小记

　　提到“圣地”，我们脑筋无须转弯儿，便可以说出犹太教的耶路撒冷、伊斯兰教的麦加、红色革命者眼中的延安，或者读书人膜拜的孔圣人的老家曲阜，等等。但是，若问“我们茶人的圣地”（或者“茶文化的圣地”）在哪，只怕孤陋如我者，还真得拍着脑门琢磨一阵子。

　　其实，茶人的圣地（或茶文化的圣地）远在天边，近在眼前——它如今就在我的脚下，即浙江省湖州市的长兴县，再具体点说，就是位于太湖之滨顾渚山麓的水口镇。据说当年“茶圣”陆羽撰写《茶经》即住于此，而中国最早的“皇家贡茶院”亦建于此。此刻，当我沐浴着晚秋温馨的斜阳，伫立于“陆羽阁”前，将漫山遍野的竹林茶园尽收眼底的时候，不禁由衷叹道：“作为一名‘茶人’，你真是如愿以偿了啊！”

　　我将自己称作“茶人”，说来未免有点惭愧，因我其实并不懂茶，况且迄今从未打理过茶叶店，或者茶馆、茶楼之类。说白了，我并不是“职业”的茶人，而仅只是一名文化人罢了；好在平素我也喜欢喝茶，喜欢紫砂，喜欢读一些与茶相关的书籍，喜欢与真正的“茶人”交游，所以一来二去，耳濡目染，渐渐地近朱者赤近墨者黑，居然也忝居“茶人”之列，甚至成为潍坊市茶文化协会的副会长了。但不管怎么说，这就是一种缘分，而缘分应该是天定的，所以它往往给你一种出乎意料而又在乎情理的机遇。就说这一次吧，我和老妻随了女儿女婿，带了外孙到长兴来，原本是受长兴县委副书记叶白云之邀，利用国庆长假之机，到这座"国际花园城市"做一次山水之旅，游览一下名闻天下的金钉子远古世界景区、中国扬子鳄村和十里古银杏长廊；却不曾想，踏入长兴县境之后，方才晓得，原来当年陆鸿渐撰写《茶经》的居所就在此地，而名茶"紫笋"的产地，也就在县城之北的顾渚山上。于是，当县委宣传部的曹部长和县委办公室的徐主任陪同我们进入水口镇时，我就蓦然记起了自己的"茶人"身份，遂暗自决定：不妨利用此次机会，将纯粹的游山玩水，变为难得的"朝圣之旅"吧！

然而，车子在山下停住之后我才明白，这儿虽说是"圣地"，但"圣迹"其实难觅，茶圣陆羽当年撰写《茶经》的居所，现在唯剩了一处遗址可供凭吊。但这也无妨，因为山还是原来的山，水还是原来的水，大片大片的野生茶园虽历经千载而不改天然的翠绿，仍由太湖的水气慢慢地浸养和滋润着，故而使今天的游客亦能忘情地喝彩，并徜徉于历史的梦里。

而今依山而建的"陆羽阁"，气势恢宏，美丽如画，吸引了络绎不绝的游客，大都是转道上海从世博会上赶过来的。许多游客大概如我一样，听说过陆羽与和尚皎然的故事，而且也读过《寻陆鸿渐不遇》那首诗，因而这儿转转，那儿瞅瞅，都想拜访陆羽的故居，像皎然那样叩响他的柴门。但很遗憾，因为岁月的变迁，这儿已不见了"近种篱边菊"和"野径入桑麻"的景致，当然也不可能寻觅到陆羽的踪影，我们只能望着阁子里"茶圣"的崭新塑像，体味一下"报道山中去，归来每日斜"的意境了。

然而，我们没必要像寻客不遇的皎然那样怅然而返，因为在这儿尚有好多有趣的东西值得你流连。譬如说，长兴县政府斥巨资新建的那处仿古建筑，亦即再现一千年前中华茶文化风貌的"大唐贡茶院"，它就大开了我的眼界，使我这位"茶人"有幸享受到了"宫廷里的茶宴"。

在这座重建的大唐贡茶院里，通过图片观摩以及导游的讲述，我们可以了解到，大概贞观年间，文成公主曾经带上了长兴的"紫笋茶"进入西藏，自此而后"紫笋茶"便成为了朝廷的"贡茶"，而这儿也就建成了中国历史上的第一座皇家贡茶院。据说大历五年（770），有两斤"紫笋"进宫，皇帝享用后感到香气沁脾，浑身舒泰，于是龙颜大悦，遂下诏命长兴岁贡。从此新茶一出，便由龙袱包裹，银瓶盛水（即顾渚山一带的泉水），然后驿役飞马，一路不许停留，急递四千里之外的京都长安，以不耽误宫廷里的清明盛宴。此番情景，简直堪与杨妃啖荔的故事相媲呢！

说到"紫笋茶"，我其实并不陌生，四年前就曾喝过，好像是我女婿从长兴的朋友处获赠的。实话实说，那时我并不懂茶（简直可说是"茶盲"），只晓得它芽尖似笋，颜色微紫，故得名"紫笋"；也听说它含有大量的氨基酸、维生素和可溶性糖，因而品质优异，风格独特。但是喝过两回，却也喝不出到底妙在哪里。然而，因为茶罐上的"紫笋茶"三字乃是已故书法大师费新我的手笔，而费公当年又曾给我题过一纸条幅，我们就有了那么一点缘分，故而爱屋及乌，遂将茶罐收藏了起来。久而久之，罐里的茶叶变黄，已不是早先的翠绿，而茶汤也越发不觉得怎样了。这一回，我总算来到了"紫笋"的原产地，终于喝到了上好的新茶，方才感觉它香气清高、回味甘甜等诸般的妙处。但是无论怎样，这毕竟不是千年之前的"紫笋"了。须知唐朝的"紫笋"，应当是茶饼，不该是散茶，况且那时煮茶大都要掺入盐和芝麻，所以今天的我们，无论如何也不可能领会唐人的情调了。

听导游讲，当年紫笋茶进宫，那可是非常的热闹，但可惜我们今人已无法亲睹亲历，而只能通过古籍上的诗歌了解其大端。有一位叫作张文规的湖州刺史，曾在其诗中这样写道："凤辇寻春半醉回，仙娥御水玉帘开。牡丹花笑金钿动，传奏吴兴紫笋来。"看来"紫笋"对于那些半醉的后妃娘娘们来说，的确具有一种特殊的魅力，否则也不会一听说"紫笋茶到"，便弄得粉脸含笑，金钿乱动。然而，这种深受皇家青睐的紫笋茶，它究竟怎样的滋味？我们今天若能品尝一下该多好啊……

我这么痴心妄想的工夫，令人惊喜的一幕出现了：忽然宫灯闪亮，雅乐奏响，只见一群高髻唐装的"宫娥"，各自持了不同的器具，于乐声中将茶或碾或拂，或量或滤，或煮或涤，或舀或酌……尔后玉碗相奉，递到我们每一位游客的手里。啊呀呀！此茶味道果然别致，其香其馥，难以言喻，虽不太符合时人的口味，但不管怎么说，你总算是"皇帝"（后妃）了一回，所以你应该深感荣幸不虚此行了。

带着舌下"唐茶"的余甘，我们从贡茶院走出，沿古色古香的回廊又来到东面的茶楼。那里一排排的茶桌，座无虚席，人们南腔北调着，在谈今论古。有的茶客颇显高雅，用的是吴伟华大师徒弟们制作的紫砂壶，而多数人偏"俗"，用的只是普通的玻璃杯。其实，雅也好，俗也罢，人们来到这里，背倚着苍翠的茶山，坐看栏旁触手可及的婆娑竹影，而松鼠或者锦鸡，就在溪畔若隐若现，演绎着一个秋天的童话……那么不管是谁，其身体的疲惫和精神的烦恼，很快便被这碧绿的茶汤消解了。

而我想到，就在陆羽著书的这块圣地，长兴人民重现了大唐贡茶院的风光，倾心打造了一个茶香四溢的绿色人间仙境，这无疑是对中华茶文化的巨大贡献。为此，作为一个"茶人"，或者说"茶文化工作者"，我在此真诚地说一声：

"谢谢，谢谢你们！……"

（原载华艺出版社《茶韵文萃》）

茶石

说不清为什么，多少年了，五莲山上的那株老茶树，时不时总会呈现于面前，在我心头掠过一道清香的绿风。

那是一株野生的老茶树，孤零零的，长在天竺峰巅一道蜿蜒狭长的岩壑之中，距苏东坡所题的"奇秀不减雁荡"并不太远。它上接云天，下临险谷，人只可远眺而未容近睹。瞧它瘦瘦长长的躯干，估计至多如我们的手臂，直径十公分左右。如此细的树木，一般说来也就十几、几十年的树龄，可这株老茶树呢，据山下一位须发皆白的老者说，好像他爷爷的爷爷的爷爷……记事的时候就有了，而且其躯干一直如我们的手臂那么粗细。照此说来，它该有上千年的岁数了吧？传说这是一株神茶，有一回，村上几个小伙子打赌赢钱，吃了一整条驴，肚子眼看就要胀破，多亏村妇从天竺峰下扫了一把茶叶，熬了一锅茶汤让他们喝下去，结果咕噜咕噜，一整条驴的油腻全都顺着肠子给冲刷下来。不消说，是这一把茶叶把小伙子们的命给保住了。

为了弄清老茶树的来历，我曾查阅中华书局 1999 年出版的《五莲山志》。然而遗憾，一部三十余万言的山志，居然对它只字未提。这显然太不公平！为什么在其"生物篇"的"植物章"里，记录下了银杏、赤松、龙柏、辛夷、胡椒、樱桃、杜鹃、茱萸、连翘……林林总总二百余种植物，甚至连包括木香、丹参、天麻、何首乌在内的一百余种中草药都没有落下，何以单单遗漏了这一株老茶树呢？

每每想到这里，我就很不忿似的，对想象中的老茶树说，咳，写山志的人，怎么能如此地粗心呢！但老茶树却表现得相当大度，它轻轻晃晃身子，让我享受到一阵清香的绿风，然后安慰我说，没关系的，山志是什么？是书，书是什么？是纸，纸是什么？是树皮。蔡伦还不会用树皮造纸的时候我就生长在这里了，所以我就是山志的老祖宗！……你这么想，还会生气吗？

我当然不再生气了。可我同时又感到奇怪，就问它：那么，你是从哪来的？为什么要选择这里安家呢？

老茶树又晃晃身子，让我看到了倏忽即逝的微笑；但也仅仅是微笑而已，事实上它什么都没说。我突然想起了禅宗所谓的"拈花微笑"，于是醍醐灌顶，顿然大悟。我知道，老茶树可不是一般的茶树，它的来历可能像佛陀那样不可猜测。它可能是鸟儿衔来的一粒种子？也可能是随风飞来的一段根须？……但不管怎样，这总是佛缘，总有灵性，而且它是在佛的启示下来这里安身立命的。它生存的环境看起来相当险恶，空气又干又冷，与温润的江南茶乡不可同日而语，这似乎是上苍的不公，实际上却是佛陀有意对它的磨练。其实它的生存也无需太多的营养，只需要几滴滴滴雨水，几丝丝阳光，再就是无时不在的空气，就足够了。它生长得的确很慢很慢，以至永远看不出变化，但惟其如此，才使它的躯体比钢铁都要坚硬。倘把它的枝杈削为箭镞，一定可以射穿岩石呢！

不知你注意到了没有，这株老茶树所处的位置，是在"敕建大光明寺"的西南，观音涧的一侧，因而它一直浸润于晨钟暮鼓之中，总能及时聆听到佛陀的教诲，而这无疑就是它得天独厚的地方。我猜想它的故事，肯定比给万历皇帝之母李皇太后治愈了眼疾的开山和尚还要曲折，比蒲松龄笔下的五莲山"金和尚"更具有传奇性。所以有理由相信，即便大旱十年、百年，也不必担心它会渴死、饿死，因为它的根须，是深深扎在佛陀怀抱里的。

于是我为之骄傲，为之自豪，为之感到无上的荣光。老茶树的存在，不仅是五莲山的幸运，同时至少也是山东半岛的幸运。它无疑就是天地造化的奇迹，而使我们人类的学问看起来又是那么的粗浅。事实上，当茶圣陆羽断言"茶者南方之佳木"的时候，这株北方之佳木已不知在此生活了多少年头了。

所以，与其说它是茶树，不如说它是活化石 —— 一块由佛陀创造的永恒不死的"茶石"！

（原载《大众日报》2017 年 9 月 29 日文艺副刊）

茶花上的蜜蜂

少时读杨朔《荔枝蜜》，很受感动，觉得小蜜蜂勤奋劳动，为人类造福，的确值得称颂。然而老来再读，却没了当年的兴致，竟自怀疑，《荔枝蜜》怎么就会成为经典名篇？杨朔怎么就会成为散文大师？

杨朔是山东人，过去无缘于荔枝，对养蜂知识想来更一无所知，是故才有《荔枝蜜》里的感喟。倘他能活到今日，回到山东，到诸城茶园看看，估计能有更新发现和更大感喟，没准儿再写一篇《茶花赋》了。

当然，以上不过调侃之语。我岂敢怀疑经典？此不过借题发挥罢了。

我说的诸城茶园，即山东碧龙春茶业的茶园，在诸城市境东南边陲。前不久应碧龙春董事长贾桂英之邀，倘佯于大山脚下的茶园时，忽闻到一股甘洌奇香，沿鼻腔滑入心肺，使人顿感神清目爽。我以为近处有桂花或佛手之类，但左顾右眄，周围却只是茶树。正疑惑间，只见墨绿色的茶丛里，这儿那儿，间或露出些豆粒大小米黄色的花朵。哦！原来是它们的香气呀！再俯身细看，花朵上居然还停着几只蜜蜂，正在那儿贪婪地吸吮花蕾的汁液呢。

这使我大为惊异。时值寒冬，万木凋零，身前背后的山崖坡坎俱是灰黄色调，一派萎靡气息，唯独茶园青葱一片，展现出盎然生机。苏轼说"山茶相对阿谁栽……灿红如火雪中开"，陆游谓"唯有山茶偏耐久，绿丛又放数枝红"，那都是观赏性的茶花，这种茶花南方公园里到处皆是，但司空见惯反倒让人有了审美的疲劳。在我们潍坊，茶花我只见过盆栽的，客厅里一摆倒也不错，但毕竟物以稀为贵，且此花又不易养护，故按"性价比"倒不如选择杜鹃花了。

说实话，这是我平生第一次见到茶园里的茶花。此花甚小，也过于朴实，故以文人墨客的角度看，它比公园里的茶花大逊风骚；然而若论实用价值，或者说经济价值，后者笃定自惭形秽望尘莫及。此无他，皆因此花变作种子，种子再变作"东方神叶"，便会成为中国人"开门七件事"中之一件，且还能出口海外，从洋人那里换取大量外汇。此花功莫大焉，岂他花堪与比！

这时忽一阵冷风刮来，崖畔上的枯草瑟瑟作响，茶园则荡起一片浓绿的涟漪。星星点点的茶花上面，蜜蜂们被风刮得摇摇晃晃。恍眼看，茶花倒像是大海上的船帆，而蜜蜂则是把持船帆的水手。风紧了，水手随船帆一同沉入大海，风停了，水手则又顽强地浮出水面，仍然坚守着自己的事业。我由衷佩服小蜜蜂的奋斗精神，却又有些纳闷：它们从哪儿来的？家在何处？这么冷的天气，何不躲在蜂巢里取暖呢？

要知道，我四十年前创作相声《百花丛中》时，曾多次采访养蜂专家，也掌握了一点"蜂学"知识，故能晓得，在寒冷而无花的冬季，蜜蜂是有权利享受它们积攒下来的蜂蜜（或代蜜的蔗糖）的。它们没待在家里，说明"存粮"已经不多，须赶紧外出谋食。我判断眼前这几只蜜蜂，极可能是担任侦察任务的哨兵，它们一旦侦探到新的蜜源，须马上赶回大山深处（那里有它们的家，在我们看不见的地方，可能距此三里五里，也可能七里八里）报告给蜂王，之后组织大批工蜂来此采蜜。然而天太冷了，风太大了，哨兵们的肢体多少有点麻木，显得疲惫不堪，需稍微休息一会儿。如果此时风停了，阳光也暖暖和和，我相信它们马上就会恢复活力振翅飞翔的。

此后我由蜜蜂的艰难，联想到种茶人之不易。就拿碧龙春茶园说吧，此地纬度高，年平均气温偏低，且空气也比江南干燥，故此茶苗难以成活，生长也慢，冬天倘不给它弄个塑料棚挡挡风保保暖，十之八九就会冻死。此外，土壤的改善和保护也是问题。据说，贾桂英曾花大价钱从外地买来了优质土，一车车一锨锨地与原先的山岭土掺合，费了九牛二虎之力。却不曾想，一场滂沱大雨，无情的山洪将所有土壤，连同她的心血汗水，顷刻间冲入谷底。但她没有后悔，没有颓唐，而像眼前这小蜜蜂似的，顽强不懈，继续奋斗。结果数年之后，茶苗茁壮成长，倏忽蔚然一片绿野。据悉，碧龙春茶园现已是国家级生态茶叶示范基地，而以碧龙春为代表的诸城绿茶，则打造出了中国"北端绿茶"的金字品牌，并成为诸城市的一张名片。

这正是：不是一番寒彻骨，哪得茶花满园香！

（原载华艺出版社《茶韵文萃》，2017 年冬修改）

茶与茶道之我见

一般来说，爱茶的人都重视茶道。然而"茶道"一词究竟何意，历代茶人却是众说纷纭，没给它下个准确的定义。庄晚芳先生提出，茶道是通过饮茶的方式，对人民进行礼法教育、道德修养的一种仪式；他进而归纳出中国茶道的基本精神，乃"廉、美、和、敬"，并解释为"廉俭育德、美真康乐、和诚处世、敬爱为人"的十六字箴言。陈香白先生则认为，中国茶道包含茶艺、茶德、茶礼、茶理、茶情、茶学说、茶道引导七种义理，中国茶道精神的核心是和，其茶道理论简称为"七义一心"。而台湾学者刘汉介先生则又谓："所谓茶道是指品茗的方法与意境。"

其实在我看来，"茶道"的含义应该是很朦胧的。恰如老子所言："道可道，非常道。名可名，非常名。"对茶道的理解大概是仁者见仁，智者见智。茶道作为一种"道"，你既可以把它看得无比高深，神秘莫测，一辈子皓首穷经也研究不透；也可以拿平常心对待它，把它看得非常简单，极其浅显，端起茶杯就可以进入"茶道"之门。比如周作人认为，"茶道的意思，用平凡的话来说，可以称作为忙里偷闲，苦中作乐"；而鲁迅似也说过，有好茶喝、会喝好茶，乃人生之一大乐事。我觉得两位周老先生的"茶道理论"，是更容易被大众茶人所理解和接受茶与茶道之我见的呢。

在这里我又琢磨，这个中国字的"茶"字，你只要弄清了它的笔画组成，大概也便理会了"茶道"之真谛吧？首先你看"茶"字的写法，乃"草"字头、"木"字尾、"人"在中间，连起来看就是"人在草木之间"。这实在是一种理想的"环保"的生活环境。正像于丹说的，茶是让生命从容健康的一个媒体；"人在草木之间"，就是让人回归田园，回到一种安顿内心的状态；而饮茶这件事，最后终究是要归于社会，重新让茶回归"柴米油盐"这样简单的生活方式的。

继而我又想到，不知从那年那月开始，人们在互相祝福时，常把"茶寿"暗喻为人过百岁（实际上是将"茶"字拆开，让"廿"和"八十八"相加所得出的数字）。这虽不过是文字游戏，却也反映了一个朴素而重大的真理，即"喝茶意味着健康长寿"。试想我们喝茶，最主要和最根本的目的，难道不是为了这个吗？

所以我说，"茶道"之精髓，说深也深，说浅也浅，它其实就在"茶"字上明摆着。为了健康，为了长寿，就让我们喝茶好了！

（原载华艺出版社《茶韵文萃》）

"上品无香"紫砂壶诞生记
—— 关于莫言题书及一把"玉笠"壶的来龙去脉

当莫言在斯德哥尔摩音乐厅领取诺贝尔文学奖的时候，在地球这一边他的故乡，我端起一把泡了普洱的紫砂壶，以茶代酒向他遥寄老朋友真挚的祝贺。回忆起与他相交的二十多年，许多往事皆很有趣，但是今天，我只想讲讲近来发生的一把"上品无香"壶的故事。

那是2011年春天，我忽然心血来潮，想做一件茶文化的雅事，便不假思索拨通了莫言先生的手机。我对他说，我有个想法，就是找宜兴的制壶专家，专门给您制作一把紫砂茶壶，它其实就是"莫言壶"。这把"莫言壶"，需要您亲自写几个字，刻在壶体上，明白我的意思吗？

电话那头寂静了片刻。分明他是在沉吟，这使我有些许忐忑。但好在莫言还是大大方方地把这事答应了下来。他说，好吧，我写，可写什么呢？我说，随您的便，古书上摘录个名句，或者古诗词，都可以的；不过有一点必须注意啊，那就是考虑到壶的形体问题，您一定要横着书写……

电话打过之后，就是比较漫长的等待。说实话，我虽与莫言算得上老友，但以他现今在文坛上的名气与地位，特别是考虑到他异常金贵的时间，此类小事未必会挂在心上，没准儿很快就丢在了脑后的。但想不到莫言先生说话算话，一诺千金。就在此后不久，在北京召开的中国作家协会全国代表大会上，他郑重其事地把一只由沈鹏题签、印有"莫言墨迹"字样的大纸袋交到了山东代表陈雪梅（系高密人，潍坊市作协负责人）的手里。而那纸袋里装着的，正是莫言先生的题字。会议结束，雪梅回到潍坊，她将信袋递于我手的时候，真是一脸的羡慕和惊异。她说，莫言老师现在一字难求，价值不菲；看来他对您真的是有情有意呀！我说，可不是嘛……说真的，接过纸袋的那一刻，我心里立时热流滚滚了。

打开纸袋，展开宣纸，只见纸上由右向左，写的是——"上品无香 莫言题（印）"。"上品无香……上品无香……"我念叨着，咀嚼着，想尽快弄懂这其中的涵义。

而今大概无人不知莫言是世界一流的大文学家，但很少有人晓得，他在戏剧、书法等其他领域亦有独到建树和深邃造诣。莫言的左笔书法独具特色，彰显其不羁的个性。《文艺报》"团结湖"栏目之题书，即出自他的手笔。可即便如此，我也不曾料到，先生居然也是"茶人"，他对中华茶道的内涵悟得极深，此"上品无香"四字，便是他茶文化水平的绝好证明。

一般人喝茶都追求香气，且往往以香气如何来辨别优劣、分清品次；但殊不知，品次之高低往往难以分别，因为这不仅取决于"茶品"，且还取决于"人品"，个中道理的确是十分的深奥啊！所以在这里，我只能根据个人的领会来说明，莫言先生超凡脱俗，与一般人对"茶品""茶香"之理解迥异。他认为，茶品中的最高层次——信不信由你——那就是没有香气！

毫无疑问，"上品无香"蕴含了极深的哲理。但这也许并不是莫言先生的"独家发明"，它没准儿是从老子"大象无形""大音希声"脱化来的。然而下一步如何运筹？如何做一把"上品无香"紫砂茶壶呢？

做一把紫砂壶，说难不难，说不难也难。归根结蒂，是看你请的制壶者是谁。要知道，倘找一般的工匠，花钱不多，且马上即可到手；可一般的手艺，能对得起莫言先生的书法吗？然而，倘找大师级、高工级的，所谓能与莫言题书相当的，以现今宜兴紫砂壶近乎疯狂的价格，一把壶往往是几万几十万的天文数字。那又有谁肯接受呢？……

果不其然，悄悄托人打听了一下，情况并不乐观，响应的声音并不洪亮。这也难怪，因为彼时莫言虽在文坛上声名煊赫，但对紫砂界来说，似乎"粉丝"并不太多。但好在我在潍坊有个经营茶器的好友，叫李志松，是"雅惠茶器"的董事长，他倒极是操心，马上联系到宜兴一位名叫范秀芳的紫砂艺人，终于把制壶之事承接下来。

对于范秀芳，如我者不少文化人或许不太熟悉，但提到范大生，则几乎无人不知无人不晓。大生字承甫，乃清末民初紫砂大师，其在世时就有"千金易得，大生壶难求"之美誉。而由范氏家族所创立的"范家壶庄老字号"，则是"国家非遗项目"宜兴紫砂陶传统手工技艺中最具代表性的一支奇葩。范秀芳系范大生孙女，为嫡传的壶艺继承人，现为国家级高级工艺美术师、范家壶庄工艺大师。她具备扎实的紫砂瓷陶制作功底，光货、花货、筋纹样样精通，在作品中将大生壶之精、气、神演绎得淋漓尽致。其实祖上的名气大小并不重要，关键是她做人朴实无华，绝不哗众取宠。

于是，2012年7月，一款被称作"上品无香壶"的紫砂茶壶，在陶都宜兴"范家壶庄"诞生了！

这是一件紫砂小品，其料为黄龙山红泥，壶高7厘米，容积为180cc。当范秀芳带着它千里迢迢来到潍坊，将其放于笔者手中的时候，说句实话，我第一眼的感觉并不惊艳，甚至还隐隐然略感失望。何也？只因此壶不盈一握，形貌寻常，甚至不如市场上随处可见的某些紫砂，虽出自无名，但花里胡哨倒也好看。然而，在听了李志松的介绍，晓得此壶款式实为传统之"玉笠"（玉笠者，状似农人斗笠，却是玉质为之），且明显体现了"大生壶"简洁大方、朴实无华的风格之后，我遂恍然释然，对它竟爱不释手了。

随之想到：莫言先生朴实厚道，做人真诚，他总是很低调地称自己为一介农民，从未有"大作家""大名人"睥睨众生的气势，那么观其风骨，岂不与"大生壶"风格暗暗契合的吗？

进而又想：这件款式为"玉笠"的紫砂茶壶，其实也是莫言的"化身"。莫言虽自称农民，但毕竟与普通农民大不一样。其"玉质"之格，及"士人"之气，且问孰堪与之相比？

莫言"上品无香"紫砂壶（范秀芳制）

如此想来，以"玉笠"而陪莫言，竟也算"天作之合"了！

　　说话间时光进入 2012 年的 10 月 10 日。这一天对莫言甚至对海内外全体中国人来说，自然是值得自豪无比荣光的日子。那天晚上，我听到莫言荣获文学"诺奖"的喜讯，即于第一时间通过手机向他发去了祝贺的短信。这之后，我一直被莫可名状的热雾所包围、萦绕，觉得必须见莫言一面，把"上品无香壶"给他送去。

　　要知道，莫言平素行踪不定，找他并非易事，因之那把"上品无香"一直在我手里。如今虽知道莫言就在高密，但他新获诺奖，想来门庭若市，此时送壶，却又是否合乎时宜呢？

　　然而不管怎样，我还是决计赴高密拜访莫言。随即找车，带上"莫言壶"，风驰电掣奔高密而去。就在高密城郊的翰林苑小区，在那栋最普通不过的居门楼的顶层，我见到了 2012 年诺贝尔文学奖得主、在世界范围内领一代风骚的莫言先生。

　　那是上午八点来钟，灿烂阳光射进了那间由阁楼改造的书房，使我能看清莫言脸上带着明显的倦意，分明那是连日来中外媒体"连番轰炸"的结果。那一刻，我脑海里"意识流"般地闪出当年莫言从乡下迁进城里，我陪他到诸城购买席梦思床垫，以及在他的写作间兼客室里攀谈，用"傻瓜"给他全家照相的镜头……但那仅是几分钟的光景。因我知道，法新社、路透社以及凤凰网的记者此刻正在门外，等得火烧火燎，而现在根本就不是谈紫砂扯茶壶的时候。所以我们只是对面而坐，用彼此心领神会的眼色传递了感情，以"千言万语不如莫言"的方式进行了交谈，然后拍了几张具有历史意义的合影，这次的会见也便结束了。

　　但我相信，等过些时日，待"莫言诺奖热"的浪潮过去之后，莫言先生一定有闲情，有逸致，仔仔细细地把玩这把"上品无香"壶的。

　　记得莫言说过，作家永远是孤独的，谁耐不得孤独，谁就成不了作家。

但在此我也想告诉莫言：你这话并不正确，至少并不完全正确。因为世界上根本就没有绝对孤独的人。难道不是吗，在你伏案创作的时候，茶水便是你必须时时灌注的墨水，茶壶则是你永远忠贞的朋友。有了茶壶（特别是有灵性的茶壶），你便绝对感觉不到孤独。所以你并不是孤独的人啊！

既如此，那就让这把"莫言壶"陪伴着你，使你文思泉涌，永不竭涸，并让它见证你一个又一个的辉煌吧。

（原载华艺出版社《茶韵文萃》）

后记

从 1974 年春天，在刚刚复刊的《山东文艺》(《山东文学》)试刊号上发表《百花丛中》，到 2018 年夏季出版这本散文随笔小集，粗算起来，在文艺创作这条道路上我已颠踬了四十四载。但严格说来，专业或者说"饭碗"是群众文化，"作家"的桂冠于我是多少有点儿勉强的。

我的业余书写很杂，有曲艺、故事、儿童文学、影视剧本、小说和报告文学等等，其中小说居多，大概两百万字。相比之下散文随笔却是小项，只此薄薄一本，然而大都是我后期或者说近期之作，虽为敝帚，而特别自珍，但愿它们对读者朋友亦不无裨益。

拙作编辑付梓过程中，上海文化出版社副总编辑罗英女士等竭尽劬劳，师友贾平凹先生热情题写书名，李存葆将军拨冗为序，张炜主席则对书中某些篇什大加赏赞，并予指导，潍坊市委宣传部和市文联的领导同志，对我本人的创作及这本小书的出版特别重视、大力扶持，本人没齿不忘，于此一并致谢！

作者
2018 年 7 月

图书在版编目（CIP）数据

鸢都漫笔：借来东风放纸鸢 / 韩钟亮著. —— 上海：
上海文化出版社, 2018.10
ISBN 978-7-5535-1401-7

Ⅰ.①鸢… Ⅱ.①韩… Ⅲ.①随笔 – 作品集 – 中国 –
当代 Ⅳ.①I267.1

中国版本图书馆CIP数据核字(2018)第225185号

出 版 人：姜逸青
责任编辑：黄慧鸣　张　彦
装帧设计：王　伟

书　　名：鸢都漫笔 —— 借来东风放纸鸢
作　　者：韩钟亮
出　　版：上海世纪出版集团　上海文化出版社
地　　址：上海市绍兴路7号 200020
发　　行：上海文艺出版社发行中心
　　　　　上海绍兴路50号 200020 www.ewen.co
印　　刷：苏州市越洋印刷有限公司
开　　本：889×1194 1/32
印　　张：14.125
印　　次：2018年10月第一版 2018年10月第一次印刷
国际书号：ISBN 978-7-5535-1401-7/I.526
定　　价：62.00元
告 读 者：如发现本书有质量问题请与印刷厂质量科联系 T：0512-68180628